Christa Canetta

Ein Haus in Schottland

Christa Canetta studierte Psychologie und Sozialpädagogik und begann ihre journalistische Laufbahn beim SWR in Baden-Baden. Nach einem mehrjährigen Aufenthalt in der Schweiz und Rom kehrte sie mit ihrer Familie nach Deutschland zurück und arbeitet seitdem als Journalistin in Hamburg. Sie schrieb zahlreiche moderne und historische Romane, die im Buchhandel erhältlich sind.

Christa Canetta

Ein Haus in Schottland

Roman

edition Tosca

Besuchen Sie uns im Internet unter
www.langen-mueller-verlag.de

1. Auflage April 2009
2. Auflage Juli 2009

edition Tosca ist ein Imprint von Langen*Müller* in der
F.A. Herbig Verlagsbuchhandlung GmbH, München

Umschlaggestaltung: Wolfgang Heinzel
Umschlagbild: mauritius, Mittenwald
Herstellung: VerlagsService Dr. Helmut Neuberger &
Karl Schaumann GmbH, Heimstetten
Satz: Ina Hesse
Gesetzt aus der GaramondBQ-Regular 10,8/13,8 pt.
Druck und Bindung: GGP Media GmbH, Pößneck
Printed in Germany
ISBN 978-3-7844-3182-6

Prolog

Der Trauergottesdienst in der Nienstedtener Kirche entsprach der Bedeutung des Verstorbenen in der Hansestadt. Der Hamburger Bürgermeister und zahlreiche Senatoren waren gekommen, die Vorsitzenden von Handelskammer und Handwerkskammer waren ebenso anwesend wie zahlreiche Vertreter aus Politik, Wirtschaft, Kirche und Kultur. Sie alle ehrten nicht nur den Verstorbenen mit ihrem Erscheinen, sondern bezeugten der Familie ihre ganz besondere Anteilnahme.

Doktor Cornelius Marienthal, zu Lebzeiten hoch geehrt und geachtet, war nicht nur ein Großindustrieller von Rang und Namen, sondern ein Vertreter hanseatischer Traditionen, ein Reeder, Geschäftsmann und Mäzen, dem die Stadt weltweites Ansehen zu verdanken hatte. Er war der Patriarch einer Familie, die in Afrika, Asien und Europa ihre Niederlassungen besaß und Tausenden von Menschen Arbeit und Brot gab. Dabei hatte der Verstorbene stets dafür gesorgt, dass der Gewinn aus den Betrieben nicht nur in die Geschäfte zurückfloss, sondern auch den Bedürftigen unter den Arbeitern zugute kam.

So war es verständlich, dass die kleine Fachwerkkirche an der Elbchaussee nicht nur bis auf den letzten Platz gefüllt war, sondern dass man den Gedenkgottesdienst auch auf die Wiese vor der Kirche übertragen musste, denn auch in Hamburg selbst gab es zahllose Mitarbeiter und Angestellte, die ihrem Chef die letzte Ehre erweisen wollten.

Auf Wunsch des Verstorbenen wurde der Gottesdienst sehr schlicht gefeiert. Lediglich die 1751 zur Einweihung der Kirche von Georg Philipp Telemann komponierte Festmusik begleitete die kirchliche Liturgie und die kurzen Ansprachen einiger Gäste. Nach dem Gottesdienst geleiteten nur die engsten Angehörigen den Sarg zur Beisetzung im Mausoleum der Familie auf dem benachbarten Nienstedtener Friedhof. Die geladenen Gäste versammelten sich zu einem Essen im Restaurant Jacob an der Elbchaussee, an dem auch die Familie teilnahm.

Der Tod des vierundachtzigjährigen Patriarchen hatte die Familie nicht überraschend getroffen. Sein Herzleiden hatte sich über drei Jahre hingezogen und allen, den Kindern wie dem Vater, war Zeit geblieben, die Geschäfte und die Vermögensverhältnisse zu regeln. Bereits nach dem Tod seiner Frau Magdalena vor neun Jahren hatte Doktor Cornelius Marienthal damit begonnen, seine erwachsenen Kinder auf ihre Pflichten als Erben vorzubereiten, und bis auf wenige persönliche Regelungen hatte er sein Testament gemeinsam mit seinem Sohn, den beiden Töchtern, den Schwiegersöhnen und seinem Anwalt niedergeschrieben.

So gab es kaum Überraschungen, als Doktor Edwin Treuer, der Anwalt des Patriarchen, die Familie Marienthal sowie einige wenige Mitarbeiter und Angestellte der Geschäftsleitung und der Villa an der Elbchaussee zur Testamentseröffnung in die Kanzlei am Mittelweg berief.

Unter den Angestellten, die zu der Testamentseröffnung geladen waren und mit Leibrenten bedacht wurden, befand sich auch Marie Moorburg, die Gärtnerin. Zur Überraschung aller hatte ihr Cornelius Marienthal *Hardinghouse*, sein Cottage in den Highlands, vererbt. Ein, wie es schien, kleines Anwesen in Schottland, das niemand kannte und das er vor fast dreißig Jahren erworben hatte, um wenigstens einmal im Jahr, befreit von Verpflichtungen jeglicher Art, seinem Hobby, der Moorhuhnjagd, nachzugehen.

1

Verblüfft und auch erschrocken nahm Marie Moorburg als letzte Aufgerufene den versiegelten Umschlag in Empfang. Sie hatte mit einer kleinen Abfindung gerechnet, denn nach dem Tod des alten Herrn hatte man sie entlassen und eine Gartenbaufirma mit der Pflege des Parks beauftragt.

Was soll ich denn mit einem Cottage in den Highlands, dachte sie. Ich bin jetzt arbeitslos, etwas Geld hätte ich gebrauchen können, aber doch keine Hütte in Schottland. Ich dachte, Herr Marienthal hätte gewusst, dass ich entlassen werde. Die Familie hatte es gar nicht gern gesehen, wenn wir im Park miteinander redeten.

Da Marie das Interesse und die Neugier der anderen Erben spürte, bedankte sie sich höflich bei dem Anwalt, unterschrieb die Empfangspapiere, steckte den Umschlag in ihre Tasche und verließ die Anwaltskanzlei. Die Testamentseröffnung war beendet.

Erst daheim, in ihrem kleinen Haus in Övelgönne, das sie von den Großeltern geerbt hatte, öffnete sie den Umschlag. Er enthielt einen sehr kurzen Brief:

»Liebe Marie Moorburg, ich bitte Sie von ganzem Herzen, mir meinen letzten Wunsch zu erfüllen und mein Cottage in Schottland anzunehmen. Mein Anwalt in Edinburgh wird Sie über alle Einzelheiten informieren. Ich glaube zu wissen, dass Sie sich in *Hardinghouse* sehr bald heimisch fühlen werden, und ich wüsste keinen Menschen, dem ich mein heimliches Paradies lieber anvertrauen würde. Ich danke Ihnen für die Gespräche, die wir führen durften, und dass Sie immer Zeit für mich hatten.

Ihr Cornelius Marienthal«

Es folgten Anschrift und Telefonnummern des Anwaltes in Edinburgh sowie die Bitte, diese Angaben nicht an die Familie weiterzugeben. Außerdem lag ein Scheck über 5000 Euro mit dem Vermerk »Reisekosten« in dem Umschlag.

Gedankenverloren setzte sich Marie an den Tisch im Wohnzimmer und sah durch das kleine Fenster hinaus in den Vorgarten und auf die Elbe, die ruhig und behäbig ihrer Mündung zustrebte. Hin und wieder glitt ein Schiff vorbei, Containerriesen, dachte sie, nicht mehr die kleinen Frachter, mit denen Großvater noch die Weltmeere befahren hatte. Als Kaphoornier war er einer der angesehendsten Kapitäne der Hansestadt und konnte sich eines der kleinen Kapitänshäuser am Övelgönner Elbufer kaufen. Damals wohnten noch viele der Kap-Hoorn-Bezwinger hier unten am Elbufer, überlegte sie, aber die alten Abenteurer sind nun doch fast alle gestorben.

Heute gehört das Häuschen mir, dachte sie dankbar und lächelte dem Porträt des alten Mannes in seiner schmucken Uniform zu. Schön ist es hier, immer, sogar wenn das Hochwasser durch Küche und Wohnzimmer schwappte und die Großmutter weinend den hineingespülten Sand wieder mühsam hinausschippte.

Marie strich lächelnd über die gestickte Decke auf dem Tisch und beschloss, im Vorgarten einen frischen Strauß mit Margeriten und Kaisernelken zu pflücken und vor die Bilder der Großeltern zu stellen. Sie war in diesem Hause aufgewachsen. Hier hatte sie ihre Kindheit und Schulzeit verbracht, von hier aus hatte sie die Förderschule für Gartenbau besucht und sich schließlich für die Ausbildung im Garten- und Landschaftsbau entschieden.

Und dann, während einer praktischen Prüfung im Hirschpark von Blankenese, hatte sie ein alter, fremder Spaziergänger angesprochen und gefragt, ob sie sich einmal seinen eigenen Park anschauen würde. Er hätte den Eindruck, ihre Ideen entsprächen genau den Plänen, die er für seinen Park habe. So hatte sie vor vier

Jahren Doktor Cornelius Marienthal kennengelernt, und noch bevor sie ihre Prüfungsurkunde in den Händen hielt, hatte er sie als seine Landschaftsgärtnerin engagiert.

Marie wischte sich eine Träne von der Wange. Sie vermisste die Gespräche mit dem väterlichen Freund, denn einen Vater hatte sie nie kennengelernt. Früher, als Kind, hatte sie die Mutter ein paar Mal nach dem Vater gefragt, aber die Mutter, Stewardess auf einem Luxusliner, hatte die Antwort immer hinausgezögert und war auch nur sehr selten in Hamburg, und als Marie zwölf Jahre alt war, hatte sie einen kanadischen Holzhändler in Vancouver geheiratet und den Kontakt nach Hamburg abgebrochen. Und die Großeltern hatten immer nur gesagt, »wir kennen ihn nicht«, wenn sie nach dem Vater fragte.

Und nun war auch dieser väterliche Freund gegangen. Sie dachte daran, wie gern sie sich unterhalten hatten, selbst als er in der letzten Zeit von seinem alten Butler mit dem Rollstuhl durch den Park gefahren werden musste, hatte er sich bei ihr nach dem Gedeihen neuer Sträucher und junger Bäume erkundigt, hatte sie gefragt, ob der letzte Sturm den alten Rosen geschadet habe oder ob der Frost Schäden angerichtet hätte. Immer ging es in den Gesprächen um den Park, um die Pflanzen, um die Vögel, die in den Bäumen nisteten, und um Schäden, die Ratten unten in Ufernähe anrichteten. Trotzdem waren es schöne Gespräche, weil Marie fühlen durfte, dass sie ernst genommen wurde und gern gesehen war. Sie las noch einmal den kurzen Brief, den der Anwalt ihr übergeben hatte. Er ist so typisch für Cornelius Marienthal, sachlich und herzlich, genau wie seine Gespräche, dachte sie.

Im Flur klingelte das Telefon. Sie meldete sich und hörte erstaunt, dass der alte Butler Walther aus der Villa der Marienthals am Apparat war. Erst konnte sie ihn kaum verstehen, weil er so leise sprach, aber als sie ihn bat, etwas lauter zu reden, erklärte er nur: »Ich kann nicht viel sagen, passen Sie auf, die Familie will das Cottage in Schottland.« Und gleich darauf war das Gespräch beendet.

Erschrocken hielt Marie den Hörer noch eine Weile in der Hand. Die Familie will das Cottage, dachte sie verblüfft. Aber keiner kennt es, und der alte Mann will unbedingt, dass ich es nehme. Ich kann mich doch nicht mit den reichen Marienthals streiten, wenn sie jetzt Ansprüche stellen.

Noch einmal las sie den kurzen Brief, dann stand ihr Entschluss fest. Ich fahre nach Schottland. Ich will es wenigstens ansehen. Und wenn es sein großer Wunsch ist, dann behalte ich die kleine Kate im Hochland. Sie sah sich um. Der Abschied von hier wird mir schwerfallen, aber es muss ja nicht für immer sein. Wichtig ist jetzt nur, dass ich hier verschwinde, bevor mir die Familie Marienthal ihren Anspruch ins Haus schickt.

Und noch am selben Nachmittag begann Marie zu packen. Eine Reisetasche, ein Koffer und alle wichtigen Papiere, dachte sie, das muss genügen. Sie fuhr mit dem Bus nach Altona, löste den Scheck ein und dachte: Morgen schau ich mir in aller Ruhe mein Erbe an. Danach kann ich immer noch entscheiden, ob ich in Schottland bleibe oder ob ich mir in Hamburg eine neue Arbeit suche.

Wieder zu Hause, rief sie am Flughafen an, buchte den ersten Flug am nächsten Morgen nach Edinburgh und bestellte ein Taxi für fünf Uhr früh.

Dann ging sie hinüber zu ihren Nachbarn. Die Roses waren ihre besten Freunde, sie versorgten gegenseitig ihre Häuser und ihre Gärten, wenn einer auf Reisen war, und Marie wusste, dass sie ihnen voll vertrauen konnte.

Anne Rose saß auf der Bank vor dem Haus und sah hinüber zu den beleuchteten Hafenanlagen, wo ihr Mann auch heute wieder in der Spätschicht arbeitete. »Hallo, Marie, komm und setz dich zu mir. Wie geht es dir denn? Du hast so traurig ausgesehen in den letzten Tagen, da mochte ich dich gar nicht stören.«

Marie tröstete die Freundin. »Lass nur, mir geht es ganz gut. Ich habe nur so viel zu überlegen, dass ich nicht weiß, wo mir der Kopf steht.«

»Ja, das kann ich verstehen. Das Wichtigste wird eine neue Arbeit sein. Hast du dich schon umgehört?«

»Nein, heute war ja die Testamentseröffnung, und eigentlich hatte ich mit einer kleinen Abfindung gerechnet, dann hätte ich mir mit der Arbeitssuche Zeit lassen können.«

»Ja, und? Hast du etwas geerbt?«

»Ja, aber keine Abfindung, sondern ein Cottage in Schottland.«

»Meine Güte, was willst du denn mit einem – was ist das, ein Cottage?«

»Ein kleines Häuschen mit einem Garten drum herum.«

»Und das hast du geerbt?«

»Ja. Die Hütte war so etwas wie ein verstecktes Feriendomizil vom alten Herrn Marienthal, aus dem er immer ein Geheimnis gemacht hatte.«

»Warum denn das?«

»Er wollte einmal im Jahr ganz ungestört Ferien machen. Keine Mitarbeiter, keine Familie, kein Telefon – niemand sollte wissen, wo er einen Monat lang war.«

»Und nun schenkt er dir diese Hütte? Das ist wirklich komisch.«

»Ach, komisch ist es vielleicht nicht, wir haben uns immer viel über Gärten und Landschaften und Pflanzen unterhalten, wenn er ab und zu in den Park kam und ich dort arbeitete. Manchmal dachte ich sogar, er ist froh, dass er mit mir über so etwas reden kann. Ich glaube, in der Familie wurde immer nur über Schiffe und Geschäfte gesprochen.«

»Na ja, wenn man so ein bekannter Geschäftsmann ist …«

»Eben, und ich habe mich überhaupt nicht für Geschäfte interessiert.«

»Und was wird nun? Willst du dieses Cottage erben?«

»Ich habe es schon geerbt. Es gehört bereits mir. Ich kann es auch nicht ablehnen, weil er mich in seinem Abschiedsbrief sehr herzlich gebeten hat, das Haus anzunehmen. Er hat mir sogar das Reisegeld gegeben.«

»Na, das ist doch sehr anständig. Und nun?«

»Nun habe ich erfahren, dass die Familie, die sich nie darum gekümmert hat, das Cottage selber haben will. Sein alter Butler hat mich vorhin heimlich angerufen.«

»Na, so was! Können sie dir das denn wegnehmen?«

»Ich weiß es nicht. Aber ich lass es gar nicht erst darauf ankommen. Ich fliege morgen ganz früh nach Schottland und schau mir alles an.«

»Du meine Güte!«

»Ja, und ich wollte dich nun bitten, auf mein Häuschen hier zu achten. Die Schlüssel hast du ja. Meine Zimmerpflanzen stelle ich alle in den Garten, damit du sie nicht gießen musst, und dann wollte ich dich noch bitten, meine Post anzunehmen, eine Vollmacht gebe ich dir noch. Und wenn etwas von der Familie Marienthal oder von irgendeinem Rechtsanwalt dabei ist, dann öffne bitte die Umschläge und schau nach, was da steht. Ich rufe dich ab und zu mit dem Handy an, dann kannst du mir Bescheid sagen.«

»Kannst du mir nicht deine Adresse geben, dann schicke ich die Sachen nach.«

»Ich habe die Adresse nicht. Die bekomme ich erst von einem Anwalt in Edinburgh.«

»Himmel, wie geheimnisvoll!«

»Ja, der alte Herr wollte wirklich nicht, dass irgendjemand erfuhr, wo er seine Ferien verbrachte.«

»Also, ich finde, das sind wirklich komische Familienverhältnisse, wenn die Kinder nicht wissen, wo der Vater Urlaub macht.«

Marie zuckte mit den Schultern. »Sie haben sich eigentlich immer ganz gut verstanden. Ich habe nie etwas von einem Streit gehört.«

»Na, wer weiß, was da so unterirdisch gelaufen ist!«

Marie musste lachen. »Unterirdisch ist gut. Trotzdem, sie waren immer nett zueinander, wenn ich das beobachten konnte. Er wollte einfach einmal im Jahr seine Ruhe haben, so habe ich das verstanden.«

»Na schön, wenn du meinst. Und jetzt wollen sie plötzlich diese Hütte in Schottland. Sonderbar finde ich es schon.«

»Ich auch. Aber vielleicht ist das Stückchen Land, auf dem sie steht, wertvoll, oder allein die Tatsache, sagen zu können, wir besitzen Land in Schottland, beeindruckt doch die Leute. Frag mich nicht, was in den Köpfen von sehr reichen Geschäftsleuten so vor sich geht.«

»Nein, ich frage dich nicht, aber ich denke mal, die können den Hals nicht vollkriegen.«

»Vermutlich hast du recht.«

»Und was wird aus deinem Häuschen hier?«

»Das ist und bleibt mein Zuhause. Ich werde immer hierher zurückkommen.«

»Bleib nicht so lange weg, Marie, du wirst uns fehlen.«

»Ich weiß, ihr werdet mir auch fehlen, grüß Jens von mir, aber erzähle ihm nicht zu viel. Was man nicht weiß, kann man nicht weitersagen.«

»Jens kannst du vertrauen.«

»Natürlich, aber ich weiß nicht, mit welchen Mitteln die Marienthals arbeiten, wenn sie es ernst meinen mit ihrem Protest.«

»Du kannst dich auf uns verlassen. Wir wissen nichts, und wir reden mit keinem Menschen über dich. Wir gießen nur die Blumen in deinem kleinen Garten, das ist alles.«

»Danke, Anne.« Schweigend sahen die beiden jungen Frauen in die Dunkelheit. Vom Hafen herüber waren die Signalhörner einzelner Schiffe zu hören. Jetzt mit der Flut begannen die großen Containerriesen auszulaufen. Stumm, wie riesige Schatten und kaum beleuchtet, glitten sie an Övelgönne vorbei.

Anne stand auf und holte eine Kerze, eine Flasche Rotwein und zwei Gläser aus dem Haus. »Komm, Marie, wir trinken auf dieses Cottage in den Highlands.«

Marie nickte lächelnd. »Mir kommt das alles wie ein Traum vor.«

»Dann trinken wir auf deine schottischen Träume.«

Marie lachte: »Du sagst es: Schottische Träume.«

»Kennst du Schottland überhaupt?«

»Ich war einmal mit einer Studiengruppe dort. Im August, als die Heide in den Highlands blühte, es war wunderschön. Dann haben wir königliche Parks und Gärten besichtigt und zum Schluss das Military Tattoo in Edinburgh. Wir saßen in der obersten Reihe einer riesigen Tribüne und unter uns war ein fürchterlicher Abgrund. Es war beängstigend und beeindruckend.« Marie lächelte in der Erinnerung und dachte an Tobias, den sie auf dieser Reise kennengelernt hatte.

Als könne sie Gedanken lesen, fragte Anne leise: »Weiß Tobias Bescheid?«

Marie schüttelte den Kopf. »Er ist in Potsdam, sie müssen den Park am alten Schloss umgestalten. Ich rufe ihn an, wenn ich mich in Schottland umgesehen habe.«

»Und wenn er sich bei mir meldet, weil er dich nicht erreicht?«

»Dann sagst du nur, ich sei für ein paar Tage verreist und würde mich bei ihm melden.«

»Na schön, zufrieden wird er mit meiner Antwort nicht sein.«

»Ach, er wird es schon verstehen. In unserem Beruf sind Reisen ab und zu arbeitsbedingt. Und ich rufe ihn ja auch an, sobald ich mir ein Bild von dem Cottage gemacht habe.«

Marie dachte an den Freund, den sie in der letzten Zeit kaum gesehen hatte. Nach seinem Studium in Berlin hatte er sich beim Gartenbauamt in Potsdam beworben und war an der Havel geblieben, während sie ihr Zuhause und dann auch ihre Arbeit an der Elbe hatte. Es war lange Zeit bei einer Wochenendbeziehung geblieben, dann hatten sie zwei Urlaubsreisen an die Ostsee gemacht und waren sich nähergekommen. Aber zurzeit gingen sie, berufsbedingt, wieder getrennte Wege.

Ach, Tobias, dachte sie, ich würde gern mit dir reden, aber du bist immer so weit weg, wenn ich dich wirklich einmal brauche.

Sie dachte an den fröhlichen, optimistischen, gut aussehenden Mann, den damals alle Studentinnen nett fanden. Er hätte jede haben können, aber mich mochte er vom ersten Augenblick an, das spürt eine Frau. Sie lächelte in Gedanken an die ersten Treffen, die sie miteinander hatten. Mal fuhr sie nach Berlin, mal kam er nach Hamburg, und mit den schnellen ICEs war es kein Problem, einen Tagesausflug einzuplanen. Dann wurden Wochenendausflüge aus den Treffen und dann der erste Urlaub in Travemünde. Schön war das. Sie hatten nicht nur die kleine Stadt und die Umgebung erkundet, sie hatten vor allem sich selbst erkundet. Und was ich gefunden habe, war sehr schön, erinnerte sie sich.

»Woran denkst du, Marie?«

»An meinen ersten Urlaub mit Tobias in Travemünde. Wir sind am Traveufer entlanggegangen, auf dem Wasser fuhren die großen Fährschiffe nach Finnland, am Uferrand watschelten ganze Entenfamilien mit ihrem Nachwuchs hin und her, und neben dem Weg gab es Verkaufsstände, an denen Tobias ständig stehen blieb, um mir etwas zu kaufen. Mal eine Mütze, mal einen schicken Schal, mal einen Cappuccino und meistens auf dem Rückweg ein Eis.«

»Schöne Erinnerungen. Und wie geht es nun weiter mit euch? So ein Abstand auf Dauer kann der Beziehung schaden.«

»Ja, ich weiß. Da hilft nur gegenseitiges Vertrauen.«

»Und, habt ihr das?«

»Ich weiß nicht, vielleicht kennen wir uns noch nicht lange genug?«

»Also, Marie, ich finde, es ist da oder es ist nicht da.«

»So kann man erst reden, wenn man sich richtig lange und gut kennt.«

»Und das ist bei euch noch nicht der Fall?«

»Ich weiß es noch nicht. Ich warte ab, wie sich alles entwickelt. Und jetzt reise ich erst einmal nach Schottland, und danach sehen wir weiter.«

Sie stand auf. »Danke, Anne, für den Wein und fürs Zuhören und, vor allem, für das Vertrauen, das ich zu dir haben darf. Gute Nacht, du hörst von mir.«

Und dann rief sie den Freund doch noch an. Vielleicht hat Anne wirklich recht und ich muss mich mehr um diese Freundschaft kümmern. Andere Mütter haben auch nette Töchter, und Tobias ist täglich mit solchen zusammen. Und während das Telefon im entfernten Potsdam klingelte, dachte sie: Freundschaften müssen gepflegt werden, auch wenn es spätabends ist. Und dann nahm Tobias den Hörer ab, und Marie meldete sich. »Entschuldige die späte Störung.«

»Macht nichts, Marie, wir sitzen hier sowieso noch zusammen und diskutieren.«

»Jetzt noch?«

»Ja, wir haben ein Problem in den Rosengärten unterhalb von der Orangerie.«

»Bei den alten englischen Rosensorten?«

»Ja, die Blattläuse haben den warmen Winter gut überstanden und fressen uns jetzt die Rosen weg.«

»Und was macht ihr dagegen?«

»Na ja, wir wollen die chemische Keule natürlich vermeiden. Nun haben wir Unkraut eingeweicht, Ackerschachtelhalm und Brennnesseln, und spritzen mit der Lauge. Aber es bringt nichts.«

»Dann müsst ihr eine Marienkäferaufzuchtstation einrichten, die roten Glücksbringer sind ganz verrückt nach fetten Blattläusen.«

»Eine Marienkäferaufzuchtstation?« Im Hintergrund hörte Marie schallendes Gelächter, und Frauenstimmen waren auch dabei.

»Und wie macht man das?«, fragte Tobias lachend.

»Tja, da müsstest du einen Biologen fragen«, antwortete Marie reserviert. Dann sagte sie »Tschüss und gute Nacht« und hatte ganz vergessen, Tobias von der Erbschaft zu erzählen.

2

Der Streit begann bereits in der Anwaltskanzlei am Mittelweg.

Die mit einem Erbe versehenen Angestellten und Mitarbeiter hatten das Büro verlassen, als Doktor Nicolas Marienthal, ältester Sohn und jetzt Familienoberhaupt, stimmgewaltig und entrüstet protestierte. »Wie können Sie eine so entscheidende Erbschaft hinter unserem Rücken für eine Gärtnerin bereithalten? Grundstücke, Häuser, Liegenschaften gehören in den Familienbesitz und nicht in fremde Hände, Doktor Treuer.«

»Ich habe mich nach den Wünschen Ihres verstorbenen Herrn Vaters gerichtet, der ganz ausdrücklich bestimmte, *Hardinghouse* an die Gärtnerin Marie Moorburg zu übergeben.«

»Unsinn. Als er das bestimmte, war er nicht mehr im Vollbesitz seiner geistigen Kräfte.«

»Doktor Cornelius Marienthal war bis zu seinem letzten Atemzug im Vollbesitz seiner geistigen Kräfte. Als er *Hardinghouse* an Frau Moorburg überschrieb, war zur Rechtssicherheit mein Kompagnon Doktor Tietze anwesend, der die Richtigkeit der Erblassung bestätigen musste. Ihr Herr Vater hat genau gewusst, was er machte.«

»Wir fechten diese Erbschaft an. Sie ist regelwidrig und falsch.«

»Die letzten Wünsche des Verstorbenen sind rechtsgültig, dokumentiert und nicht anfechtbar, Doktor Marienthal. Ihr Herr Vater hat sich nach allen Seiten hin sehr sorgfältig abgesichert.«

»Ich verstehe nicht, was an diesem *Hardinghouse* so bedeutungsvoll ist«, mischte sich Vivienne Speen, älteste Tochter von Cornelius Marienthal, in den Streit. »Ob wir nun so ein Cottage in den Highlands haben oder nicht, mich interessiert das nicht. Wir leben in Hongkong, das ist weit genug weg von Erbschaftsfragen und Protesten.«

»Red nicht so unbedacht daher. Du hast Kinder, du weißt doch gar nicht, ob sie nicht eines Tages mit Begeisterung in den Highlands leben wollen.«

»Ich finde auch, Nicolas hat recht. Häuser und Liegenschaften gehören in den Familienbesitz«, meldete sich nun auch Caroline Herrnberger, die jüngste Tochter im Hause Marienthal zu Wort.

»Ach was«, winkte Vivienne ab. »Du hast dein Haus, dein Weingut, deine Farm und deine neue Heimat in Südafrika, was willst du mit einem Bauernhaus in Schottland, wenn du in Kapstadt lebst.«

An der Bürotür klopfte es. Auf das »Herein« betrat eine Mitarbeiterin der Anwaltskanzlei das Büro und übergab dem Anwalt ein Billett. Doktor Treuer räusperte sich. »Meine Damen, meine Herren«, wobei er auch die Schwiegersöhne des Verstorbenen ansah, die sich bisher nicht in den Streit eingemischt hatten, »bitte beenden Sie den Streit oder führen Sie ihn zu Hause fort, ich muss mich zu einem Gerichtstermin fertig machen. Aber ich hoffe, Sie verstehen und respektieren die Wünsche Ihres verstorbenen Herrn Vaters und ersparen dieser Marie Moorburg einen für Sie aussichtslosen Kampf um ein kleines Anwesen, von dem kein Mensch weiß, ob es sich überhaupt lohnt, um seinen Besitz zu streiten.«

Die Mitarbeiterin öffnete die Flügeltür, und die Familie verließ die Kanzlei, verstimmt, erzürnt und fest entschlossen, *Hardinghouse* nicht einfach dieser Gärtnerin zu überlassen. Verdammt noch mal, wenn man wenigstens eine Adresse hätte, dann wäre alles leichter, dachte Nicolas und stieg wütend in seinen Bentley. Renate wird mir die Hölle heißmachen, wenn sie davon hört. »Fahren Sie los«, befahl er dem Chauffeur, lehnte sich in den Fond zurück und dachte an seine resolute Frau, die derzeit in einer Rehaklinik ihre frisch operierte Hüfte auskurierte.

Da hat man nun gedacht, alles sei bestens geregelt, und dann dieser Fauxpas, dachte er äußerst verärgert. Ich werde diese Erbschaft auf jeden Fall anfechten, schon aus Prinzip! Und als Erstes werde ich herausfinden, um was für ein Anwesen sich das überhaupt handelt. Von Doktor Treuer ist nichts zu erfahren, aber die Gärtnerin wird wissen, was sich hinter diesem Cottage in den Highlands verbirgt. Und vor allem, wo es zu finden ist. Nicht umsonst hat sie sich an Vater herangemacht. Zum Schluss ließ er sich fast jeden Tag in den Park fahren, um mit ihr zu reden. Wer weiß, was die da alles besprochen haben. Der Renate kam das schon lange höchst bedenklich vor.

Er nahm das Autotelefon aus der Station und rief zu Hause an. »Walther, wir sind in zehn Minuten in der Villa. Sorgen Sie dafür, dass das Essen pünktlich serviert wird.«

»Jawohl, Herr Doktor.«

Der alte Butler war auch so ein Nachlass des Vaters. Er hat ihn mit einer ansehnlichen Leibrente bedacht, jetzt sollte er sich zurückziehen und nach England gehen. Wir brauchen junge, dynamische Leute, überlegte Nicolas Marienthal und dachte nicht daran, dass er mit seinen vierundfünfzig Jahren bereits selbst zur »älteren Generation« gehörte. Man ist so alt, wie man sich fühlt, und ich könnte vom Kopf her noch immer Bäume ausreißen. Von den sportlichen Betätigungen ist zwar nur noch das Golfen übrig geblieben, aber bei mir kommt es auf den Kopf an und nicht auf den Körper. Dennoch war er stolz, wenn man ihn mit dem Vater verglich und als das Ebenbild des alten Herrn bezeichnete.

Der Wagen fuhr über den Gorch-Fock-Wall und über den Holstenwall bis hinunter zur Hafenstraße, dann hinauf zur Palmaille und dann weiter zur Elbchaussee. In den Gärten und in den Parks blühten die Kastanien, der Rhododendron, der Flieder und der Goldregen. Es war die schönste Jahreszeit in Hamburg, aber dafür hatte Doktor Nicolas Marienthal heute keinen Blick.

Er sah im Rückspiegel, dass der Geschäftswagen mit seinen Schwestern und deren Männern dicht hinter ihm fuhr. Die haben gut reden, dachte er verdrossen, die setzen sich morgen in ihre

Maschinen und fliegen nach Hause, die eine nach Süden, die andere nach Osten. Die interessiert unser kleines Europa dann überhaupt nicht mehr.

In der Villa angekommen, traf sich die Familie zu einem späten Dinner. Die Damen hatten sich frisch gemacht und die Herren einen ersten Cognac getrunken. Dann versammelten sich alle um den Tisch. Während des Essens wurden keine Diskussionen geführt, das hatte der Vater so bestimmt, denn die Familienrunde bei Tisch war ihm heilig. Zu selten waren sie alle zusammen um den Tisch vereint. Und noch galten Vaters Bestimmungen im Hause Marienthal.

»Wie soll es nun weitergehen?«, fragte Caroline und ließ sich nach dem Essen einen Espresso servieren. »Viel Zeit zum Überlegen haben wir nicht mehr.«

Vivienne schüttelte den Kopf. »Lasst doch den Streit. Vater hat ein gutes Testament gemacht. Wir haben es mit ihm abgesprochen, und er hat sich daran gehalten. Wir können alle zufrieden sein, wir sind weiß Gott nicht schlecht bei der Aufteilung bedacht worden.«

»Bis auf *Hardinghouse*«, unterbrach Caroline die ältere Schwester. Wer weiß, was dahintersteckt.«

»Vater war sein ganzes Leben lang ein bescheidener Mann. Moorhuhnjagd, wenn ich überlege, das war sein einziges Hobby. Er hat mir immer von den stillen Hügeln in Schottland erzählt, von der Farbenpracht, wenn die Heide blühte, und von dem See, auf dem er manchmal mit einem Kahn unterwegs war, um ein paar Fische zu fangen. Vater hätte die schicksten Jachten haben können, die weitesten Reisen machen können, es gab einfach nichts, was er sich nicht hätte leisten können. Und was wollte er wirklich? Ein Paar Gummistiefel, einen Regenumhang und ein Gewehr, und das fast dreißig Jahre lang. Also hört auf mit dem Gerede, *Hardinghouse* ist ein kleines Cottage mitten im Hochland und sonst nichts.«

»Das glaube ich erst, wenn ich es gesehen habe.«

»Und wie willst du es finden?«

»Es gibt Detektive für solche Aufgaben. Und als Erstes wechsle ich den Anwalt. Dieser Doktor Treuer war gut für den Vater, jetzt fühle ich mich von ihm im Stich gelassen. Ich habe einen alten Studienfreund, den wollte ich schon lange als zweiten persönlichen Rechtsberater hinzuziehen, aber Vater zuliebe habe ich es unterlassen. Jetzt sehen wir, wohin uns das gebracht hat.«

»Blödsinn, Nicolas. Doktor Treuer hat uns immer gut beraten und auch jetzt hat er nur Vaters Wünsche respektiert.«

»Ja, zu unserem Nachteil«, protestierte Caroline. »Er war unfair, und das müssen wir nicht akzeptieren. Ich bin auch dafür, dass wir einen neuen Anwalt hinzuziehen.«

Heinrich Herrnberger wollte seine Frau beruhigen. »Liebling, wir haben zu Hause jede Menge Hütten in den Weinbergen und auf den Farmen, warum sollen wir einer Gärtnerin ein kleines Cottage vorenthalten?«

»Weil es sich nicht gehört, hinter unserem Rücken, und nachdem wir alles besprochen hatten, das Testament zu ändern.«

»Aber von einer Änderung ist doch gar keine Rede«, mischte sich Vivienne ein. »Es gab halt noch einen Zusatz, den Vater geheim gehalten hat, und das ist alles.«

»Nein, das ist irgendwie Betrug, und den lassen wir uns nicht gefallen. Nicolas, ich bin ganz auf deiner Seite. Vielleicht wollen meine Kinder auch eines Tages Moorhühner jagen, und dann könnten sie so ein Cottage sehr gut gebrauchen.«

»Himmel, Caroline, deine Kinder sind fünfzehn und dreizehn Jahre alt und sie leben in Hongkong, wie sollen sie denn auf die Idee kommen, in Schottland Moorhühner zu jagen.«

»Wer weiß, vielleicht steckt es in den Genen?«

»So ein Blödsinn.«

»Hört doch auf mit dem Streit«, mischte sich Viviennes Mann ein. Markus Speen war ein ruhiger, besonnener Mann, der den Frieden liebte, vor allem den Frieden in der eigenen Familie.

»Wir haben nur noch ein paar Stunden miteinander, die sollten wir in Ruhe genießen, uns über unsere Kinder, über Zukunftsaussichten und meinetwegen auch über Geschäfte unterhalten, aber doch nicht über eine Hütte in den schottischen Bergen. Wer weiß, wann wir mal wieder alle zusammen sind. Ich habe unser Zusammensein trotz des traurigen Anlasses sehr genossen, jetzt bringt dieser Streit nur Unruhe und Unfrieden in die letzten Stunden.«

Nicolas Marienthal nickte und stand auf. »Markus hat recht. Schluss jetzt. Aber wenn ihr fort seid, kümmere ich mich um diese Hütte. Das verspreche ich.«

Es war genau jener Augenblick, an dem Walther, der alte Butler, Marie Moorburg anrief.

Am nächsten Tag wirkte die Villa an der Elbchaussee sehr verlassen. Vivienne war mit ihrem Mann und den drei Kindern auf dem Rückflug nach Hongkong, sie wollten nicht länger als nötig in Hamburg bleiben, denn Moritz, der älteste Sohn, hatte gerade mit dem Jurastudium begonnen, Markus, der zweite, steckte mitten im Abitur, und Melanie, eine begeisterte Reiterin, fieberte den großen, anstehenden Turnieren in China entgegen.

Auch Caroline war mit der Familie am Nachmittag von Hamburg aus über Frankfurt nach Kapstadt gestartet. Ihre beiden Kinder wären zwar gern noch in Hamburg geblieben, aber die Hauslehrer und Erzieher erwarteten sie, und Caroline wollte vermeiden, dass die sich im Hause zu sehr als die eigentlichen Herrschaften den schwarzafrikanischen Angestellten gegenüber aufspielten. Die Rassenfrage war noch immer ein sehr heikles Thema und musste mit viel Verständnis und Vertrauen behandelt werden.

Nicolas Marienthal hatte sich bereits sehr früh am Morgen von seinen Geschwistern verabschiedet, die Villa verlassen und war in die neue Geschäftszentrale in der Hafencity gefahren. Eigentlich war der Patriarch gegen den Neubau am Hafen gewesen und hätte das Firmenzentrum lieber in der City Nord behalten, Nicolas aber war der Meinung, das Hauptgebäude müsse in dem Neubaugebiet direkt am Hafen liegen, und hatte seinen Willen durchgesetzt. Immerhin war der neue Glaspalast mit seinen elf Stockwerken ein Prestigeobjekt für das ganze Unternehmen und wurde von allen Geschäftspartnern als Mittelpunkt des Konzerns anerkannt.

Eine vorbildliche Führung ist das A und O einer erfolgreichen Firma, sinnierte er, blinzelte in die aufgehende Sonne über dem Hafen und dachte: Eine erfolgreiche Führung beginnt mit einem pünktlichen Erscheinen am Morgen und setzt sich bis zu den Überstunden am Abend fort, die für mich längst selbstverständlich geworden sind.

Der Bentley hielt pünktlich vor dem Geschäftshaus am Sandtorkai. Nicolas stieg aus, bedankte sich wie immer bei dem Chauffeur für die pünktliche Fahrt, ging ins Foyer und betrat den Lift. Als er oben in der elften Etage ausstieg, läuteten die Glocken von der nahe gelegenen St.-Katharinen-Kirche acht Mal. Wie an jedem Morgen standen neue Blumen auf seinem Schreibtisch und ein Tablett mit frisch aufgebrühtem Kaffee, Sahne und Zucker. Frau Wellingstedt wusste, wie er den Kaffee mochte und dass sie ihn in der ersten halben Stunde nicht stören durfte.

Er hatte die Chefsekretärin von seinem Vater übernommen, wie überhaupt alles in der Firma und zu Hause. Renate war damit eigentlich nicht einverstanden, sie war der Ansicht, er müsste mehr Selbstbewusstsein und mehr Eigenständigkeit in der Firma zeigen, damit man wüsste, wer der Chef im Hause sei. Aber Nicolas lehnte dieses überhebliche und großspurige Anliegen seiner Frau ab. Die Firma ist unter der Regie des Vaters gewachsen, und zwar hervorragend, und ich selbst bin in seine Aufgaben mit hineingewachsen. Warum soll ich etwas ändern? Ich bin der Chef, das wissen alle, und der Erfolg der Firma beweist, dass ich meine

Arbeit gut mache. Immerhin ist der Vater schon vor zwei Jahren aus der aktuellen Arbeit ausgestiegen und hat mir vertrauensvoll die Geschäfte übergeben. Nein, an der Firma werde ich nichts ändern, nur die Sache mit dem Cottage muss revidiert werden.

Und als dic halbe Stunde vorbei war, bat er Frau Wellingstedt: »Bitte verbinden Sie mich mit Doktor Harald Baumeister.«

3

Die Maschine der Fluggesellschaft British Airways landete bereits kurz vor zehn in Edinburgh. Marie holte ihren Koffer vom Gepäckband, folgte den Hinweisschildern zum Taxistand und gab dem Fahrer die Anschrift von Doktor Manores. Sie hatte von Hamburg aus in der Kanzlei angerufen und sich angemeldet und wurde jetzt von einer Mitarbeiterin freundlich und mit einer Tasse Tee empfangen.

Der Anwalt, ein älterer, korpulenter Herr mit hoher Stirn und leicht ergrautem Backenbart, begrüßte sie wenig später und bat sie in sein Büro.

»Sie werden verstehen, Miss Moorburg, dass ich mich zuerst von Ihrer Identität überzeugen muss.«

»Selbstverständlich.« Marie reichte ihm ihren Reisepass und die Unterlagen, die ihr Doktor Treuer gegeben hatte. Der Anwalt studierte die Papiere und reichte sie ihr dann zurück. »Danke, aber alles muss seine Ordnung haben«, lächelte er beruhigend und entnahm seinem Schreibtisch eine Mappe mit Papieren. »Sie haben also *Hardinghouse* geerbt. Ich gratuliere Ihnen, es ist ein schönes Anwesen und Sie werden Ihre Freude an dem Besitz haben. Es sei denn, Sie mögen die Einsamkeit nicht, die Doktor Marienthal gerade so besonders liebte.«

»Wenn man aus einer Großstadt wie Hamburg kommt, sehnt man sich oft nach der Stille des Landes. Ich werde versuchen, ob ich sie auf die Dauer ertragen kann.«

»Ganz allein sind Sie natürlich nicht. Zu *Hardinghouse* gehört ein Wirtschaftshof mit Viehbestand und ziemlich viel Land. Der Bauer, der dort mit seiner Familie lebt, versorgt *Hardinghouse* mit frischen Lebensmitteln, wenn jemand dort wohnt, im Übrigen rechnet er die Erträge und die Ausgaben mit mir ab. Diese

Verrechnungen können Sie natürlich später selbst einmal übernehmen.«

»Nein, nein, danke, ich verstehe zu wenig von Landwirtschaft und ihren Erträgen, belassen wir es doch bitte erst einmal so, wie es ist.«

»Gut, wie Sie wünschen. Sie bekommen dann die Abrechnungen immer am Ende des Jahres. Im Laufe der letzten beiden Jahre, in denen Doktor Marienthal nicht mehr herkommen konnte, hat sich ein ansehnlicher Betrag angesammelt, der Ihnen zur Verfügung steht, allerdings müssen Sie auch immer auf die Anschaffungen Rücksicht nehmen, die der Bauer für nötig hält. Neues Vieh für die Zucht, modernere Maschinen für die Landwirtschaft, Reparaturen in oder an den Häusern, irgendetwas muss immer erneuert werden bei so einem Anwesen.« Er hob beschwichtigend die Hände: »Aber keine Sorge, die Einnahmen waren immer größer als die Ausgaben, weil der Bauer ein bekannter Züchter ist und einen anerkannten Viehbestand hat. Das englische Königshaus hat zwei Pferde bei ihm gekauft, ein Rennpferd und ein Vielseitigkeitspferd, seitdem nennt er sich heimlich Hoflieferant«, lächelte Doktor Manores, »aber es spricht sich herum, und die Züchter schätzen ihn.«

Marie nickte. »Ich will daran so wenig wie möglich ändern. Ich bin von diesem Erbe völlig überrascht worden und muss nun erst einmal sehen, um was es sich handelt und wie ich damit umgehen kann, das müssen Sie verstehen.«

»Selbstverständlich, aber ich kann Ihnen garantieren, dass es Ihnen gefallen wird, und mit der Zeit wächst man sogar in neue Aufgaben hinein.«

»Danke für Ihr Verständnis. Und wie geht es nun weiter?«

»Ich möchte ein Konto für Sie eröffnen, damit ich die Einnahmen in Zukunft an Sie weiterleiten kann, dazu müssten wir noch heute die New Scotland Bank in der Royal Road aufsuchen, denn Sie müssen dort persönlich erscheinen und die entsprechenden Papiere unterschreiben. Dann würde ich Ihnen raten, hier in der

Stadt zu übernachten und morgen früh die Fahrt nach *Hardinghouse* anzutreten.«

»Kann ich es mit der Bahn oder zur Not auch mit einem Bus erreichen?«

»Sie könnten bis Stirling mit der Bahn fahren, dort aber sollten Sie schon ein Auto für die Weiterreise mieten.«

»Dann ziehe ich es vor, hier das Auto zu mieten und die ganze Strecke selbst zu fahren. Wie lange werde ich brauchen?«

»Vier bis fünf Stunden. Die kleinen Landstraßen zum Schluss sind keine Rennstrecken.«

Marie lachte: »Ich habe nicht vor, Rennen zu fahren, ich muss mich erst an den Linksverkehr gewöhnen, so eine Umstellung kostet ihre Zeit. Außerdem habe ich es nicht eilig.«

»Ich habe eine Karte mit den entsprechenden Straßen für Sie vorbereitet.« Er zeigte ihr die Karte und erklärte: »Sie fahren Richtung Stirling, von Callander aus dann über die A 81 nach Süden in Richtung Loch Lomond und kommen nach Aberfoyle. Dort beginnt die Landstraße, an der nur noch Wegweiser zum Ufer des Loch Ard zeigen. *Hardinghouse* liegt an dem südlichen Teil des Sees. Es hört sich kompliziert an, ist es aber nicht. Ich bin vor wenigen Tagen diese Strecke gefahren.«

»Dann kennen Sie *Hardinghouse*?«

»Selbstverständlich, ich habe Mister Marienthal mehrmals dorthin begleitet und musste jetzt dem Landwirt die veränderten Verhältnisse erklären.«

»Und was hat er gesagt?«

»Nicht viel. Er weiß, dass er sich den Erbschaftsbestimmungen beugen muss.«

»Dann war er nicht begeistert?«

»Er ist es gewohnt, selbstständig zu arbeiten, es wird darauf ankommen, ob Sie etwas ändern.«

»Ich habe nicht vor, irgendetwas zu ändern, aber ich muss wissen, woran ich bin.«

»Selbstverständlich.«

»Er weiß also, wer ich bin.«

»Nein, natürlich nicht, ich kannte Sie ja bis heute Morgen, als Ihr Anruf kam, auch nicht.«

»Ich werde ihn in seiner Arbeit bestimmt nicht stören.«

»Die Browners bewirtschaften den Hof schon in der dritten Generation, aber es war immer ein jämmerlicher Betrieb, der kaum die Familie ernähren konnte. Aber dann kam der Doktor und hat den Hof großzügig finanziert, und jetzt wirft er Gewinne ab, die beträchtlich sind, obwohl viel Geld aus den Einnahmen in den Betrieb zurückfließt.«

»So hat es Doktor Marienthal auch mit seinen Fabriken und den anderen Liegenschaften gehalten. Der Überfluss ging zum großen Teil in neue Investitionen, nur so, meinte er, kann eine Firma wachsen.«

»Sie kannten den alten Herrn gut?«

»Wir hatten gemeinsame Ideen und Gedanken, aber nur was Pflanzen und Parkanlagen betraf, aber vieles lässt sich eben auch auf andere Bereiche übertragen.«

»So ist es. Doktor Marienthal war ein weitsichtiger Mann.«

»Deshalb werde ich auch erst einmal nichts ändern, was *Hardinghouse* betrifft. Ich muss es ja auch erst einmal kennenlernen, bevor ich mich entscheide, das Erbe grundsätzlich anzunehmen.«

»Sobald Sie sich entschieden haben, bitte ich Sie, mich anzurufen. Ich komme dann mit den letzten endgültigen Unterlagen nach *Hardinghouse*, um sie Ihnen zu übergeben.«

»Gibt es noch mehr Unterlagen?«

»Ja, aber die darf ich erst aus der Hand geben, wenn Sie sich entschieden haben.«

»Und wenn ich das Erbe ablehne?«

»Dann geht es in den Besitz der Familie Marienthal über. Was der alte Herr allerdings vermeiden wollte.«

»Ich muss mir *Hardinghouse* ansehen. Nur um einem alten Herrn einen Gefallen zu tun, kann ich nicht mein ganzes Leben umkrempeln.«

»Das verstehe ich natürlich. Aber wenn es Ihnen recht ist, sollten wir jetzt zur Bank fahren, sie ist über Mittag geschlossen. Anschließend darf ich Sie zum Essen einladen?«

»Danke, gern.«

Die Bankgeschäfte waren schnell erledigt. Marie legte Ihre Papiere vor, Doktor Manores bestätigte ihre Identität, sie bekam ihr Konto eingerichtet, das Geld wurde auf dieses Konto überschrieben, und sie war angenehm überrascht von der Höhe der Eingänge, die ihr nun zur Verfügung standen. Abschließend übergab ihr der Banker eine Scheckkarte und einen Blumenstrauß.

Überrascht bedankte sich Marie. Aber der Mitarbeiter lächelte sie höflich an und erklärte: »Das ist unser übliches Dankeschön, wenn wir eine neue Kundin begrüßen dürfen.«

Während des Essens erklärte ihr Doktor Manores die Straßenverhältnisse, erzählte ein paar Geschichten über die Gegend und die Menschen und empfahl ihr eine Verleihfirma für Geländewagen. »Ich rate Ihnen auf jeden Fall zu einem Wagen mit Allradantrieb, mit dem Sie auch über die Hügel ihres Anwesens fahren können, wo es dann keine Straßen oder Wege mehr gibt.«

»Aber ich bitte Sie, Doktor Manores«, lachte Marie, »ich rechne mit einem Blumengarten rund ums Haus, da brauche ich doch kein Auto, um den zu erkunden.«

»Ich glaube, Miss Moorburg, von der Größe des Anwesens haben Sie etwas falsche Einschätzungen. Das Land ist dort kaum besiedelt, es ist reines Weideland, und in den Hügeln spielen ein paar Kilometer mehr oder weniger kaum eine Rolle.«

»Sie überraschen mich immer wieder, Doktor Manores, mit wie viel Land muss ich denn da rechnen?«

»Ich kann es Ihnen nicht genau sagen, Miss Moorburg, ich weiß nur, dass Mister Marienthal, wann immer er konnte, Land dazugekauft hat. Die letzten gültigen Eintragungen vom Landvermessungsamt liegen bei den Papieren in meinem Büro. Aber der Bauer kennt sich dort draußen genau aus, er kann Ihnen die Grenzen zeigen.«

»Wie heißt er eigentlich, dieser Bauer?«

»Es handelt sich um die Familie Browner, Paul und Belinda sind die Eltern, dann gibt es da drei Söhne und die Großmutter, die Namen sind mir aber nicht geläufig.«

»Danke«, sagte Marie höflich, »ich würde mir so schnell auch nicht alle merken können.«

»Ja, und dann ist da natürlich noch Miss Lizzy, sie ist so etwas wie eine Lebensgefährtin, Verzeihung, sie war so etwas wie eine Lebensgefährtin für Mister Marienthal. Sie ist leider etwas anmaßend, aber Sie werden schon mit ihr zurechtkommen.«

»Warum ist sie noch dort?«

»Ich weiß es nicht genau, aber sie scheint eine Art Wohnrecht auf Lebenszeit da zu haben.«

»Bei dem Bauern?«

»Nein, in *Hardinghouse*, aber so ganz genau bin ich da nicht informiert.«

»Dann wohnt sie in dem Cottage, das ich geerbt habe?«

»Ich denke, das müssten Sie klären, wenn Sie dort sind.«

»Geht das nicht aus den hinterlegten Papieren hervor?«

»Ich habe nichts darüber gefunden, und Mister Marienthal hat auch nie mit mir über diese Dame gesprochen.«

»Das wäre aber sehr unangenehm, wenn ich dort hinkomme und das mir vererbte Haus wird von einer fremden, anmaßenden Dame bewohnt.«

»Ich denke, Sie werden das regeln.«

Marie sah den Anwalt zweifelnd an. »Sie wird irgendwelche Rechte beanspruchen. Ich habe eigentlich keinen Bedarf an einem Streit über das Wohnrecht einer fremden Frau in meinem Haus.«

»Schauen Sie sich doch erst einmal alles an.«

»Nur ungern.« Marie wusste, dass ihr vermutlich nichts anderes übrig blieb, als nach *Hardinghouse* zu fahren und an Ort und

Stelle nach dem Rechten zu sehen. Der Anwalt schien kein Interesse an der Klärung dieses seltsamen Wohnverhältnisses zu haben, und von hier aus konnte sie sowieso nichts ändern. Aber seltsam und unzumutbar kam ihr die ganze Angelegenheit schon vor.

Marie entschloss sich, am nächsten Morgen in einem ihr vom Hotel empfohlenen Leasing-Car-House einen Range Rover zu mieten. Wenn sie schon so belastet nach *Hardinghouse* fahren musste, dann wollte sie wenigstens einen sicheren Wagen zur Verfügung haben. Sie ließ sich in die Besonderheiten der Fahrtechnik einweisen, machte einige Proberunden auf einem Trainingsplatz des Autohauses, kaufte zusätzlich noch zwei Reservekanister mit Treibstoff und machte sich um zehn Uhr auf den Weg nach Stirling. Da das Autohaus am Rande der Stadt lag, kam sie sehr schnell auf den Highway, und als sie die letzten Vorstädte Edinburghs hinter sich gelassen hatte, begann sie die Fahrt zu genießen. Das Wetter war schön, am blauen Himmel zogen einige weiße Quellwolken vorüber, und Marie öffnete das Verdeck. Hinter Stirling, als die Straßen sich teilten, beruhigte sich der Verkehr. Die sanften Hügel wuchsen zu dicht bewaldeten Bergen zusammen, und von Callander aus führte die Straße an den Menteith Hills entlang nach Westen.

Marie umfuhr Aberfoyle und verließ kurz danach die B 829, um einem schlichten Wegweiser aus Holz zum Loch Ard zu folgen. Die Straße verwandelte sich in einem Sandweg und etwas später in einen Feldweg, der quer über hügelige Wiesen führte. Überall hatte der Frühling gerade erst Einzug gehalten. Auf einige Weiden grasten zottelige braune Hochlandrinder mit langen spitzen Hörnern, und Marie hoffte, ihnen nicht direkt begegnen zu müssen. Auf anderen Hügeln waren Schafherden unterwegs. Die Weiden waren eingezäunt, aber dort, wo der Weg sie kreuzte, waren seltsame Rollengitter in den Boden eingelassen.

Da Marie diese rostigen Rollen noch nie gesehen hatte, stieg sie aus und kontrollierte das erste Gitter, bevor sie hinüberfuhr. Da sich die Rollen drehten, wenn sie darauf trat, musste sie aufpassen, nicht mit dem Fuß zwischen die Rollen zu geraten. Dann aber erkannte sie, dass die Gitter dem Vieh das Betreten unmöglich machten. So ersetzten sie Tore und Gatter, die dem Autofahrer das Öffnen und Schließen ersparten. Wenig später erreichte sie eine Kreuzung mehrerer Feldwege und musste aussteigen, um die verwitterten Wegweiser überhaupt lesen zu können, und einmal endete der Weg direkt am Seeufer, und sie musste umkehren. Na bravo, dachte sie amüsiert, und dieser Anwalt meint, man findet sich hier gut zurecht. Vielleicht, wenn man die Strecke ein Dutzend Mal gefahren ist, ich habe jedenfalls große Mühe, *Hardinghouse* zu finden.

Weiden, Moore, dicke Findlingssteine glitten an ihr vorbei, und zwischendurch erhaschte sie immer wieder einen Blick auf das in der Sonne glänzende Wasser des Loch Ard. Das Land erschien ihr menschenleer, und ganz langsam wurde die Einsamkeit bedrückend. Was mache ich hier eigentlich, was will ich hier? Ich gehöre doch in die Stadt, ich liebe das Leben, die Geräusche und die Betriebsamkeit von Hamburg. Dort ist mein Zuhause, dort sind meine Freunde, dort ist das Leben, das ich kenne. Hier draußen, in einem Land, das mir fremd und fern ist, das mich allmählich bedrückt mit seiner Stille und Verlorenheit, fühle ich mich allein und unwillkommen. Was hat sich Cornelius Marienthal nur dabei gedacht, mich hierher zu schicken? Schön, er hat das Land geliebt, und wahrscheinlich wollte er mir eine Freude damit machen, aber er war ein alter Mann, der sein Leben hinter sich hatte, ich aber bin jung, ich habe das Leben vor mir. Aber doch kein Leben in dieser Einsamkeit? Nein, ich drehe um. Ich will das nicht. Ich gehöre nicht hierher und ich will auch gar nicht hierher gehören.

Marie schaute sich um. Sie hatte mitten in einem Buchenwald

angehalten. Das Laub war jung und von einer frischen, hellgrünen Farbe. Die Mittagssonne streifte durch die Äste und verwandelte die Blätter in winzige, glänzende Spiegel. Als sie den Motor abstellte, hörte sie die Vögel in den Bäumen, den Wind, der durch das Laubwerk wehte, irgendwo hämmerte ein Specht, und in der Ferne blökten Schafe, die auf einer Weide grasten.

Sie betrachtete die Karte. Eigentlich müsste ich schon angekommen sein, dachte sie. Hier kann ich sowieso nicht umdrehen, dann fahre ich eben bis zum offenen Gelände und versuche, dort zu wenden.

Sie startete den Motor wieder und fuhr langsam aus dem Wald heraus. Vor ihr dehnten sich erneut hügelige Wiesen, aber dann sah sie ein Strohdach hinter einem der Hügel, und da der Weg jetzt direkt darauf zuführte, fuhr sie weiter. Langsam tauchte es aus der Niederung auf, das Cottage in den Hügeln. Es war ein lang gestrecktes, dreiteiliges, weiß getünchtes Haus mit einem größeren Mittelteil und zwei kleineren Anbauten rechts und links.

Das Haus war nicht mit Stroh gedeckt, das sah die Gärtnerin sofort, sondern mit einem schon ziemlich verwitterten Schilf, das dringend eine Erneuerung brauchte. Langsam fuhr sie bis vor die Gartenpforte. In einem verwilderten, ungepflegten Blumengarten versuchten erste Blüten sich der Sonne zu öffnen, aber das verdorrte Unkraut des letzten Jahres stand fast einen Meter hoch, und die Blumen hatten den Kampf schon fast aufgegeben.

Hm, dachte Marie, die haben anscheinend auf mich gewartet. Sie stieg aus, öffnete die Gartenpforte und ging zur Haustür. An der Seite hing eine Glocke an einer Strippe. Also, wenn hier eine Dame wohnt, muss ich wohl erst einmal klingeln. Da auf ihr Klingeln und dann auf ihr Rufen niemand reagierte, versuchte sie durch die kleinen, verstaubten Fenster in das Innere zu schauen. Aber schmutzig graue Gardinen verwehrten ihr den Einblick. Langsam ging Marie um das Haus herum. Es schien unbewohnt zu sein, und zwar schon seit längerer Zeit. Sie ging zum Wagen zurück und holte den Schlüsselbund aus ihrer Tasche, den der

Anwalt ihr übergeben hatte. Kopfschüttelnd besah sie die fünf Schlüssel an dem Ring. Komisch, überlegte sie, hier genügt doch wohl ein einziger Schlüssel, wozu dann der ganze Bund? Na ja, vielleicht sind das auch Schlüssel für den Wirtschaftshof, der ja anscheinend zu dem Anwesen gehört. Sie hupte zwei Mal kurz, aber so weit sie sehen konnte, bewegte sich, abgesehen von einer Schafherde, kein Mensch auf den Hügeln rund herum.

Sie schloss mühsam die verwitterte Tür auf und betrat den großen Wohnraum. Es roch muffig und staubig, und Marie spürte, dass hier seit langer Zeit keine Menschen aus- und eingegangen waren.

Und das war das Heim von Cornelius Marienthal, diesem akribisch sauberen, gepflegten alten Herrn, der selbst seinen eigenen Garten nur mit polierten Schuhen betrat?

Habe ich mich verfahren, überlegte Marie und schüttelte den Kopf. Nein, ich habe mich genau nach den Wegweisern gerichtet, und der Schlüssel passt ja auch in dieses Schloss. Unschlüssig sah sie sich um. Links führte ein Durchgang in einen der beiden Anbauten. Hier befand sich eine alte Küche mit einem Wirtschaftsraum. Rechts vom Wohnraum ging es in den anderen Anbau, hier gab es einen Schlafraum und dahinter einen primitiven Waschraum. Eine Treppe führte nach oben, aber den Weg ersparte sich Marie.

Kopfschüttelnd überlegte sie, hier hat nie und nimmer der Herr Marienthal gewohnt. Und von dieser anmaßenden Dame ist hier auch nichts zu sehen. Was also mache ich nun? Der Anwalt hätte mich wirklich auf diese primitiven Zustände aufmerksam machen müssen. Ein Cottage hin oder her, aber unter so einem Landhaus verstehe ich wenigstens eine bewohnbare Bleibe und keine muffige Absteige. Hier bleibe ich jedenfalls nicht. Das Haus ist verwahrlost und schmutzig, vermutlich wimmelt es von Mäusen und anderen Tieren, die im Dach hausen.

Aber wenn ich jetzt zurückfahre, werde ich es kaum bis zu einem Hotel in Aberfoyle schaffen, denn sobald es dunkel wird, ist es mit der Fahrt durch dieses seltsame Wegenetz vorbei. Sie verließ den muffigen Wohnraum wieder und verschloss die Tür hinter sich. Unschlüssig ging sie zu ihrem Wagen zurück und suchte nach dem Handy, um in Edinburgh anzurufen. Aber das Handy zeigte keine Signale. »Ja, klar, eine Verbindung gibt es hier draußen natürlich auch nicht«, schimpfte sie laut vor sich hin.

Dann fiel ihr ein, der Anwalt hat doch von einem Wirtschaftshof in der Nähe gesprochen. Ich werde auf einen der Hügel fahren und Ausschau halten. Schließlich müssen die Rinder und Schafe hier auf den Weiden irgendwo ihre Stallungen haben.

Dankbar für den Allradantrieb ihres Range Rovers fuhr sie quer über eine Weide auf den höchsten Punkt. In der Ferne sah sie eine Rinderherde, die, von zwei Reitern getrieben, zum See hinüber wanderte. Na, wenigstens ein paar Männer, dachte sie und fuhr hinter den Rindern her. Wenig später erkannte sie in einer Niederung mehrere Gebäude, weiß gestrichene Weidezäune mit Pferden dahinter, Personen, die zwischen den Gebäuden hin und her liefen, und Rauch, der aus einem Schornstein quoll. Na endlich, dachte sie, irgendwo musste es hier ja Menschen geben.

Je näher sie dem Anwesen kam, umso mehr erstaunte sie die gepflegte Sauberkeit der Anlage. Die hausnahen Weiden waren eingezäunt und die Zäune weiß gestrichen, der Feldweg wurde zu einer gepflasterten Straße, die auf den Hof führte, auf der anderen Seite aber mit Alleebäumen bepflanzt zwischen Hügeln verschwand. Trotz der Unruhe herrschte hier absolute Ordnung: Die Rinderherde wurde in einen Stall getrieben, von der anderen Seite herein kam ein Schäfer mit seiner Herde, vor einem der Ställe arbeitete ein Schmied mit loderndem Feuer und dampfenden Eisen, und zwei Arbeiter bemühten sich, einen Heuwender hinter einem Traktor zu befestigen.

Marie fuhr langsam auf den Hof. Aussteigen konnte sie nicht, denn zwei Border-Collies umrundeten knurrend ihr Auto. Als die Männer mit dem Heuwender fertig waren, kurbelte sie das Fenster hinunter und winkte ihnen zu. »Bitte, können Sie mir sagen, wo ich hier bin?« Einer der Männer pfiff die Hunde zurück und verschwand mit ihnen im Stall, der andere trat zum Auto und sah sie neugierig an. »Ja? Was gibt's denn?«

Marie stieg aus und erklärte ihm: »Ich suche *Hardinghouse*, ein Cottage, aber ich habe nur eine unbewohnte Hütte ein paar Hügel von hier entfernt gefunden. Und da man mir sagte, zu dem Cottage gehörte auch ein landwirtschaftlicher Betrieb, bin ich hier gelandet.«

Der Mann schob seine Mütze in die Stirn, kratzte sich am Hinterkopf und fragte: »Und wer hat Ihnen gesagt, wo *Hardinghouse* ist?«

»Ein Rechtsanwalt in Edinburgh. Er hat mir auch die Straßen und die Wege auf der Landkarte eingezeichnet.«

»Und was wollen Sie in *Hardinghouse*?«

»Es gehört mir, ich habe es geerbt.«

Schallendes Gelächter war die Antwort.

4

Verblüfft starrte Marie den Mann an. Was gab es da zu lachen, wenn sie erklärte, dass *Hardinghouse* jetzt ihr Eigentum sei. Und wer war dieser Mann überhaupt? Was hatte er hier zu sagen, und vor allem, was fiel ihm ein, sie auszulachen?

Wütend sah sie ihn an. »Ich möchte Herrn Browner sprechen. Wo finde ich ihn?«

»Und warum wollen Sie ihn sprechen?«

»Sind Sie Mister Browner?«

»Nein, natürlich nicht.«

»Dann geht es Sie auch nichts an, warum ich mit ihm reden möchte. Schließlich ist er der Verwalter dieses Hofes hier.«

»Da fahren Sie mal um die Scheune hinten rum, dann sehen Sie das Verwalterhaus.«

»Danke.«

Marie gab Gas und der Wagen setzte sich in Bewegung, aber im Abfahren hörte sie, wie dieser Mann hinter ihr herrief: »Browner ist der Herr hier, aber der Boss von allem ist Miss Lizzy.«

Überrascht hätte sie am liebsten angehalten und den Mann gefragt, wie er auf diese absurde Idee käme, eine Miss Lizzy als Boss von *Hardinghouse* zu bezeichnen. Dann aber siegte ihr Stolz. Dem gegenüber werde ich mir keine Blöße geben, dachte sie, ein Arbeiter , und er bringt mich in Verlegenheit, weil es hier anscheinend Situationen gibt, von denen ich keine Ahnung habe? Damit wollen wir doch gar nicht erst anfangen.

Sie fuhr über den großen Wirtschaftshof, dann hinter der Scheune um eine Ecke, und vor ihr lag breit, behäbig und gemütlich das zweigeschossige Verwalterhaus mit dem grauen Schilfdach und dem weißen Anstrich. Ein breiter, sauber gefegter Sandweg führte direkt darauf zu. Rechts und links grenzten ihn weiße

Weidezäune ein, hinter denen Fohlen und Jährlinge tobten. Aus einem Stall kamen wieder die beiden Border-Collies gestürmt und umkreisten ihren Wagen bellend. Na, großartig, dachte sie, jetzt sitze ich schon zum zweiten Mal in der Enge. Anscheinend wollen mir alle zeigen, dass ich hier nicht hingehöre.

Sie parkte den Wagen neben dem Eingang zum Haus und hupte zweimal. Nichts rührte sich. Die Hunde bellten und knurrten, und Marie wurde wütend. Sie drückte so lange und anhaltend auf die Hupe, bis sich die Haustür öffnete und eine ältere Frau die Hunde verscheuchte. Dann winkte sie Marie zu. »Kommen Sie nur rein, die Hunde tun Ihnen nichts. Ich hab hinten im Garten gearbeitet, ich habe Sie gar nicht gehört.«

Marie stieg aus, nahm ihre Tasche mit den Papieren und folgte der Frau ins Haus. »Mein Name ist Marie Moorburg, ich komme aus Hamburg und ich möchte Herrn Browner sprechen.«

»Ach, der Chef ist noch unterwegs, Frau Moorburg. Ich bin übrigens Betty, die rechte Hand von den Browners, wenn Sie wissen, was ist meine.«

»Gibt es auch eine Frau Browner?«

»Ja, aber die ist mit ihrem Mann mitgefahren.«

»Und wann werden die Herrschaften zurückkommen?«

»Das weiß ich nicht, aber es kann spät werden, die Entfernungen sind hier groß, und bis in die nächste Kleinstadt ist man gut zwei Stunden unterwegs.«

Marie sah aus dem Fenster. Die Sonne stand tief im Westen, in spätestens einer Stunde war es dunkel. »Gibt es hier eine Übernachtungsmöglichkeit, ein Hotel vielleicht oder eine Pension?«

»Nein, so etwas haben wir hier nicht. Wir haben ein paar Zimmer, in denen man übernachten könnte, aber das ist eher etwas für Familienangehörige oder Freunde von den Browners. Was wollen Sie denn von dem Chef und seiner Frau?«

»Das würde ich gern mit dem Herrn Browner selbst besprechen. Könnte ich mich wenigstens hier irgendwo hinsetzen und auf ihn warten?«

»Ja, ich weiß nicht so recht. Sie sind ganz fremd hier, und ich bin eigentlich nicht befugt, eine fremde Person ins Haus zu lassen.«

»Na danke. Dann warte ich in meinem Auto.« Wütend drehte sich Marie um und ging zurück in ihren Wagen. »Aber sorgen Sie dafür, dass die Hunde wegbleiben.«

»Aber das kann ich nicht, sie laufen hier immer frei herum. Sie sind das gewöhnt.«

»Aber ich bin es nicht gewöhnt, von kläffenden, knurrenden Hunden umgeben zu sein.«

Betty winkte einen Arbeiter herbei. »Dody, sperr die Hunde ein, die Dame hat Angst vor ihnen.«

»Die Hunde sollen den Hof bewachen, die kann ich doch nicht einsperren.«

»Mach, was ich dir sage, ich nehme das auf mich.«

»Wenn du meinst?« Er pfiff die beiden Hunde zu sich und ging mit ihnen in einen der Ställe. Kurz darauf hörte Marie, wie die Hunde wütend bellten und gegen eine Holzwand sprangen. Sie drehte sich um und ging wortlos zu ihrem Auto. Wenn es früher am Tage wäre, würde ich auf der Stelle umdrehen und den nächsten Flieger nach Hamburg nehmen. Aber jetzt stecke ich mitten im Dilemma und bin auf diese Bauern angewiesen. Etwas freundlicher habe ich mir den Anfang hier wirklich vorgestellt.

Sie setzte sich in den Wagen, drückte die Rückenlehne nach hinten, um bequemer sitzen zu können, und beobachtete den Hof. Es ging auf den Abend zu, das spürte man überall. Die jungen Pferde wurden von den Koppeln geholt und in ihre Ställe geführt. Irgendwo wurde eine Melkmaschine in Gang gesetzt, ein Mann fegte einen Teil des Hofes, die Stall- und Scheunentore wurden geschlossen, ein paar Männer, Handtücher über den Schultern und Seifenstücke in den Händen, gingen zu einem Waschhaus, und irgendwo rief ein Gong alle zum Essen.

Marie holte sich einen Cheeseburger und einen Becher Coca-Cola aus ihrem Gepäck und begann zu essen. Gott sei Dank, dass ich mich in Aberfoyle mit Proviant eingedeckt habe, von schottischer Gastfreundschaft ist hier wirklich nichts zu spüren.

Draußen wurde es dunkel. Auf dem Hof trat Ruhe ein. Im Bauernhaus brannte in einigen Zimmern Licht, aber Menschen waren nicht zu sehen. Nach einer Weile kam die alte Betty mit einem Tablett aus dem Haus. »Hier, Madame, ich habe Ihnen ein paar Sandwiches gemacht und etwas Tee aufgebrüht. Und ich habe auch ein Zimmer für Sie hergerichtet, falls die Browners Sie zum Übernachten einladen, aber bitte, Sie müssen mich verstehen, ich darf nicht einfach einen fremden Menschen ins Haus hineinlassen.«

»Ist schon gut, Betty, ich verstehe das schon. Aber die Browners haben doch Söhne, sind die alle mitgefahren?«

»Aber nein, die wohnen schon lange nicht mehr hier. Die studieren in Glasgow und Edinburgh und einer ist auch schon fertig mit dem Studium. Der ist schon ein ganz berühmter Architekt.«

Marie unterdrückte ein Gähnen. »Ich klappe meine Rückenlehne herunter und versuche zu schlafen. Ich werde dann schon hören, wenn die Browners zurückkommen.«

Betty nickte beklommen. Die junge Frau tat ihr leid, aber gegen den Willen der Herrschaften konnte sie nichts machen. »Schließen Sie die Fensterscheiben, wenn Sie schlafen, sonst kommen zu viele Mücken herein, die sind hier ziemlich dreist.«

Marie lächelte die alte Frau an. »Das mache ich, und nun gehen Sie ruhig in Ihre Wohnung zurück, ich werde schon zurechtkommen.«

»Eine Wohnung habe ich nicht, sonst hätte ich Sie hereingebeten. Aber meine Stube unterm Dach ist in Ordnung, nur für zwei reicht sie nicht.«

»Danke, Betty. Gute Nacht, und machen Sie sich keine Sorgen um mich, ich komme schon zurecht.«

Die alte Frau nahm das leere Tablett und ging ins Haus zurück. Marie schloss die Fenster und knipste die kleine Leselampe über ihrem Sitz an. Sie studierte noch einmal die Papiere, die sie von den beiden Rechtsanwälten mit auf die Reise bekommen hatte, und verstaute sie schließlich wieder in ihrer Aktentasche. Alles hat seine Ordnung, versicherte sie sich selbst, ich habe mich genau an die Vorgaben gehalten, und jetzt muss ich sehen, dass ich als rechtmäßige Erbin von *Hardinghouse* anerkannt werde. Sie löschte das kleine Lämpchen, verriegelte die Autotüren von innen, klappte die Lehne zurück und rollte eine Jacke als Kopfkissen zusammen.

Eine gute Stunde später wurde Marie vom Gebell der Hunde geweckt. Im Licht von Autoscheinwerfern sah sie die Hunde herumtoben, bemerkte Menschen, die hin und her gingen, und schließlich kam ein Mann mit einer Taschenlampe auf sie zu. Sie richtete die Lehne wieder gerade, strich sich mit den Händen durch das Haar und öffnete die Scheibe an ihrer Seite ein wenig. Von dem Mann sah sie nur einen Umriss, denn die fremden Scheinwerfer blendeten sie.

»Guten Abend, was verschafft mir die Ehre?« Seine Stimme war herrisch und nicht besonders freundlich.

»Mein Name ist Marie Moorburg, ich komme aus Hamburg und habe hier Papiere, die mich als Erbin von *Hardinghouse* ausweisen«, antwortete sie genauso distanziert.

»Hab schon von dem Blödsinn gehört. Kommen Sie morgen um acht in mein Büro.« Damit drehte er sich um, ging zu seinem Wagen, schaltete die Scheinwerfer aus, pfiff die Hunde zu sich und ging ins Haus.

Na großartig, dachte Marie, da hab ich es also mit einem ziemlich groben Typen zu tun. Ich werde morgen mit ihm reden, und wenn ich nicht weiterkomme, muss sich Doktor Manores herbemühen. Jetzt aber will ich unbedingt dieses *Hardinghouse* behalten, gerade, weil es so schwierig wird. Mal sehen, wer zum Schluss recht behält.

Schlafen konnte sie in dieser Nacht nicht mehr. Als es hell und auf dem Hof lebendig wurde, fuhr sie mit ihrem Wagen bis zu einem Wasserhahn an einer Stallwand, stieg aus und wusch sich schnell Hände und Gesicht. Ein Arbeiter, der sie beobachtet hatte, grinste über das ganze Gesicht und fragte: »Zu Fuß gehen Sie wohl nie?«

»Es gibt hier zwei Hunde, die mich nicht ausstehen können.«

Er grinste noch breiter: »Die sind wahrscheinlich nicht die Einzigen.«

Verdutzt fragte Marie: »Was meinen Sie damit?«

»Sie wollen sich hier niederlassen, erzählt man sich. Was für ein Glück für uns, da haben wir aber lange drauf gewartet.«

»Sparen Sie sich Ihre Ironie. Zeigen Sie mir lieber, wo es hier eine Toilette gibt.«

»Was, zu der wollen Sie ohne Auto? Und die Hunde, wenn die kommen?«

»Die halten Sie gefälligst fest. Ich verlass mich auf Sie.«

»Sonst noch Wünsche?«

»Ja, aber darüber reden wir später.«

»Dahinten, am Ende vom Stallgang ist ein Klo.«

»Danke.« Ohne sich noch einmal umzusehen, ging Marie durch den Stall. Die Toilette war modern und sauber, und Marie wunderte sich wieder über die Ordnung, die hier überall herrschte. Die Rinder rechts und links vom blank gefegten Stallgang lagen auf Gummimatten und kauten ihr halb verdautes Futter, in einer Gerätekammer standen Forken und Schippen und Besen wohlgeordnet an der Wand, und an einigen mit Namen versehenen Haken hingen saubere Overalls und Handtücher.

Wenn er nicht so arrogant wäre, würde ich sagen: Der Mann hat seinen Hof im Griff, dachte Marie, ging zu ihrem Wagen zurück, stieg ein und fuhr zurück bis neben die Haustür. Es war zwei Minuten vor acht, als sie ihren Wagen verließ und klingelte. Drinnen bellten wieder die Hunde, und Marie hielt sich schützend ihre Aktentasche vor die Beine. Aber ein herrischer Ruf und die

Border-Collies verstummten. Dann öffnete eine fremde Frau die Tür. »Sie wünschen?«

»Ich bin Marie Moorburg und ich möchte zu Herrn Browner.«

»Einen Augenblick«, die Frau ging durch eine große Diele, klopfte an eine Tür und erklärte: »Da draußen ist eine Frau Moorburg und möchte zu Ihnen.«

»Soll reinkommen«, kam die knappe Antwort.

Die Frau bat Marie: »Bitte kommen Sie«, schloss die Tür hinter ihr und führte sie in ein großes Büro mit alten dunklen Möbeln, zahlreichen Regalen voller Aktenordner und einem dicken Schafwollteppich, auf dem die beiden Hunde lagen und knurrend zu ihr aufblickten.

»Guten Morgen.«

»Morgen, was wollen Sie?«

»Zunächst einmal eine etwas freundlichere Tonart.«

»Sonst noch was?«

»Ich komme aus Hamburg und wurde von Doktor Cornelius Marienthal als Erbin von *Hardinghouse* bestimmt. Hier sind die entsprechenden Papiere.« Sie reichte ihm eine Kopie des Testamentes und ihren Reisepass.

»Interessiert mich nicht. Ich bin der Bauer von *Hardinghouse*, und daran wird sich nichts ändern.«

»Sie sind der Verwalter des Wirtschaftshofes von *Hardinghouse*, und ich habe gar nicht vor, daran etwas zu verändern.«

»Was wollen Sie dann?«

»Ich möchte in dem mir vererbten *Hardinghouse* wohnen. Warum ist das Cottage drüben hinter den Hügeln so verkommen?«

»Geht mich nichts an.«

»Aber mich. Ich verlange eine angemessene Wohnung in meinem Besitz, und wenn das Cottage unbewohnbar ist, werde ich hier bei Ihnen einziehen.«

Schallendes Gelächter war die Antwort.

»Ich finde Ihr Gelächter anmaßend und unfreundlich.« Marie war jetzt wirklich wütend. »Sie sollten meine Bitte ernst nehmen, sonst müsste ich Doktor Manores, den Sachverwalter, bitten, herzukommen und mir zu meinem Recht zu verhelfen.«

»Was für ein Recht meinen Sie?«, fragte der Bauer ironisch.

»Das Recht, mein Erbe hier anzutreten.«

»Ach ja? Wollen Sie hier Kühe melken und Pferde zureiten und Schafe hüten oder wollen Sie Schweine mästen und Hunde dressieren?« Wie auf ein Kommando begannen beide Hunde sie anzuknurren.

»Halten Sie Ihre Hunde zurück und hören Sie mir gut zu, Mister Browner. Ich habe nicht vor, hier etwas zu ändern, Sie haben Ihre Arbeit bis jetzt sehr gut gemacht, aber wenn Sie arrogant und feindlich mir gegenüber sind, werde ich mich nach einem anderen Verwalter umsehen, also hüten Sie Ihre Zunge, Mister Browner, und sperren Sie die Hunde weg.«

Sprachlos starrte der Mann sie an. »Donnerwetter!«, dann rief er nach einem Arbeiter und befahl ihm, sich um die Hunde zu kümmern, bis die Dame den Hof verlassen würde.

Als die Hunde im Freien waren, ging Marie auf den Schreibtisch zu und setzte sich dem Mann gegenüber. »Danke, dass Sie mir den Stuhl angeboten haben«, erklärte sie kühl, »und jetzt hätte ich gerne eine Tasse Kaffee. Heißen Kaffee!«

Verblüfft sah der Bauer sie an. »Sonst noch'n Wunsch?«

»Ja, wenn unser Gespräch noch lange dauert, hätte ich gern ein Frühstück, eins mit allem Drum und Dran.«

Konsterniert sah der Mann sein Gegenüber an. »Arrogant sind Sie gar nicht, oder?«

»In Deutschland gibt es ein Sprichwort, da heißt es, ›Wie man in den Wald hineinruft, so schallt es zurück‹. Was Sie hier hören, ist nur das Echo Ihrer Impertinenz.«

Der Bauer stand auf, öffnete eine Tür und rief: »Bring Kaffee für die Dame, aber schnell, ich habe noch andere Termine heute.«

»Sie werden Ihre Termine verschieben, wenn Sie mir nicht bald erklären, was es mit *Hardinghouse* auf sich hat. Wo hat Doktor Marienthal gewohnt, wenn er hier im Urlaub war?«

»In *Hardinghouse* natürlich.«

»Sie meinen dieses verwahrloste Cottage hinter den Hügeln?«

»Er liebte die Ruhe und die Abgeschiedenheit.«

»Er war ein eleganter, vornehmer Mann, der größten Wert auf Pflege und Sauberkeit legte.«

»Er war schon seit Jahren nicht mehr hier.«

»Und dann lassen Sie sein Ferienhaus so verkommen?«

An der Bürotür klopfte es. »Herein«, rief der Bauer ungehalten.

Betty kam mit einem Tablett und stellte eine Kanne mit Kaffee, eine Tasse, ein Milchkännchen und eine Zuckerdose auf einen kleinen Tisch, den sie neben Maries Stuhl schob, und schenkte dampfenden Kaffee ein. Dann verließ sie wortlos das Büro, bevor Marie sich bedanken konnte.

»Wie lange dauert es, bis das Cottage hergerichtet ist?«

»Was woll'n Sie da?«

»Wohnen.«

»Blödsinn.«

»Was erlauben Sie sich, Mister Browner. Das Haus gehört mir, und ich kann damit machen, was ich will.«

»Wenn Sie *Hardinghouse* geerbt haben, dann sollten Sie mal genauer das Testament studieren. Da wird nichts von einem Cottage drinstehen.«

»Da heißt es immer nur *Hardinghouse.*«

»Dann muss ich Sie tatsächlich über Ihr Erbe aufklären?«

»Ich bitte darum«, Marie nahm die Tasse, füllte Milch nach und etwas Zucker und nahm einen langen Schluck.

»*Hardinghouse* heißt das alles hier.« Mit einer großen Armbewegung deutete Paul Browner auf die gesamte Umgebung.

»Da gibt es *Hardinghouse-Farm*, das ist das hier, dann gibt es *Hardinghouse-Cottage*, das ist die Hütte, in der Sie wohnen wollen, und dann gibt es *Hardinghouse-Castle*, da hat der Doktor gewohnt.«

»*Hardinghouse-Castle*? Wo ist das?«

»Unten am See.«

Verblüfft sah Marie den Bauern an. »Und Sie sind der Boss von allem?«

»Der Boss ist Miss Lizzy.«

»Miss Lizzy? Wer ist das?«

»Der Boss, ich hab's doch schon gesagt. Und wenn ich Ihnen einen Rat geben darf, lassen Sie die Dame in Ruhe, die kann sehr unangenehm werden.«

»Wenn *Hardinghouse-Castle* zu meinem Erbe gehört, werde ich die Dame davon in Kenntnis setzen. Wie komme ich dorthin?«

»Die Lindenallee runter, dann nach rechts, und am See steht das Castle.«

»Würden Sie mich begleiten?«

»Bin ich lebensmüde? Ich denke nicht daran.«

Marie stand auf. »Ich danke für Ihre außerordentlich große Hilfe und für Ihr Entgegenkommen. Und für den Kaffee natürlich auch.« Sie drehte sich um und verließ das Büro.

Donnerwetter, dachte Paul Browner, die und die Lizzy, da treffen zwei Furien aufeinander, gut, dass ich nicht dazwischen stehe.

5

Marie setzte sich in ihren Wagen und holte erst einmal tief Luft.

Die Auseinandersetzung mit dem sturen Bauern hatte ihr sehr zugesetzt. Sie war eine selbstbewusste Frau, sie ließ sich nicht so einfach demütigen oder abweisen, aber dass sie nicht einmal wusste, was *Hardinghouse* wirklich bedeutete, war ein Schock für sie und eine Blamage gegenüber den Leuten auf dem Gut.

Marie hatte es nie leicht gehabt in ihrem Leben: Eine Mutter, die sich nie um sie kümmerte, weil sie das anscheinend unbeschwerte Leben als Stewardess auf einem Luxusliner mehr interessierte als ein kleines Kind in Hamburg, und die eines Tage vollständig aus dem Leben ihrer Tochter verschwand. Einen Vater, den sie so gern gekannt hätte und den sie sich so sehr wünschte, wenn andere Kinder von ihren Vätern schwärmten. Dann das Leben bei den Großeltern, die so streng waren, weil sie als Pflegeeltern alles so viel besser machen wollten als leibliche Eltern. Marie hatte nicht nur eine einsame Kindheit durchlebt, sondern auch eine herzlose.

Die Großeltern, die zwar immer wieder ihre Liebe beteuerten, waren kühl und hart, weil sie Angst vor Fehlern hatten und selbst nichts anderes als Strenge erlebt hatten. Marie durfte nur ganz wenige ausgesuchte Freundinnen haben, nur mit Widerstreben durfte sie Schulen besuchen, weil sie dort der Strenge der Großeltern nicht ausgesetzt war, und als sie schließlich studierte und sich von ihrem Einfluss gänzlich zu befreien drohte, zwangen sie die Großeltern zu einem Studium in der Hansestadt, damit sie bei ihnen wohnte. Marie hatte nie gejammert, vor wem auch, aber sie war aus diesem traurigen Dasein mit Durchsetzungsvermögen, mit Mut und mit Ehrenhaftigkeit hervorgegangen. Sie hatte Gradlinigkeit, Menschenkenntnis und einen Sinn für Gerechtigkeit entwickelt, der ihr über die Hürden des Lebens bis jetzt hinweggeholfen hatte.

Aber nach dem Tod der Großeltern konnte sie ihr Leben selbst in die Hand nehmen und sie hatte das Beste daraus gemacht, was sie sich vorstellen konnte: Sie hatte nicht weiterhin Jura studiert, wie es die Großeltern wollten, sondern sie hatte sich ihrem Hobby, der Natur, zugewandt und war schlicht und einfach Gärtnerin geworden. Na ja, verbesserte sie sich lächelnd, offiziell heißt das heute Gartenbauingenieurin.

Und jetzt kommt dieser arrogante Bauer und will mir sagen, was ich zu tun und zu lassen habe? Nicht mit mir, dachte Marie wütend und startete den Motor. Und dabei sieht dieser ungehobelte Holzklotz auch noch so gut aus. Ein Mann mit Charisma, einer, dem die Leute gehorchen, einer, der mit einer Handbewegung zeigt, wo es langgeht. Der braucht keine Reden zu halten, bei dem genügt eine Kopfbewegung, und alle tun, was er will. Verdammt, sogar bei mir hat das gewirkt. Mehr als drei Worte hintereinander hat er überhaupt nicht gesagt, und ich wusste trotzdem, dass er mir den Krieg erklärt.

Sie hatte das Ende der Lindenallee erreicht und stellte mit Erstaunen fest, dass sich vor ihr das lange Band einer asphaltierten Straße nach rechts und links über die Hügel erstreckte. Es gibt also noch andere Möglichkeiten, *Hardinghouse* zu erreichen, dachte sie kopfschüttelnd. Warum hat mich dieser Anwalt über die Hügel geschickt? Ein Wegweiser zeigte links nach Rowardennan Lodge und rechts nach Kinlochard.

Hm, rechts hat der Bauer gesagt, überlegte Marie, wahrscheinlich wäre es ein Umweg geworden, da hat mir Mister Manores lieber die Strecke über die Hügel aufgezeichnet. Trotzdem, gut zu wissen, dass es hier am Ende der Welt eine Straße gibt, auf der man zurück in die Zivilisation fahren kann. Sie bog langsam auf die Straße ein. Andere Fahrzeuge waren nicht zu sehen. Viel Verkehr hat hier auch nicht Platz, dachte sie, wenn ein Auto entgegenkommt, müsste ich erst einmal nach einer Ausweichstelle suchen, damit wir aneinander vorbeikämen.

Als sie über einen Hügel fuhr, sah sie in einiger Entfernung den See auftauchen. Ja, nickte sie, still und einsam ist es hier wirklich. Sie sah sich um und stellte fest, dass es hier nur karge Hügel gab. Dürre Heideflächen, Nadelwälder, deren graue Bäume sich gegen den Wind in die Höhe reckten, graue Moore und eingezäunte Weideflächen lösten sich ab.

Hier oben ist noch wenig vom Frühling zu sehen, dachte sie und fuhr langsam zum See hinunter. Und dann sah sie nach einer langen Biegung *Hardinghouse-Castle* am Ufer des Sees in einer Bucht stehen. Grau wie die Steine der Hügel ragte ein verwitterter viereckiger Turm aus der Erde. An ihn schloss sich ein Stück graue Mauer mit leeren Fensterlöchern und einem Wehrgang oben als Abschluss an. Langsam fuhr Marie näher. Dann sah sie, dass sich hinter der Ruine ein anderes Gebäude verbarg.

Das lang gestreckte, dreigeschossige Haus, ebenfalls aus grauen Natursteinen gebaut, schmiegte sich wie schutzsuchend an den Turm. Es wirkte unbewohnt und verlassen. Langsam fuhr Marie auf den mit grauem Kies bedeckten Platz vor dem Haus. Alles ist grau hier, dachte sie und zählte die Fenster in den drei Geschossen. Oben waren es jeweils zwanzig, im Erdgeschoss bildete ein großes Portal den Mittelpunkt und es gab nur acht Fenster auf jeder Seite.

Marie hielt mitten auf dem großen Vorplatz und stieg aus. Unschlüssig sah sie sich um. Was um Himmels willen mache ich hier, dachte sie entsetzt. Was soll ich mit einem Castle? Was hat sich Cornelius Marienthal dabei gedacht, als er mich bat, sein Geschenk nicht abzulehnen. Sie schüttelte den Kopf und ging ein paar Schritte auf das Haus zu.

»Halt, stehen bleiben oder ich schieße«, schrie ihr eine weibliche Stimme zu. Erschrocken hielt sie inne und sah sich um. Sie konnte niemanden erkennen, und auch im Haus war alles still.

Dann entdeckte Marie einen in der Morgensonne blinkenden

Gewehrlauf, der auf sie gerichtet war und aus dem Blattwerk eines Baumes herausragte. Die Person war hinter den bis zum Boden reichenden Ästen nicht zu erkennen. Aber der Bauer hatte sie vor einer Miss Lizzy gewarnt, und die schien sich hinter dem grünen Vorhang zu verstecken.

»Hallo«, rief Marie bewusst fröhlich zurück, obwohl ihr die Knie zitterten, »ich bin Marie und ich wollte nur ›Guten Morgen‹ sagen.«

»Verschwinden Sie.«

Marie ging zu ihrem Wagen zurück und nahm das Handy aus ihrer Tasche. Dann stellte sie sich hinter den Range Rover, um etwas geschützt zu sein, und hielt das Handy sichtbar an ihr Ohr.

»Stecken Sie das verdammte Handy weg«, befahl die unsichtbare Person.

»Nein«, rief Marie zurück, »ich bitte jetzt um Polizeischutz. Ich lasse mich auf meinem eigenen Grundstück nicht bedrohen.«

»Handy weg oder ich schieße.«

Obwohl sie auch hier keinen Kontakt für ihr Telefon hatte, tat Marie so, als wählte sie eine Nummer. Daraufhin schoss die Frau tatsächlich, allerdings nur in die Luft. Ein Schwarm von Krähen flog krächzend auf, neben der Turmruine flohen ein paar Enten quakend zum Seeufer, und Marie duckte sich hinter ihren Wagen.

Gleichzeitig hörte sie ein anderes Auto näher kommen. Dann sah sie, wie ein alter, zerbeulter Jeep auf den Platz vor dem Castle einbog und seitlich neben ihr parkte.

Der Fahrer stellte den Motor ab und stieg aus. »Na, habe ich zu viel versprochen?«, fragte Paul Browner und sah sich um. »Hi, Lizzy, mach keinen Unsinn.«

»Verschwinde, Bauer, sonst knallt's auch für dich.«

»Verdammt, Lizzy, nimm die Knarre runter, sonst bist du deinen Ernährer los.« Furchtlos ging er über den Platz und hin zu dem Baum. Und tatsächlich verschwand der in der Sonne blinkende Gewehrlauf. Gleichzeitig verschwand aber auch der Bauer hinter dem dichten Blattwerk.

Marie steckte ihr Handy wieder in die Tasche, blieb aber neben ihrem Wagen stehen. Sie hörte Stimmen, konnte aber niemanden sehen. Dann zerteilte sich der Vorhang aus Blättern und Paul Browner schob eine Frau vor sich her. In einer Hand hielt sie das Gewehr, mit der anderen hielt sie ihr wallendes weißes Gewand vor der Brust zusammen. Marie blieb zwischen den beiden Wagen stehen. Solange diese Fremde ein Gewehr in der Hand hielt, traute sie ihr nicht. Dennoch war sie so höflich, die Frau noch einmal zu begrüßen. »Ich bin Marie Moorburg aus Hamburg, guten Morgen.«

»Sie wiederholen sich«, antwortete die andere abweisend und ging zum Haus hinüber.

»Kommen Sie ruhig mit«, winkte ihr der Bauer zu. »Sie schießt heute nicht mehr, hat sie jedenfalls gesagt.«

Marie folgte den beiden. Der große, breitschultrige Bauer und die kleine, zarte, verwirrt aussehende Frau gingen nicht zum Eingang des großen Gebäudes, sondern rechts um das Haus herum, und Marie folgte ihnen in einigem Abstand. Vom Haus verdeckt, öffnete sich hier der Blick auf einen blühenden, aber vollkommen verwilderten Garten, der bis zum Ufer des Loch Ard reichte. Sprachlos starrte Marie auf die blühende Wildnis, sie hatte selten einen schöneren Garten gesehen. Auf der gegenüberliegenden Seite des Sees erhob sich der Ben Venue, auf dessen Spitze sogar noch ein Rest Schnee zu sehen war.

»Nun kommen Sie schon, ich habe schließlich nicht den ganzen Vormittag Zeit, um zwei Furien zum Frieden zu überreden.«

Wütend folgte Marie ihm und der Fremden ins Haus. Was bildet der sich ein, dachte sie, andererseits war sie natürlich froh, dass er gekommen war und sie aus der seltsamen Situation gerettet hatte. Sie betraten das große Haus durch einen unscheinbaren Seiteneingang und standen in einer altmodischen Küche. Paul Browner erklärte: »Miss Lizzy wohnt hier im Wirtschaftstrakt. Sie will nicht kilometerweit laufen, wenn sie ein Glas Wasser braucht.«

»Halt den Mund«, fuhr ihn die Lady an. »Sagt, was ihr wollt, und verschwindet.«

»Lizzy, reiß dich zusammen und hör gut zu, sonst kannst du heute Abend unter freiem Himmel schlafen.«

Ein lautes höhnisches Gelächter folgte seinen Worten. »Ich habe hier mein Wohnrecht auf Lebenszeit und keiner wird das jemals ändern.«

»Ein Wohnrecht hattest du, so lange *Hardinghouse* dem Mister Marienthal gehörte. Der Mann ist tot, und *Hardinghouse* gehört jetzt der Miss Marie.«

»Wer sagt das?«

»Mister Marienthal hat das so bestimmt.«

»Niemals.«

»Doch, die Dame hat Papiere dabei, in denen das steht, und ich habe mit dem Rechtsanwalt vom Mister Marienthal in Edinburgh telefoniert, die Miss hat recht.«

»Niemals. Ich bin die Frau, die hierhin gehört, das hat er immer gesagt, und daran wird sich nichts ändern. Und jetzt raus hier.«

Marie hatte sich nicht eingemischt, sondern die fremde Frau beobachtet. Das Gewehr hatte sie immer noch in der Hand, den Finger am Abzug, aber die zweite Hand hatte sie zur Faust geballt und ihr Gewand dabei losgelassen. Unter der wallenden Stoffhülle verbarg sich der Körper einer hageren, nackten Frau. Auch ihr Gesicht war sehr schmal, und die großen Augen blickten zornig hin und her. Die dunklen Haare hingen ungekämmt und strähnig bis auf die Schultern und betonten die krankhafte Blässe des hageren Gesichtes.

Paul Browner, dem das Ganze zu lange dauerte, ging jetzt auf die Frau zu, nahm ihr das Gewehr einfach aus der Hand und sicherte es. »Hör zu, Lizzy, entweder du fügst dich und tust, was die Miss dir sagt, oder ich nehme dich gleich mit und liefere dich bei der Polizei in Kinlochard ab, denn du hast keinen Waffenschein, und dafür sperren sie dich ein. Dann ist es aus mit deinem Wohnrecht hier.«

Dann wandte er sich an Marie. »Was haben Sie vor, entscheiden Sie sich, ich will weiter.«

»Ich bleibe«, erklärte Marie wütend. »Ich sehe mir hier alles in Ruhe an und dann überlege ich, wo ich wohnen werde.«

»Und Miss Lizzy?«

»Mit der unterhalte ich mich, wenn sie sich beruhigt hat.« Und etwas unschlüssig fügte sie hinzu: »Gibt es hier noch mehr Gewehre?«

»Keine Ahnung. Im Castle hatte der Boss einen Waffenschrank, aber zum Castle hat die Lizzy keinen Schlüssel.«

»Das Schloss steht leer?«

»Es ist komplett eingerichtet, aber nicht bewohnt, wenn Sie das meinen.«

»Na also, dann ist meine Unterkunft ja gesichert.«

»Haben Sie Schlüssel für das Castle?«

»Eine ganze Tasche voll im Auto.«

»Na, bravo, dann kann ich ja gehen. Ich schicke heute Abend einen Arbeiter mit Lebensmitteln vorbei, wir sind Selbstversorger.«

Er drehte sich um, nickte Lizzy noch einmal zu und verließ den Raum. Das Gewehr nahm er mit.

Marie ging auf die fremde Frau zu und wollte ihr die Hand reichen. Aber Miss Lizzy spuckte ihr vor die Füße und schrie: »Raus hier.«

Wortlos verließ Marie die alte Küche und folgte dem Bauern, der an der Hausecke auf sie wartete. »Holen Sie die Schlüssel, ich will sehen, ob Sie zurechtkommen.«

Wütend über seine schroffe Arroganz, aber irgendwie auch hilflos, denn die Szene mit der fremden Frau und die Drohungen mit dem geladenen, entsicherten Gewehr machten ihr doch ganz schön zu schaffen, holte Marie die Tasche mit den Schlüsseln und gab sie dem Bauern. Mit Unbehagen sah sie an der grauen Hausfassade empor. Was sollte sie mit so einem riesigen Haus? Kleinlaut fragte sie: »Wie viel Zimmer hat denn dieses Schloss?«

»Oben zwanzig, alles Gästezimmer mit Bädern, in der Mitte hat die Familie gewohnt, da ist viel umgebaut worden, aber von der Größe her ist es dasselbe, und unten sind die Empfangsräume, die Säle und Salons.«

»Und das alles steht leer?«

»Früher war hier viel los, dann kam der Deutsche, und es wurde stiller, und jetzt ist alles zu Ende, tot, einfach tot, von Miss Lizzy abgesehen.«

»Die Frau macht einen kranken Eindruck.«

»Sie war eine Schönheit, als sie kam, und ich glaube, sie war die Geliebte vom Mister Marienthal, aber genau gewusst hat das keiner.«

Paul Browner hatte einen Schlüssel aus der Tasche genommen, und daran, dass er genau wusste, welchen Schlüssel er brauchte, erkannte Marie, dass er hier Bescheid wusste. »Sie kennen sich hier aus?«, fragte sie sofort.

»Einer muss sich kümmern«, antwortete er wortkarg und öffnete das schwere, mit Schnitzereien versehene Eichenholzportal. »Da haben Sie Ihr *Hardinghouse-Castle*, Miss.«

»Danke, Mister Browner.«

Er gab ihr den Schlüssel, drehte sich um und rief ihr von Weitem zu: »Morgen kommt einer, der Strom, Wasser und das Telefon anstellt, der Deutsche hat alles modernisiert.« Dann stieg er in seinen Jeep und fuhr davon.

Marie ging zurück zu ihrem Wagen, ließ ihn an und parkte neben dem Portal. Dann nahm sie ihren Koffer, die Reisetasche und den Rest des Proviantpäckchens, trug alles in die Halle und verschloss ihren Wagen und dann auch die Eingangstür. Sie wollte keine ungebetenen Gäste, für heute hatte sie genug von arroganten, unhöflichen und seltsamen Menschen.

Die Halle wirkte riesig. Ganz hoch oben, zwei Etagen über Marie, gab es ein riesiges Glasdach. Der Sonnenschein erhellte das ganze Innere des Hauses bis hinunter in die Halle. Rechts und links führten zwei Treppen nach oben. Galerien mit geschnitzten Geländern umrundeten den breiten Aufgang, und überall zweigten Türen in unbekannte Räume ab. Unschlüssig sah Marie sich um. Die Halle mit ihren Fliesen, mit handgeschnitzten Truhen, Tischen und Stuhlgruppen machte einen gepflegten Eindruck, und die Sonne bewirkte, dass sie nicht verlassen oder sogar tot, wie dieser Grobian gesagt hatte, aussah. Marie öffnete einige Türen, sie alle führten in die verschiedensten Räume. Die Möbel waren mit weißen Tüchern abgedeckt, um sie vor dem Staub zu schützen. Hinter einer Tür führte eine Treppe nach unten. Wenn es hier in die Wirtschaftsräume geht und wenn da ein Zusammenhang zu den Räumen von dieser Miss Lizzy besteht, dann werde ich diese Tür doppelt und dreifach verriegeln, dachte Marie, schloss die Tür wieder und schob die Lehne eines schweren Stuhles unter die Klinke.

Dann ging sie hinauf in das darüber liegende Stockwerk. Auch hier waren alle Zimmer sorgsam gepflegt und die Möbel mit weißen Tüchern bedeckt. Als Marie ein Zimmer mit einem Bett fand, nahm sie die Tücher ab und öffnete das Fenster, um frische Luft hereinzulassen. Der Ausblick war atemberaubend. Sie sah über den blühenden Unkrautgarten bis hinunter zum Seeufer, und an der gegenüberliegenden Seeseite erhoben sich sanfte Hügel, die dann in höhere Berge übergingen.

Marie atmete tief ein. Mein Gott, dachte sie, wie schön die Welt doch ist. Das hat dem Cornelius Marienthal sicher gutgetan, hier konnte er sich von der Hektik der Großstadt und von dem Stress der Arbeit wirklich erholen. Aber dass er dazu so ein riesiges Haus brauchte, verstehe ich immer noch nicht.

Sie holte ihr Gepäck aus der Halle und räumte die wenigen Sachen in einen begehbaren Schrank, der größer war als ihre gesamte Wohnung in dem kleinen Häuschen von Övelgönne. Neben den leeren Fächern für ihre Kleidung fand sie in Schränken Bettwäsche, Handtücher, Badetücher und Tischwäsche. Und zwischen den sauber gestapelten Wäschepacken lagen kleine Beutel mit Lavendelblüten und verströmten einen wundervollen Duft nach Sommer und Sonne. Sprachlos schüttelte Marie den Kopf. Alles ist so, als sei es gestern vorbereitet worden, dachte sie, ich muss unbedingt erfahren, wer das alles hier so sauber hält. Das Haus soll seit zwei Jahren unbewohnt sein, das kann ich mir einfach nicht vorstellen.

Unten läutete die große, von einer Kette gezogene Glocke. Erschrocken lief Marie nach unten und schaute durch ein kleines Fenster nach draußen. Vor dem Portal stand ein Dogcart mit Pferd und vor der Tür ein älterer Mann.

Marie öffnete die Tür einen Spalt breit. »Ja, bitte?«

»Der Boss schickt mich. Ich bringe Lebensmittel und Wasser, weil Ihr Wasseranschluss noch nicht funktioniert. Wo soll ich die Sachen abstellen?«

»Hier, bitte stellen Sie alles in die Halle, ich räume es später weg.«

Der Mann brachte ihr mehrere Kartons und zwei Kisten mit Mineralwasser ins Haus und stellte die Sachen auf den Tischen ab.

Marie holte ihr Portemonnaie aus der Tasche und gab ihm eine Pfundnote. »Danke, dass Sie das alles hergebracht haben.«

Der Mann kratzte sich am Kopf. »Fürs Bringen darf ich nichts nehmen.«

»Das ist schon in Ordnung, es muss ja keiner wissen. Wer hat denn die Sachen zusammengepackt?«

»Die Mistress, aber der Bauer hat genau gesagt, was rein sollte in die Kartons.«

»Meinen Sie mit Mistress die Frau vom Bauern?«

»Ja.«

»Dann sagen Sie ihr bitte, dass ich mich bedanke.«

»Mach ich.«

Er setzte seine Mütze wieder auf, ging hinaus, setzte sich in den Dogcart und fuhr davon.

Als Erstes öffnete Marie eine Flasche Mineralwasser. Jetzt erst merkte sie, wie durstig sie war, und da sie kein Glas zur Hand hatte, trank sie einfach aus der Flasche. Dann besah sie den Inhalt der Kartons. Da gab es Brot, Butter, Wurst, Orangenmarmelade und Honig, einen Kastenkuchen und einen Beutel mit leicht schrumpeligen Winteräpfeln. Da sie die unbekannte Küche in den Kellergewölben meiden wollte, ließ sie alles in den Kartons und in der Halle stehen. In einem der Säle fand sie eine Anrichte mit Geschirr und Bestecken und deckte sich kurz entschlossen einen der Tische in der Halle.

Grob sind sie ja, diese Schotten, aber sie versorgen mich, also lehnen sie mich nicht grundsätzlich ab. Ich will ihnen ja auch nichts wegnehmen, ich will ja nur sehen, was ich da geerbt habe, obwohl ich es immer noch nicht verstehe, warum Cornelius Marienthal mir so ein Schloss mit allem Drum und Dran vererbt hat. Was soll ich denn damit? Ich kann doch hier keine Feste veranstalten und halb Schottland dazu einladen. Dieses Castle erschlägt mich regelrecht. Und dann diese Miss Lizzy im Untergrund, wie stellt er sich das vor? Wenn da nicht seine intensive Bitte wäre, sein Erbe anzunehmen, würde ich morgen nach Hause fliegen. Aber irgendetwas hat er sich dabei gedacht, das weiß ich, denn er war weder ein impulsiver noch ein unüberlegter Mann. Was er sagte und bestimmte, hatte immer Hand und Fuß, sonst hätte er auch nicht diese große Firma aufbauen können, von der seine Kinder jetzt profitieren.

Marie aß von dem Brot, trank Wasser dazu und löffelte die Orangenmarmelade als Kompott hinterher.

Draußen wurde es dunkel. Sie nahm ein paar Kerzen aus einem der Tischleuchter im Speisesaal, kontrollierte noch einmal die Tür nach draußen und die Tür zum Keller und ging mit zwei Mineralwasserflaschen nach oben. Eine brauche ich zum Trinken, mit der anderen werde ich mich waschen, und morgen werde ich überlegen, wie es weitergehen soll.

Sie zog sich aus, wusch sich und legte sich in das fremde Bett.

Aber an Schlafen war in dieser Nacht nicht zu denken, zu viele Gedanken gingen ihr durch die Kopf, zu viele Fragen, und dann das unbekannte Haus mit all seinen Geräuschen: Da pfiff der Wind durch den Kamin, da knarrte eine Holzbohle, da schepperte ein Fensterladen gegen die Mauer, da rief ein Kauz durch die Dunkelheit, und irgendwo, weit entfernt, bellte ein Hund. Marie dachte an die alten Gespenstergeschichten und graulte sich ein wenig, dann stand sie auf, schloss das Fenster, schob einen der Stühle vor die Zimmertür und zog sich die Decke über die Ohren. Aber schlafen konnte sie dennoch nicht.

6

Nicolas Marienthal, fest entschlossen, dieses seltsame, schottische *Hardinghouse* in den Besitz der Familie zu bekommen, setzte sich mit seinem alten Studienfreund, dem Anwalt Doktor Baumeister, in Verbindung. Weniger der Gedanke, den Besitz zu vergrößern, als vielmehr der verletzte Stolz, heimlich übergangen worden zu sein, veranlasste ihn, *Hardinghouse* besitzen zu wollen.

»Harald, ich müsste dich in einer dringenden Angelegenheit sprechen«, rief er ins Telefon, als die Sekretärin endlich eine Verbindung herstellte. Dreimal hatte er an diesem Morgen schon versucht, den Freund zu erreichen, aber entweder war der Anwalt nicht in der Kanzlei, oder er durfte nicht gestört werden, oder er befand sich gerade in einer Konferenz. Und jedes Mal wuchs sein Ärger, wenn die Verbindung nicht zustande kam, denn Doktor Nicolas Marienthal, Geschäftsführer des Marienthal-Imperiums, war es nicht gewohnt, warten zu müssen.

Aber jetzt hatte er den Freund in der Leitung. »Harald, es ist wirklich dringend. Hättest du Zeit für mich?«

»Nicolas, ich stecke mitten in Verhandlungen mit dem Gewerbeamt und mit der Gewerkschaft.«

»Komm, Harald, alter Freund, ich brauche dich wirklich.«

»Um was geht es denn?«

»Als Erstes möchte ich, dass du unser Firmenanwalt wirst und alle Belange unserer Gesellschaften vertrittst. Und zweitens möchte ich dich auch privat als Anwalt an meiner Seite wissen.«

»Aber ihr arbeitet doch mit Doktor Treuer zusammen, seit Jahrzehnten, soviel ich weiß.«

»Das soll sich nach dem Tod meines Vaters jetzt alles ändern.«

»Ich habe von dem Tod des Patriarchen gehört, mein Beileid.«

»Ja, und in diesem Zusammenhang muss ich dich dringend sprechen.«

Doktor Baumeister zögerte einen Augenblick. Er war nicht der Mann, den man rief und der sofort kam. Jetzt nicht mehr! Er war sich seiner Stellung und seines Ansehens, einer der besten Anwälte der Stadt zu sein, durchaus bewusst. Seine Auftraggeber waren in der Politik, im Hamburger Rathaus, in der Handelskammer, im Gewerkschaftshaus und in der Berliner Vertretung zu suchen, weniger in der aktuellen Wirtschaft und im kulturellen Bereich. Es gab einmal eine Zeit, in der er gehofft hatte, dass sein Freund ihn zum Berater und Vertreter seines riesigen Konzerns machen würde, aber dann hatte man diesen Doktor Treuer vorgezogen – gut, sein Freund hatte damals noch nicht allzu viel zu sagen in der Firma, aber immerhin, ihn hatten die Marienthals abgelehnt. Und nun brauchten sie ihn plötzlich?

Er räusperte sich. »Um was handelt es sich denn genau, Nicolas?«

»Ums Grundlegende. Ich bin mit Doktor Treuer nicht mehr einverstanden. Ich brauche frischen Wind in den alten Gemäuern.«

»Na, hör mal, ihr seid doch gerade in diesen Glaspalast in der Hafencity umgezogen, da kann man doch nicht von alten Gemäuern sprechen.«

»Ich meine mit Gemäuern natürlich nicht die roten Backsteinmauern vom Kontorhausviertel, sondern die Strukturen im Betrieb.«

»Und das von heut auf morgen? So etwas muss doch genau überlegt und vorbereitet und mit den maßgebenden Leuten in der Firma besprochen werden.«

»Harald, der maßgebende Mann, und zwar der einzige, auf den es ankommt, bin ich. Es gibt keinen, der mir reinreden könnte, und mit der Berufung von dir möchte ich anfangen, heute noch.«

»Ich muss die Sekretärin nach den Terminen fragen. Augenblick mal.« Baumeister schaltete den Freund aus der Leitung, nicht, um mit der Vorzimmerdame zu sprechen, sondern um den guten Nicolas etwas warten zu lassen. Dann meldete er sich wieder. »Hallo, mein Stundenplan für heute ist voll. Wir könnten aber irgendwo am späten Mittag einen Happen essen, wenn es so dringend ist. Dann sagst du mir, um was es geht.«

»Einverstanden, und wo?«

»Gehen wir ins ›Vier Jahreszeiten‹, das ist nur einen Sprung von meiner Kanzlei entfernt.«

»Du hast deine Kanzlei noch immer an der Esplanade?«

»Ja, zentraler geht es kaum. Und das ist wichtig für mich und meine Klientel.«

»Gut, dann um zwölf im ›Vier Jahreszeiten‹?«

»Nein, nicht vor zwei, ich kann frühestens um zwei Uhr dort sein.«

»Einverstanden. Ich lasse einen etwas separat gedeckten Tisch reservieren.«

Erschöpft legte Nicolas Marienthal den Hörer auf. Er hatte genau gespürt, dass der Freund sich mit Absicht zierte. Er ist noch immer beleidigt, damals vom Vater abgelehnt worden zu sein. Als ich ihn für unsere Firma gewinnen wollte, war er ein unbekannter Anwalt, der eine gut situierte Stellung dringend gebraucht hätte, aber Vater wollte seinen alten Treuer behalten, da hatte ich keine Chance, den Studienfreund bei uns unterzubringen. Aber inzwischen ist der Harald Baumeister einer der besten Anwälte in der Stadt, heute reißt man sich um ihn. Und das lässt er mich jetzt spüren. Aber er soll nicht denken, dass ich ihn unter allen Umständen haben will. Wenn mir seine Gangart nicht passt, es gibt noch andere angesehene Anwälte in dieser Stadt. Was mich an ihm interessiert, ist das Wort Studienfreund, und einen Freund in der Rechtsberatung kann man immer brauchen. Ich spekuliere vor allem auf die alte Freundschaft, die hoffentlich die Rechtsbegriffe nicht immer und unter allen Umständen wörtlich nimmt, sondern auch mal das eine oder andere Auge zudrückt.

Er drückte auf den Verbindungsknopf zu seiner Sekretärin. »Frau Wellingstedt, bestellen Sie bitte einen Tisch im ›Vier Jahreszeiten‹ für vierzehn Uhr, einen Tisch für zwei Personen, an dem man sich ungestört unterhalten kann.«

»Jawohl, Doktor Marienthal. Geht es um ein spätes Mittagessen oder um einen frühen Nachmittagskaffee?«

»Ums Mittagessen. Und sagen Sie meinem Fahrer, er soll mich pünktlich abholen.«

»Jawohl, Herr Doktor.«

Als ihm ein paar Stunden später, kurz vor halb zwei Uhr der Wagen gemeldet wurde, nahm er die Mappe mit den gesammelten Testamentsunterlagen und eine zweite Mappe mit den wichtigsten Auskünften über seine Firma und fuhr im Lift nach unten. Ein Vorteil daran, in diesem Glaspalast zu residieren, war der Lift, der einen atemberaubenden Blick über die neue Hafencity und die alten Kaianlagen, über die Speicherstadt und das neue Überseeterminal gestattete. Nicolas genoss die Fahrt jedes Mal und war glücklich, dass er den Umzug damals dem Vater gegenüber durchgesetzt hatte. Sicher, die alten Kontorhäuser hatten ihre Würde und ihre Tradition, aber sie waren verstaubt und unmodern. Da roch es nach Bohnerwachs und alten Akten, und in kaum einem Haus gab es einen Lift.

Nicolas erinnerte sich lächelnd an den alten Paternoster, mit dem sie sich von Etage zu Etage bewegt hatten, und wie schwer es alten Geschäftsfreunden gefallen war, rechtzeitig ein- und auszusteigen. Da hatten dann die jungen Mitarbeiter helfen müssen, die Herrschaften gesund wieder auf die Straße zu befördern. Und dann die Angst, die er als Kind gehabt hatte, einmal nicht früh genug auszusteigen und womöglich hoch oben auf den Kopf gestellt und dann kopfüber abwärts befördert zu werden. Ein alter Prokurist hatte ihn dann an die Hand genommen und gesagt: »Komm, Jungchen, ich fahre mit dir, und du wirst sehen, da passiert dir gar nichts, du kommst auf den Füßen stehend wieder nach unten.«

Nicolas lächelte, als er die elegante, mit Palmen und Hibiskuspflanzen geschmückte Halle betrat. Er hätte auch den Sekundenaufzug nehmen können, der die Passagiere in einer Geschwindigkeit, die man zum Glück nicht spürte, von ganz oben nach ganz unten beförderte, aber er nahm immer den gläsernen Aufzug mit der schönen Aussicht, danach konnte er mit einer gewissen Freude den weiteren Tagesablauf in Angriff nehmen, denn er war ein sinnlicher Mensch, der die schönen Dinge des Lebens durchaus zu genießen wusste.

Auch heute war das so. Nicolas ließ sich gut gelaunt durch die City zum Hotel an der Binnenalster fahren.

Der Chauffeur hatte den Weg über den Brooktorkai, den Deichtorplatz, den Wallringtunnel und den Rest vom Glockengießerwall gewählt, um über die Lombardsbrücke in den Neuen Jungfernstieg einzubiegen und direkt vor dem Hotelportal halten zu können. Die Lindenalleen hatten das volle Frühlingsgrün entfaltet, Rhododendron und Azaleen schmückten die kleinen Anlagen am Ferdinandstor. Es wird Sommer, dachte Nicolas vergnügt, die Jahreszeit, die ich am liebsten habe, und ein schottisches Cottage in den Highlands passt da wie gerufen hinein. Wenn alles klappt, und warum sollte es nicht, wenn der Harald mir dabei hilft, könnte ich Pfingsten bereits dort verbringen.

Der Chauffeur hielt vor den Stufen des Hotels und der livrierte Portier öffnete die Wagentür, um dem Gast beim Aussteigen behilflich zu sein. Fröhlich lehnte Nicolas die Hilfe ab, stieg aus und lief mit zwei Sprüngen die Stufen hinauf. Vierundfünfzig Jahre, dachte er, was ist das schon, da kann man noch Bäume ausreißen und Moorhühner jagen.

Der Empfangschef, der Nicolas Marienthal gut kannte, denn die Marienthals waren häufige und gern gesehene Tagungsgäste im Hotel, begleitete ihn durch das Foyer in den Speisesaal und übergab ihn der Obhut des Oberkellners, der den späten Gast zu einem separaten Tisch führte. Harald Baumeister war noch nicht eingetroffen, und auch die meisten anderen Tische waren um diese Zeit nicht mehr besetzt. Nicolas nahm Platz, bestellte einen Aperitif und wartete auf den Freund. Er wartete ziemlich lange, denn Harald Baumeister kam mit einer halben Stunde Verspätung.

»Verzeihung«, entschuldigte er sich, »aber da kam in letzter Minute noch ein Anruf aus Berlin, den ich nicht einfach abblocken konnte.«

»Selbstverständlich«, murmelte Nicolas leicht verärgert, ließ sich aber die Enttäuschung nicht anmerken. Er spürte genau, dass der Freund ihm seine Grenzen zeigte, schließlich war er es, der etwas wollte, und nicht umgekehrt. Der Oberkellner kam und brachte den Herren die Menü- und die Weinkarten, aber Harald Baumeister schüttelte den Kopf. »Ich nehme nur den Chefsalat und ein Glas Weißwein«, und zu Nicolas gewandt: »Entschuldige, aber zu einem ganzen Essen reicht meine Zeit nicht.« Damit hatte er angedeutet, dass die Zeit eines bekannten Anwaltes sehr beschränkt sei, und Nicolas hatte sofort begriffen und sagte: »Ich nehme das Gleiche.«

Nach dem kurzen Essen ließen sich die Herren Cognac bringen, und Harald Baumeister fragte: »Und wo brennt's denn nun?«

Nicolas, nun doch etwas schockiert von der distanzierten Redeweise, erklärte ernüchtert. »Zuerst einmal wollte ich dich wiedersehen. Dann wollte ich dich ganz offiziell bitten, die Rechtsberatung meiner Firma zu übernehmen, Unterlagen über den Konzern habe ich dabei, und drittens brauche ich dich als Freund und deinen Rat bei einer Testamentsanfechtung.«

Harald Baumeister sah seinen Freund einen Augenblick lächelnd an, dann erklärte er: »So wie ich es sehe, steht die Testamentsanfechtung an oberster Stelle.«

»Nicht unbedingt, Harald, aber an der dringendsten Stelle.«

»Um was geht es?«

»Mein Vater hat ein Anwesen in Schottland an eine Gärtnerin vererbt, ohne die Familie darüber zu informieren.«

»Und was ist daran anfechtbar?«

»Landbesitz gehört in die Familie.«

»Nicht unbedingt. Um was für Land handelt es sich?«

»Ein Cottage in den Highlands, das keiner von uns kennt. Es war sein Feriensitz, und er hat immer ein großes Geheimnis daraus gemacht.«

»Ein Cottage, mein lieber Nicolas, lohnt sich da eine Anfechtung?«

»Ja, grundsätzlich.«

»Na schön. Gib mir die Anschrift in Schottland und den Namen der Gärtnerin. Ich werde einen meiner Praktikanten damit betrauen.«

»Was?«

»Ja, wir haben zurzeit drei Leute in der Kanzlei, die das Studium abgeschlossen, aber noch keine praktische Erfahrung haben. Einer davon wird sich darum kümmern.«

»Das ist nicht dein Ernst, Harald.«

»Aber was hast du denn gedacht? Du erwartest doch nicht, dass ich in die Highlands reise und mich um dein Cottage kümmere. Ich bin ab morgen für drei Wochen in Berlin, ich habe doch keine Zeit für Erbansprüche. Und wenn ich aus Berlin zurück bin, melde ich mich bei dir. Dann können wir die Übernahme der Rechtsberatung für deinen Konzern besprechen.«

Doktor Nicolas Marienthal, noch immer sprachlos über diese unfreundliche Zurechtweisung, nickte nur. Dann nahm er die Mappe mit den Testamentsunterlagen und überreichte dem Freund Namen und Anschrift der Gärtnerin Marie Moorburg in Övelgönne. »Eine Adresse in Schottland haben wir nicht, Vater hat immer ein großes Geheimnis daraus gemacht.«

»Hatte er seine Gründe dafür?«

»Er wollte einfach seine Ruhe und keine Familienangehörigen dort haben.«

»Hm. Ich werde sehen, was sich tun lässt, und einen meiner Jungs nach Övelgönne schicken.«

»Danke.« Nicolas war noch immer schockiert.

»Ich melde mich, wenn ich aus Berlin zurück bin. Einverstanden?«

»Ja, ja.«

Doktor Harald Baumeister stand auf. »Danke für den Imbiss und dann bis später, Nicolas. Und denke daran, ich bin sehr beschäftigt, eine Rechtsberatung für deine Firma würde ich nur übernehmen, weil wir alte Freunde sind.« Er legte ihm flüchtig die Hand auf die Schulter, nickte dem Oberkellner zu und verließ das Hotel.

Und Nicolas Marienthal ließ sich einen zweiten Cognac bringen.

Langsam erholte sich der Konzernchef von diesem höchst unerfreulichen Gespräch. Ob ich unter diesen Umständen den Baumeister zu meinem Rechtsberater nehme, werde ich mir noch sehr gründlich überlegen, dachte er und schüttelte den Kopf. Von alter Freundschaft ist da nichts mehr zu spüren. Diese Überheblichkeit muss ich mir nicht gefallen lassen. Ich werde die Entwicklung von *Hardinghouse* abwarten und mich dann entscheiden.

Er ließ seinen Wagen rufen, gab dem Chef des Restaurants seine Karte für die Abrechnung und verließ das Hotel. Verärgert setzte er sich in den Fond des Wagens, schloss die Augen und ließ sich nach Hause in die Villa an der Elbe bringen. Die Freude über den Frühling und die gute Laune waren dahin. Von den blühenden Kastanien rechts und links an der Straße und von den Fliederbüschen in den Gärten der Villen an der Elbchaussee sah er nichts mehr, und an die heutige Rückkehr seiner Frau aus der Kur wollte er schon gar nicht denken.

Renate Marienthal, geborene Oberhaus, war eine unsensible Frau. Für Gefühle hatte sie wenig Verständnis, für Geschäfte dafür umso mehr. Sie hätte zur Beerdigung von Vater zurückkommen müssen, überlegte er, aber sie zog es vor, ihre Rehakur in

Bad Kissingen bis zum letzten Tag zu genießen. Nicht einmal das seltene Zusammensein mit meinen Geschwistern hatte sie verleiten können, die Kur eine Woche früher zu beenden.

Nicolas schaute auf die Uhr. Es ist fast drei, dann wird sie bereits zu Hause sein, sinnierte er. Er hatte ihr einen der bequemsten Firmenwagen zum Abholen geschickt und hoffte, dass sie eine angenehme Fahrt hinter sich hatte. Die bei einem Sturz vom Pferd gebrochene Hüfte – warum muss eine dreiundfünfzigjährige Frau auch noch an Springturnieren teilnehmen?, dachte er leicht schadenfroh – hatte ihr wochenlange Schmerzen verursacht, und in dieser Zeit war sie wirklich kaum kontaktfähig. Hoffen wir, dass die Rehabilitationsmaßnahmen geholfen haben, damit sie wieder ansprechbar ist.

Der Wagen fuhr in die Einfahrt und den gepflasterten Weg bis zur Villa hinunter. Genau vor der Haustür hielt er, der Chauffeur sprang aus dem Wagen, hielt seinem Chef die Tür auf und grüßte freundlich. »Einen schönen Tag noch, Herr Doktor.«

Nicolas spürte die Veränderung sofort. In der Halle stand der alte Butler, steif wie eine Wachsfigur, und half ihm beim Ablegen des Mantels. Das kleine Lächeln, das er sonst für den Hausherrn bereithielt, war nicht zu entdecken. Im Haus war es totenstill. Das versteckte Kichern der Dienstmädchen, das er sonst hörte, oder eine heimliche Musik, die sich die Angestellten gönnten, wenn die Herrschaften nicht im Hause waren, fehlten heute. Na ja, dachte Nicolas, Renate ist zurück.

»Wo finde ich meine Frau?«, fragte er den Butler.

»Madame ruhen und möchten nicht gestört werden.«

Na schön, dachte Nicolas, lassen wir sie ruhen. Er ging in sein Büro und kontrollierte seine E-Mails, um zu sehen, ob Mitteilungen von Irma Wellingstedt eingegangen waren.

Er fand den aktuellen Börsenbericht vor, die Ankunftszeit von zwei Containerriesen im Hafen, die Bitte der Chefsekretärin, mit ihr die morgigen Termine zu besprechen, und die Nachricht über die Ankunft seiner Schwester Caroline in Kapstadt.

Nicolas schaltete den Rechner aus und klingelte nach dem Butler. »Walther, bitten Sie die Köchin, mir zwei Schinken-Omeletts zu machen. Aber keinen Salat, von dem hatte ich genug. Er war das Einzige, was ich heute Mittag zu essen bekam.«

»Sehr wohl, Herr Doktor. Was möchten Sie trinken?«

»Am liebsten eine Kanne Tee.«

Nicolas stand auf und trat an das Fenster. Wie immer war er beglückt von dem schönen Ausblick über den Park bis hinunter zur Elbe. Er freute sich an den blühenden Sträuchern im Garten, am Flieder, am Goldregen, und der erste Jasmin blühte auch schon. Und er freute sich an den riesigen Containerschiffen auf dem Strom, denn nicht selten fuhren seine eigenen Kolosse da unten vorbei und demonstrierten Macht und Reichtum des Imperiums. Und dann sah er die fremden Gärtner bei der Arbeit, und die Erinnerung an seinen alten Vater im Gespräch mit dieser Gärtnerin kehrte zurück – und die schlechte Laune war wieder da.

Der Butler kam und erkundigte sich, wo Nicolas zu speisen wünschte. Doch der winkte ab und fragte: »Walther, Sie waren doch oft mit meinem Vater im Garten, wenn er sich mit der Gärtnerin unterhielt. Worüber haben die beiden gesprochen?«

»Über die Pflanzen, Herr Doktor.«

»Und worüber noch?«

»Über den Klimawandel, Herr Doktor.«

»Und worüber noch? Nun lassen Sie sich doch nicht alles aus der Nase herausziehen, Walther.«

»Über die Jahreszeiten, Herr Doktor.«

»Haben Sie auch über Schottland gesprochen?«

»Nicht, dass ich wüsste, Herr Doktor.«

»Danke, das war's, servieren Sie das Essen hier auf dem Tisch.«

Und dann dachte er: Ich muss Walther loswerden. Seine Loyalität mit meinem Vater geht mir auf die Nerven. Ich brauche einen Butler, dem ich vertrauen kann, der verlässlich ist und loyal mir gegenüber. Einen Mitarbeiter, der gewandt und clever ist. Die Wellingstedt muss sich morgen darum kümmern.

7

Gegen Morgen, es wurde schon hell, war Marie dann doch noch eingeschlafen. Geweckt wurde sie von der Glocke am Portal. Erschrocken fuhr sie hoch und lief zum Fenster. Auf dem Vorplatz stand ein uralter Jeep und vor der Eingangstür ein älterer Mann in einem blauen Monteursanzug.

»Hallo«, rief Marie, »wollen Sie zu mir?«

»Hi! Ich bin Marc, der Techniker von der Farm. Der Bauer schickt mich. Ich soll hier Wasser, Strom und das Telefon anschließen.«

»Ja, das stimmt. Danke, ich bin in fünf Minuten unten.« Marie schlüpfte in ihre Jeans, streifte ein T-Shirt über, zog ein Paar Turnschuhe an und bürstete kurz das Haar. Dann entfernte sie den Stuhl von der Zimmertür und lief hinunter. Sie schob die Riegel von der Eingangstür zurück und schloss auf. »Fein, dass Sie da sind, so ohne Wasser und Strom, das ist man heute gar nicht mehr gewöhnt.«

Marc lächelte. »In zehn Minuten können Sie duschen, mit dem heißen Wasser dauert es natürlich etwas länger.« Er ging durch die Halle zur Tür, die nach unten in die Wirtschaftsräume führte. Leicht amüsiert rückte er den schweren Lehnstuhl zur Seite und sah Marie an. »Vorsichtsmaßnahmen?«

Marie zuckte mit den Schultern. »Ich bin hier allein, alles ist fremd, irgendwo im Untergeschoss wohnt eine fremde Frau, die sehr unfreundlich ist und mich hier nicht haben will. Der Stuhl vor der Zimmertür sollte verhindern, dass sie hier plötzlich vor mir steht.«

»Ach, die Miss Lizzy. Wissen Sie, Hunde, die bellen, beißen nicht, das ist bei ihr genauso. Sie ist ein bisschen verrückt, ein bisschen demenzkrank und ein bisschen größenwahnsinnig. Sie denkt, das Schloss ist ihr persönliches Eigentum, und das kann man ihr nicht mehr ausreden.«

»Aber wie kommt sie darauf? Irgendjemand muss ihr das doch eingeredet haben.«

»Na ja, als der Mister Marienthal sie mitbrachte, war sie eine wunderschöne junge Frau, die er irgendwo auf einer seiner Weltreisen kennengelernt hatte und wie seine Ehefrau behandelte. Aber immer nur für ein paar Wochen im Jahr. Die übrige Zeit war sie hier allein mit dem Dienstpersonal und ein paar Bekannten aus der Umgebung.«

»Die arme Frau.«

»Ja, vor allem die langen Wintermonate waren schlimm. Sie wurde langsam hysterisch und öfter auch mal krank, und alle dachten, jetzt würde der Doktor Marienthal sie mit nach Hamburg nehmen. Aber der hatte dort seine eigene Familie, und eine Geliebte konnte er sich wohl nicht erlauben. Aber wenn er hier war, hat er bestens für sie gesorgt.«

»Vier Wochen in einem ganzen Jahr, das ist ja nicht gerade viel«, dachte Marie erschrocken, so verantwortungslos hätte sie den alten Mann gar nicht eingeschätzt.

»Ja, aber wenn er hier war, dann hat er sie verwöhnt und unglaublich viel Geld in das Anwesen gesteckt. Er hat die verkommene Farm wieder wirtschaftlich gemacht, und hier ins Schloss hat er die modernsten Geräte eingebaut. Die werden Sie sehen, wenn Sie mit mir runter in die Wirtschaftsräume gehen. Oder haben Sie immer noch Angst vor dem Keller?«

Marie fühlte sich leicht beschämt. »An Ihrer Seite?«

»Na, dann kommen Sie.« Marc ging voraus und leuchtete mit einer Taschenlampe, bis sie unten einen abgeschlossenen Raum betraten und vor einem großen Stromverteiler standen. »So, machen wir erst einmal Licht.« Er drehte an ein paar Sicherungen, legte einige Schalter um, und schon wurde es hell, und irgendwo sprang ein Motor an. »Was Sie da hören, ist die elektrische Heizung. Wenn ich jetzt noch die Pumpen in Bewegung setze, haben

Sie Wasser und wenig später auch das heiße Wasser zum Duschen.« Marc ging weiter und betrat wenig später eine große, hell erleuchtete und ganz modern eingerichtete Küche.

»Donnerwetter«, entfuhr es Marie, »das sieht ja wie eine moderne Hotelküche aus.«

»Hier wurden oft große Feste gefeiert, wenn der Mister im Haus war. Jagdgesellschaften, Reitertreffen, der Doktor aus Germany war ein sehr geselliger Mann, jedenfalls in den früheren Jahren. Später wurde dann alles weniger, er wurde älter und zum Schluss war er so gebrechlich, dass er nicht mal mehr zur Moorhuhnjagd gehen konnte. Da kam er dann nur noch, um bei Miss Lizzy zu sein.«

Marie unterbrach ihn nicht. Sie war froh, etwas über *Hardinghouse* und seinen Besitzer zu erfahren.

»Und das alles haben Sie miterlebt?«, fragte sie, während er die Wasserpumpen anstellte.

»Zuerst war ich nur als kleiner Junge hier. Mein Vater war Stallmeister auf der Farm und manchmal hat er mich mitgenommen. Aber ich interessierte mich mehr für Technik als für Tiere und später habe ich eine Lehre als Elektromonteur in Glasgow angefangen, und mein Chef hat hier die ganzen Anlagen eingebaut, da war ich dann von Anfang an mit dabei.«

»Und da haben Sie auch Mister Marienthal kennengelernt.«

»Ja, und als ich mit der Ausbildung fertig war, hat er gesagt, er brauche für *Hardinghouse* einen Techniker, und hat mich eingestellt.«

»Also für das Schloss.«

»Nein, für das ganze Anwesen, die Farm, die ja auch ganz modern wirtschaftet, das Schloss und das alte Cottage.«

Marie beobachtete, wie er die Elektrogeräte in der Küche, im Heizungsraum und an den Wasserpumpen kontrollierte, hier und da einen Schalter umlegte oder eine Anzeigenuhr korrigierte.

»Das alte Cottage sieht ja sehr verlassen aus, dort war ich zuerst, als ich *Hardinghouse* suchte.«

»Ja, es liegt auf dem Weg, wenn man von Edinburgh herüberkommt. Aber von hier aus ist es ganz nah, Sie brauchen nur um den Hügel im Osten herumfahren, dann sind Sie schon da. Fünfzehn Minuten zu Fuß, weiter ist es nicht.«

»Schade, dass es so verwahrlost ist.«

»Ja, das ist es. Früher haben wir gedacht, er würde es für Miss Lizzy einrichten, aber die wollte unbedingt im Schloss leben. Da hat sich dann keiner mehr um die alte Hütte gekümmert.

So, hier unten bin ich fertig. Ich müsste jetzt durch alle Räume gehen und die Heizungen kontrollieren, nicht, dass irgendwo Wasser austritt, wenn der Druck sich verstärkt.«

»Aber ich brauche doch jetzt keine Heizung mehr, es wird doch Sommer.«

»Das kann noch etwas dauern, Miss ... wie war doch gleich Ihr Name?«

»Ich bin Marie, Sie können gern Marie zu mir sagen.«

»Gut, dann bin ich der Marc. Ich denke, wir werden noch öfter miteinander zu tun haben.«

»Würden Sie mir einen Gefallen tun, Marc?«

»Wenn ich kann, gern.«

»Bitte zeigen Sie mir noch den ganzen Keller. Ich möchte wissen, ob es in den Gewölben einen Zugang zu Miss Lizzys Wohnräumen gibt.«

»Den gibt es nicht. Das weiß ich ganz genau. Sie können sicher sein, hier durch den Keller kommt sie nicht. Aber ob sie einen Schlüssel zum Haupteingang hat, das weiß ich nicht.«

»Die Räume oben sind alle sehr sauber und gepflegt, als sei gerade eine Reinigungsfirma hindurchgegangen.«

»Ja, das ist Vorschrift. Das hat der Mister aus Germany so angeordnet.«

»Und wer macht das?«

»Mrs. Browner. Sie ist jeden Monat einmal mit zwei Frauen hier, um alles zu reinigen und frisch zu halten. Dafür bekommt sie ein festes Gehalt vom Anwalt in Edinburgh.«

»Vom Anwalt in Edinburgh?«

»Ja, er verwaltet alle Gelder für *Hardinghouse*, und das sind keine kleinen Summen. Ihr Mister Marienthal muss sehr vermögend gewesen sein.«

»Das war er auch, aber ich dachte, er investiert immer alles in seine Firma. Und ich glaube, seine Kinder dachten das auch.«

Marc lachte. »Ich glaube eher, das Vermögen in Germany ist im Vergleich zum Vermögen hier in Schottland der eher kleinere Teil.«

Marie sah ihn überrascht an. »Das glauben Sie?«

»Das weiß ich. *Hardinghouse* wird komplett von Edinburgh aus finanziert.«

»Sie wissen ja wirklich alles, Marc.«

»Ja, ich fahre die Frauen zum Putzen her und muss jedes Mal die Haustechnik kontrollieren, da hört man so dies und das. Und auf der Farm wird auch viel geredet.«

»Ich bin sprachlos. Gott sei Dank, dass ich Ihnen begegnet bin, Marc, dieser Mister Browner scheint sehr wortkarg zu sein, von ihm hätte ich sicher nichts erfahren.«

»Er ist sehr wortkarg, und es gefällt ihm nicht, dass er von Edinburgh aus dirigiert wird. Aber er ist ein aufrichtiger, ehrlicher Mann, auf den man sich verlassen kann.«

Marie seufzte. »Danke, wenigstens etwas Positives.«

»Und jetzt denkt er, Sie werden die Zügel in die Hand nehmen.«

»Ich? Um Himmels willen, ich verstehe nichts von Ackerbau und Viehzucht, ich bin Gärtnerin, wie sollte ich die Zügel in die Hand nehmen können. Ich habe keine Ahnung, warum Mister Marienthal ausgerechnet mir dieses *Hardinghouse* vererbt hat und warum er so ausdrücklich darum gebeten hat, dass ich dieses Erbe annehme. Ich dachte, es handelt sich um ein Cottage in den Highlands, und nun weiß ich wirklich nicht, ob ich hierbleibe.«

»Und wovon hängt Ihr Wissen ab?«

»Genau kann ich das nicht definieren, aber zuerst einmal vom

Gefühl, dann von den Menschen hier und dann – ja, ich weiß es einfach noch nicht.«

Nachdenklich sah der Schotte sie an. »Wer das Land und die Einsamkeit liebt, der wird sich hier wohlfühlen, für Stadtmenschen ist das natürlich nichts.«

Marie sah sich um und schaute dann nach draußen. »Ich liebe das Land und die Natur, sonst wäre ich nicht Gärtnerin geworden, ob ich mit der Einsamkeit zurechtkomme, weiß ich nicht.«

Marc lächelte. »Ich bin ein paar Jährchen älter als Sie, deshalb erlaube ich mir das zu sagen: Ob man einsam ist, liegt immer an einem selber. Ich könnte mir denken, dass Sie weder scheu noch schüchtern sind.«

Jetzt lachte Marie. »Nein, scheu und schüchtern bin ich nicht, ich weiß schon, was ich will, und ich weiß auch, wie ich meinen Willen durchsetze. Aber wenn da keiner ist, an dem man sich messen kann, wird es schwer, sich durchzusetzen.«

»Warum gleich auf die harte, kämpferische Art? Warum lassen Sie nicht die weibliche Logik sprechen?«

»Und wem gegenüber? Mister Browner gegenüber vielleicht? Ich fürchte, der lacht mich aus und dreht mir den Rücken zu, wenn ich mit weiblichem Scharfblick irgendetwas von ihm möchte.«

»Der ist gar nicht so hartgesotten, wie er immer tut.«

»Aber ich muss ihn so nehmen, wie er mir gegenüber ist, wortkarg und mürrisch.«

»Versuchen Sie's über seine Frau, sie ist energisch, wo es sein muss, und hilfsbereit, wo es möglich ist.«

»Sie hat mich gestern gut versorgt.« Marie zeigte auf die Kartons mit den Lebensmitteln.

Marc trat an den Tisch und schaute hinein. »Die Sachen müssen in den Kühlschrank. Kommen Sie, ich helfe ihnen, das Zeug in die Küche zu bringen.« Und ohne Maries Zustimmung abzuwarten, nahm er beide Kartons auf den Arm und ging die Treppe hinunter ins Souterrain.

»Na ja«, rief Marie lachend hinterher, »gestern waren wir noch ohne Strom, da hätte mir der Kühlschrank wenig genützt.«

Marc legte die verderblichen Sachen vorsichtig in die Regale. »Übrigens, wenn mal was ist, mit dem Strom oder so, Sie können mich über mein Handy jederzeit erreichen.«

»Übers Handy? Hier hat man doch gar keinen Empfang, hier fehlt es doch an den entsprechenden Sendemasten.«

»Wenn man weiß, wie und wo, geht alles. Kommen Sie mal nach draußen und nehmen Sie Ihr Handy mit.«

Marie suchte ihr Mobiltelefon aus der Handtasche und folgte dem Mann. »Sehen Sie die Hügelkuppe da drüben, wenn Sie da oben stehen, haben Sie Verbindung.«

»Was? Ich soll jedes Mal auf den Hügel klettern, um zu telefonieren?«

»Nein, natürlich nicht, Sie haben jetzt Telefon im Castle, ich habe die Verbindung ja vorhin zusammengekoppelt. Aber fürs Handy geht es von da oben aus. Da kreuzen sich Verbindungen von Stationen in Kinlochard und weiter südlich nach Glasgow hin. Und ich bin tagsüber viel unterwegs und nur übers Handy zu erreichen.«

»Danke. Es ist beruhigend, zu wissen, wie ich Sie erreichen kann.«

»Na ja, ich könnte mir denken, im Anfang gibt es noch die eine oder andere Frage mit der Technik hier im Haus.«

»Und wenn ich wieder abreise, kommen Sie und stellen alles wieder ab?«

»Natürlich. Aber ich hoffe, Sie bleiben.«

»Aber was soll ich hier? Ich will dem Farmer nicht dreinreden, ich brauche kein Schloss, und dieses ganze Riesenunternehmen, das sich *Hardinghouse* nennt, brauche ich schon gar nicht. Ich habe ein kleines Haus mit Garten in Hamburg, ich habe meine Freunde da und ich werde mir eine neue Arbeit dort suchen. Mehr brauche ich zum Glück nicht.«

»Aber Sie sagten doch, der Mister Marienthal habe Sie ganz

ausdrücklich darum gebeten, dieses *Hardinghouse* als Erbe anzunehmen.«

»Ja, das stimmt, aber ich weiß überhaupt nicht, wie er auf diese abwegige Idee gekommen ist.«

»Er wird seine Gründe gehabt haben. Ich habe ihn als einen bedachtsamen, wohlüberlegten Mann kennengelernt, der genau wusste, was er wollte.«

»Ich verstehe das alles nicht.«

»Vielleicht sollten Sie erst einmal etwas länger hierbleiben, um das zu verstehen. Er hatte bestimmt seine Gründe.«

»Ja, vielleicht haben Sie recht. Es kommt mir ja auch nicht auf ein paar Tage an. Sagen Sie, wo kann ich etwas kaufen, wo gibt es Geschäfte, wenn mir etwas fehlt?«

»In Kinlochard sind Geschäfte, und sonst müssten Sie nach Glasgow fahren, von Aberfoyle aus sind Sie in einer Stunde da.«

»Danke.«

Marc Benneth stieg in seinen alten Jeep, hupte noch einmal kurz und fuhr davon.

Marie sah sich unschlüssig um. Schade, dachte sie, dass er schon fort ist, ich hätte bestimmt noch eine Menge von ihm erfahren, aber ich konnte auch nicht immer nur nach *Hardinghouse* fragen. Hoffentlich hat er meine Neugier verstanden.

Sie ging ins Haus, holte den Haustürschlüssel, versperrte von außen die Haustür und ging hinüber zu der Ruine des angebauten Rundturms. Moos und Gräser hatten von dem alten Gemäuer Besitz ergriffen. Ziemlich weit oben nisteten Turmschwalben in den Spalten. Noch sind sie mit dem Nestbau beschäftigt, aber bald werden hier die Jungvögel ein- und ausfliegen, dachte Marie und freute sich an den Wildblumen, die im Schutz der alten Steine am Fuß des Turmes ihre Blüten der Sonne entgegenstreckten. Wilde Kamille und Klee, Löwenzahn und Anemonen und ein kleines Bündel blauer Veilchen hatten den Winter sichtlich gut überstanden. Auf der Rückseite der Ruine führte ein kaum erkennbarer Grasweg hinunter zum See. Marie folgte ihm und sah hinüber zum gegenüberliegenden Ufer. Dort drüben veränderte sich die Landschaft, während hier, am diesseitigen Ufer, die Landwirtschaft das Bild beherrschte, sah sie drüben wilder, zerklüfteter und zerrissener aus. Steinmauern grenzten ein paar Weiden ein, und eiszeitliche Felsbrocken, von Urgewalten dort platziert, ließen das Land stürmischer erscheinen.

Marie hatte den See erreicht. Ein zerfallener Steg führte ins Wasser, das Wrack eines Bootes lag am Ufer. Marie setzte sich auf einen Stein. Hier riecht es köstlich nach Wasser, nach Sand, nach Moos und Gras, hier riecht es wunderbar, dachte sie. Hier riecht es nach Glück, und ein Gefühl von Freude, Zufriedenheit und Behaglichkeit erfüllte sie ganz plötzlich. Ist es dieses Glücksgefühl, das den alten Cornelius Marienthal hierher gezogen hat, ist es einfach nur dieses Gefühl des unglaublichen Wohlbehagens, das er an mich weitergeben wollte? Aber warum an mich? Er kannte mich doch gar nicht.

8

Aber Marie war nicht nur ein Gefühlsmensch, sie hatte auch einen klaren Verstand, und der sagte ihr, dass sie dieses *Hardinghouse* nicht bewältigten konnte. Es ist einfach zu groß für mich. Was nützt mir das Gefühl des Wohlbehagens, wenn ich genau weiß, dass ich mit diesem Besitz nichts anfangen kann. Was soll ich mit einem Schloss mit über zwanzig Gästezimmern, mit Sälen und Salons, die kein Mensch benutzt? Es ist ja lobenswert, dass alles sauber und einzugsbereit gehalten wird, aber wer soll hier einziehen? Ich kenne keinen Menschen in dieser Gegend, für wen soll ich Feste und Empfänge veranstalten. Ich könnte es nicht einmal für Besichtungen anbieten, es liegt viel zu abgelegen, und ob es einen historischen Hintergrund hat, der irgendwelche Menschen interessiert, weiß ich auch nicht.

Marie schüttelte den Kopf, im Grunde, überlegte sie, ist es ein riesiger Ballast, den ich mir da aufhalse. Das kleine Cottage, ja, das wäre ein Grund, hier in Zukunft Ferien zu machen, aber das Castle mit Gutshof und riesigen Ländereien, das ist zu viel für mich. Ich fürchte mich in dem unbewohnten Schloss, ich sehne mich nach Menschen, mit denen ich reden kann, ich mag diese Einsamkeit nicht, auch wenn es ein schönes Gefühl ist, die Natur einmal ganz allein für sich zu haben.

Sie stand auf und sah sich um. Schön muss es im August hier sein, wenn die Heide blüht, aber von der Schönheit allein kann man nicht leben. Das Land zwischen dem Schloss und dem Seeufer ist nicht als Park oder Gartenanlage angelegt. Hier dürfen Gräser und Heide unberührt existieren. Gott sei Dank, dachte sie, dass man dieses wilde Land in seinem Ursprung belassen hat. Vielleicht zieht ein- oder zweimal im Jahr eine Schafherde darüber, aber das tut den Pflanzen gut und stört sie nicht.

Und leicht erschrocken stellte sie fest, dass die Gärtnerin in ihr plötzlich Pläne machte. Vielleicht sollte der Felsblock da drüben etwas mehr nach links bewegt werden, damit man den Zusammenschluss zwischen Ruine und Schloss besser sehen kann, und ein oder zwei begehbare Wege vom Castle zum See wären auch ganz angebracht. Nein, rief sie sich zur Ordnung, hier wird nichts geändert, und von mir schon gar nicht.

Sie drehte sich wieder zum See um. Ganz in der Ferne war ein Angler mit einem Boot unterwegs. Er ruderte in langsamen Zügen durch das Wasser, hatte seine Rute am Heck des Bootes festgezurrt und rauchte eine Tabakpfeife. Auf dem Kopf trug er einen breitrandigen Hut, dessen Schatten sein Gesicht verdeckte. Hm, dachte Marie, irgendwo scheint es hier doch noch Menschen zu geben.

Etwas entfernt hinter ihr wieherte ein Pferd. Neugierig drehte sie sich um. Am äußersten Ende des Schlosses standen ein Reiter und eine Frau und unterhielten sich. In der Frau erkannte Marie diese Lizzy, die so unhöflich zu ihr gewesen war. Diesmal trug sie ein orangerotes wallendes Gewand. Den Mann neben ihr, der sein Pferd am Zügel hielt, kannte Marie nicht. Als der Mann sah, dass Marie ihn beobachtete, winkte er und kam auf sie zu. Das Pferd führte er am Zügel, und diese Lizzy drohte mit einer Faust hinter ihm her.

»Hi«, begrüßte er Marie, »ich bin Benedict Browner, Sie können Benny zu mir sagen.«

»Hi, Benny, ich bin Marie.«

»Schön ist es hier, was?«

»Ja, sehr schön.«

»Und Sie wollen jetzt hier leben?«

»Ich weiß es noch nicht.«

»Was meint Lizzy denn dazu?«

»Sie hat mich mit einem Gewehr bedroht.«

Benny lachte laut. »Das sieht ihr ähnlich. Werden Sie trotzdem hierbleiben?«

»Ich habe keine Ahnung. Sind Sie ein Sohn von Herrn Browner, dem Verwalter?«

»Ja, der jüngste. Ich gönne mir ein paar Ferientage. Wir schreiben demnächst eine Klausur, und dafür kann ich besser hier büffeln als in der vollen Studentenbude in Glasgow.«

»Sie studieren? Was denn?«

»Tiermedizin. Hier draußen sind Tierärzte sehr gesucht, keiner will sich in dieser Abgeschiedenheit niederlassen, dabei gibt es hier die meisten Tiere und die brauchen oft einen Arzt.«

»Das kann ich verstehen. Wie lange dauert denn das Studium noch?«

»Zwei Jahre, wenn ich gut durchkomme.«

»Ich drück Ihnen die Daumen.«

»Und was machen Sie? Ich meine, wenn Sie nicht gerade *Hardinghouse* erben?«

Marie lachte: »Ich bin Gärtnerin.«

»Na, da hätten Sie hier ja jede Menge Arbeit.«

»Ich finde es schön, dass das Gelände so gelassen wurde, wie die Natur es angelegt hat.«

»Ja, das hat der Mister Marienthal so angeordnet. Der hat immer gesagt: ›Schöner als die Natur selbst, kann's kein Mensch machen.‹«

»In Hamburg hat er aber sehr wohl gewusst, wie er seinen Park gestalten wollte. Die Arbeit hab' ich dann für ihn ausgeführt.«

»Ein netter Mann, schade, dass er die beiden letzten Jahre nicht mehr herkommen konnte.«

»Er saß zum Schluss im Rollstuhl.«

»Ja? Wir haben hier kaum noch etwas von ihm gehört. Am meisten hat das Miss Lizzy verletzt.«

»Kennen Sie die Miss näher?«

»Na ja, was man so als Junge mitkriegt. Sie war seine ›Geliebte‹, manche sagen auch, sie war seine ›Muse‹, aber unter ›Muse‹ kann ich mir nichts vorstellen. Da hört sich ›Geliebte‹ schon besser an.«

Marie lächelte. »Da haben Sie recht. Ich wundere mich nur, dass sie da hinten im Souterrain lebt und nicht im Schloss.«

»Ach, die ist nicht mehr richtig im Kopf. Ich komme ja ganz gut mit ihr zurecht, aber ich bin auch neben Vater der Einzige, mit dem sie überhaupt redet.«

»Das ist traurig. Von mir will sie auch nichts wissen.«

»Früher war sie ganz anders, da war sie die Grande Dame, aber dann wurde es immer einsamer hier, und als der Mister Marienthal gar nicht mehr kam, ist sie durchgedreht und vom Schloss in die Wirtschaftsräume vom Personal gezogen. Werden Sie denn jetzt hierbleiben?«

»Ich muss mir das sehr genau überlegen.«

»Und wovon hängt das ab?«

Marie zuckte mit den Schultern. »Ich bin hier fremd, ich kenne niemanden, ich habe meine Freunde und mein Zuhause in Hamburg.«

»Hier ist es toll. Wenn man das Land liebt, ist es herrlich. Reiten Sie?«

»Nein.«

»Ich könnte es Ihnen beibringen, Pferde sind genug im Stall.«

»Und dann?«

»Na, dann könnten Sie übers Land reiten, Sie glauben gar nicht, wie schön das ist.«

»Hm, schön könnte es sein, das stimmt, aber sehr einsam auch.«

»Sie könnten mich begleiten, wenn ich als Tierarzt hier unterwegs bin.«

Marie lachte: »Danke für das Angebot, und was mache ich in den Jahren bis dahin?«

Benny lachte auch. »Na ja, da ließe sich schon was finden. Ich hab noch zwei ältere Brüder, Steve studiert Agrarwissenschaften und soll mal Vaters Nachfolger werden, der wäre einer reiterlichen Begleitung sicher nicht abgeneigt. Und der ist nächstes Jahr mit dem Studium fertig.«

»Wie praktisch, Söhne zu haben, die so genau die Zukunft mit dem Vater abstimmen.«

»Wir sind hier auf *Hardinghouse* groß geworden. Wir waren dann zwar auf Internaten, aber das hier war immer unser Zuhause, und das heißt, es war auch immer unsere Zukunft.«

»Und der dritte Bruder?«

»Na ja, Collin hat's nicht so mit dem Landleben. Der ist mehr für die Stadt.«

»Und was macht der so?«

»Der ist Architekt in Glasgow. Ziemlich berühmt in letzter Zeit, weil er sich viel mit historischen Gebäuden abgibt.« Er schaute auf die Uhr. »Ich muss zurück, Futterzeit für die Pferde. Was ist nun?«

»Was ist womit?«

»Ich komme morgen um die gleiche Zeit und bringe ein zweites Pferd mit. Dann fangen wir mit dem Unterricht an.«

»Um Himmels willen, nein«, unterbrach Marie seine Begeisterung. »So schnell geht das nicht. Ich weiß ja noch gar nicht, ob ich bleibe.«

»Dann entscheiden Sie sich mal ganz schnell für ein Ja, so schön wie hier ist's sonst nirgendwo auf der Welt.«

»Und Sie haben die Welt schon kennengelernt?«

»Nö, nicht direkt, aber schauen Sie sich um, schöner kann's doch gar nicht irgendwo sein.«

Marie sah ihm nach und lächelte. Der ist auf jeden Fall mit seinem Leben zufrieden, dachte sie, es ist seine Heimat, sein Zuhause und irgendwie auch sein Land.

Sie ging zurück zum Schloss. Den östlichen Teil mit Miss Lizzy vermied sie dabei. Mittagszeit, überlegte sie, ich werde mir etwas von der Pastete wärmen, die mir Frau Browner gestern mitgeschickt hat. Sie schloss das Portal auf und verriegelte es, als sie drinnen war. Ganz wohl fühlte sie sich in dem großen Haus mit den unzähligen, unbekannten Räumen immer noch nicht. Dann ging sie hinunter in die Küche, holte die Pastete aus dem Kühlschrank und schnitt zwei dicke Scheiben davon ab. Nach längerem Suchen fand sie eine Bratpfanne und nach einigen Versuchen auch den richtigen Knopf für den riesigen Herd. Ein Glas Milch und zwei von den schrumpeligen Äpfeln vervollständigten ihr Menü.

Nach dem Essen sah sie unschlüssig auf ihre Uhr. Was sollte sie nun mit dem langen Nachmittag machen? Sie war zwar nach der unruhigen Nacht noch müde, aber die Sonne und das wunderbare Wetter einfach nicht zu bemerken und sich ins Bett zu legen, war nicht ihre Art. Ich könnte mir die ganzen Räume des Hauses ansehen, dachte sie, und dann? Werde ich nun jeden Tag hier stehen und überlegen, womit ich die vielen Stunden verbringe? Hier? Allein? Nein, ich werde Doktor Manores anrufen und ihm sagen, dass ich mit *Hardinghouse* nichts anfangen kann.

In der Halle klingelte das Telefon. Sie meldete sich. »Ja, bitte?«

»Verzeihen Sie die Störung, mein Name ist Paulsen, ich rufe aus Hamburg an.«

»Ja, bitte?«

»Bin ich mit Frau Moorburg in *Hardinghouse* verbunden?«

»Um was geht es?«

»Ich bin beauftragt, Frau Moorburg zu sprechen und nach der Adresse von *Hardinghouse* zu fragen.«

»Von wem und warum?« Marie sprach so kurz wie möglich. Sie wusste vom alten Butler, dass die Marienthals hinter ihrem Erbe her waren. Kein Mensch in Hamburg kannte die Anschrift, woher hatte ein Herr Paulsen diese Telefonnummer?

»Mein Name ich Conrad Paulsen, ich arbeite in der Kanzlei von Herrn Doktor Baumeister, und der hat mich beauftragt, mich im Namen der Marienthals mit Frau Moorburg in Verbindung zu setzen.«

»Tut mir leid, da kann ich Ihnen nicht weiterhelfen.« Marie legte erschrocken auf. So weit war man also in Hamburg schon gekommen. Sie holte die Visitenkarte von Doktor Manores aus ihrer Tasche und wählte die Nummer des Anwalts in Edinburgh.

Als sich die Sekretärin meldete, bat sie: »Bitte verbinden Sie mich mit Doktor Manores, es ist dringend, ich hatte gerade einen Anruf aus Hamburg.«

Nach einem Augenblick meldete sich der Anwalt. »Manores, Frau Moorburg, was kann ich für Sie tun?«

»Eine Anwaltskanzlei in Hamburg ist damit beauftragt worden, *Hardinghouse* zu suchen und den Marienthals die Anschrift mitzuteilen. Anscheinend hat die Familie den Anwalt gewechselt, denn der Anrufer sprach von einem Doktor Baumeister und nicht mehr von Herrn Treuer.«

»Aha? Wann war der Anruf?«

»Vor fünf Minuten.«

»Frau Moorburg, es tut mir leid, Sie drängen zu müssen. Aber ich muss wissen, ob Sie das Erbe annehmen. Erst wenn ich Ihre Zustimmung und die entsprechenden Unterschriften habe, kann ich *Hardinghouse* und Sie als gesetzmäßige Erbin schützen. Soll ich morgen kommen, und wir einigen uns?«

»Doktor Manores, ich bin so unentschieden. Was soll ich mit diesem riesigen Schloss und den Länderein, ich hatte mit einer Hütte gerechnet und nicht mit einem Castle.«

»Wir werden eine Lösung finden. Aber zuerst muss *Hardinghouse* Ihr Eigentum sein, so wie Doktor Marienthal es wünschte. Und glauben Sie mir, er hatte seine Gründe dafür.«

»Na gut. Dann erwarte ich Sie morgen Vormittag.«

»Ich bin gegen zwölf Uhr dort. Und bitte gehen Sie nicht ans Telefon.«

»Ja. Ich warte auf Sie.«

Ziemlich ernüchtert setzte sich Marie in einen der Lehnstühle. Ich glaube, mir bleibt nichts anderes übrig, als mich für das Erbe von *Hardinghouse* zu entscheiden, dachte sie besorgt. Dann holte sie ihr Handy und nahm den kleinen Schlüsselbund aus der Tasche. Ich werde mir noch einmal das Cottage ansehen, bevor ich mich morgen entschließe, dachte sie, und auf dem Weg über den Hügel versuche ich dann, Tobias in Potsdam zu erreichen, vielleicht kann der mir einen Rat geben.

Als sie das Haus verlassen hatte, verschloss Marie es wieder sorgfältig und machte sich auf den Weg über den Hügel. Von Weg kann hier natürlich keine Rede sein, dachte sie und ging quer über die Heide. Je höher sie kam, umso schöner erschien ihr das Land.

Die Sonne sorgte für eine milde Wärme und ließ den See wie blankes Silber funkeln. Das Wasser lag still da, und von dem Angler war nichts mehr zu sehen. Als sie die Hügelkuppe erreichte, hatte sie endlich einen freien Blick über das Land. Eine große Rinderherde graste weit entfernt im Westen. Sie sah die Farm mit ihren Gebäuden und eine Herde junger Pferde, die ausgelassen über das Gras einer Koppel galoppierten. Östlich von ihr zogen zwei Schafherden über die Hügel, bewacht von schottischen Schäferhunden. Und zwischen Herden und Weiden und Waldgebieten erstreckten sich immer wieder Felder, die bis zum Horizont hin führten. Marie blieb stehen. Und das alles soll mir gehören? Warum? Warum? Warum? Ich begreife es nicht.

Sie holte das Handy aus der Tasche. Tatsächlich, hier oben hatte sie Empfang. Sie kontrollierte, ob E-Mails eingegangen waren, schüttelte dann aber den Kopf. Wer soll mich schon anrufen? Die Roses warten auf meinen Anruf, und Tobias vermisst mich noch nicht, ich bin ja erst seit zwei Tagen fort. Sie setzte sich auf einen Stein und wählte die Nummer von Tobias in Potsdam.

Es klingelte nur zwei Mal, denn meldete sich der Freund, aber das Erste, was sie hörte, war schrilles, lautes Gelächter.

»Tobias Amman hier.«

»Hallo, Tobias, ich bin es, Marie.« Das Gekreische im Hintergrund wurde etwas leiser.

»He, Marie, wo bist du?«

»In Schottland. Hast du Besuch?«

»Ja, wir feiern das Examen von zwei Kommilitoninnen. Sie sind mit der Ausbildung fertig, und du weißt ja, bei uns wird das immer laut und lustig gefeiert.«

»Bei dir in der Wohnung?«

»Ja, es hat sich so ergeben. Und was treibst du so?«

Das Gelächter wurde wieder lauter, eine Frauenstimme rief: »Los, Tobias, wo bleibt deine Überraschung?«

Und Tobias rief zurück: »Fangt schon mal an, ihr wisst ja, wo die Küche ist.«

»Los, komm schon, sei kein Spielverderber!«

Marie wurde ungeduldig. Da schien eine heftige Party im Gange zu sein, da konnte sie unmöglich ihre Probleme loswerden. Sie rief ins Telefon: »Ich rufe morgen wieder an, feiert jetzt erst einmal.«

»Nein, das geht nicht, Marie, morgen sind wir unterwegs.«

»Unterwegs? Wer mit wem und wohin?«

»Na, wir haben ab heute Ferien, wir wollen alle zusammen nach Teneriffa. Hab ich dir das nicht neulich erzählt?«

»Nein, ganz bestimmt nicht.«

»Ach, tut mir leid, aber das ist schon lange geplant. Und was wolltest du jetzt eigentlich? Aus Schottland ruft man doch nicht ohne Grund an.«

»Ach, eigentlich nichts, ich wollte nur mal hören, wie es dir so geht.«

»Ja, das hörst du ja jetzt. Hier sind die Ferieneuphorie und die Examenseuphorie ausgebrochen. Wir haben so geschuftet, jetzt geht's ab in den Süden.«

»Dann wünsche ich euch viel Spaß.«

»Werden wir haben, werden wir haben. Ich ruf dich an, wenn wir zurück sind, wir …« Die letzten Worte gingen im Gelächter unter. Marie klappte das Handy zusammen und steckte es ein. Das ist es also, dachte sie enttäuscht. Das ist also die Hilfe, die ich erwartet habe. Aber ich habe ja immer gewusst, Tobias ist kein Kostverächter, der genießt das Leben und nimmt sich, was er braucht. Nun ist es also Teneriffa, und die Mädchen scheinen nicht abgeneigt zu sein.

Sie stand auf und sah sich um. Dann erkannte sie nicht weit entfernt das Schilfdach und dann das alte Cottage in einer Senke. Sie lief los. Von hier aus ist es tatsächlich nicht weit, überlegte sie, und wenn man von hier oben hinüberschaut, liegt es sehr schön geborgen in seinem kleinen Tal. Und zum See sind es höchstens zweihundert Meter. Ich glaube, das könnte mir gefallen.

Sie lief schnell den Hügel hinunter und stand kurz darauf vor dem verwilderten Garten und dem verrosteten Türchen, das quietschend unter ihren Händen nachgab, als sie es öffnete. Sie suchte sich einen Weg durch das Unkraut und schloss die Haustür auf. Nichts hatte sich seit ihrem Besuch vor zwei Tagen geändert. Es roch muffig und nach Mäusekot. Marie sah sich gründlich um. Der Fußboden ist in Ordnung, die Wände wirken stabil und wetterfest, aber alles andere und vor allem das Dach ist unbrauchbar, dachte sie. Jetzt weiß ich natürlich, dass Herr Marienthal im Schloss und nicht in dieser Kate gewohnt hat, wenn er in Schottland war, aber mir würde diese Hütte besser gefallen als das Leben in diesem riesigen, leeren Castle.

Ich müsste das Häuschen komplett sanieren lassen, wenn ich es bewohnen will, überlegte sie, ich habe ja Geld auf diesem Konto in Edinburgh, und wenn ich keine großen Ansprüche stelle, könnte es vielleicht genügen.

Sie ging wieder hinaus an die frische Luft und verschloss die Tür hinter sich. Liebevoll betrachtete sie den verwilderten Garten. Hier hätte ich schon meine Ideen, dachte sie lächelnd. Da drüben würde ich eine Kräuterecke anlegen, hinter dem Haus müssten Tomaten- und Paprikapflanzen stehen, und Gurken und Zucchini und Kürbisse und Stangenbohnen möchte ich auch haben. Sie sah sich um und dachte, hier vorn sollten aber nur Blumen wachsen, bunte Blumen wie Rittersporn und Margeriten oder Pfingstrosen und Levkojen, und an der Hausmauer müssten Rosen bis zur Dachkante hinaufklettern.

Und so war es dieser kleine Garten, der Marie überzeugte, *Hardinghouse* zu lieben, und der schließlich dafür sorgte, dass sich Marie entschloss, diese seltsame Erbschaft mit allen Konsequenzen anzunehmen.

9

Der folgende Tag veränderte Maries gesamtes Leben, die Vergangenheit, die Gegenwart und die Zukunft.

Nach einer wiederum fast schlaflosen Nacht, diesmal hatten hundert und mehr Fragen ihren Schlaf verdrängt, sah Marie dem Tag besorgt entgegen. Sie hatte sich entschlossen, *Hardinghouse* zu übernehmen, aber was bedeutete das für ihre Zukunft? Wie würde sich ihr Leben gestalten, mit der Belastung, die dieses Schloss bedeuten würde? Wenn ich doch nur jemanden hätte, mit dem ich mich aussprechen könnte, der mich beraten würde, dem ich vertrauen könnte. Aber ich befinde mich mitten unter fremden Menschen und ich habe keine Ahnung, was es bedeutet, hier zu leben. Und wovon? Ich brauche Arbeit, ich muss Geld verdienen, ich kann nicht nur von Brot und Butter leben, die mir der Bauernhof zukommen lässt. Denn die Einnahmen, das hat der Anwalt ganz klar gesagt, fließen wieder in den Betrieb zurück.

Zum Leben gehört mehr als ein Butterbrot. Ich brauche ein Auto hier draußen, und das kostet Geld, viel Geld. Ich brauche ein Dach über dem Kopf mit Strom und Wasser und Telefon, und Kleidung brauche ich auch, wenn auch nicht viel, hier draußen sieht mich schließlich niemand. Aber will ich überhaupt immer hier wohnen, in dieser Einsamkeit, am Ende der Welt sozusagen?

Marie duschte und kleidete sich an. Sie zog wie an den anderen Tagen Jeans, ein T-Shirt und einen Pullover an, denn morgens war es noch kalt im Haus. Dann ging sie nach unten, um in der Küche zu frühstücken. Als es um zehn Uhr am Eingang läutete, hatte sie gerade alles fortgeräumt und das Geschirr abgewaschen. Sie lief nach oben und öffnete. Vor ihr standen Paul Browner und eine Frau, die er als Belinda Browner, seine Frau, vorstellte.

Marie begrüßte die beiden und bat sie einzutreten. »Ich freue mich, Sie kennenzulernen, Frau Browner, und ich möchte mich ganz herzlich für die Lebensmittel bedanken, die Sie mir geschickt haben.«

Belinda Browner nickte zurückhaltend. »Ich hoffe, ich habe das Richtige ausgewählt.«

»Ja, danke, ganz besonders hat mir die Pastete geschmeckt, diese Art kennen wir in Deutschland nicht.«

Paul Browner unterbrach die beiden Frauen. »Komm, Belli, wir müssen arbeiten.«

»Sie müssen arbeiten?«, fragte Marie erstaunt.

»Ja, um zwölf Uhr kommen etwa zehn Personen, die verköstigt werden sollen.«

»Aber davon weiß ich doch gar nichts. Wer sollte das denn sein?«

»Doktor Manores hat mir gestern Abend mitgeteilt, dass heute die Übergabe von *Hardinghouse* an Miss Marie Moorburg im Schloss stattfindet, und wir sollen alles vorbereiten, einschließlich Essen und Trinken.«

»Du meine Güte. Und wie haben Sie sich das vorgestellt?«

»Ich richte einen der Salons her. Wir stellen einen Tisch mit Stühlen für die Konferenz in die Mitte, und im hinteren Teil sorgt meine Frau für ein kaltes Büfett.«

»Und wer kommt?«

»Der Anwalt mit einem Kollegen als Zeugen, irgendein zuständiger Mann oder zwei vom Grundbuchamt in Glasgow für die Überschreibung, Mitarbeiter von der Bank, jemand von der letzten Landvermessung, damit alles seine Ordnung hat, und meine Frau und ich und unser ältester Sohn sollen auch dabei sein.«

»Was für ein Aufwand, um ein paar Papiere zu unterschreiben.«

»Alles muss seine Ordnung haben, und *Hardinghouse* ist es wert, Miss Moorburg, aber das können Sie natürlich noch nicht wissen.«

»Ich weiß so gut wie gar nichts. Ich bin total überrascht, Mister Browner, aber ich kann Ihnen jetzt schon versprechen, ich werde mich nie in Ihre Angelegenheiten mischen, denn von der Landwirtschaft verstehe ich gar nichts.«

»In Ordnung, Miss, wir werden schon klarkommen«, grummelte er in seiner schroffen Art und ging in den Salon, in dem seine Frau bereits einen großen Tisch an die Wand schob und mit einem weißen Tuch abdeckte.

Marie, noch immer verblüfft von dem Aufwand, der da vorbereitet wurde, ging wieder hinauf in ihr Zimmer. Wenn da so viele Leute meinetwegen kommen, muss ich mich entsprechend anziehen. Da kann ich natürlich nicht in Jeans und T-Shirt auftreten, dachte sie und kontrollierte den Kleiderschrank. Sie hatte nur das Nötigste aus Hamburg mitgenommen, und ein elegantes Kleid war da bestimmt nicht mitgekommen. Schließlich entschloss sie sich für die schwarze Hose mit Weste und weißer Bluse, die sie schon in Hamburg zur Testamentseröffnung getragen hatte.

Sie betrachtete sich im Spiegel und stellte zufrieden fest: Sie passt mir immer noch, genau wie damals vor vier Jahren, als ich sie mir zur Examensfeier in dem Second-Hand-Laden am Kirchenweg in Othmarschen gekauft habe. Wir hatten so viel Spaß, erinnerte sie sich. Wir hatten unsere Diplome in den Händen und das Leben vor uns. Wir gingen zu Bettina in die Villa, denn die hatte eine sturmfreie Bude, weil die Eltern auf einer Geschäftsreise waren. Wir saßen in Sesseln und auf der Erde, und die Jungs holten eine Flasche nach der anderen aus dem gut bestückten Weinkeller, und wir sangen und feierten, bis es hell wurde, und dann schliefen wir auf Teppichen und Sofas, und am nächsten Tag musste ich meine schwarze Hose in die Reinigung bringen. Und heute passt sie immer noch. Marie drehte sich vor dem Spiegel hin und her und lächelte zufrieden. Doch, dachte sie, mit meinen sechsundzwanzig Jahren kann ich mich durchaus sehen lassen.

Kein Pfund zu viel und alles an der richtigen Stelle. Mein Jogging jeden Morgen am Elbufer-Weg bis Teufelsbrück und zurück hat sich gelohnt.

Sie bürstete ihr dunkles Haar, das bis auf die Schultern fiel, richtete sich gerade auf und hielt den Kopf hoch erhoben. Die Großmutter hat immer gesagt: »Kopf hoch, mein Mädchen, Brust raus und die Augen fest auf ein Ziel gerichtet, dann kommst du weiter im Leben.«

Ja, dachte Marie, vom Auftreten hängt alles ab, die Haltung ist der Spiegel der Seele: Trauer und Freude, Lust und Verzweiflung, Stolz und Angst, Selbstbewusstsein, Offenheit und Ehrlichkeit, all das drückt sich in der Haltung aus. Die Großmutter hatte wirklich recht mit ihren simplen Lebensweisheiten, und im Gedenken an die schlichte, einfache Frau, die ihr die Mutter ersetzt hatte, verzichtete Marie auf ihr Make-up, sie wusste intuitiv, dass das nicht hierhin gehörte.

Draußen fuhren nacheinander mehrere Autos vor. Sie schaute auf die Uhr. Kurz vor zwölf. Die Herren sind pünktlich, dachte sie, warf einen letzten Blick in den Spiegel und ging nach unten.

In der Halle begrüßten der Bauer und seine Frau die Gäste. Alle Herren in dunklen Anzügen, Aktentaschen unter den Armen, stellte Marie fest. Nur Doktor Manores hat seine Sekretärin mitgebracht. Marie schritt die Treppe hinunter und zum ersten Mal in ihrem Leben hatte sie das Gefühl, Menschen zu beherrschen.

Komisch, dachte sie, und verwarf den Gedanken sofort wieder, aber so muss sich jemand fühlen, der über den Dingen steht, weil er über Macht, Geld und Einfluss verfügt. Ganz schnell ging sie die letzten Stufen hinunter, sich so zu fühlen war nicht ihr Stil.

Doktor Manores kam auf sie zu, begrüßte sie und stellte sie den anderen Herren vor. Dann bat er alle in den Salon, den Frau Browner ihm gezeigt hatte. Marie hatte keine Chance, all die schottischen Namen zu behalten. Sie nickte jedem freundlich zu, reichte den Herren die Hand und war froh, als sich alle im Salon setzten. Manores bat sie neben sich und eröffnete die Besprechung mit den Worten: »Ich freue mich, Sie hier begrüßen zu dürfen und Ihnen Miss Marie Moorburg vorzustellen, die sich gestern entschlossen hat, das Erbe des Herrn Doktor Cornelius Marienthal aus Hamburg anzunehmen.«

Es folgte die Beschreibung von *Hardinghouse* in allen Einzelheiten, und während Manores seine Aufzeichnungen mit denen des Landvermessers, des Gutsverwalters und den Vermerken im Testament verglich, betrachtete Marie die Anwesenden: Da waren die korrekt gekleideten Herren von der Bank, die zu diesen Einzelheiten nichts sagen konnten, dann war da ein gut aussehender Landvermesser, der in seinen Akten wühlte, dann war neben Manores der zweite Anwalt, der mitgekommen war, um alles zu bestätigen, und der ständig die Brille aufsetzte und wieder abnahm. Neben ihm saß die Sekretärin aus der Kanzlei in Edinburgh, die sich eifrig Notizen machte, und dann saßen da noch der Bauer, der hier Verwalter genannt wurde, mit seiner Frau, die einfach nur zuhörten, und ihr ältester Sohn, der zwar gut aussah, aber höchst gelangweilt auf einem Stück Papier herumkritzelte. Und die alle bestimmen nun über *Hardinghouse* und letztlich über meine Zukunft, dachte Marie, und glücklich war sie dabei nicht.

Nach einer guten Stunde waren alle Einzelheiten aufgelistet, die Banker hatten ebenfalls ihre Ansichten vertreten und Maries Konto von Edinburgh nach Glasgow überschrieben, weil das günstiger für sie, »die verehrte Kundin« sei, und Manores ging zu dem feierlichen Teil über, indem er aufstand und Marie in aller Form fragte, ob sie bereit sei, das Erbe anzutreten. Alle standen auf, Marie auch, und sie sagte ganz einfach: »Ja, ich bin bereit, das Erbe anzutreten!« Der Sohn des Bauern hatte Champagner eingeschenkt und reichte das Tablett mit den Gläsern herum, alle prosteten sich zu, beglückwünschten Marie, berieten und mahnten sie, versprachen ihr jede Art von Hilfe und unterschrieben viele Papiere, die die Sekretärin ihnen vorlegte, und dann griffen sie dankbar zu, als Belinda Browner die Brötchen herumreichte, während Marie als Letzte die Akten, Protokolle und Aufzeichnungen unterschrieb.

Danach verabschiedeten sich die Gäste. Auch die Browners, die inzwischen den Salon aufgeräumt hatten, waren abgefahren. Nur Doktor Manores blieb noch im Schloss. Er besah sich die Gemälde in der Halle und an den Treppenaufgängen, die zur Galerie führten, nickte ab und zu, wenn ihm ein Bild besonders gefiel, und sagte schließlich zu Marie: »Da sind viele sehr wertvolle Sammlerstücke darunter. Wenn Sie einmal das eine oder andere veräußern wollen, ich weiß, dass die Edinburgher National Gallery sehr interessiert wäre.«

»Danke, Doktor Manores, aber ich denke, sie sollten dort bleiben, wo Mister Marienthal sie hingehängt hat. Er hatte bestimmt seine Gründe dafür.«

»Und wie geht es Ihnen nun als gesetzliche Besitzerin von *Hardinghouse*, Miss Marie?«

Marie lächelte. »Ganz ehrlich?«

»Ich bitte darum.«

»Ich fühle mich belastet. *Hardinghouse* ist eine Last, mit der ich noch nicht umgehen kann. Ich habe es nur übernommen, weil ich so eindringlich von Herrn Marienthal und von Ihnen darum gebeten wurde.«

»Sie werden sich daran gewöhnen und Sie können aus diesem Schloss ein Paradies machen, wenn Sie verstehen, damit umzugehen.«

»Ich werde nicht hier wohnen, wenn Sie das meinen, Doktor Manores. Ich möchte sehr viel lieber in dem alten Cottage hinter dem Hügel wohnen. Das erscheint mir angemessener. Ich werde es renovieren lassen.«

»Das alte Cottage? Da hat seit Jahrzehnten niemand mehr gewohnt.«

»Ja, das merkt man, trotzdem kommt es meiner Vorstellung von einem gemütlichen Heim sehr viel näher als dieses große, leere Schloss.«

»Wenn Sie Handwerker brauchen, wenden Sie sich an Mister Browner, er kennt sich damit aus. Und das Schloss? Sie könnten es mit Leben füllen. Machen Sie ein Hotel draus, die Lage am See ist einmalig.«

»Ich werde mir das in aller Ruhe überlegen.«

Doktor Manores ging zum Tisch, auf dem seine Aktentasche lag. »Bevor ich zurückfahre«, er sah durch die Eingangstür nach draußen und lächelte, »meine Sekretärin wird schon ungeduldig, aber ich habe noch einen ganz speziellen Brief für Sie. Ich bin beauftragt, ihn an Sie zu übergeben, wenn alle Formalitäten der Übergabe von *Hardinghouse* an Sie vollzogen sind. Ich kenne den Inhalt nicht, er ist von Doktor Cornelius Marienthal direkt an Sie gerichtet, und ich nehme an, er erklärt Ihnen, weshalb er so großen Wert darauf legt, dass Sie *Hardinghouse* übernehmen.«

Er nahm einen großen weißen Umschlag aus der Tasche und reichte ihn Marie.

Unschlüssig betrachtete sie den Umschlag. »Wollen Sie nicht bleiben, bis ich den Inhalt gelesen habe?«

»Nein, Miss Moorburg, den Brief sollten Sie allein und in aller Ruhe lesen. Wenn Sie später noch Fragen haben, stehe ich Ihnen gern zur Verfügung.« Er reichte ihr die Hand: »Good-bye, Miss Moorburg, und alles Gute für Sie in Ihrer neuen Heimat.«

Der Anwalt drehte sich um und ging. Gleich darauf sprang der Motor seines Wagens an, und der letzte der Gäste verließ *Hardinghouse.*

Marie verschloss die Haustür, nahm den Brief und ging hinauf in ihr Zimmer. Es war der einzige Raum in ganz Schottland, in dem sie sich wenigstens ein kleines bisschen heimisch fühlte. Sie setzte sich in den Sessel neben dem Fenster, sah einen Augenblick noch nach draußen und öffnete dann den Brief, der ihr Leben vollkommen verändern sollte.

»Hamburg, im März 2008
Ich weiß, dass es Zeit wird, mein Leben auch in dem letzten Detail zu ordnen. Der Arzt gibt mir nur noch ein paar Wochen,

und ich muss endlich meine Angst, meine Feigheit und meine Schuldgefühle überwinden.

Meine Geschäfte sind geregelt, meine Kinder versorgt, mein Testament verfasst. Aber *Hardinghouse*, das geheime Glück meines Lebens, wartet noch auf seine Besitzerin. Dort, wo ich leben durfte, wirklich leben, wo ich genießen, lieben und lachen durfte, wenn auch nur für kurze vier Wochen in jedem Jahr, dort ist die rechtmäßige Ordnung noch nicht hergestellt, denn *Hardinghouse* gehört einem ganz bestimmten Menschen, einem Mädchen, das ich innig liebe und dem ich meine Liebe nie gestehen durfte, sechsundzwanzig Jahre lang nicht.«

Fassungslos starrte Marie den Brief in ihrer Hand an. Meint er etwa mich? Er kennt mich doch gar nicht. Aber sechsundzwanzig Jahre, das ist mein heutiges Alter. Wie kann er mich innig lieben, obwohl er mich nicht kannte? Sie las weiter:

»Meine liebe Marie, bitte lies den Brief bis zum Ende, um mich wirklich zu verstehen, denn in den letzten Stunden meines Lebens wage ich endlich, Dir zu gestehen, dass Du meine Tochter bist.«

O Gott, er war mein Vater, dachte sie erschrocken. Der Vater, den keiner kannte. Den ich so vermisst habe, den ich so sehr gebraucht hätte. Warum hat er sich vor mir versteckt? Sechsundzwanzig Jahre lang. Ach nein, in den letzten vier Jahren kannten wir uns. Aber wir waren trotzdem fremde Menschen. Er für mich jedenfalls. Ich begreife das nicht, wir hätten wenigstens in diesen letzten Jahren füreinander da sein können, uns lieb haben, uns aneinander erfreuen können. Er war so einfühlsam, so großzügig, so vertrauensvoll. So einen Vater hatte ich mir immer gewünscht, aber er hat meinen Wunsch nicht akzeptiert, weshalb nicht?, dachte sie verletzt.

Sie nahm das Blatt wieder in die Hand und las weiter:

»Bitte verzeih mir, dass ich so lange gezögert habe, aber die

Gefühle mussten bei mir immer den geschäftlichen Interessen, der familiären Tradition, den öffentlichen Verpflichtungen den Vortritt lassen. Mein ganzes Leben war von Pflichterfüllung und Verantwortung einem Imperium gegenüber geprägt, in dem für Gefühle kein Platz war. Ich weiß, dass dies keine Entschuldigung für fehlende Fürsorge und Vaterliebe ist, aber die Ehrenhaftigkeit dem Konzern und der Hamburger Familie gegenüber waren dringlicher als die Ehrlichkeit Dir gegenüber. Jedenfalls habe ich es so empfunden. Heute leide ich unter dieser Erkenntnis, aber rückgängig kann ich sie nun nicht mehr machen. Verzeih mir.«

Marie legte das Blatt Papier auf den Tisch und überlegte. Was war vor sechsundzwanzig Jahren passiert? Was haben mir die Großeltern erzählt? Mutter war Stewardess und immer auf Reisen. Aber ich bin im Haus der Großeltern in Övelgönne geboren, also muss die Mutter zwischendurch in Hamburg gewesen sein. Mein Gott, Övelgönne und die Villa an der Elbchaussee, dazwischen liegen kaum neunhundert Meter. Was ist damals passiert? Sie nahm den weißen Bogen wieder auf und las:

»Vor siebenundzwanzig Jahren lernte ich während einer Kreuzfahrt auf dem Luxusliner ›Queen Victoria‹ Elisabeth Moorburg kennen, eine Stewardess, eine zauberhafte, wunderschöne junge Frau, in die ich mich verliebte. Eine Liebe, die verboten war, denn ich hatte eine Familie in Hamburg, an die ich gebunden war. Aber Gefühle können stärker sein als das Gewissen, sie können Berge versetzen und den Himmel auf die Erde holen. So erging es mir. Und, meine Liebe wurde erwidert. Immer wieder machte ich Schiffsreisen, die, geschäftlich getarnt, mir die Möglichkeit gaben, meine geliebte Elisabeth zu treffen.

Dann, plötzlich forschte ich ein ganzes Jahr vergeblich nach Schiffen, auf denen die Geliebte arbeitete. Sie war verschwunden, bis ich durch Zufall erfuhr, dass sie einen langen Urlaub angetreten und danach bei einer anderen Reederei angeheuert hatte. Ich fand sie schließlich, aber sie hatte sich verändert. Die Fröhlichkeit war einer verletzlichen Ernsthaftigkeit gewichen, den Grund dafür wollte sie mir nicht nennen. Heute weiß ich, sie hatte ein Kind geboren, mein Kind, und sie war in großer Sorge um ihre Zukunft, aber sie wollte mir nicht sagen, wo dieses Kind lebte. Ich wollte ihr helfen, aber sie lehnte jede Hilfe ab. Da ich sie nur selten sah, bemerkte ich nicht, dass sie sich veränderte, ihre Arbeit vernachlässigte, auf den Schiffen unbeliebt und von den Passagieren abgelehnt wurde. Die Reederei entließ sie nach drei Jahren. Ich traf sie durch Zufall in Vancouver, wo ich meinen Großhandel mit Holzexporteuren kontrollierte und wo sie nun als Sekretärin arbeitete. Sie war sozusagen meine Angestellte, ohne es zu ahnen.

Ich überredete sie, mit mir nach Schottland zu kommen, wo ich gerade *Hardinghouse* gekauft hatte und eine Mitarbeiterin brauchte, die sich um den Aufbau des heruntergekommenen Anwesens kümmerte, wenn ich nicht dort war. Sie sagte sofort zu, und wir richteten uns eine gemeinsame Wohnung im Schloss ein. Wir genossen das Zusammensein und unsere Liebe wieder, wenn sie auch auf nur vier Wochen im Jahr beschränkt war. Wir feierten Feste, wir fanden Freunde, wir hatten lange Jahre hindurch eine glückliche Zeit. Dann verstarb meine Frau in Hamburg, die Mutter meiner drei beinahe erwachsenen Kinder, und Elisabeth rechnete damit, dass ich mich nun endlich zu ihr bekennen und sie zu einer anerkannten Ehefrau machen würde. Aber ich war meinen Kindern gegenüber, meinem Geschäft gegenüber und der alten ehrbaren Tradition der Hanseaten gegenüber zu feige. Ich hatte Angst, mein Gesicht zu verlieren.

Elisabeth, die alle nur Lizzy nannten …«

Marie starrte entsetzt auf den Bogen in ihrer Hand. Lizzy, diese beängstigende, kranke Frau da unten in den Wirtschaftsräumen, ist meine Mutter? Mein Gott – und wir haben uns nicht erkannt. Aber mir hat man damals erzählt, sie habe einen Holzhändler in Vancouver geheiratet und sie wolle von uns nichts mehr wissen.

Ich habe sie gehasst, weil sie mich einfach den Großeltern, diesen strengen, engstirnigen und altmodischen Erziehern, überlassen hat, die mich zwar herzlich liebten, aber mir kaum Luft zum Leben ließen. Was mache ich denn jetzt? Ob sie mich erkannt hat? Aber nein, ich war vier Jahre alt, als sie sich für immer von uns trennte. Und sie hat mich abgelehnt, als ich freundlich sein wollte.

Marie las weiter:

»Elisabeth, die alle nur Lizzy nannten, war so enttäuscht, dass sie sich von mir abwandte. Sie verlor ihre Fröhlichkeit, ihren Optimismus, ihre Freude am Leben und wurde zu einer schwermütigen, schwierigen Frau, die mir schließlich vor etwa vier Jahren sagte, dass es dich, meine liebe Marie, gibt und wo ich dich finde. Elisabeth wurde depressiv und psychisch krank. Ich wollte sie in ein spezielles Heim bringen, aber sie weigerte sich und zog in die Wirtschaftsräume des Personals. Warum, habe ich nie erfahren. Bei meinem letzten Besuch erkannte sie mich nicht mehr.«

Marie legte den Brief zur Seite. Sie konnte die Worte kaum noch lesen, so schlecht wurde die Schrift. Traurig dachte sie, es muss eine furchtbare Mühe für ihn gewesen sein, diesen Brief mit der Hand zu schreiben. Psychisch und physisch war dieses Schreiben die letzte große Anstrengung seines Lebens. Sie verstand aber auch, dass er diesen Brief schreiben musste. Die Last einer ungeheuren Schuld bedrückte ihn: die Gewissheit, seine Geliebte und ihr Kind im Stich gelassen zu haben. Schwerkrank versucht er nun, sich von dieser Last zu befreien, und ich weiß nicht einmal, ob ich Mitleid oder Enttäuschung empfinden soll. Sie las weiter:

»Und dann fand ich Dich, und ich liebte Dich vom ersten Augenblick an, als ich Dich im Hirschpark sah. Aber ich war wieder einmal zu feige, mich öffentlich zu Dir zu bekennen. Nun versuche ich, meine Schuld, meine große Schuld an Dir und Deiner Mutter gutzumachen, und hoffe, dass *Hardinghouse* euch eine gemeinsame Zukunft schenkt. Bitte verzeih mir, geliebte Marie, ich trage schwer an meiner Schuld, und mein Herz zerbricht nun unter dieser Last. *Dein Vater Cornelius Marienthal.*«

Tränen liefen über Maries Wangen, als sie das letzte Blatt in ihren Schoß legte. Wie gern hätte sie diesen fremden Mann umarmt, ihm verziehen und ihn geliebt, aber nun war es zu spät. Sein Herz war wirklich zerbrochen.

Und jetzt bin ich hier, lebe unter einem Dach mit dieser verwirrten, demenzkranken Frau, die ein schussbereites Gewehr auf mich gerichtet hat. Mein Gott, sie ist meine Mutter?

Marie stand auf, wischte die Tränen ab und schaute aus dem Fenster. Weit im Westen ging die Sonne unter, und sie dachte: Vater, dein Haus in Schottland ängstigt mich zu Tode.

10

Nicolas Marienthal sah dem Nachmittag mit Missmut entgegen. Renate scheint nicht in bester Stimmung zu sein, vermutlich hat sie erwartet, dass ich sie hier mit offenen Armen oder einem Blumenstrauß empfange, sie vergisst nur zu gern, dass ich ein viel beschäftigter Mann bin. Wenn sie da ist, verlangt sie volle Aufmerksamkeit, erst wenn sie verreist ist, bekomme ich wieder die Luft zum Atmen, die ich brauche. Verwirrt schüttelte er den Kopf. Himmel, das hört sich ja nun wirklich nicht mehr nach einer glücklichen Ehe an. Aber hatten wir jemals eine glückliche Ehe?

Renate ist eine dominante Person, sie ist und will der Mittelpunkt sein, und wenn das nicht der Fall ist, lässt sie es uns alle spüren. Vielleicht eine Folge ihrer Kindheit, nachdem die Mutter sehr früh verstorben war? Kein Wunder, dass die Kinder kein enges Verhältnis zu ihr haben und lieber Internate besuchen, anstatt sich ihren erzieherischen Maßnahmen zu beugen. War sie eigentlich schon immer so?, überlegte er und schüttelte den Kopf. Eigentlich nicht. Sie war zwar ein verwöhntes Mädchen, als ich sie kennenlernte, aber sie war sehr hübsch, sehr charmant, sehr wohlerzogen und sehr wohlhabend, und ich dachte, das reicht. Außerdem brachte sie ein traumhaftes Hochzeitsgeschenk mit in die junge Ehe. Ihr Vater hatte ihr ein Chalet am Luganer See oberhalb vom Ortsteil Paradiso überschrieben. Wir haben ein paar Mal Ferien dort verbracht, als die Kinder noch klein waren, aber dann wurde eine Autobahn gebaut und wir mussten das Haus mit Verlust verkaufen.

Eigentlich begann damals die Zeit, in der Renate sich veränderte. Dann starb ihr Vater, der in schwierigen Situationen zwischen uns vermittelt hatte. Ihre schlechte Laune bekamen wir immer öfter zu spüren. Er hinterließ ihr zwar ein beträchtliches Vermögen, aber sie hat es nie in unsere Firma oder in unsere Familie eingebracht. Sie verwaltet seit fünfzehn Jahren ihr Geld selbst, und sie lässt es mich bei jeder Gelegenheit spüren, wie selbstständig sie in finanziellen Dingen ist. Dabei muss ich zugeben, dass sie durchaus geschäftstüchtig ist. Sie legt das Geld gut an, sie investiert in Erfolg versprechende Unternehmen und sie versucht oft, mit mir zu konkurrieren.

Nicolas Marienthal schüttelte den Kopf. Eine Ehe kann man unser Zusammensein schon lange nicht mehr nennen. Jeder geht seinen eigenen Weg, wobei sorgfältig auf die Pflege der Etikette geachtet wird. Eine Scheidung kommt in unseren Kreisen nicht infrage, das verbietet die hanseatische Tradition. Also gehen wir gemeinsam zum Derby und ins Theater, zum Neujahrsempfang ins Rathaus und zum Konsularstreffen ins Gästehaus des Senats.

Na ja, ein paar private Einladungen gibt es auch, zu denen wir gemeinsam gehen, aber viele Freunde haben wir schon lange nicht mehr. Zu viel Arbeit, zu viele Geschäftsreisen, zu viele Termine, da bleibt wenig Zeit, um Freundschaften zu pflegen. Nicolas nickte betroffen. Was bleibt überhaupt noch?

Vater hat es richtig gemacht. Er hat sich abgesetzt, vier Wochen im Jahr gehörten seiner Leidenschaft für die Moorhuhnjagd. Ich sollte mir ein Beispiel daran nehmen. Ja, dachte er, und dafür brauche ich das Cottage in den Highlands.

An der Haustür klingelte es. Nicolas hörte, wie der Butler die Tür öffnete. Gleich darauf klopfte er an die Bürotür und auf das »Herein« des Hausherrn betrat er den Salon und meldete: »Ein Herr Bruckner von der Kanzlei Baumeister wünscht Sie zu sprechen.« Gleichzeitig überreichte er seinem Chef eine Visitenkarte auf einem silbernen Tablett. Ja, grinste Nicolas, auf Etikette legt der alte Mann noch immer größten Wert.

»Ich lasse bitten«, und im Stillen dachte er, na wenigstens kommt Harald Baumeister schnell zur Sache.

Ein korrekt gekleideter junger Mann trat ein, nickte mit dem

Kopf und blieb an der Tür stehen, die der Butler hinter ihm schloss.

»Guten Tag, Herr Doktor, mein Name ist Thomas Bruckner, Herr Doktor Baumeister schickt mich. Ich habe Ihre Unterlagen erhalten und ich hätte noch ein paar Fragen zu der Aufgabe.«

Nicolas nickte. »Eine eindeutige Angelegenheit, die mein Vater in seinem Testament missachtet hat. Bitte, setzen Sie sich.« Er bot ihm einen Platz vor seinem Schreibtisch an und setzte sich selbst dahinter. »Was genau möchten Sie noch wissen?«

»Zunächst einmal den Namen und die Adresse der Erbin, dann die Art der Beziehung zwischen Ihrem Herrn Vater und der Dame, und dann die Anschrift des Objektes in Schottland.«

»Die Erbin hat als Gärtnerin bei uns gearbeitet. Mein Vater hat sich oft mit ihr im Park unterhalten. Wie der Butler meines Vaters, der oft bei den Gesprächen dabei war, sagte, ging es immer nur um gärtnerische Planungen, um Pflanzen, um das Klima und um Wetterschäden. Ich glaube nicht, dass es eine andere Art von Beziehung gab. Mein Vater war krank, an den Rollstuhl gefesselt und ein sehr ehrenhafter Mann.«

»Ich verstehe. Dennoch kommt es mir merkwürdig vor. Wie groß oder wie hoch im Preis schätzen Sie dieses Objekt in Schottland?«

»Das wissen wir nicht. Im Testament wird ein Cottage in den Highlands mit dem Namen *Hardinghouse* erwähnt. Ein Ferienhaus meines Vaters, mehr kann ich dazu nicht sagen.«

»Nun ja, die Adresse werde ich schnell erfahren. Die Highlands beginnen nördlich der Linie Edinburgh–Glasgow, das schränkt die Suche ein, und irgendwo wird das Anwesen grundbuchmäßig vermerkt sein. Ich werde mit der Gärtnerin sprechen und dann hinfahren und das Objekt aufsuchen. Ein, zwei Wochen Zeit werde ich brauchen. Sind Ihnen diese Maßnahmen recht?«

»Selbstverständlich. Ich bitte aber um regelmäßige Berichte und um eine sofortige Bearbeitung der Angelegenheit.«

»Ja, natürlich. Darf ich noch fragen, weshalb Sie das Testament anfechten? Die Erbin oder ihre Rechtsberater werden das wissen wollen.«

»Land- und Immobilienobjekte werden nur innerhalb der Familie vererbt. Das ist Tradition.«

»Ich verstehe. Ich fahre von hier aus nach Övelgönne und versuche, die Dame zu erreichen. Danach reise ich nach Schottland.« Er stand auf und nickte Nicolas zu. Da dieser nicht aufstand und ihm auch nicht die Hand entgegenstreckte, fiel die Verabschiedung kurz und distanziert aus.

Nicolas Marienthal ärgerte sich zum zweiten Mal an diesem Tag über den Studienfreund. Was fällt ihm ein, mir einen so jungen Mann zu schicken. Für mich geht es um ein Prestigeobjekt, und er schickt mir einen Anfänger.

Nicolas schenkte sich einen doppelten Cognac ein und trank das Glas in einem Zuge aus.

»Mit Alkohol erreichst du gar nichts.«

Erschrocken drehte er sich um. Mitten im Büro stand Renate und blickte auf das Glas.

»Kannst du nicht anklopfen, bevor du hereinkommst?«

»Ich?« Renate sah ihn empört an. »Ich? Vergisst du, dass dies auch mein Zuhause ist?«

»Du erwartest von mir auch, dass ich mich wie ein Gentleman benehme und anklopfe, bevor ich deinen Salon betrete.«

»Papperlapapp! Gegen welchen Ärger soll denn der Cognac helfen?«

»Das geht dich nichts an.«

»Und ob! Wenn mein Mann ein Zuckerbrot verliert und vergisst, die Peitsche einzusetzen, geht mich das sehr wohl etwas an.«

»Du weißt es also schon! Wer hat gepetzt?«

»Ich pflege einen engen Kontakt zu deinen Schwestern, hast du das vergessen?«

»Also Caroline, ich hätte es mir denken können.«

»Sie ist genauso außer sich wie ich. Wie kann man sich einen Landbesitz in Schottland entgehen lassen.«

»Es handelt sich um eine Hütte in den Highlands, mehr ist da nicht«, erwiderte Nicolas zurückhaltend, denn im Grunde hatte sie ja recht, das wusste er nur zu gut.

»Pah, eine Hütte in den Highlands!« Sie lachte. »Ein Mann wie dein Vater verbringt doch seine Ferien nicht in einer Hütte. Für Cornelius war nur das Beste gut genug. Das weißt du besser als ich. Der Chef des Marienthal-Imperiums haust doch nicht in einer Kate, wenn er ein Castle haben kann. Hast du mal seine privaten Konten überprüft?«

»Nein, sie gehen mich auch nichts an.«

»Dann wird es aber höchste Zeit, dass du dich mal um die Familienfinanzen kümmerst.«

»Das ist alles testamentarisch geregelt worden. Vermögen ist immer zurück in den Konzern geflossen.«

»Was ich zu bezweifeln wage.«

»Halte dich da heraus. Ich interessiere mich auch nicht für deine Konten.«

»Die gehen dich auch nichts an.«

»Genauso wenig gehen dich die Konten der Familie Marienthal etwas an.«

»Da irrst du dich gewaltig. Ich bin deine Frau, die Mutter unserer gemeinsamen Kinder, und wenn diesen Kindern etwas entgehen sollte, setze ich mich dafür ein.«

»Lass die Kinder aus dem Spiel. Sie trauern um ihren Großvater, den sie sehr geliebt und geachtet haben.«

»Dann wird es höchste Zeit, dass ich sie aufkläre.«

»Worüber?«

»Dass ihr Großvater ein Mann mit einem zweiten Leben war. Einem Leben in Schottland, von dem ihr alle nicht die geringste Ahnung hattet.«

»Aber du, du hast natürlich eine Ahnung, was mein Vater einmal im Jahr für ganze vier Wochen in Schottland getrieben hat.«

»Wir werden sehen. Was hast du unternommen, um an dein Zuckerbrot zu kommen, und vergiss die Peitsche nicht.«

»Hör auf mit diesen Ratschlägen, ich weiß auch ohne deine Weisheiten, was ich zu tun habe.«

»Kläre mich auf, bevor ich selbst einschreite.«

»Ich habe alles einem neuen Anwalt übergeben. Die Erkundungen und der Einspruch laufen bereits.«

»Einem neuen Anwalt? Ist der alte etwa nicht mehr gut genug?«, fragte sie und eine herablassende Ironie war deutlich zu hören.

»Nein, er hat diese geheime Testamentsverfügung geduldet und mich nicht davon in Kenntnis gesetzt.«

»Und wer ist der Neue?«

»Ein Studienfreund von mir.«

»Du solltest nicht auf alte Freundschaften bauen, sondern auf Experten.«

Ja, dachte Nicolas, da hat sie wahrscheinlich recht. »Abwarten«, erwiderte er kurz angebunden, denn der Ärger über diesen Anfänger, den ihm der Baumeister geschickt hatte, steckte ihm noch immer in den Knochen.

»Und wem hat Cornelius dieses *Hardinghouse* nun überschrieben?«

»Der Gärtnerin.«

Renate lachte laut heraus. »Das darf nicht wahr sein. Diesem jungen Ding, mit dem er dauernd im Garten herumflirtete?«

»Renate, nimm dich zusammen. Du sprichst von meinem Vater, und er hat niemals mit irgendjemandem im Garten herumgeflirtet.«

»Ach Gott, Männer! Ich habe gleich gewusst, dass da etwas läuft.«

»So ein Schwachsinn. Ich verbiete dir, so über meinen Vater zu sprechen. Er war ein ehrenwerter Mann, und ich lasse die Erinnerung an ihn durch niemanden beschmutzen.«

»Blödsinn, dieser ehrenwerte Mann hat einen späten zweiten Frühling erlebt. Im Rollstuhl, wohl bemerkt. Aber ich habe Augen im Kopf, und was ich gesehen habe, waren die verliebten Blicke eines Greises. Er hing an diesem Mädchen. Nicolas, wie kannst du so blind gewesen sein.«

»Ich habe den Butler, der fast immer dabei war, nach dem Inhalt der Gespräche gefragt.«

»Klar, und der hat gesagt, es ging um Bienchen und Blütenstaub. Wessen Butler ist oder war Herr Walther?«

»Der Butler meines Vaters.«

»Und dann glaubst du seinen Antworten?«

»Er ist ein ehrlicher Mann.«

»Na freilich, deinem Vater gegenüber. Himmel, ich sehe schon, ich muss die Sache selbst in die Hand nehmen.«

»Hüte dich.«

»Halt den Mund.« Und Renate drehte sich wütend um und verließ das Büro.

Nicolas nahm sich einen zweiten Cognac, um den doppelten Ärger hinunterzuspülen. Das fehlt mir gerade noch, dass Renate sich einmischt, dachte er, spürte aber gleichzeitig, wie unangenehm ihm diese ganze Angelegenheit wurde. Denn: Nicolas Marienthal war ein sensibler Mensch. Häuslicher Frieden war ihm wichtiger als Rechthaberei, und das nützte die Familie aus. Ich habe genug Streitigkeiten und Machtkämpfe in der Firma, ich muss nicht auch noch zu Hause um Recht und Anerkennung kämpfen.

Er trat ans Fenster und sah nach draußen, wo im Südwesten die Sonne hinter den Schwarzen Bergen von Harburg unterging. Und dann dachte er: Schottland, das muss schön sein, einfach ein Ticket zu lösen und nach Schottland zu fliegen, wie es der Vater gemacht hat. Raus aus dem Ärger und der Verantwortung und den Intrigen und einfach die Natur genießen. Moorhühner muss ich nicht schießen, die Jagd liegt mir nicht, aber die Stille der Berge, das Rauschen der Bäche, und dann der Whiskey, ... das würde mir jetzt gefallen.

Renate Marienthal, geborene Oberhaus, ging verärgert zurück in ihren Salon. Die Unstimmigkeiten mit Nicolas nahmen zu, und sie wusste nicht, wie sie die wachsenden Streitereien ertragen sollte.

Warum war er nicht da, als sie von der Kur, die langwierig und auch schmerzhaft gewesen war, zurückkam. Warum hatte er sie nicht liebevoll in die Arme genommen und getröstet, nach dieser langen Autofahrt. Nein, er speiste im ›Vier Jahreszeiten‹, wie ihr der Butler sagte, er traf einen alten Freund, der ihm anscheinend wichtiger war als die Ehefrau, er zog sich in sein Büro zurück, statt sie im Salon aufzusuchen. Es wurde immer schlimmer mit ihm, und sie fragte sich ernsthaft, ob sie diese Ehe noch länger ertragen sollte. Und für wen? Für die Tradition, für das Ansehen, für die Leute, die längst wussten, wie es um unsere Ehe steht?

Die Kinder sind fast erwachsen, die brauchen ein geordnetes Familienleben nicht mehr. Cornelius mit seinen fünfundzwanzig Jahren ist für vier Semester nach Phoenix in Arizona gegangen, um den Weltwirtschaftshandel aus amerikanischer Sicht zu studieren und die Sprache zu vervollständigen. Nicolas mit seinen zweiundzwanzig studiert in Hannover Tiermedizin, die Liebe zu den Tieren hat er von mir, dachte sie zufrieden, und die beiden Mädels mit ihren sechzehn und achtzehn Jahren sind in Salem im Internat. Sie alle brauchen kein florierendes Elternhaus mehr. Warum halten wir dann noch daran fest? Warum gönne ich mir nicht die Freiheit eines unbekümmerten Lebens auf einem schottischen Landsitz? Reiten, Jagen, Wandern, Schwimmen, das wäre ein Leben wie für mich geschaffen.

Renate bestellte sich eine Kanne Tee, und als die serviert wurde, rollte sie den kleinen Teewagen neben ihren Lieblingssessel am Fenster und sah hinaus in den Park. Und in der Erinnerung sah sie den alten Schwiegervater mit der Gärtnerin, die so oft und so vertraut miteinander sprachen. Die junge Frau stützte den alten Mann, wenn er ein paar Schritte gehen wollte, er gab ihr Bücher, die sie dann, nebeneinander auf der Bank sitzend, gemeinsam studierten, oder er zeigte ihr Fotos, über die sie dann gemeinsam lachten. Nein, nein, dachte sie, so spricht nicht ein Patriarch mit seiner Gärtnerin. Da war mehr, das fühle ich ganz genau, und dass er nun sein Feriendomizil in Schottland ihr vererbt hat, bedeutet etwas ganz Besonderes, und ich werde es herausfinden.

Und zwar umgehend.

Und dann dachte sie an ihren Mann, an ihre Ehe und was daraus geworden war. Im Anfang, erinnerte sie sich, war es ja ganz nett.

Ich war zwanzig, als ich ihn kennenlernte. Alle meine Freundinnen waren entweder verlobt oder schon verheiratet und zwei hatten sogar schon Kinder, und ich bekam eine Heidenangst, keinen akzeptablen Mann mehr zu finden. Schließlich war die Auswahl in unseren Kreisen nicht allzu groß. Na ja, und dann traf ich Nicolas beim Tennisspielen am Rothenbaum. Er sah gut aus, er spielte ziemlich gut, er kam aus dem richtigen Stall, und bevor sich ihn eine andere schnappte, habe ich ihn verführt. Hm, sie lächelte, verführt ist vielleicht nicht der richtige Ausdruck, aber ich habe ihn überzeugt, dass es ›Bei Ritschie‹ in Pöseldorf den besten Streuselkuchen und beim ›Wanders‹ am Jungfernstieg den besten Cocktail gab. Ein Wort folgte dann auf das andere, man stellte sich gegenseitig den Eltern vor, und ein halbes Jahr später waren wir verheiratet. Ja, doch, verliebt waren wir auch. Vor allem war ich stolz, einen der reichsten und bestaussehenden Männer Hamburgs erobert zu haben.

Und heute? Wir können uns beide noch sehen lassen, und der Reichtum ist immer noch vorhanden, das ist dann aber auch schon alles. Die Geschäfte wurden für ihn wichtiger als die Familie, die Reisen immer häufiger und die einsamen Abende immer länger. Muss ich mir das gefallen lassen? Nein, natürlich nicht, das verbietet mir ganz einfach mein Stolz. Wer bin ich denn? Ich bin eine geborene Oberhaus, ich habe eine Menge eigenes Geld, ich habe Wirtschaftswissenschaften studiert und gelernt, wie man mit Reichtum umgeht. Mir macht keiner etwas vor, und mein Mann schon gar nicht. Was der kann, kann ich längst, und wo er mit Sorgenfalten über seinen Bilanzen grübelt, investiere ich mit leichter Hand in die besten Geschäfte. Ja, entweder man kann es oder man kann es nicht.

Sie schaute hinaus auf den Fluss, der so unbeirrt und zielstrebig dem Meer entgegenströmte und alles mitnahm, was sich ihm in den Weg stellte: Sand und Unrat und Gift und Abfall, und Schiffe natürlich auch. Nichts konnte ihn aufhalten, nichts ihn umleiten, nichts ihn behindern. Und dennoch war er ein Segen für die Menschen, für die Stadt, für die Wirtschaft und für die Natur. Hm, dachte sie, so ein Strom kann ein richtiges Vorbild sein, er strebt nach vorn, er reinigt im Vorbeifließen und er spendet das Lebensnotwendigste, das Wasser.

Und dann dachte sie an ihre Kinder, die so gern am Ufer gespielt hatten, die ihre ersten Schwimmversuche in der Elbe gestartet und so viel Spaß dabei hatten. Manchmal hatte sie vor dem Unrat und vor der Strömung gewarnt, aber der Spaß war größer und er war wichtiger.

Na ja, die Kinder, viel Zeit hatte ich nie für sie. Aber ich wusste sie in guten Händen. Die Kindermädchen, die Gouvernanten, die Erzieher und Privatlehrer und dann die Internate, ich habe immer für die besten Kräfte gesorgt und letztlich recht behalten, denn alle vier haben sich hervorragend entwickelt. Und schließlich bin ich selbst auf diese Art erzogen worden. Und was ist aus mir geworden? Eine anerkannte Geschäftsfrau, eine akzeptable Mutter, eine geachtete Ehefrau und eine bewunderte Reiterin.

Ach Gott, Carina, dachte sie, ob mich die Stute vermisst? Ich muss im Stall anrufen. Im nächsten halben Jahr darf ich noch nicht wieder reiten, dann soll sie besamt werden und ein Fohlen austragen. Sie ist zehn Jahre alt, da wird es höchste Zeit.

Renate schüttelte den Kopf. Wie peinlich, dachte sie, die Kinder und die Reiterei, das ist bei mir fast gleich wichtig. Aber das muss ja keiner wissen. Nun ja, auf jeden Fall haben sich die Kinder prima entwickelt, auch wenn das jetzt wie eine nachgeschobene Rechtfertigung klingt.

Sie stand auf und ging zu ihrem kleinen Sekretär hinüber. Nach einem kurzen Blick in die Telefonkartei, wählte sie eine Nummer. Als der Hörer abgenommen wurde, erklärte sie kurz und bündig: »Georg, morgen früh fliegst du nach Schottland und suchst ein Anwesen mit dem Namen *Hardinghouse*, Feriendomizil vom alten Marienthal. Bis morgen Abend will ich die Adresse haben und über Größe, Ausstattung und sonstige Einzelheiten informiert werden. Lass deine Verbindungen arbeiten, Geld spielt keine Rolle. Danke.« Damit stellte sie den Hörer wieder in die Station. Wie gut, wenn man Leute wie Georg hat, dachte sie und klingelte nach dem Mädchen.

»Lassen Sie das Bad für mich ein und legen Sie die passende Garderobe mit Accessoires, Schmuck und Schuhen für einen Opernabend heraus. Und bestellen Sie meinen Wagen für neunzehn Uhr.«

11

Thomas Bruckner war sehr erfreut über den Auftrag, mit dem Doktor Baumeister ihn betraut hatte. Endlich mal raus aus der Kanzlei, endlich mal weg von den stupiden Akten und Ordnern, endlich mal eine Reise und noch dazu in sein geliebtes Schottland. Eine Reise, die nicht er bezahlen musste, sondern für die er auch noch bezahlt wurde. Er würde sie genießen, das nahm er sich ganz fest vor.

Er verließ die Villa an der Elbchaussee, ging zum Eingangstor, das sich automatisch öffnete, als er davorstand – aha, dachte er, man wird also beobachtet, bis man das gesicherte Grundstück verlassen hat –, und bestieg draußen sein Fahrrad. Er hatte es extra vor der Gartenmauer abgestellt, man musste in dem feinen Haus ja nicht sehen, dass er weder ein eigenes Auto besaß noch das Geld für ein Taxi hatte.

Er fuhr in Richtung Stadt zurück bis zum Halbmondsweg, bog dann rechts ab und fuhr den Övelgönner Hohlweg bis zur Elbe hinunter. Als er die angegebene Hausnummer nach einer Weile fand, schloss er sein Rad wieder draußen vor dem Zaun an und ging zur Haustür, wo ihm der Name Moorburg verriet, dass er vor dem richtigen Eingang stand. Das kleine Haus machte einen gemütlichen Eindruck. Der Garten war gepflegt, aber die Fenster rechts und links von der Haustür waren geschlossen und die Gardinen zugezogen. Thomas klingelte, aber niemand kam, um die Tür zu öffnen.

Hm, überlegte er, die junge Frau scheint nicht da zu sein. Entweder ist sie noch beruflich unterwegs oder sie kauft irgendwo fürs Abendessen ein. Unentschlossen sah er sich um. Nach einem zweiten Versuch verließ er den kleinen Vorgarten wieder und ging zum Nachbarhaus. Hier hatte er mehr Glück. Kaum hatte er den

Garten betreten, öffnete sich die Haustür und eine Frau in Kittelschürze und Kopftuch stand ihm gegenüber.

»Hallo, was wollen Sie?«

»Guten Tag, mein Name ist Thomas Bruckner, ich wollte zu Frau Moorburg. Können Sie mir sagen, wann sie zurückkommt?«

»Nein, das kann ich nicht.«

»Arbeitet sie noch oder ist sie zum Einkaufen unterwegs?«

»Das weiß ich nicht.« Anne Rose war nicht gewillt, auch nur die kleinste Auskunft über Marie zu geben.

»Aber was mache ich denn da? Ich muss sie so dringend sprechen.«

»Warum?«

»Ach, es geht um eine Anschrift in Schottland. Wissen Sie vielleicht etwas darüber?«

»Nein.«

»Aber bei so nachbarschaftlichen Gesprächen hat Frau Moorburg doch sicher mal etwas erwähnt?«

»Nein.«

»Der Garten ist gepflegt, die Blumen sind gegossen, sie kann doch nicht weit sein. Wann kommt sie denn sonst abends nach Hause?«

»Das ist unterschiedlich. Aber darum kümmere ich mich nicht, sie kommt, wann sie will.«

In Thomas Bruckner war der Sinn fürs detektivische Schnüffeln, oder besser gesagt, für eine juristische Tiefenforschung erwacht. Die Frau weiß etwas, dachte er, sonst wäre sie nicht so schroff. Sie weiß etwas und sie will es unter keinen Umständen sagen. Er sah sich um. »Ich denke, ich warte auf Frau Moorburg. Ich werde mich auf die Bank vor ihrem Haus setzen, dann kann ich sie nicht verpassen.«

»Da können Sie lange warten«, entfuhr es Anne Rose, die im gleichen Augenblick wusste, dass sie einen Fehler gemacht hatte.

»Das heißt, Frau Moorburg ist gar nicht in Hamburg?«

»Woher soll ich das wissen?«

»Na, Sie haben doch gerade gesagt, ich könne lange warten, bis sie zurückkommt.«

»Die Marie kommt oft sehr spät abends heim, das habe ich gemeint.«

»Sie sind aber sehr vertraut mit Frau Moorburg, wenn Sie sie einfach Marie nennen.«

»Man kennt sich halt.«

»Und dann vertraut man sich auch gegenseitig. Bitte, sagen Sie mir doch, wo ich Frau Moorburg finde, dann bin ich auch gleich wieder weg.«

»Ich habe Ihnen schon einmal gesagt, dass ich es nicht weiß. Guten Tag, ich muss weiterarbeiten.«

»Was machen Sie denn? Ich könnte mich vielleicht nützlich machen, während ich warte.«

»Unsinn, ich putze meinen Keller, da kann ich keine Hilfe gebrauchen.«

Hm, dachte Thomas, sie putzte den Keller, da hat sie also gar nicht gesehen, dass ich zur Nachbarin wollte. Aber sie hat die Klingel vom Nachbarhaus gehört, also passt sie auf das Haus auf, denn sie war schneller an ihrer Tür als ich. Er schaute auf das Namensschild. »Frau Rose, ich bin ein Spezialist im Kellerputzen, wollen Sie es nicht doch mit mir versuchen?«

»Nein, Sie halten mich nur von der Arbeit ab, guten Tag.« Damit trat Anne Rose zurück in ihr Haus und schloss die Tür von innen.

Thomas Bruckner verließ das Grundstück und ging zu seinem Rad. Er überlegte noch, ob er warten sollte oder nicht, als ein Fahrradfahrer den Weg entlangkam und vor dem Haus der Roses abstieg. Als er mit dem Rad in den Garten ging, sprach Thomas ihn an. »Guten Tag, sind Sie Herr Rose?«

»Ja, um was geht's?«

»Ich möchte zu Frau Moorburg, aber sie scheint nicht da zu sein.«

»Die ist verreist.«

»Ach, so ein Pech. Ist sie schon lange fort?«

»Seit gestern.«

»Und Sie wissen nicht, wohin sie gefahren ist?«

»Die ist geflogen.«

»Tatsächlich? Dann muss es ja eine weite Reise sein.«

»Ach, die ist bloß nach Schottland geflogen, aber mehr weiß ich auch nicht.«

Thomas triumphierte, seine Forschungsarbeit hatte sich gelohnt. »Ich danke Ihnen, dann brauche ich ja hier nicht zu warten. Einen schönen Abend noch.«

Er nahm die Kette ab, mit der er sein Fahrrad an dem Zaun gesichert hatte, und schwang sich in den Sattel. Dann ist sie also schon drüben, dachte er etwas überrascht. Dass sie so schnell hinüberfliegt, habe ich nicht erwartet. Umso besser, dann kann ich morgen schon starten, und mein überraschender Ferientrip beginnt in etwas mehr als zwölf Stunden. Da muss ich mich ja direkt beeilen.

Er fuhr zurück in die Kanzlei an der Esplanade, erstattete Doktor Baumeister seinen Bericht, buchte seinen Flug nach Edinburgh und nahm von seinem Chef zwei Schecks entgegen, einen für die Reise- und Aufenthaltskosten und einen für seine persönlichen Ausgaben. Beide waren großzügig bemessen.

»Ich verlasse mich auf Sie«, forderte Doktor Baumeister, »ich will positive Ergebnisse, und zwar schnell.«

»Selbstverständlich.«

»Es ist Ihr erster großer Auftrag, Herr Bruckner, Sie wissen, was ein gutes Ergebnis für Ihre Zukunft bedeutet.«

»Das weiß ich und ich werde alles tun, um Sie und Herrn Doktor Marienthal zufriedenzustellen.«

Dass er am nächsten Morgen in der Maschine nach Edinburgh neben einem Herrn Georg saß, der den gleichen Auftrag von Frau Doktor Marienthal hatte, ahnte er nicht.

Georg besaß keinen Nachnamen, jedenfalls unter Kunden war er nur der Georg, und auf Georg war immer Verlass. Er war ein

Undercoverman und sehr erfolgreich. Sein Hauptarbeitsgebiet war die Wirtschaftsspionage, und in diesem Genre hatte Renate Marienthal ihn kennen und schätzen gelernt. Sie wusste aber auch, dass man Georg überall einsetzen konnte, wenn das Honorar entsprechend war. Und für *Hardinghouse* lohnte sich ein gutes Honorar, das spürte sie.

Georg reiste nicht wie Thomas Bruckner mit einem Nichts an Wissen nach Schottland. Georg hatte längst die entsprechenden Verbindungen geknüpft. Er hatte noch am Abend mit London, mit Edinburgh und mit Glasgow telefoniert, er wusste, dass *Hardinghouse* am Loch Ard lag und ein ehemaliger Besitz von Lord McCallandery war, einem alten Adligen, der *Hardinghouse* finanziell nicht halten konnte und vor gut dreißig Jahren an den deutschen Industriellen verkauft hatte.

Am Abend noch hatte Georg von der Verbindung zwischen dem Schotten, dem Deutschen und dem Landsitz erfahren. Für mich geht es eigentlich nur noch darum, diese Marie Moorburg zu überzeugen, und wenn es sein muss mit etwas Gewalt, auf dieses Erbe zu verzichten. Dann kann ich übermorgen *Hardinghouse* der Renate Marienthal auf einem goldenen Tablett servieren, denn ein vergoldetes Honorar musste für ihn dabei herausspringen, dafür würde er sorgen. Bei aller Sympathie für Renate Marienthal, ich weiß, was ich wert bin, dachte er und beobachtete den neben ihm sitzenden Mann, der gleich nach dem Flugzeugwechsel in London Champagner getrunken hatte und nun fest eingeschlafen war. Er selbst bestellte bei der Stewardess für sich ein Mineralwasser. Gefeiert wird hinterher, dachte er amüsiert und rückte ein wenig zur Seite, denn der Kopf seines Nachbarn berührte bereits seine Schulter.

Und während am Nachmittag Thomas Bruckner im Taxi Edinburgh durchstreifte, um das Grundbuchamt zu suchen und nach der Anschrift von *Hardinghouse* zu forschen, fuhr Georg bereits im Leihwagen auf direktem Weg zum Loch Ard. Ärgerlich war nur, dass er am falschen Ufer ankam.

12

Zum ersten Mal konnte Marie in dieser dritten Nacht tief und fest schlafen. Trotz des Briefes, der sie zutiefst aufgewühlt hatte, war sie, wenn auch recht spät, eingeschlafen. Gott sei Dank, man gewöhnt sich an alles, dachte sie, als die Morgensonne sie weckte. Es wurde aber auch Zeit, denn wer weiß, wie viele Nächte ich hier noch verbringen muss, bevor mein kleines Cottage bewohnbar ist.

Sie duschte, zog sich an und ging hinunter in die Küche. Erst mal einen Kaffee trinken, überlegte sie, dann nachsehen, was von den Vorräten der Frau Browner noch da ist, aber zum Frühstück reicht es auf jeden Fall. Und dann muss ich zum Gutshof, es gibt hundert Dinge, die besprochen werden müssen.

Diesmal genoss Marie die kurze Fahrt zum Wirtschaftshof. Sie war nicht mehr auf der Suche nach *Hardinghouse*, sie war angekommen. Leuchtend und wohltuend lag die Sonne auf den Hügeln und sorgte für eine milde Wärme. Im See spiegelten sich die Berge des anderen Ufers, und wie Silber wirkten die kleinen Wellen, die der Morgenwind ans Ufer spülte. Auf den Weiden grasten kräftige Hochlandrinder, und über die weiten Heideflächen zogen mehrere Schafherden. Irgendwo, aber unsichtbar, schrie ein Falke.

Auf dem Gutshof herrschte morgendlicher Hochbetrieb. Der Schmied versorgte ein Pferd mit neuen Eisen, und graue Wolken zogen mit beißendem Horngestank über den Hof. Ein Traktor rangierte mit einem sehr breiten Pfluganhänger und einer angeschlossener Egge durch die Hofeinfahrt, und ein Arbeiter jagte mit lauten Zurufen eine Herde junger Pferde auf eine nahe gelegene Weide. Etwas abseits vom Hof fraßen Stuten, umgeben von tobenden Fohlen, das erste frische Frühlingsgras auf einer eingezäunten Wiese. Na ja, dachte Marie, hier kommt der Frühling eben erst später an. Bei uns in Hamburg ist es jetzt schon sommerlicher, und die Natur ist ein paar Schritte weiter. Dann korrigierte sie sich. Was heißt, bei uns in Hamburg, ich bin jetzt bei uns in Schottland, und daran werde ich mich schnell gewöhnen müssen, wenn ich hier heimisch werden will.

Sie stellte das Auto vor dem Verwalterhaus ab und hoffte, dass es niemandem im Wege stehe. Bei dem Betrieb weiß man ja kaum, wo man so ein Auto abstellen kann, ich will schließlich nicht mit Beulen im Autohaus ankommen, wenn ich es zurückbringe. Ja, überlegte sie, das ist auch ein Grund, möglichst bald nach Glasgow zu fahren und den Leihwagen gegen ein eigenes Auto einzutauschen. Zum Glück habe ich jetzt Geld für einen Autokauf. Doktor Marienthal – halt, korrigierte sie sich, mein Vater – hat wirklich an alles gedacht, als er mir *Hardinghouse* vererbte, denn ein solcher Besitz ohne einen entsprechenden finanziellen Rückhalt ist nicht tragbar.

Nachdenklich ging sie die Steinstufen zur Haustür hinauf und klingelte. Und wieder öffnete die alte Frau die Tür, diesmal aber lächelte sie Marie entgegen. »Ich hab schon erfahren, Sie gehören jetzt zu uns. Kommen Sie nur herein, möchten Sie etwas essen oder trinken? Der Frühstückskaffee ist noch heiß.«

»Nein, danke, ich habe schon gefrühstückt. Ich möchte mit Herrn Browner reden, ist der im Haus?«

»Ja, da haben Sie aber gerade noch Glück. Er ist sonst schon sehr früh unterwegs. Kommen Sie nur.« Sie klopfte an die Bürotür und öffnete sie gleichzeitig. »Mister, die Frau aus Germany ist hier.«

»Soll reinkommen«, erwiderte eine mürrische Stimme.

Marie trat ein, reichte ihm aber nicht die Hand, weil er nicht aufstand, wie es sich gehört hätte.

»Sie wünschen?«

»Mister Browner, ich habe Fragen und Pläne und ein paar Ideen. Wann und wo kann ich mit Ihnen darüber sprechen? Es ist wichtig und es eilt.«

»Reden Sie jetzt. Später bin ich unterwegs.«

»Gut, darf ich mich setzen?«

»Ja.«

»Also, ich beabsichtige, in das kleine Cottage am Hügel zu ziehen. Es muss von Grund auf renoviert werden. Wer hilft mir dabei? Haben Sie hier Handwerker, oder muss ich eine Firma in Glasgow damit beauftragen?«

»Genügt Ihnen das Schloss nicht?«, fragte er brummig und schaute sie an, als habe sie den Verstand verloren.

»Mit dem Schloss habe ich andere Pläne.«

»Und welche?«

»Das teile ich Ihnen mit, wenn ich einige Fragen mit meinem Anwalt geklärt habe.« Marie ärgerte sich über die unhöfliche Art des Mannes und nahm sich vor, genauso reserviert zu antworten.

»Es wäre aber besser, mit mir zu sprechen.«

»Das sehe ich anders«, erklärte sie distanziert. »Wie ist das also mit Handwerkern?«

»Was soll gemacht werden?«

»Das Dach, der Fußboden, die komplette Inneneinrichtung mit den nötigen Leitungen für Wasser, Strom und Telefon, der Außenanstrich, und wenn das Haus einen Keller hat, dann auch der Keller.«

»Also alles.«

»Alles!«

»Ich schicke Männer rüber.«

»Wann?«

»In zwei Tagen.«

»Sind das Fachleute?«

»Für uns hier sind sie gut genug.«

»Gut, dann bin ich morgens am Cottage.«

»Sonst noch was?«

»Ich brauche die Adresse eines Autohändlers in Glasgow.«

»Draußen in der Halle liegt ein Telefonbuch.«

Marie konnte ihren Ärger nicht mehr unterdrücken. »Mister Browner, ich rate Ihnen, etwas freundlicher zu werden, sonst sehe ich mich gezwungen, anderweitig um Hilfe zu bitten, und es könnte sein, dass Sie dann überflüssig werden und damit nicht zufrieden sind.«

»Wollen Sie mir drohen?«

»Nein, ich warne Sie nur.«

»Sonst noch Wünsche?«

»Ja, jede Menge, aber ich werde mir überlegen, wen ich in Zukunft damit beauftrage.«

»Hier bin ich der Chef, vergessen Sie das nicht.«

»Sie sind ein seit gestern von mir bezahlter Gutsverwalter, Mister Browner, vergessen Sie das nicht.«

»Die Browners arbeiten seit Generationen hier, da hat man gewisse Rechte.«

»Und gewisse Pflichten, und eine davon ist eine gewisse Höflichkeit der Besitzerin von *Hardinghouse* gegenüber.«

»Papperlapapp.«

»Mister Browner, ich habe Ihnen gestern im Beisein von Juristen und Ihrer Familie gesagt, dass ich nicht beabsichtige, irgendetwas im Gutshof zu ändern, dafür sollten Sie dankbar sein. Sollten Sie mich allerdings nicht als Besitzerin von *Hardinghouse* anerkennen und respektieren, werde ich mir einen anderen Verwalter suchen. Und glauben Sie mir, ich kann und ich werde das tun.«

»Sie werden hier kaum jemand finden, der mich ersetzen kann und will.«

»Wir leben in der EU, Mister Browner, auch in Deutschland gibt es prächtige Verwalter und anerkannte Pferdezüchter, die mit Freuden eine Arbeit in Schottland annehmen.«

»Mag sein, aber ich bin Hoflieferant für gute Pferde.«

»Dann sind Sie eben kein Hoflieferant mehr, also denken Sie darüber nach, wie Sie sich mir gegenüber verhalten.«

»Sonst noch was?«

»Nein, für heute langt es mir. Vergessen Sie nicht, die Arbeiter zum Cottage zu schicken.«

»Wer bezahlt sie?«

»Die Arbeiter sind hier fest angestellt. Sie bekommen also ihren Lohn von der Gutsverwaltung.«

»Es sind aber aus dem Rahmen fallende Arbeiten.«

»Dann schicken Sie mir Männer, die diesen Rahmen von Arbeit kennen. Danke, das war's.«

Wütend drehte sich Marie um und verließ das Büro. In der Halle traf sie Belinda Browner, die ihr leise einen »Guten Morgen« wünschte. »Konnten Sie mit meinem Mann alles besprechen?«

»Ihr Mann ist sehr unhöflich zu mir, weshalb?«

»Er hat Angst, seine Kompetenzen zu verlieren.«

»Ich hatte ihm gesagt, dass ich nichts verändern will, aber er legt es darauf an, mit mir zu streiten, und dann muss ich mir überlegen, ob ich so ein Verhalten dulde.«

»Er wird sich wieder beruhigen. Kommen Sie doch zu mir herein, wir können einen Kaffee trinken, und Sie sagen mir, um was es geht, ich rede dann noch einmal mit ihm.«

»Er stimmte allem zu, was ich wollte, aber die unhöfliche Art, mit der er mir begegnet, gefällt mir nicht. Er ist schroff, herrschsüchtig und unfreundlich.«

»Ja, das ist er manchmal. Er kann ein richtiger Brummbär sein. Ich kenne das.«

»Und Sie lassen sich das gefallen?«

»Was bleibt mir anderes übrig?«

»Auch Männer müssen erzogen werden«, Marie lächelte, »machen Sie sich nichts aus meinem Ärger, ich werde schon mit Ihrem Mann fertig. Er musste nur heute einmal zur Kenntnis nehmen, dass er mit mir nicht machen kann, was er will.«

»Na ja, bis Mittag hat er das geschluckt. Aber nun etwas anderes, etwas Erfreulicheres. Wie sieht es mit Ihren Vorräten in der

Küche aus. Soll ich Ihnen fertiges Essen schicken, oder kochen Sie lieber selbst?«

»Gibt es hier so etwas wie einen Hofladen? Dann könnte ich mir aussuchen, was ich brauche.«

»Nein, einen Hofladen haben wir nicht. Das lohnt sich nicht, es gibt ja hier weit und breit keine Leute, die zum Einkaufen herkommen würden. Wir haben eine Kantine für die Männer und Frauen, die hier leben und arbeiten. Da gibt es Frühstück, Mittag- und Abendessen, und wenn draußen gearbeitet wird, bringen wir ihnen das Essen aufs Feld oder auf die Weiden.«

»Ich möchte in Zukunft das Cottage bewohnen, Ihr Mann schickt mir übermorgen Arbeiter für eine umfassende Renovierung in das kleine Haus. Es wird also ein paar Tage oder Wochen dauern, bis ich dort selbstständig wirtschaften kann. Vielleicht ist es angebracht, wenn Sie mir das Essen zusammen mit dem für die Arbeiter hinüberschicken. Das gleiche Essen, bitte.«

»Ja, aber, wollen Sie denn nicht im Schloss wohnen?«

»Nein, das ist ungemütlich und viel zu groß für mich. Mit dem Schloss habe ich andere Pläne, Frau Browner.«

»Ach, sagen Sie doch einfach Belinda zu mir. Darf man erfahren, was das für Pläne sind?«

»Danke, ich heiße Marie. Und mit dem Schloss, das weiß ich selbst noch nicht.«

»Aber das geht doch nicht.«

»Was geht nicht?«

»Sie sind die Herrin von *Hardinghouse*, ich kann Sie doch nicht Marie nennen.«

»Aber natürlich können Sie dass. Ich wäre sehr froh, wenn mich hier jemand Marie nennen würde, das ist irgendwie vertrauter, und ein paar vertraute Menschen könnte ich gut gebrauchen.«

»Na, schön«, Belinda Browner stand auf und reichte Marie die Hand. »Danke für Ihr Vertrauen, Marie. Und brauchen Sie sonst noch etwas?«

Marie lachte. »Ja, eine Telefonnummer, Ihr Mann war so freundlich, mich in die Diele zu schicken, wo ich ein Telefonbuch finden würde.«

»Warten Sie, ich hole es. Wen wollen Sie denn anrufen?«

»Ich habe einen Mietwagen von der Firma ›Fly and drive‹ in Edinburgh. Man sagte mir, dass es in Glasgow mehrere Filialen gibt. Ich möchte den Wagen zurückbringen und einen eigenen kaufen.«

»Ja, ohne ein Auto ist man hier aufgeschmissen. Aber Sie sollten auch ein Pferd haben, Marie, mit einem Pferd kommt man wirklich überall hin, mit einem Wagen nicht. Können Sie reiten?«

»Ich bin als Kind mal geritten, also für einfache Wege reicht es vielleicht.«

»Benny ist im Augenblick hier, er kann Ihnen helfen, auch bei der Suche nach einem Pferd, wir haben schließlich genug in den Ställen.«

»Ich habe Ihren Sohn schon kennengelernt, er machte auch so eine Andeutung, die das Reiten betraf.«

»Ja, der ist ein großer Reiter und von Pferden versteht er was.«

»Aber wo soll ich das Pferd unterbringen? Wenn ich jedes Mal mit dem Auto hierher fahren muss, um dann zu reiten, dann ist das ziemlich umständlich.«

»Das Cottage hat einen Schuppen im hinteren Garten, da wurden früher schon Pferde untergestellt. Der muss allerdings hergerichtet werden.«

»Und dann steht das arme Pferd da ganz allein?«

»Dann stellen wir eben zwei in den Stall.«

Marie lachte laut. »Sie sind großartig, Belinda, Sie haben für alles eine Lösung.«

»Soll ich Benny Bescheid sagen, damit Sie gleich zusammen Pferde aussuchen können?«

»Nein, nein, nicht so schnell. Erstens möchte ich das nicht ohne die Zustimmung Ihres Mannes machen, also irgendwann, wenn er nicht so brummig ist, und zweitens muss ich heute noch nach Glasgow, ja, und dann muss das Cottage zusammen mit dem Stall komplett saniert werden, ich könnte mir denken, dass der Stall genauso reparaturbedürftig ist wie das Haus.«

»Ja, das stimmt natürlich.«

»Was ich aber dringender brauche als ein Pferd wäre ein Hund. Ich möchte einen jungen, stubenreinen und einigermaßen erzogenen Hund kaufen, der mich und mein Haus in Zukunft bewacht.«

»Oh, das trifft sich gut. Meine Schwester züchtet irische Wolfshunde. Soviel ich weiß, hat sie halbjährige Welpen, die zum Verkauf stehen. Wunderbare Hunde, gelehrig, wachsam, treu und sehr gehorsam. Soll ich sie fragen, ob noch einer da ist?«

»Das wäre wunderbar. Wenn's geht, hätte ich gern eine Hündin. Und wie sehen irische Wolfshunde aus?«

»Groß, vor allem sind sie groß und grau. Sie sind größer als Doggen und sie können laufen wie Windhunde. Auch beim Reiten wäre so ein Hund ein idealer Begleiter für Sie.«

»Wunderbar, fragen Sie bitte Ihre Schwester.«

»Sie wohnt am Stadtrand von Glasgow, Sie könnten sie heute Nachmittag, wenn Sie sowieso in der Stadt sind, besuchen, dann sehen Sie gleich, wie die Hunde aussehen. Ein Käufer sollte immer auch die Eltern eines Welpen kennen, sagt meine Schwester.«

»Das ist eine gute Idee. Fragen Sie Ihre Schwester, ob sie noch Hunde hat, und dann möchte ich Sie ganz herzlich bitten, mich zu begleiten. Würden Sie das tun?«

»Ja, gern, ich bin schon so lange nicht in der Stadt gewesen. Ich zeige Ihnen die wichtigsten Einkaufsstraßen, ich weiß auch ungefähr die Straße mit der Autovermietung und ich bringe Sie anschließend zu meiner Schwester.«

»Halt, halt, ich brauche auch noch einen neuen Wagen und vorher muss ich zu meiner Bank, denn ohne Geld geht gar nichts.«

»Kein Problem, die Banken haben heute durchgehend geöffnet, und meine Schwester ist sowieso zu Hause.«

Die beiden Frauen führten ihre Telefongespräche und um zwölf Uhr waren sie auf dem Weg nach Glasgow.

Marie wollte zuerst zur Bank. Geld zu bekommen, war zum ersten Mal in ihrem Leben kein Problem. Ihr neues Konto war gut gefüllt, und sie dankte im Stillen ihrem nun endlich bekannten Vater, der sie so großzügig mit allem versorgt hatte. Sie mietete außerdem einen Safe, in dem sie alle wichtigen Papiere deponierte, nachdem ein Angestellter Kopien davon angefertigt hatte. »Wissen Sie«, erklärte sie Belinda, »das Schloss ist so groß und unübersichtlich und so zugänglich von allen Seiten, da halte ich es für besser, diese wichtigen Papiere sicher untergebracht zu wissen.«

»Da haben Sie vollkommen recht. Die großen Fenster, die im Erdgeschoss bis zum Boden reichen, da würde ich mich auch nicht besonders geborgen fühlen.«

»Und genau deshalb möchte ich einen Hund um mich haben.«

»Ich verstehe das sehr gut. Was machen wir als Nächstes?«

»Ich möchte den Leihwagen zurückbringen und mir einen neuen Geländewagen ansehen.«

Gegen siebzehn Uhr besaß Marie einen eigenen Geländewagen. Sie entschloss sich für den gleichen Autotyp, denn den kannte sie inzwischen und war sehr zufrieden damit. Und während die Papiere fertig gemacht, der Wagen betankt und der hintere Sitz mit einer Plastikplane bezogen wurde, denn Marie wollte, dass der junge Hund von Anfang an hinter ihr auf der Sitzbank seinen Platz haben sollte, machte ein Angestellter der Autofirma mit den beiden Damen eine Stadtrundfahrt, damit Belinda ihrer neuen Freundin Einkaufspassagen, Lebensmittelgeschäfte und die wichtigsten kommunalen Gebäude zeigen konnte. Zum Schluss standen ein Geschäft für Reitsportartikel und ein Geschäft mit Produkten für Hundehaltung auf Belindas heimlichem Stadtplan.

Aber gleich am ersten Tag wollte sie Marie noch nicht mit Kaufideen bedrängen, da Marie bis jetzt weder einen Hund noch ein Pferd besaß. Als sie schließlich bei Belindas Schwester eintrafen, läuteten die Glocken der Glasgow Cathedral den Feierabend ein. Belinda umarmte lachend ihre Schwester und stellte Marie vor. »Das ist die Herrin von *Hardinghouse*, Miss Marie Moorburg aus Hamburg.«

»Es freut mich, Sie kennenzulernen, Miss Moorburg. Ich bin Luisa Lembourg, Belinda hat mir schon erzählt, dass Sie seit ein paar Tagen in *Hardinghouse* wohnen. Ich wünsche Ihnen alles Gute und dass Sie sich immer wohlfühlen. Es ist so ein herrlicher Besitz.«

»Danke, Miss Lembourg«, erwiderte Marie höflich und fügte lächelnd hinzu, »nur zum Wohlfühlen gehört Sicherheit, und die habe ich noch nicht. Das Schloss und die Umgebung, das ist mir alles noch sehr fremd, und ich bin diese Einsamkeit nicht gewöhnt. Deshalb würde ich mir gern einen Hund zulegen, ich weiß, wie sicher man sich mit einem Hund fühlt.«

»Hatten Sie schon einmal einen Hund? Kennen Sie sich damit aus?«

»Ich hatte früher einen kleinen Dackel, aber ich habe mich damit so sicher gefühlt, dass ich nachts sogar mein Schlafzimmerfenster offen gelassen habe, obwohl ein Wanderweg direkt an unserem Vorgarten vorbeiführte.«

»Ja, Hunde sind meiner Meinung nach die größte Sicherheit, die man sich wünschen kann. Sie sind aufmerksam, sie verteidigen uns, und dabei kommt es nicht einmal auf die Größe an.«

Marie lächelte. »Ihre Schwester hat mir gesagt, dass Sie sehr große Hunde züchten, das wäre mir sehr recht, denn gleichzeitig hat sie mich überredet, im Gelände ein Pferd zu benutzen und kein Auto. Und da dachte ich, ein großer Hund kann mich besser begleiten als ein kleiner.«

Jetzt lachten alle drei. »Das stimmt. Unsere Hunde gehören zur Art der Wind- und Laufhunde, die sind wirklich schnell und vor allem ausdauernd.«

»Könnte ich denn mal so einen Kleinen von Ihrem Wurf sehen?«

»Selbstverständlich, kommen Sie mit. Die Hunde haben ihr eigenes Haus mit Garten, wenn Sie wissen, was ich meine. Eine Zucht im Wohnhaus ist inzwischen nicht mehr möglich.«

Luisa stand auf, Marie und Belinda folgten ihr. Sie führte sie durch einen langen Flur, dann durch einen überdachten Gang zu einem separaten Haus im Garten. Ein drei Meter hoher Zaun aus dickem Maschendraht umschloss in mehreren Abteilungen das ebenerdige Gebäude. In den Zwingern tobten, lagen oder spielten zahlreiche graue Wolfshunde, und alle beobachteten interessiert die Menschen. Hin und wieder knurrte einer der Rüden, aber kein Hund bellte.

»Sie sind so still?«, erkundigte sich Marie.

»Sie kennen mich, sie wissen, wenn ich dabei bin, droht keine Gefahr. Und außerdem sind diese Hunde keine Kläffer. Die bellen nur, wenn wirklich Gefahr droht. Dann aber verjagen sie mit ihrem Gebell jeden Fremden.«

Sie ging zu einem Teil des Zwingers, in dem vier Welpen spielten. »Das sind meine letzten vier. Wir hatten zwölf Welpen von zwei Hündinnen, die sind aber in den letzten Wochen verkauft worden. Sie sind gute Jagdhunde, denn sie jagen mit den Augen und sind dabei unheimlich schnell. Wie Windhunde eben. Früher waren sie für die Wolfsjagd unentbehrlich. Aber man nimmt sie genauso gern als Schutz- und Hütehunde.«

»Ich würde gern eine Hündin haben, ich finde, die sind treuer als die Rüden.«

»Das stimmt, sie sind unglaublich anhänglich, wenn sie ihren Herrn oder ihre Herrin akzeptieren.«

Marie lächelte. »Und was muss ich tun, damit sie mich akzeptieren?«

»Nun, erst einmal geht die Liebe durch den Magen. Wer das Futter bringt, ist der Chef. Und dann muss man sich ihr Vertrauen erwerben. Sie spüren ganz genau, ob sie gemocht werden oder ob ein Mensch sie im Grunde verachtet und nur aus einer Not heraus sich mit ihnen anfreundet. Reden Sie mit Ihrem Hund, er versteht Sie nicht, aber er spürt, ob in der Sprache Zuneigung steckt.«

»Und diese Welpen, gehorchen sie schon? Sie sind jetzt schon so groß wie ein Boxer und sie wachsen noch, da muss man sich auf Gehorsam verlassen können, um mit ihnen fertig zu werden.«

»Die Hunde haben ganz bestimmte Worte, auf die sie hören, ich habe sie aufgeschrieben. Und es wäre gut, wenn Sie sich an die kurzen, bekannten Befehle halten würden. Sie können natürlich mit ihnen reden, so viel Sie wollen, aber verstehen wird der Hund Sie nicht. Kurze, knappe Befehle, und der Hund gehorcht aufs Wort.«

»Und welche Hündin käme für mich infrage?«

»Die müssen Sie schon selbst aussuchen. Sie soll Ihnen ja gefallen und zusagen. Ich lasse die vier jetzt heraus, es sind alles Hündinnen – Rüden lassen sich immer schneller verkaufen. Beobachten Sie die Tiere und sprechen Sie mit ihnen.«

»Darf ich sie anfassen?«

»Selbstverständlich. Die haben noch keine Erfahrung mit bösen Menschen gemacht, die sind für jede Streicheleinheit dankbar.«

Luisa öffnete das Vorhangschloss und zog die Drahttür auf. Übermütig stürmten die Hunde in den Garten, tobten umeinander und rannten zu den anderen Zwingern, wo sie nun doch mit lautem Gebell begrüßt wurden. Für die Menschen interessierten sie sich überhaupt nicht. Als sie, müde geworden, ruhiger wurden, kam eine der Hündinnen und beschnüffelte Marie. Die bückte sich und strich ihr über den Kopf und den Rücken. Der Hund schmiegte den Kopf in ihre Hand und legte sich schließlich auf ihre Füße.

»Das ist sie«, strahlte Marie. »Das ist Liebe auf den ersten Blick und rückhaltloses Vertrauen, wenn man das so sagen darf.«

Luisa lächelte. »Sie dürfen. Der Hund hat sich entschieden.«

»Ja, so sehe ich das auch. Nicht ich habe gewählt, sondern die Hündin. Wie heißt sie denn?«

»Es ist der sechste Wurf der Mutter. Wir müssen die Hunde nach dem Alphabet benennen. Sie brauchte also einen Namen mit dem ›F‹, sie heißt Fiona.«

»Ach, das ist ein schöner Name. Mein kleiner Dackel damals hieß Flöckchen. Aber Fiona passt wunderbar zu so einem großen, stolzen Hund.«

»Ja, wachsen wird sie noch. Bis zu Ihrer Taille wird sie wohl eines Tages reichen. Dort drüben, das ist ihre Mutter, und der Riese da hinten, das ist ihr Vater.

»Meine Güte, die sind aber wirklich groß. Und Sie meinen, ich werde eines Tages damit fertig?«

»Nicht eines Tages, sondern sofort. Fiona muss noch heute erfahren, dass Sie ihre Herrin sind.«

»Und wie mache ich das?«

»Hier, legen Sie ihr das Halsband um und dann halten Sie sie fest, bis Sie im Auto sind. Eine Leine brauchen Sie bei Fionas Größe nicht, das Halsband ist sicherer.«

Marie streichelte noch einmal die Hündin, die sich wieder aufgerichtet hatte, sprach leise mit ihr und legte ihr das Lederband um den Hals. Dann lachte sie die beiden Frauen an: »Fiona und ich sind bereit.«

Auf dem Rückweg hielten sie in Milngavie, wo Belinda das Geschäft ›Hot Dog & cool Cat‹ kannte, und Marie kaufte ein zweites Halsband, eine Lederleine, zwei große Hundematratzen, Decken, Futternäpfe und vor allem ein paar Dosen Futter für die ersten Tage. »Später bekommen Sie tiefgefrorene Fleischreste vom Gut. Vor allem Pansen, das beste Futter für die Hunde. Wir schlachten ja selbst«, erklärte Belinda.

13

Die Dämmerung hatte eingesetzt, als Marie den letzten Kilometer vom Gutshof zum Schloss fuhr. Mitten auf dem Vorplatz bot sich ihr ein höchst unangenehmes Bild. Neben einem Cabrio stand ein fremder Mann mit erhobenen Händen und nicht weit von ihm entfernt stand Lizzy mit einem Gewehr im Anschlag.

Mein Gott, sie hat schon wieder ein Gewehr, dachte Marie entsetzt und fuhr langsam bis nahe an die Eingangstür zum Schloss. Ob ich aus dem Auto heraus und in die Tür hineinkomme, ohne dass sie abdrückt, überlegte Marie und starrte den Fremden an, der sich zu ihr umgedreht hatte und irgendetwas rief.

Marie öffnete die Wagentür, hielt Fiona am Halsband fest und stieg mit ihr aus, wobei sie darauf achtete, hinter ihrem neuen, ziemlich hohen Geländewagen zu bleiben.

»Was ist hier los? Lizzy, nehmen Sie das Gewehr runter.« Himmel, sie ist doch meine Mutter, entsetzte sich Marie, wie kann ein Mensch so verwirrt sein, das eigene Kind nicht zu erkennen.

»Verschwinden Sie, alle beide, oder ich schieße.« Lizzy schwenkte das Gewehr zwischen dem Fremden und Marie hin und her.

»Können Sie diese Verrückte nicht stoppen?«, wandte der sich verärgert, aber auch verängstigt an Marie.

»Nein, kann ich nicht. Was wollen Sie hier?« Neben ihr knurrte Fiona leise, aber vernehmlich.

»Ich will zu Frau Moorburg, aber die Irre lässt mich nicht einmal bis zur Klingel gehen.«

»Kommen Sie morgen wieder, dann habe ich mich um die Frau gekümmert.«

»Aber ich habe es eilig. Sehr eilig.«

»Das kann ich nicht ändern, steigen Sie ein und fahren Sie

fort. Morgen um elf ist Frau Moorburg vielleicht für Sie zu sprechen.«

»Aber ich wollte meinen Auftrag noch heute Abend erledigen.«

»Verschwinden Sie«, rief Lizzy mit schriller Stimme und ging zwei Schritte auf den Mann zu. Der bückte sich hinter sein Cabriolet, öffnete die Tür und setzte sich tief geduckt auf den Fahrersitz. Marie nutzte den Augenblick, in dem Lizzy abgelenkt war, lief zur Tür, schloss sie auf, verschwand mit Fiona im Haus und schob drinnen alle drei Riegel, über die die schwere Tür verfügte, vor.

»Komm, Fiona, das hast du gut gemacht.« Marie setzte sich auf einen der Stühle, denn sie zitterte am ganzen Körper, und streichelte die Hündin, die sich vor sie gesetzt und ihren Kopf auf Maries Schoß gelegt hatte. »Braver Hund, wenn die da draußen weg sind, hole ich deine Sachen aus dem Wagen, und dann bekommst du auch dein Futter.«

Draußen sprang der Motor des fremden Wagens an und wurde leiser. Fiona lief zur Tür und schnüffelte daran. Aber alles blieb still. Marie stand auf und ging nach nebenan in den Raum, in dem der Gewehrschrank stand. Sie erinnerte sich daran, wie Paul Browner Lizzys Gewehr dort hineingestellt, den Schrank verschlossen und den Schlüssel oben drauf hinter einer Schnitzerei versteckt hatte. Mit Entsetzen sah sie, dass der Schrank jetzt weit offen stand und dass ein Gewehr fehlte.

Die Frau hat also einen geheimen Zugang, dachte sie erschrocken. Sie kann kommen und gehen, wie es ihr gefällt. Und die Unruhe, die Marie am ersten Abend gespürt hatte, kam zurück. Gott sei Dank, dass ich jetzt Fiona bei mir habe, dachte sie dankbar und strich dem Hund, der ihr gefolgt war, über den Kopf. Dann verschloss sie den Gewehrschrank, steckte den Schlüssel in ihre Handtasche, schaute, so gut es ging, hinter die Möbel an der Wand, ob sie eine Geheimtür fand, kontrollierte den Boden unter den Teppichen, ebenfalls ergebnislos, verschloss auch die Zimmertür und steckte den Schlüssel ein. Ich brauche einen Bauplan des Schlosses, überlegte sie, oder einen Grundriss, hoffentlich gibt es so etwas, schließlich steht das Schloss schon ein paar hundert Jahre, wie mir Dr. Manores gestern sagte.

Draußen war es still. Leise schob sie die Riegel zurück und öffnete die Tür einen Spalt. Fiona, die den Kopf nach draußen schob, blieb ruhig. Dann öffnete Marie die Tür und ging die wenigen Schritte zu ihrem Auto. Fiona folgte ihr. Nach und nach schleppte Marie die gekauften Sachen ins Haus, dann verschloss sie ihren Wagen und dann auch die Haustür und setzte sich auf einen der Stühle. Mir zittern immer noch die Beine, dachte sie und atmete tief durch. Was will dieser Mann von mir? Woher kennt er mich und woher hat er die Anschrift? Na ja, überlegte sie, *Hardinghouse* ist natürlich in der Umgebung bekannt, da braucht man nur zu fragen, und wenn jemand weiß, dass es sich um ein Schloss handelt, ist es umso leichter. Ich habe das ja nicht gewusst, als ich ein ›Cottage in den Highlands‹ suchte.

Dann dachte Marie an Lizzy. Wenn sie meine Mutter ist, dann muss ich mich um sie kümmern. Es geht doch nicht, dass sie mich jedes Mal mit einem geladenen Gewehr bedroht, sobald sie mich sieht.

Gleich morgen früh gehe ich zu ihr – mit Fiona an der Hand – und dann versuche ich, mit ihr zu sprechen.

Marie sah den Hund an. »Du hast Hunger. Komm, wir machen uns ein Abendbrot.«

Sie nahm die Futternäpfe und die Dosen und ging in die Küche. Dort stellte sie der Hündin als erstes Wasser hin, dann öffnete sie eine der Dosen und gab ihr eine ordentliche Portion von dem Fleisch und danach noch einen großen, knochenharten Hundekuchen. »Das ist deine Zahnbürste«, lächelte sie die Hündin an und röstete sich selbst ein paar Scheiben von Belindas inzwischen altbackenem Brot, die sie dick mit Butter bestrich. Dazu gab es einen Becher Tee. »Mit unserer Verpflegung und mit dem Einkauf und mit dem ganzen Haushalt, das muss ich alles noch regeln, aber keine Angst, ich bekomme das schon in den

Griff«, erklärte sie der Hündin, die sie aufmerksam betrachtete. »Jetzt machen wir noch einen kleinen Gang ums Haus, aber nicht in Lizzys Nähe, und dann bereite ich dir dein Lager. Eine Matratze kommt oben vor mein Bett für nachts – aber nicht, dass du auf die Idee kommst, heimlich in mein Bett zu steigen, das ist verboten. Eine zweite kommt hier unten hin, damit du weißt, wo dein Platz ist.« Auch ein Hund muss wissen, wo er hingehört, dachte sie, brachte die Matratzen und die Decken in die dafür bestimmten Ecken und freute sich, dass sie jetzt in dem riesigen Haus nicht mehr allein war und wenigstens mit einem Hund sprechen konnte.

Am nächsten Morgen nach dem Füttern und nach ihrem Frühstück ließ Marie Fiona bis zum See hinunterlaufen, um ihr das Gelände zu zeigen, in dem sie sich bewegen durfte. Fiona tobte ausgelassen durch das Gras und über die Heidefläche, versuchte mit den Vorderpfoten und dann mit der Schnauze das Wasser zu erkunden, zuckte aber erschrocken zurück, als kleine Wellen ans Ufer schwappten, und kam dann gehorsam zurück, als Marie sie rief.

Dann führte Marie sie um das Schloss herum zu jenem Souterrain-Eingang, an dem sie vor drei Tagen Lizzy begegnet war. Sie blieb wenige Meter vor der Tür stehen und rief: »Hallo, Miss Lizzy, sind Sie zu Hause?«

»Was wollen Sie?,« kam die unwirsche Antwort, und die Tür öffnete sich. Lizzy stand, in einen zerschlissenen Morgenmantel gehüllt, ungekämmt und mit dem Gewehr in der Hand in der Tür. Marie war erschrocken über den verhärmten, verlotterten Zustand der Frau, die ihre Mutter sein sollte.

»Guten Morgen, Elisabeth Moorburg, ich wollte Ihnen eine neue Schlossbewohnerin vorstellen. Das ist Fiona, mein Wachhund, der in Zukunft das Schloss, den Gewehrschrank und mich bewachen wird.«

Lizzy hatte für einen Augenblick die Fassung verloren. Alle Farbe war aus ihrem Gesicht gewichen, und Marie wusste nicht, ob das aus Angst vor dem Hund oder vor Schrecken über den Namen, mit dem sie die verstörte Frau angeredet hatte, geschehen war.

»Verschwinden Sie.«

»Nein, ich gehe nicht, und ich habe auch keine Angst vor Ihnen. In dem Augenblick, in dem Sie das Gewehr gegen mich richten, springt Sie mein Hund an. Also lassen Sie's besser bleiben. Und dann möchte ich mich vernünftig mit Ihnen unterhalten.«

Als Antwort knallte Lizzy die Tür zu.

Aber Marie ließ nicht locker. »Kommen Sie heraus und reden Sie mit mir, sonst breche ich die Türe auf.«

Die Tür öffnete sich und der Gewehrlauf wurde hindurchgeschoben. Marie stieß ihn im gleichen Augenblick nach oben, in dem der Schuss krachte. Gleichzeitig schob sie ihren Fuß in den Türspalt und stieß dann die Tür ganz auf. Lizzy taumelte zurück, Marie entriss ihr das Gewehr, und Fiona stellte sich knurrend vor die fremde Frau.

So verlottert, wie Lizzy aussah, so verkommen war die Küche. Überall stand benutztes Geschirr herum, Essensreste vergammelten auf dem Tisch und in verkrusteten Töpfen. Schmutzige Wäsche hing herum, und in einer anschließenden Kammer konnte Marie ein ungemachtes Bett mit ungewaschenen Bezügen sehen.

Marie stieß ein paar Kleidungsstücke von einem Stuhl und stellte ihn neben Lizzy, die sich angesichts des knurrenden Hundes nicht zu bewegen wagte. »Setzen Sie sich.«

Marie nahm sich einen zweiten Stuhl und setzte sich der Frau gegenüber. Dann rief sie Fiona neben sich, und als der Hund sich gelegt hatte, sagte sie der Frau: »Ich bin Marie Moorburg, Ihre Tochter. Sie haben sich zwar nie um mich gekümmert, aber an der Tatsache lässt sich nichts ändern.«

»Was wollen Sie von mir?«

»Ich möchte, dass Sie sich wie ein zivilisierter Mensch benehmen.

Hardinghouse gehört mir. Mein Vater, Cornelius Marienthal, hat es mir vererbt. Sie haben ein lebenslanges Wohnrecht hier, so steht es in seinem Testament.«

»Nein, *Hardinghouse* gehört mir. Er hat es mir versprochen. Ich bin hier der Boss, und kein Mensch der Welt kann daran etwas ändern«, ereiferte sich Lizzy.

Marie merkte, dass sie hart durchgreifen musste, sonst stieß sie auf Granit. Die Frau war längst nicht so verwirrt, wie sie sich den Anschein gab, sie wusste ganz genau, was sie wollte.

»Elisabeth Moorburg, Sie waren die Geliebte von Cornelius Marienthal und Sie sind meine Mutter. Sie werden sich daran gewöhnen müssen, dass der alte Mann tot ist und dass er mich zu seiner Erbin gemacht hat. Wir können uns arangieren, aber nur, wenn Sie bereit sind, Ihr Theaterspiel aufzugeben.«

Ein schrilles Gelächter war die Antwort. Sie stand vor ihr mit ihren langen, verfilzten Haaren, die ihr bis zur Schulter gingen. Marie musste alle Kraft aufbringen, um sich nicht angeekelt abzuwenden. Fiona war wieder aufgestanden und knurrte leise vor sich hin. Marie schlug mit aller Kraft auf den Tisch und rief: »Hören Sie auf, Ihr Spiel ist durchschaut. Sie denken, mit verrücktem Benehmen erreichen Sie am meisten, aber Sie irren sich, ich durchschaue Sie. Also, hören Sie damit auf. Sie kommen jetzt mit mir ins Schloss. Dort werden Sie gewaschen und frisch eingekleidet und dann wohnen Sie in dem Zimmer neben mir. Und damit Sie es genau wissen, dieser Hund wird jeden Ihrer Schritte beobachten und nachts wird er vor Ihrer Türe wachen, und Sie werden sich wie ein normaler Mensch benehmen, sonst wird man Sie in einem Heim unterbringen.«

Lizzy starrte Marie an, als habe sich ein Abgrund vor ihr aufgetan.

»Und Sie wollen meine Tochter sein? Mich in ein Heim bringen? Das werden Sie nicht wagen.«

»Jawohl, ich bin die Tochter, auf die Sie zu schießen versuchten und die Sie vor sechsundzwanzig Jahren geboren, verstoßen und in der Obhut Ihrer eigenen Eltern alleingelassen haben. Und die Unterbringung in dem Heim, die ist garantiert, das verspreche ich Ihnen.«

»Aha, jetzt kommt die Rache!«

»Oh nein, jetzt kommt die Verantwortung der Tochter für ihre verwahrloste Mutter, und die fängt mit Körperpflege und richtigem Verhalten an. Und wenn das alles klappt, dann kann ich Sie vielleicht eines Tages als Mutter akzeptieren.«

Draußen hupte jemand ungeduldig. Marie sah auf ihre Uhr. Es ist elf, dachte sie erschrocken, dass ist dieser Mann, der es gestern Abend so eilig hatte. Sie stand auf, nahm Fiona am Halsband mit und ging auf den Vorplatz. Tatsächlich, da stand dieses Cabriolet und dahinter dieser Fremde aus Deutschland.

»Hallo, Sie sagten, ich könnte heute um elf Uhr Frau Marie Moorburg sprechen.«

»Ja, was wollen Sie?«

»Na, mit der Miss Moorburg reden.«

»Die steht vor Ihnen.«

»Sie sind das? Warum haben Sie das gestern nicht gleich gesagt. Ich habe es sehr eilig, das wissen Sie.«

»Es interessiert mich nicht. Wer sind Sie und was wollen Sie?« Marie bemühte sich, höflich zu sein, noch kannte sie den Fremden nicht und wusste nicht, was er wollte.

»Können wir nicht in das Schloss hineingehen?«

»Nein, ich kenne Sie nicht.«

»Also, man nennt mich Georg. Und mich schickt Frau Renate Marienthal.«

»Und was will diese Frau Renate Marienthal, und wer ist sie?«

»Sie ist die Frau vom Nicolas Marienthal, dem Oberhaupt der Familie und des Imperiums Marienthal, und sie will das Schloss.

Ich sollte es ihr bis gestern Abend auf einem goldenen Tablett servieren«, erklärte er verärgert. »Und wenn die etwas will, dann kriegt sie das auch. Und dann haben Sie mich gestern Abend daran gehindert.«

»Was fällt Ihnen ein. Verschwinden Sie. Das Schloss gehört mir, und niemand wird es bekommen.«

»Sie irren sich. Immobilien und Grundbesitz fallen bei Erbschaften an die rechtmäßigen Familienangehörigen, so war das schon immer bei den Marienthals.«

»Und nun werden die sich daran gewöhnen müssen, dass ich eine rechtmäßige Familienangehörige bin.«

»Quatsch, Sie waren die Gärtnerin vom alten Marienthal und vielleicht auch noch was anderes, was ich lieber nicht sagen möchte. Also, her mit den Schlüsseln und mit den Papieren, ich habe es eilig.«

»Verschwinden Sie mitsamt ihrer Eile und Ihren Forderungen und lassen Sie sich hier nicht mehr blicken.« Fiona begann zu knurren und fletschte sichtbar ihre Zähne, und Marie war erstaunt, mit welchem Gespür der Hund den Wechsel in der Tonart bemerkt hatte.

»Ich warne Sie«, erwiderte der Fremde. »Ich bin es nicht gewohnt, bedroht zu werden, Sie werden mir das Schloss und alles, was dazugehört, übergeben, ich bin keiner, der lange drumherumredet, sondern ich bestehe auf dem, was ich verlange. Sonst …

Sein starrer Blick richtete sich auf einen Punkt hinter Marie, und als sie sich umdrehte, sah sie Miss Lizzy, die mit erhobenem Gewehr auf diesen Fremden zielte und mit hörbarem Knacken die Sicherung löste. »Verschwinde«, kreischte sie und schoss in die Luft. Zwei Sekunden später fiel eine tote Krähe nur wenige Meter neben dem Cabriolet auf die Erde. Entsetzt sprang der Fremde in sein Auto, startete, schrie: »Sie hören von mir« und raste davon.

Und plötzlich war Marie froh, dass Lizzy so präzise mit einem Gewehr umgehen konnte.

»Wer war das und was wollte der?«

»Er wollte uns das Schloss wegnehmen«, zum ersten Mal hatte Marie das Wort ›uns‹ gebraucht. Plötzlich fand sie das richtig und fühlte sich irgendwie erleichtert.

»*Hardinghouse* gehört mir, und keiner wird daran etwas ändern.«

»*Hardinghouse* gehört uns, Miss Lizzy, und daran werden Sie sich gewöhnen müssen. Und nun kommen Sie, wir waren auf dem Weg zum Baden und Einkleiden und Essen.« Marie ging auf sie zu, nahm ihr das Gewehr ab, nahm ihre Hand und führte sie ins Schloss.

In der Halle sah sie, dass ein Bote frische Lebensmittel auf einem Tisch abgestellt hatte. Na wunderbar, Belinda hat für uns gesorgt, dachte sie und führte Lizzy nach oben. Sie ließ Badewasser in die Wanne, fügte ein paar duftende Tropfen Badeöl hinzu und half Lizzy aus dem schmutzigen Morgenmantel. Mein Gott, dachte sie, sie besteht nur noch aus Haut und Knochen.

Während Lizzy in der Wanne lag, suchte Marie aus ihren wenigen Kleidungsstücken etwas heraus, was der Mutter passen könnte, und half ihr beim Haarewaschen, Abtrocknen und Ankleiden. Als sie das verfilzte Haar kämmen wollte, stellte sie fest, dass das unmöglich war. »Lizzy, das wird nichts mehr. Ich muss Ihnen das Haar kurz schneiden, sonst kommen wir da nicht durch.«

»Was? Mein Haar abschneiden? Kommt nicht infrage.« Und zum ersten Mal kam die Aggression wieder zum Vorschein, die in der letzten Stunde kaum zu spüren war.

»Nun gut, es ist Ihr Haar. Hier ist eine Bürste, hier ist ein Kamm, und die Schere lasse ich auch hier. Versuchen Sie es selbst. In einer Stunde gibt es Mittagsessen, dann möchte ich Sie am Tisch neben mir sitzen haben.«

»Ich will nicht am Tisch neben Ihnen sitzen«, trotzte Lizzy. »Ich will in meine Wohnung zurück.«

»Nein, Miss Lizzy, Sie bleiben hier, Sie wohnen wie ich hier im Schloss, und die schmutzigen Räume da hinten im Souterrain vergessen Sie sofort. Da schicke ich ein paar Arbeiter rein, die alles ausräumen und verbrennen.«

»Nein«, schrie Lizzy, »da sind Sachen, die mir gehören, die wertvoll sind und die ich nie verlieren möchte. Da sind Geschenke vom Cornelius«, flüsterte sie plötzlich ganz leise und fing an zu weinen.

»Ist gut. Ich verstehe. Wir gehen irgendwann hin und holen diese Sachen, aber in Zukunft wohnen Sie hier, ist das klar?«

Lizzy wischte ein paar Tränen fort. »Wir gehen heute hin und holen meine Wertsachen. Ich trenne mich nie davon. Sie sind mein Ein und Alles.«

»Also gut. Kämmen Sie sich, und dann essen wir und danach holen wir die Sachen.«

»Erst holen, dann essen.«

»Nein, Lizzy, erst essen, dann holen. Und gewöhnen Sie sich daran, hier bestimme ich.«

»Aber ich bin der Boss von *Hardinghouse*.«

»Meinetwegen. Sie sind der Boss, aber ich bestimme, was gemacht wird.«

Und erstaunlicherweise gab Lizzy mit einem leisen Kopfnicken ihre Zustimmung.

Zu Maries Überraschung kam Lizzy einigermaßen frisiert zum Essen in die Küche. Sie hatte mindestens zehn Zentimeter der dünnen, verfilzten Haarspitzen abgeschnitten. Die Jeans, die Marie ihr hingelegt hatte, trug sie mit einem Teil einer abgeschnittenen Gardinenkordel, die sie durch die Gürtelschlaufen gezogen hatte, sonst wäre ihr die Hose von den knochigen Hüften gerutscht. Den schmalen Oberkörper versteckte sie in dem T-Shirt von Marie und die nackten Füße in ihren Turnschuhen. Trotz der schlecht geschnittenen Haare und der viel zu weiten Kleidung erkannte Marie, dass Lizzy einmal eine sehr schöne Frau gewesen sein musste. Sie nickte ihr aufmunternd zu und erklärte: »Wir essen hier unten. Ich habe keine Lust, die Speisen nach oben in einen der Säle zu schleppen, es würde alles kalt auf dem weiten

Weg.« Sie zeigte ihr den Platz, den sie für sie vorbereitet hatte, und füllte die Teller mit dem Gemüseeintopf, den Belinda ihr geschickt hatte. Zum Nachtisch gab es Butterkekse und Kaffee.

Lizzy war noch immer mürrisch, weil sie nicht sofort ihre Sachen holen konnte, fügte sich dann aber. Auch an den Tischmanieren erkannte Marie, dass diese Frau sehr gut wusste, wie man sich zu benehmen hatte.

»Jetzt hole ich meine Sachen«, erklärte Lizzy, als sie den Kaffee ausgetrunken hatte.

»Ich komme mit.«

»Nicht nötig.«

»Doch.«

Zu ihrer Überraschung wählte Lizzy nicht den Weg draußen um das Schloss herum, sondern ging in die Bibliothek, fingerte an einem der Bücherregale herum und stieß es dann beiseite.

Meine Güte, wie in einem Krimi, dachte Marie und folgte der Frau. Die drehte an einem Lichtschalter und ging dann eine gut beleuchtete Steintreppe hinunter und unten durch ein Kellergewölbe. Es roch feucht und muffig und es war sehr kühl. »Sie kennen sich hier gut aus«, versuchte Marie ein Gespräch anzufangen, aber Lizzy schüttelte nur den Kopf und sagte kurz angebunden: »Mein *Hardinghouse* seit fünfundzwanzig Jahren. Mein Haus, mein Heim, und ich bin der Boss.«

Marie wagte nicht zu widersprechen. Sie wollte die Frau bei Laune halten, damit sie diese unheimliche Expedition so schnell wie möglich beenden konnten.

Lizzy ging nicht bis zu den Kammern, die sie bewohnt hatte, sondern bog in einen Seitengang und öffnete eine kaum sichtbare Eisentür. Wieder drehte sie an einem Schalter und eine Glühbirne, die von der Decke herunterhing, beleuchtete den Raum. An der Wand gab es ein Regal, in dem sich die Bretter unter der Last von Kartons bogen. Lizzy nahm zwei Metallbehälter herunter und öffnete die Deckel. In dem ersten befanden sich dicht gestapelte Schmuckkassetten, Schatullen und verschnürte Kästchen. Bevor Marie eine Frage stellen konnte, schloss Lizzy den Behälter wieder und öffnete den zweiten. In ihm lagen Fotoalben, kleine gerahmte Fotos und in Öl gemalte Porträts sowie mehrere große Umschläge mit Pfundnoten, die Lizzy kurz kontrollierte. »Ja, alles meins. Cornelius war immer großzügig.« Sie reichte Marie einen der Behälter und wollte den anderen selbst tragen, als Marie sie unterbrach. »Lizzy, es gibt Leute, die wollen uns *Hardinghouse* wegnehmen, lassen wir die Schätze noch ein paar Tage hier unten, da sind sie sicherer.«

»Ich schieße und ich schieße gut, habe immer die meisten Moorhühner geschossen.«

»Wir können *Hardinghouse* nicht mit einem Gewehr verteidigen. Der Mann, der heute hier war, hat uns gedroht, er wird wiederkommen. Wir müssen warten, bis wirklich alles geklärt ist.«

»Ich bin Lizzy und ich bin der Boss!«

»Ich weiß, Lizzy, trotzdem sollten diese Schätze noch nicht ins Schloss gebracht werden. Was ist in den anderen Kartons?«

»Kleider, alle verfault.«

Zum Glück gab Lizzy nach und verzichtete darauf, die Behälter hinauf ins Schloss zu tragen. Die beiden Frauen gingen zurück, löschten die Lichter, und Lizzy verschloss die Geheimtür, indem sie irgendwelche Hebel bediente. Obwohl Marie genau aufpasste, konnte sie nicht erkennen, was Lizzy machte. Als sie in die Halle zurückkamen, stand Fiona mit gesträubtem Nackenfell hinter der Eingangstür und knurrte. Marie schaute aus einem der Fenster und zu ihrem Entsetzen sah sie, wie etwa zehn Männer aus einem Mannschaftswagen stiegen und sich auf dem Vorplatz versammelten. Und mitten unter ihnen dieser Georg, den Lizzy am Vormittag verjagt hatte.

Mein Gott, dachte sie, sind wir hier im Wilden Westen? Dann flüsterte sie Lizzy zu: »Weg vom Fenster, nicht sehen lassen«, kontrollierte die Eisenriegel an der Haustür und stürzte zum Telefon, um Paul Browner anzurufen. Aber die Leitung war tot.

14

»Nichts zerstören, nur besetzen«, hörte Marie draußen eine Männerstimme rufen. Gleich darauf donnerten Fäuste gegen das Eingangsportal.

»Lizzy, nimm Fiona und lauf zum Geheimgang«, rief Marie der Frau zu und rannte die Treppe hinauf in ihr Zimmer. Sie ergriff ihre Tasche mit dem Handy, alle Schlüssel, die sie in der Eile finden konnte, und rannte wieder hinunter. Als sie im hinteren Teil durch die Halle lief, sah sie, dass zwei Männer damit beschäftigt waren, eine Scheibe aus dem französischen Fenster herauszuschneiden, um an den Fenstergriff zu kommen. Atemlos erreichte sie die Bibliothek, wo Lizzy mit Fiona am Halsband neben der Geheimtür stand. »Schnell, hinein und von innen verriegeln. Und dann nichts wie weg hier.«

»Aber wohin?«

»Auf den Hügel im Osten, von dort aus kann ich telefonieren, die Leitungen im Haus sind unterbrochen.«

»Aber man wird uns sehen.«

»Nicht, wenn wir uns hinter der Wacholderhecke halten.«

»Aber ich will meine Sachen mitnehmen.«

»Das geht jetzt nicht. Die sind im Schloss sicherer als bei uns auf dem Hügel.«

»Aber wer sind diese Männer, was wollen die?«

»Sie wollen uns *Hardinghouse* wegnehmen, das habe ich Ihnen doch gestern schon gesagt.«

»Ich hätte den Mann erschießen sollen.«

»Dann wären Sie heute im Zuchthaus.«

»Keiner hätte was gemerkt.«

»Doch, ich, und mit einem Mord will ich nichts zu tun haben.«

»Na, jetzt sehen Sie, was Sie von Ihrer Gutmütigkeit haben.«

Die beiden Frauen und der Hund hatten die Kellergewölbe durchquert und näherten sich dem Ausgang. »Wo kommen wir ins Freie?«, wollte Marie wissen.

»Gleich hinter den alten Brunnenanlagen. Wenn die Männer noch vor dem Haus sind, können Sie uns nicht sehen. Wenn sie aber schon im Haus und in den oberen Etagen sind, werden sie uns beobachten.«

»Dann müssen wir uns beeilen.«

Sie kamen an der Eisentür vorbei, hinter der sich Lizzys Schatzkammer verbarg, dann kreuzten sie eine Abzweigung, die in ein unbekanntes Gewölbe führte, und danach erreichten sie eine moosbedeckte Treppe. Lizzy griff nach einer Taschenlampe, die neben der ersten Stufe lag, und beleuchtete den Ausgang. Es roch modrig, und die Luft war sehr feucht. Vorsichtig gingen sie die steilen Stufen hinauf und blieben vor einer eisernen Platte stehen, die über ihnen die Treppe abdeckte. Lizzy drehte an dem Ring, der die Platte an der Mauer befestigte, und nach einigem Knirschen und Kratzen, das Fiona zu leisem Knurren veranlasste, löste sich der rostige Deckel und gab einen winzigen Spalt Tageslicht frei. Gemeinsam stemmten die beiden Frauen die Platte nach oben. Marie schaute hinaus, und als sie nichts Verdächtiges bemerkte, nickte sie Lizzy zu. »Ich glaube, wir können hinausklettern. Es ist alles still.«

Vorsichtig krochen sie ins Freie. Rundherum bedeckte dichtes Brombeergebüsch den Boden. Einige verrottete Bretter und Bohlen lagen herum. »Das war die alte Brunnenanlage«, flüsterte Lizzy und zog sich die Jeans hoch, die ihr beim Klettern von den Hüften gerutscht waren. »Wo sollen wir jetzt hin?«

Marie richtete sich vorsichtig auf. Das Schloss lag etwa hundertfünfzig Meter hinter ihnen, der Hügel, den sie erreichen mussten, lag fast zweihundert Meter entfernt links. Wintergraue Ginsterbüsche, Wacholdersträucher, Brombeerhecken und dazwischen immer wieder Heideflächen ohne Blickschutz zeichneten einen sehr ungesicherten Weg aus, den Marie bewältigen musste, wollte sie den Hügel und damit eine Handyverbindung erreichen. Von Westen her kam eine graue Regenwand sehr schnell näher. Vielleicht hilft sie mir, dachte Marie und nickte Lizzy aufmunternd zu. »Sie bleiben mit dem Hund hier. Sobald Gefahr droht, verstecken Sie sich wieder im Gewölbe. Ich werde ganz schnell zum Hügel rennen, telefonieren und zurückkommen. Mehr können wir im Augenblick nicht tun.«

Lizzy nickte zustimmend, und Marie tippte die Nummer von Marc Benneth in ihr Handy, sodass sie nur noch eine Taste bedienen musste, wenn eine Verbindung hergestellt war. »Wir schaffen das schon«, flüsterte sie, strich ihrem Hund über den Kopf und erklärte ihm: »Bleib«, und dann stand sie auf, zwängte sich durch die kratzenden Beerenranken und lief geduckt zum ersten Wacholdergesträuch. Sie kauerte sich nieder und sah zum Schloss hinüber. Vor dem Portal stand neben ihrem Range Rover dieser dunkelgraue Mannschaftswagen. Ein Mann in einem ebenfalls dunkelgrauen Overall bewachte ihn. Die Eingangstür stand weit offen.

Die Regenwand kam schnell näher. Der Mann stieg in den Wagen, um sich vor dem Regen zu schützen. Und dann rauschte das Wasser auch schon um Marie herum aus der tief hängenden Wolkenwand. Geduckt lief sie weiter, nur noch verschwommen war das Schloss zu sehen. Hoffentlich klappt die Verbindung bei dem Regen, dachte sie besorgt und lief die letzten Meter zur Hügelkuppe hinauf. Oben kroch sie in ein Ginstergestrüpp, das den Regen etwas abhielt. Sie drückte auf den Knopf. Das Handy reagierte mit einem leisen Ton. Gott sei Dank, dachte sie und hielt den kleinen Apparat an ihr Ohr.

»Hello?«, hörte sie die tiefe Stimme eines Mannes.

»Mister Marc Benneth, sind Sie das?«

»Ja, und wer sind Sie?«

»Ich bin es, Marie Moorburg aus *Hardinghouse*. Mister Benneth, wir haben ein Problem. Zehn fremde Männer haben das Schloss besetzt. Man will es mir wegnehmen.«

»Verdammt, Miss, und wo sind Sie jetzt?«

»Auf dem Hügel mit dem Handyempfang. Wir sind durch einen Geheimgang entwischt, der bei einer alten Brunnenanlage endet. Nicht weit von hier.«

»Die kenne ich. Bleiben Sie da, ich muss sehen, was ich machen kann. Zehn Männer, sagten Sie?«

»Ja. Gestern kam einer und wollte mir schon alles wegnehmen, aber die Lizzy hat ihn mit dem Gewehr vertrieben. Da hat er mit Gewalt gedroht. Und heute kam er mit Verstärkung.«

»Gut, bleiben Sie am Brunnenschacht. Ich fahre zum Hof und besorge ein paar Männer, wir kommen so schnell wie möglich. Sind die Fremden im Schloss?«

»Ja, sie haben ein Fenster aufgebrochen und dann geöffnet. Und sie haben schon vorher die Telefonleitung gekappt, deshalb musste ich hier zum Hügel schleichen, um Sie zu erreichen.«

»Vor allem muss die Polizei alarmiert werden. Es handelt sich um Einbruch, Nötigung, Erpressung und ich weiß nicht was noch, da muss die Polizei kommen.«

»Danke, machen Sie das?«

»Selbstverständlich. Ich schlage ungeheueren Alarm, darauf können Sie sich verlassen. Was ist mit Ihren Besitzurkunden?«

»Die sind im Banksafe in Glasgow, die sind in Sicherheit.«

»Das ist gut. Also, bleiben Sie ruhig, ich bin gleich da.«

»Danke.« Marie beendete das kurze Gespräch, steckte das Handy in die Jackentasche und sah sich noch einmal um. Aber der Regenvorhang verdeckte die Aussicht auf das Schloss. Na schön, dachte sie, dann sieht mich wenigstens keiner, wenn ich zurücklaufe. Trotzdem bückte sie sich tief hinter die Sträucher und lief geduckt den Hügel hinunter und hin zum Brunnenschacht. Lizzy und der Hund waren nicht zu sehen. Marie rief leise nach ihnen. Lizzy hob die Eisenplatte vorsichtig an und rief: »Wir sind hier drin, hier ist es trocken.«

Marie kroch schnell zu dem Eingang, sah sich noch einmal um und schlüpfte durch den schmalen Spalt hinunter in den Schacht.

Sie war bis auf die Haut durchnässt, und das Wasser lief ihr aus den Haaren über die Schulter und die Brust bis zum Gurt der Jeans.

»Na, großartig«, meinte Lizzy, »jetzt holen Sie sich 'ne Lungenentzündung.«

»Wussten Sie eine andere Lösung?«

»Klar, im Schrank sind 'ne Menge Gewehre, wir hätten die schon in Schach gehalten.«

»Und dann?«

»Dann hätten wir sie im See versenkt.«

»Blödsinn, Lizzy, wir sind keine Mörder.«

»Wie du mir, so ich dir, ist doch 'ne klare Linie.«

»Kommt nicht infrage, und solche Redensarten können Sie sich sofort abgewöhnen.«

»Nur so kommt man weiter, hab ich oft genug ausprobiert.«

»Dann vergessen Sie das mal ganz schnell. Und jetzt ist Schluss mit dem Gerede, ich muss hören, wann Hilfe kommt.«

»Wer soll uns denn helfen?«

»Ich habe mit Marc Benneth telefoniert, er kommt gleich und bringt ein paar Leute mit. Und er ruft die Polizei, dann wird die Truppe ganz schnell abziehen.«

»Hach, Polizei, hier stecken doch alle unter einer Decke. Hier muss man sich selbst helfen, sonst ist alles verloren.«

»Schluss jetzt, Lizzy, ich muss nach draußen horchen.«

Georg hatte sein Ziel erreicht. Er hatte *Hardinghouse* in seiner Gewalt, er konnte der Auftraggeberin in Hamburg ein komplettes Schloss servieren. Aber wie?, dachte er ernüchtert, ich kann schließlich nicht das Schloss nach Hamburg transportieren. Es muss doch eine Übergabe geben, ein paar Urkunden, die ich mitnehmen kann.

»Leute, hört mal zu. Ich brauche schriftliche Unterlagen über das Schloss. Also sucht nach Schreibtischen, nach Aktenordnern, nach Briefwechsel, nach Büroschränken und Geheimfächern. Aber es wird nicht geplündert, nichts gestohlen. Wir sind eine anständige Truppe, wir haben das nicht nötig. Und dann bringt die Telefonanlage wieder in Ordnung, ich muss mit Deutschland telefonieren.«

Die Männer machten sich an die Arbeit. Sie durchsuchten die Salons, die Gesellschaftszimmer, die Empfangsräume, die Säle und die Wirtschaftsräume im Keller. Georg ging die Freitreppe nach oben und dachte: Irgendwo muss diese Fremde ja gewohnt haben, wenn sie hier lebt. Sehr schnell fand er Maries Zimmer und ihr Bad. Es waren die einzigen Räume in der Etage, die bewohnt aussahen. Er durchsuchte ihr nur zum Teil ausgepacktes Reisegepäck, ihren Schrank, die Kommode und den Nachttisch. Aber er fand weder Ausweispapiere noch irgendwelche schriftlichen Unterlagen, die diese Fremde als Besitzerin von *Hardinghouse* ausgewiesen hätten. Nicht einmal in ihrem Papierkorb fand er brauchbare Papierschnipsel. Verdammt ordentlich, diese Person, dachte er und verließ die Räumlichkeiten.

Missmutig und unzufrieden ging er wieder nach unten. »Steht die Telefonleitung wieder?«

»Ja, alles wieder in Ordnung, nur gut, dass die hier noch Überlandleitungen haben, sonst wäre es schwieriger geworden.«

»Ich muss mit Hamburg telefonieren, ihr sucht weiter.«

Er wählte die Nummer der Marienthals und ließ sich, als die Verbindung stand, mit Renate Marienthal verbinden. »Frau Marienthal, hier ist Georg. Ich habe erfreuliche Nachrichten für Sie.«

»Das hoffe ich.«

»Wir sind jetzt hier in *Hardinghouse*, es ist ein großes Schloss und wir haben es besetzt. Wie soll ich weiter vorgehen?«

»Was heißt besetzt?«

»Als ich das Schloss gestern betreten wollte, hat man mir den Zugang verwehrt. Man hat auf mich geschossen, und ich musste mir Hilfe besorgen.«

»Sind Sie verrückt? Wir sind doch nicht im Krieg. Wer hat Ihnen den Zutritt verwehrt?«

»Eine junge Frau mit einem riesigen Hund und eine zweite Frau, die aussah wie eine Hexe, die hat auf mich geschossen.«

»Einfach so?«

»Einfach so!«

»Und wo sind die Frauen jetzt?«

»Keine Ahnung, das Schloss war leer, als wir heute hier ankamen.«

»Wer ist ›wir‹?«

»Meine Männer und ich. Ich habe gestern angekündigt, dass ich mit Verstärkung wiederkomme. Da hat man's wohl mit der Angst bekommen.«

»Und nun?«

»Ja, das frage ich Sie. Sie wollten *Hardinghouse*, und ich habe *Hardinghouse*. Aber ich kann es schlecht einwickeln und nach Hamburg schicken.«

»Mann, Georg, ich will die Papiere, die Urkunden, die Grundbucheintragungen, die Besitzansprüche, den Wertenachweis und die Erbberechtigung für die Familie Marienthal. Papiere, Georg, und keinen Haufen Steine.«

»Das Schloss ist in einem tadellosen Zustand, gnädige Frau, und vollkommen eingerichtet. Sie können es sofort bewohnen, ein Haufen Steine ist das nicht.«

»Umso besser. Besorgen Sie die Papiere, und zwar so schnell wie möglich.« Im Hintergrund wurden Stimmen laut. Auf dem Vorplatz kam es zu lautem Geschrei.

»Ich muss Schluss machen, ich melde mich wieder.«

»Was ist los?«

»Da draußen ist ein Trecker angekommen mit einem Anhänger voller Männer, ich glaube, es gibt Streit.«

»Dann kümmern Sie sich drum. Ich will keine Gewalt, ich will mein Schloss.«

»Ja, ja …«

Sieben Männer hatte Marc in der Eile zusammengetrommelt und alle mit Jagdgewehren ausgestattet. Sie sprangen von dem Anhänger herunter und verteilten sich auf dem Vorplatz. Er selbst ging zum Eingang und rief in die Halle. »He, herauskommen, und zwar sofort. Die Polizei ist unterwegs.«

Einer der Männer in dem grauen Overall kam und wollte ihm das Portal vor der Nase zuschlagen, aber Marc stellte seinen Stiefel zwischen Tür und Schwelle und hielt die Tür auf. »Nicht so schnell, mein Freund. Rufen Sie Ihre Truppe zusammen und verlassen Sie sofort das Schloss.«

Ein zweiter Mann kam die Treppe herunter und drängte sich zwischen die beiden Männer. »Was wollen Sie und wer sind Sie?«

»Ich bin ein Angestellter von *Hardinghouse* und ich habe den Auftrag, das Schloss zu schützen.«

»Von wem haben Sie einen Auftrag?«

»Von der Besitzerin.«

»Quatsch, die Besitzerin befindet sich in Hamburg und hat mich mit allen Vollmachten ausgestattet, das Schloss zu besetzen und ihr zuzuführen.«

»Zeigen Sie mir diese Vollmachten.«

»Sind Sie verrückt, die trage ich doch nicht bei einem Kampfeinsatz mit mir herum.«

»Hier finden keine Kämpfe statt. Die Erbin hat alle gesetzlichen Unterlagen über den Besitz des Schlosses gestern unterzeichnet und ist rechtlich die alleinige Besitzerin von *Hardinghouse* mit allem, was dazugehört.«

»Blödsinn. Das Haus gehört dem Marienthal-Imperium, und daran ist überhaupt nicht zu rütteln.«

»Sie irren sich und jetzt verschwinden Sie.«

In der Halle hatten sich die Männer, die auf Anweisung von Georg das Schloss durchsuchten, zusammengefunden, und auch der Typ, der im Mannschaftswagen Schutz vor dem Regen gesucht hatte, war hinzugekommen. Mürrisch und unzufrieden beobachteten sie die Männer, die Marc mitgebracht hatte und die sich im Halbkreis um den Eingang aufgestellt hatten, die Gewehre in den Händen. »Was soll das Spektakel«, murrte einer, und ein anderer rief aus dem Hintergrund: »Ich denke, das ist hier eine Übungssache von der kleinsten Sorte.«

»Mund halten«, brüllte Georg, »und standhaft bleiben, ich muss noch mal telefonieren.«

In der Ferne war Motorengeräusch zu hören. Wenig später fuhr Paul Browner mit seinem Jeep auf den Vorplatz. »Was ist hier los?«, brüllte er, stürmte in die Halle und entriss Georg das Telefon. »Wen haben Sie an der Strippe?«

»Die gnädige Frau in Hamburg.«

»Geben Sie her. Hallo, wer sind Sie und was wollen Sie?«

»Ich bin die rechtmäßige Besitzerin von *Hardinghouse*, verlassen Sie sofort mein Schloss.«

»Ihr Name?«

»Renate Marienthal.«

»Geborene oder angeheiratete Marienthal?«

»Ich bin die Frau vom Firmeneigner.«

»Angeheiratet! Da haben Sie schon mal gar nichts zu sagen. Und im Übrigen wurde *Hardinghouse* gestern an die rechtmäßige Erbin übergeben. Pfeifen Sie Ihre Söldnertruppe zurück, und zwar sofort.«

»Ich kämpfe um das Erbe meiner Kinder und die sind geborene Marienthals.«

»Dann sollen die irgendwann selbst um ihr Erbe streiten, wenn sie es für legal halten. Jetzt hat *Hardinghouse* eine neue Besitzerin mit allen Rechten, und daran ist nicht zu rütteln.« Damit unterbrach Browner das Telefonat und drehte sich zu Georg um. »Sie haben's gehört, verschwinden Sie und kommen Sie nie wieder. Mit Gewalt erreichen Sie hier gar nichts.«

»Aber ich habe den Auftrag.«

»Stecken Sie ihn sonst wohin, hier ist nichts mehr zu holen.« Browner stellte sich in die Eingangstür, hielt sie weit geöffnet und kommandierte: »Raus hier, und zwar endgültig.«

Mürrisch verließen die Männer das Schloss. Georg folgte ihnen. Auch die Arbeiter vom Gutshof kletterten wieder auf den Anhänger. Als Marc und Paul allein waren, fragte Browner: »Wie ist das alles passiert?«

»Marie Moorburg rief mich mit dem Handy an und bat um Hilfe.

Der Anführer war gestern schon mal hier, da hat ihn Lizzy mit dem Gewehr vertrieben, aber er hatte gedroht wiederzukommen, und heute kam er mit Verstärkung.«

»Warum hat sie mich nicht angerufen?«

»Die Fremden hatten die Telefonleitung gekappt. Sie konnte mich nur übers Handy vom Hügel aus anrufen.«

»Und wo ist sie jetzt?«

»Beim alten Brunnenschacht. Die beiden Frauen sind durch den Geheimgang geflüchtet.«

»Gute Idee, Lizzy kennt sich ja hier aus. Vertragen die zwei sich inzwischen?«

»Es scheint so.«

»Na los, holen wir sie ab, das Schloss ist frei.«

»Die Marie wird nicht hier wohnen wollen.«

»Ich weiß, morgen fangen wir mit der Reparatur vom Cottage an.«

»Was soll aus dem leeren Schloss werden?«

»Keine Ahnung, aber diese Marie ist nicht dumm, sie wird eine Lösung finden.«

»Das Schloss wäre ein Anziehungspunkt für Touristen, als Hotel und als Museum.«

»Kommt nicht infrage. Ich will hier keine Touristen, ich will hier meine Ruhe.«

»Können Sie das bestimmen, Mister Browner?«

»Ich werde mich durchsetzen, darauf können Sie sich verlassen.«

15

Wütend und zutiefst verärgert fuhr Paul Browner zurück zum Gut. Diese Frau bringt nichts als Unruhe und Scherereien ins Land. Konnte der alte Marienthal nicht einfach sterben und verschwinden? In den dreißig Jahren, die er hierherkam, um einen kurzen Urlaub zu genießen, gab es nicht halb so viel Ärger wie in diesen drei Tagen mit seiner sogenannten Erbin. Weiß der Kuckuck, was die noch alles vorhat. Nicht genug, dass das Schloss laut Befehl vom alten Marienthal in einem jederzeit bewohnbaren Zustand gehalten werden muss, jetzt soll auch noch das verfallene Cottage renoviert werden. Was das alles kostet! Alles Geld, was mir für das Gut verloren geht. Ich kann nicht nach Kentucky fliegen, um zwei neue Vollbluthengste für meine Zucht zu kaufen, ich kann die neue Halle mit den Trainingsgeräten für die Stuten nicht bauen, ich muss Geld für sinnlose Instandsetzungen ausgeben, und wer weiß, was noch auf mich zukommt, wetterte er laut vor sich hin. Ich muss diese extravaganten Wünsche bremsen, ich weiß bloß noch nicht wie.

Er stellte den Wagen vor dem Verwalterhaus ab und stürmte in sein Büro. »Ist Colin noch da?«, rief er seiner Frau zu, die er in der Halle fast überrannte.

»Er will nach dem Essen zurück nach Glasgow«, antwortete ihm Belinda und schüttelte den Kopf. »Was ist denn jetzt wieder los?«

»Nichts als Ärger mit der Deutschen.«

»Beherrsche dich«, rief Belinda zurück. »Sie ist eine nette und resolute junge Frau, die dir nichts getan hat.«

»Sie zieht Söldnerbanden an, sie bringt meine Pläne durcheinander und sie kostet Geld. Nichts als Unruhe, seitdem sie da ist.«

»Das ist nicht ihre Schuld. Und was willst du von Colin?«

»Ich brauche seinen Rat. Hol ihn her.«

»Du kannst ruhig ›bitte‹ sagen. Er ist bei Steve, sie planen ihre nächsten Ferien.«

»Nichts da von Ferien, hier kommt eine Menge Arbeit auf meine Söhne zu.«

»Du vergisst, dass Colin längst ein selbstständiger Mann ist und in Glasgow lebt.«

»Er ist mein ältester Sohn, und eines Tage muss er sich um das Gut kümmern, ganz egal, wie berühmt er mit seinen Architektenträumen bis dahin ist. Immerhin hat dieses Gut sein gesamtes Studium finanziert. Das sollte er nicht vergessen.«

»Er will nichts mit dem Hof zu tun haben, das weißt du ganz genau.«

»Aber gestern bei diesen ganzen Rechtsberatungen und Unterschriften war er gleichberechtigt mit mir am Konferenztisch.«

»Weil Herr Marienthal es früher so bestimmt hat. Aber die Zeiten haben sich geändert. Vergiss das nicht.«

»Hol ihn her, bitte.«

Als Colin wenig später das Büro betrat, goss Paul Browner sich gerade einen zweiten Whisky ein, um seinen Ärger zu vergessen.

»Hallo, Vater, so früh schon Probleme? Was gibt es?«

»Ärger, nichts als Ärger.«

»Das alles löst man aber nicht mit Whisky, Vater. Du willst mit mir reden?«

»Ja. Es geht um diese sogenannte Erbin von *Hardinghouse*.«

»Eine sympathische Frau, die von ihrem Erbe völlig überrascht wurde.«

»Im ersten Augenblick, das mag stimmen, aber inzwischen entwickelt sie sich zu einer herrschsüchtigen Person, die das Zepter übernimmt. Genau wie diese Lizzy, die zum Glück verrückt ist.«

»Unmöglich, das glaube ich nicht.«

»Was glaubst du nicht?«

»Die Herrschsucht bei der einen und die Verrücktheit bei der anderen. Lizzy macht uns doch nur was vor, und diese Marie wird sich hüten, dir das Zepter aus der Hand zu nehmen.«

»Seitdem sie hier ist, gibt es nichts als Ärger.«

»Kann schon sein, aber überleg mal, Vater, inwieweit du selbst Schuld an diesem Ärger hast.«

»Ich? Bist du verrückt? Ich helfe und ich gleiche aus und ich vermittele, wo immer ich kann.«

»Ach Vater, spiele mir nicht die liebende Seele von *Hardinghouse* vor, ich weiß genau, wie sehr es dich stört, dass hier eine neue Herrin aufgetreten ist.«

»Wie du siehst, habe ich allen Grund dafür.«

»Und was willst du nun von mir?«

»Du bleibst hier und kümmerst dich um diese penetrante Person und ihre Wünsche.«

»Kommt nicht infrage. Ich habe meine Verpflichtungen in Glasgow.«

»Du bist *Hardinghouse* diese Hilfe schuldig. Basta.«

»Ich denke nicht daran. Es ist mir völlig egal, was hier veranstaltet wird, ich will damit nichts zu tun haben, und ich bin in einer Stunde auf dem Weg nach Glasgow.«

»Dann bist du heute das letzte Mal in *Hardinghouse* gewesen.«

»Was soll das denn heißen?«

»Dass ein Deserteur in diesem Haus nicht mehr erwünscht ist.«

»Du bist verrückt. Nur weil du mit deinem selbst verursachten Ärger nicht mehr klarkommst, nennst du mich einen Deserteur?«

»Ich brauche Söhne, die an meiner Seite stehen, die mir helfen, wenn ich Hilfe brauche, und für die ich da bin, wenn sie Hilfe brauchen.«

»Ich bin immer für dich da, das weißt du ganz genau, aber ich denke nicht daran, mir deinen Ärger aufzuhalsen und meine Verpflichtungen in Glasgow dafür zu opfern.«

»Entscheide dich, was wichtiger ist.«

Colin zögerte. Der Vater konnte sehr nachtragend sein und sehr resolut. »Um was geht es denn eigentlich?«, fragte er etwas zurückhaltender. Schon wegen der Mutter wollte er nicht im Streit mit dem Vater abreisen, sie musste ihn schließlich ertragen und konnte nicht einfach flüchten. Außerdem liebte er *Hardinghouse*, es war seine Heimat, hier war er zu Hause, verlieren wollte er es nicht.

Paul Browner erkannte sofort den Umschwung in den Gedanken seines ältesten Sohnes. Na also, dachte er, ich hab ihn noch immer in der Hand. »Kümmere dich um die Miss aus Germany.«

»Und wie stellst du dir das vor?«

»Sie fängt an, Ansprüche zu stellen.«

»Was für Ansprüche?«

»Jetzt will sie in das alte Cottage ziehen. Das muss von Grund auf erneuert werden und kostet ein Vermögen.«

»Aber das ist doch besser, als im Schloss zu bleiben.«

»Wer weiß, was sie mit dem Schloss vorhat. Von allen Seiten wird ihr zugeflüstert, mit dem Schloss ließe sich ein Vermögen verdienen.«

»Wer flüstert ihr so etwas zu?«

»Die Anwälte und die Banker und die Männer vom Grundbuchamt.«

»Und wie soll das Vermögen zustande kommen?«

»Na, die einen sagen: Mach ein Hotel daraus, die Lage am See ist grandios, die anderen sagen, das Schloss muss zum Museum umfunktioniert werden, dabei ist es doch gar nicht so alt. Der Turm und die Mauerreste sind historisch wertvoll, aber die sind so baufällig, dass man sie renovieren müsste.«

»Sie soll also das Schloss vermarkten?«

»Genau!«

»Und warum sollte sie das nicht tun?«

»Weil ich es nicht will. Hier soll die Ruhe herrschen, die *Hardinghouse* immer ausgezeichnet hat. Ich will hier keine Touristenströme, keine Omnibusflotte und keine Imbissbuden.«

»Das kann ich verstehen.«

»Dann kümmere dich darum.«

»Vater, das ist eine Lebensaufgabe.«

»Die du deinem Zuhause gegenüber schuldig bist.«

»Ich bin auch Menschen in Glasgow gegenüber etwas schuldig.«

»Was soll das heißen?«

»Ich stehe kurz vor meiner Verlobung.«

»Donnerwetter, und warum wissen wir davon nichts?«

»Weil Jane ihre Eltern erst noch überzeugen muss, dass ich der Richtige bin.«

»Was heißt hier überzeugen?«

»Man plant, sie in der Szenerie der Großindustriellen zu etablieren. In den alten Familien herrschen noch seltsame Bräuche, wenn du mich fragst.«

»Heißt das etwa, du bist nicht gut genug?«

»Es heißt, Geld gehört zu Geld – totaler Standesdünkel.«

»So ein Blödsinn. In welchem Jahrhundert leben denn diese Gentlemen?«

»Man muss sie eben überzeugen, dass die Zeiten sich geändert haben. Du wirst also verstehen, dass ich in Glasgow gebraucht werde.«

»Hm, ausgerechnet jetzt. Versuch die Miss aus Germany von etwaigen Schlossplänen abzubringen, dann kannst du fahren.«

In der Halle rief der Gong zum Mittagessen. Paul, Belinda, Colin und Benny versammelten sich im Speisezimmer. Betty tischte ein Lammragout auf, und alle langten kräftig zu. Zum Nachtisch gab es Apple-Pie mit heißer Vanillesoße und einen starken Kaffee.

Als alle den Raum verließen, fragte Benny seinen Bruder: »Wann fährst du?«

»Heute noch nicht.«

»Wieso das denn?«

»Mir ist etwas dazwischengekommen.«

»Na, super. Wenn du Zeit hast, kannst du mich begleiten, ich reite mit zwei Pferden zum Schloss, ich will versuchen, Miss Marie zum Reiten zu überreden. Sie hat Angst vor Pferden, aber hier muss sie reiten können.«

»Unsinn, Angst vor Pferden, Miss Marie kann reiten«, mischte sich die Mutter ein.

»Was? Mir hat sie gesagt, sie kann es nicht.«

»Sie hat als Kind reiten gelernt, und das verlernt man nicht wieder. Natürlich kann sie keine Turniere reiten, aber für die Wald- und Wiesenwege reicht es allemal.«

»Na, das ist ja allerhand. Da habe ich nun gedacht, ich hätte eine ängstliche Frau vor mir, und dabei kann sie reiten. Umso besser, dann können wir gleich heute einen Ausflug machen.«

»Eure Miss hat andere Probleme, als das Reiten zu lernen«, unterbrach Paul Browner die Debatte. »Sie muss erst einmal sehen, wo sie wohnt, und dann kann sie sich um Pferde kümmern. Colin, vergiss nicht, was ich dir gesagt habe.«

»Nein, ich denke dran.«

»Was ist los, habt ihr Geheimnisse?«

»Nein, nur eine Abmachung, die das Schloss betrifft.«

»Also doch Geheimnisse. Egal, interessiert mich nicht. Kommst du trotzdem mit?«

»Na gut, ich bin in einer halben Stunde im Stall.«

Widerwillig ging Colin in sein Zimmer und zog sich um. Er wollte so schnell wie möglich nach Glasgow zurück und nun saß er hier fest. Wie sollte er mit dieser deutschen Miss zurechtkommen? Er hatte sie gestern beobachtet, sie wirkte selbstbewusst und zugleich ratlos, unsicher und trotzdem überlegen. Wer war sie? Wie kam ein Multimillionär dazu, seiner Gärtnerin ein Schloss zu schenken? Was gab es da für Hintergründe, für Verbindungen, für Verhältnisse? Jetzt tat es ihm leid, diese Miss nicht gründlicher befragt zu haben. Aber sie interessierte ihn nicht so sehr, dass er mehr über sie wissen wollte. Außerdem war er mit seinen Gedanken woanders, er hatte bereits die ersten kleinen Skizzen für das Almanach-Hochhaus in Glasgow auf einem Zettel fixiert. Das war wichtig für ihn.

Hm, und so ein Mädchen wie Marie erbt nun ein Schloss, kein Wunder, dass sie damit nichts anzufangen weiß.

Er ging hinunter und über den Hof zum Stall. Benny hatte bereits die Pferde gesattelt, und Colin begrüßte seinen irischen Hengst und strich ihm über die Nüstern, was dem Pferd besonders gefiel.

»Na, hast du dich umgezogen? Passen die alten Klamotten noch?«

Benny grinste ihn an. »Hast ja 'nen mächtigen Krach mit dem Alten inszeniert. War im ganzen Haus zu hören. Um was ging's denn?«

»Ich soll hierbleiben und ihm helfen, mit der Miss aus Germany fertig zu werden.«

»Mit der muss man doch nicht fertig werden. Sie ist nett und stellt keine Ansprüche. Sie hat in der ersten Nacht hier auf dem Hof sogar im Auto geschlafen, weil ihr keiner ein Bett angeboten hat.«

»Kennst du sie näher?«

»Nein, ich habe sie auch nur einmal gesehen.«

»Vater hat Angst, sie veräußert das Schloss.«

»Na ja, schließlich steht es seit zwei Jahren leer und kostet nur Geld.«

»Trotzdem, er will, dass alles so bleibt, wie es ist.«

»Das kann er nicht verlangen. Und welche Rolle spielst du?«

»Ich soll sie überzeugen, dass eben alles so bleibt, wie es ist.«

»Na, dann viel Spaß.«

Die beiden Männer stiegen auf und ritten vom Hof. »Wohin wollen wir?«, fragte Colin den jüngeren Bruder.

»Na, zum Schloss natürlich. Da hat es heute Morgen einen Überfall gegeben, und ich will sehen, wie es der Miss jetzt geht.«

»Einen Überfall?«

Benny erzählte dem Bruder, was er von Marc Benneth erfahren hatte, und erklärte abschließend: »Ich sehe mich gezwungen, mich um die Miss zu kümmern, irgendjemand muss das schließlich tun.«

»Jedem das Seine«, grinste Colin und trieb den Hengst zu einem ersten Galopp an.

Sie ritten über einen mit Heide bewachsenen Hügel, dann zum See hinunter und ein Stück am Ufer entlang. Erst als sie zum Schloss hinauf abbogen, parierten sie die Pferde durch und ritten im Schritt.

»Ist schon ein Jammer, dass im Schloss nichts mehr los ist«, klagte Benny. »Früher, die Feste und Feten, als der alte Marienthal seine Gesellschaften gab und die Lizzy die Schönheit vom County war, da herrschte hier wenigstens Leben, jetzt ist alles tot.«

»Na, du hast Grund zum Klagen. Du hast doch deine Feste und Feten im Studentenheim.«

»Ach, Colin, die sind doch nicht zu vergleichen mit dem, was früher hier los war. Hier war der Adel zu Hause, der Reichtum, hier gaben sich die Repräsentanten der ganzen Umgebung die Tür in die Hand. Hier konnte man mal schnuppern, was es bedeutet, zur großen, weiten Welt zu gehören.«

»Reizt dich das?«

»Na, wen würde das nicht reizen?«

»Mich nicht.«

»Ja, klar, du lebst ja in Glasgow mitten in dieser großen, weiten Welt.«

»Du meinst meine Baugerüste und Betonmischer? Oder die Ruinen, die ich zu erhalten versuche?«

»Nein, ich meine die Reichen, die dich engagieren, um ihre Träume zu verwirklichen. Ich bin doch nicht blind, Colin, ich lese doch in den Zeitungen, wie die Einweihungen dann ausfallen, mit welchem Pomp so eine Fertigstellung gefeiert wird. Und dein Name taucht jedes Mal in diesen Notizen auf.«

»Ich bin da nicht zum Feiern, sondern um neue Aufträge zu

bekommen, um einflussreiche Menschen kennenzulernen, um Geschäfte zu machen. Vergiss nicht, dass von meinen Aufträgen eine Menge Leute abhängen, für die ich mich verantwortlich fühle.«

»Was für Leute? Die paar, die in deinem Büro für dich zeichnen und planen, die haben doch ihr eigenes Einkommen.«

»Es gibt viele Handwerksbetriebe, die von meinen Aufträgen abhängig sind, die darauf warten, dass ich sie irgendwo einbeziehe, dass ich ihnen Arbeit vermittle. Ich brauche gute, zuverlässige Arbeiter auf den Baustellen, und ich muss dann auch dafür sorgen, dass sie zuverlässig honoriert werden.«

»Womit du dich so abgeben musst! Das hört sich ja ziemlich kompliziert an.«

»Und vor allem ist es verantwortungsvoll. Ich kann also nicht meine Zeit hier mit irgendwelchen aufmüpfigen Misses vertrödeln, ich muss so schnell wie möglich zurück an meine Arbeit.«

»Klar, und sonst treibt dich nichts zurück nach Glasgow?«

»Was meinst du?«

»Na, mir kannst du nichts vormachen. In den Zeitungsberichten ist oft eine reizende Miss an deiner Seite zu sehen. Lange blonde Haare, lange schlanke Beine, Markenklamotten der Haute Couture, schmachtende Blicke und Modeschmuck vom Feinsten. Wie heißt sie? Wer ist sie?«

»Jane, wir werden uns demnächst verloben.«

»Donnerwetter!«

»Kein Wort zu irgendjemandem.«

»Warum denn nicht?«

»Wir müssen erst ihre Eltern von der Notwendigkeit unserer Verbindung überzeugen.«

»Wahnsinn! Ist sie schwanger?«

»Nein, du Depp, ich weiß mich zu beherrschen.«

»Na, dann ist doch alles bestens.«

»Sie haben andere Pläne mit der Tochter.«

»Typisch. Sie sieht ja nach ziemlich viel Money aus.«

»Sie hat auch ziemlich viel Money.«

»Willst du sie deshalb?«

»Blödsinn, aber es kann nicht schaden. Ich könnte mein Büro in eine bessere Gegend verlegen, vergrößern und meine Ideen besser verkaufen. Ich käme in die richtigen Kreise.«

»Und deshalb 'ne Verlobung?«

»Quatsch. Wir lieben uns, wir sind schon seit zwei Jahren ein Paar, ein glückliches Paar, wenn du es genau wissen willst.«

»Klar will ich's wissen. Und wie ist sie so?«

»Interessant, charmant, intelligent und ganz verrückt nach mir.«

»Na toll. Gratuliere. So was sollte mir mal über den Weg laufen.«

»Warte es ab. Ich bin ein paar Jährchen älter, deine Zeit kommt noch.«

»Dein Wort in Gottes Ohr.«

Ein Schuss zerriss die Stille des Nachmittages. Die Pferde scheuten, und die Männer hatten alle Mühe, sie wieder zu beruhigen.

»Das war Lizzy, die Irre. Die muss doch sehen, wer hier kommt.«

»He, Lizzy, wir sind es doch, Colin und Benny, verschreck die Pferde nicht.«

Alles blieb still. »Ihr steckt der Schrecken von dem Überfall heute Morgen noch in den Knochen«, entschuldigte Benny die Frau, die nirgends zu sehen war.

»Trotzdem, sie kann nicht einfach hier herumschießen. Ich muss da mal ein energisches Wort mit ihr reden. Wo ist sie überhaupt?«

»Da drüben hinter dem Baum, das ist ihr Lieblingsplatz.«

»Komm raus, Lizzy, du kennst uns doch.«

»Verschwindet, wir brauchen euch hier nicht.«

»Sie hat ›wir‹ gesagt, sie hat die Deutsche anscheinend akzeptiert.«

»Lizzy, ich muss mit Miss Moorburg sprechen, würdest du ihr sagen, dass ich hier bin?«

»Was willst du von ihr, Colin?«

»Ich möchte wegen des Umbaus im Cottage mit ihr reden.«

»Na schön, ich hol sie, aber dann verschwindet ihr wieder. Ich bin der Boss, und das Schloss gehört uns.«

Die beiden Männer saßen ab und banden die Pferde an einen Haltepfosten, der früher für die Kutschpferde gebraucht wurde. Kopfschüttelnd sahen sie Lizzy nach, die über den Vorplatz zum Haus hinüberging. »Donnerwetter, die hat die Haare geschnitten und gekämmt«, lachte Benny, »und sie hat Jeans an statt der wallenden, zerschlissenen Gewänder.«

»Und Turnschuhe«, nickte Colin. »Miss Moorburg hat anscheinend einen gewissen Einfluss auf Lizzy.« Sie hockten sich neben die Pferde auf den Balken und warteten.

16

Lizzy ging durch den Vordereingang ins Schloss. Sie mied jetzt ihre verwahrloste Behausung und hatte eingesehen, dass ein gewisser Komfort durchaus akzeptabel war. Mit Marie kam sie nach der gemeinsamen Flucht durch den Geheimgang und dem Sieg über diese fremden Männer ganz gut zurecht. Marie akzeptierte, dass Lizzy der Boss war, und Lizzy tat, was Marie sagte.

»Da sind die Männer vom Gut, sie wollen mit dir reden.« Auch das ›Du‹ war plötzlich ganz selbstverständlich für sie, obwohl Marie sich damit noch zurückhielt.

»Wer sind diese Männer und was wollen sie?«

»Das sind zwei Söhne vom alten Browner. Der eine war vorgestern hier und wollte dir das Reiten beibringen, und der andere war gestern mit diesen ganzen Leuten hier, die dir *Hardinghouse* übergeben haben.«

»Danke, Lizzy, würden Sie sie hereinbitten?«

»Ja, mach ich.« Lizzy lief zur Eingangstür und rief: »Ihr könnt reinkommen.«

Benny und Colin standen auf, kontrollierten noch einmal die Riemen, mit denen sie die Pferde angebunden hatten, und gingen über den Vorplatz. Marie begrüßte sie an der Tür: »Guten Tag, was kann ich für Sie tun?«

Die beiden verbeugten sich höflich, und Colin bat: »Ich möchte mit Ihnen über den Umbau oder Ausbau vom Cottage sprechen. Benny war so nett, mich zu begleiten.«

»Bitte kommen Sie herein.« Marie bot den Brüdern Plätze in der Halle an und setzte sich dazu. Lizzy nahm ihr Gewehr und ging wieder nach draußen. »Sie muss das Schloss verteidigen«, erklärte Marie und rief Fiona, die die beiden Männer beschnüffelte, zu sich.

»Solche Hunde züchtet meine Tante«, versicherte Benny begeistert.

»Es ist ein Hund aus der Zucht Ihrer Tante«, bestätigte Marie und fragte: »Darf ich Ihnen etwas anbieten?«

»Nein, danke«, erklärte Colin, »wir wollen uns nicht zu lange bei Ihnen aufhalten. Sie wollen das Cottage renovieren lassen, sagte mein Vater?«

»Ja, ich möchte mit Lizzy zusammen dort einziehen. Es ist sehr verkommen, und das Dachgeschoss müsste ganz ausgebaut werden, damit wir beide dort Platz haben.«

»Warum wohnen Sie nicht hier im Schloss. Hier ist genug Platz für eine ganze Armee, und alles ist vom Feinsten.«

»Ja, eben, hier hat eine ganze Armee Platz, was sollen wir mit so vielen Räumen? Mir genügt eine gemütliche Wohnstube, eine moderne Küche und ein bequemes Bett, das bin ich gewohnt und darin fühle ich mich wohl.«

»Aber was soll aus dem Schloss werden? Es steht da, kostet Geld und ist wie tot.« Vorsichtig tastete sich Colin an seinen Auftrag heran.

»Ich werde es schließen. Von mir aus braucht es nicht alle zwei Monate komplett gereinigt zu werden, ich habe nicht vor, hier irgendwelche Veranstaltungen durchzuführen.«

»Aber das ist doch schade um das Haus«, mischte sich Benny ein. Doch sehr schroff unterbrach ihn Colin. »Halte du dich da raus. Miss Marie entscheidet hier, was damit geschieht, und wenn sie das Haus schließt, ist das ihre persönliche Sache.«

»Ich werde mich später entscheiden, was aus dem Schloss wird. Ich wusste gar nicht, was mich hier in Schottland erwartet. Jetzt hat mich der Besitz erst einmal überrumpelt.«

Colin grinste. Ehrlich ist sie jedenfalls, dachte er und fragte misstrauisch: »Haben Sie schon Ideen?«

»Nein, aber wenn es so weit ist, werde ich mich gut beraten lassen, das versichere ich Ihnen.«

»Werden Sie vorher Rücksprache mit meinem Vater nehmen?«

»Warum sollte ich?«

»Nun, er hat hier immer eine eigene Meinung vertreten.«

»Dann wird er sich daran gewöhnen müssen, sich meiner Meinung unterzuordnen.«

»Unser Vater ist ein schwieriger Mann«, versicherte Benny besorgt.

»Das weiß ich, Höflichkeit gehört nicht zu seinen bevorzugten Seiten. Aber machen Sie sich keine Sorgen, ich werde meine Ideen oder Wünsche, oder wie Sie es nennen wollen, durchsetzen.«

Colin seufzte. »Ich möchte nur irgendeinem Ärger vorbeugen.«

»Wenn ich mich entschließe, das Haus zu neuem Leben zu erwecken, dann wird es keinen Ärger geben, das kann ich Ihnen versichern.«

»Mein Vater kann sehr rigoros und diktatorisch sein«, mischte Benny sich wieder ein. Aber Marie sah ihn nur lächelnd an: »Glauben Sie mir, mit einem rigorosen, diktatorischen Mann umzugehen, ist eine meiner leichtesten Übungen. Habe ich Ihre anscheinend begründeten Ängste nun beseitigt?«

»Nein«, grinste Colin, »Sie haben sie bis ins Unendliche gesteigert.«

Er stand auf und erklärte sehr ernsthaft: »Das hier ist ein sehr gepflegter, ein sehr ruhiger und besinnlicher Ort. Der Charme von *Hardinghouse* ist seine Unberührtheit, die zwar dreißig Jahre lang unterbrochen wurde, die nun aber wieder Besitz von dieser einmaligen Gegend ergriffen hat. Der Charme von *Hardinghouse* und seine Unberührtheit sollten nicht noch einmal durchbrochen werden.«

»Den Charme von *Hardinghouse* hat Doktor Cornelius Marienthal geschaffen, indem er ein verrottetes Anwesen und alles, was dazugehört, renoviert hat, und für die Schönheit und seine Lage hat ein unbekannter Mensch vor ein paar Hundert Jahren gesorgt, überlassen Sie es mir, respektvoll mit diesem Erbe umzugehen.«

Colin nickte nur knapp mit dem Kopf. »Wir danken für das Gespräch, Miss Moorburg. Es war sehr aufschlussreich. Sind Sie morgen früh beim Cottage? Man sagte mir, Sie wollen bei dem Umbau dabei sein?«

»Selbstverständlich. Ich möchte, dass meine Wünsche respektiert werden, jeder einzelne«, betonte Marie gelassen und begleitete ihre Besucher zur Tür.

»Ich wollte Fachkräfte aus Glasgow engagieren, aber Ihr Vater versicherte, auf dem Gut seien genug Handwerker, die die Renovierung durchführen können.«

»Das stimmt. Vor allem arbeiten sie kostenlos, denn sie haben ihr festes Gehalt, und da ist es ganz egal, wo sie eingesetzt werden.«

»Ich war bereit, für den Umbau zu bezahlen.«

»Mein Vater ist ein sparsamer Mann.«

»Das ehrt ihn. Ich weiß aber auch, dass er sehr großzügig sein kann.«

»Was wollen Sie damit sagen?«

»Um Rassepferde zu bekommen, ist ihm kein Preis zu hoch und kein Weg zu weit.«

»Er hat sich einen guten Namen mit seiner Zucht gemacht. Er ist ein Hoflieferant geworden.«

»Das ist schön für ihn, aber was bringt das für *Hardinghouse*?«

»Na, hören Sie mal, das ist eine ungeheuere Anerkennung, es macht *Hardinghouse* weltbekannt bei den Züchtern. Sie kommen von überall her, um ihre Stuten decken zu lassen und die Pferde zu bewundern.«

»Ich denke, Ihr Vater schätzt die Ruhe und den stillen Charme von diesem abgelegenen *Hardinghouse*.«

»Sie verdrehen einem das Wort im Munde«, erwiderte Colin verärgert. »Die Pferde sind ein Teil von *Hardinghouse*, sie gehören hierher wie die Schafherden und die Heideflächen und Loch Ard.«

»Das bezweifle ich auch nicht. Ich erinnere nur, wie verhasst Ihnen Besucherströme sind, und gleichzeitig begrüßen Sie zahlreiche Züchter von überall her, wie sie sagten. Etwas einseitig, Ihr Wunsch nach Ruhe und Frieden, nicht wahr?«

»Wann soll ich Ihnen ein Pferd vorbeibringen? Mutter sagt, Sie können reiten«, unterbrach Benny den Streit.

»Zunächst brauche ich eine Unterkunft für die Tiere, dann komme ich zum Gut und suche mir zwei Pferde aus, Sie sagten ja, Sie hätten genügend auf dem Hof und auf den Weiden.«

Verdutzt schaute Benny Marie an. »Sie wollen zwei Pferde?«

»Natürlich, eins wäre zu einsam in meinem Stall.«

»Ja, Donnerwetter, da haben Sie sogar recht.«

Marie wartete höflich, bis die beiden Brüder ihre Pferde losgebunden hatten und aufgesessen waren. »Ich wünsche Ihnen einen angenehmen Heimritt.« Dann drehte sie sich um und ging zurück in die Halle. Sie fröstelte. Die wollen mitreden, die wollen mitbestimmen, die wollen mir auf die Finger schauen, dachte sie verärgert. Benny ist ja noch erträglich, aber dieser Colin spielt sich auf, als sei er der Herr im Hause. Was gehen ihn meine Pläne mit dem Schloss an, was gehen ihn meine Wünsche im Cottage an, der ist ja schlimmer als der alte Browner. Vater und Sohn, die stecken bestimmt unter einem Hut. Aber, sie schaute in einen der großen Spiegel und nickte sich zu, ich werde mich zu wehren wissen. Ich bin die Tochter von Cornelius Marienthal und ich werde allen zeigen, dass ich jetzt die Herrin von *Hardinghouse* bin.

Die beiden Brüder ritten im Schritt zurück auf den Gutshof. Schließlich sagte Benny: »Meine Güte, warum warst du so aggressiv?«

»Die Frau spielt uns was vor. Auf der einen Seite ist sie die naive, erschrockene, unwissende Erbin, die vor lauter Schüchternheit kaum weiß, was sie zu unterschreiben hat, jedenfalls war sie gestern so, und heute kehrt sie die Besitzerin und die Herrin heraus, der sich alle unterzuordnen haben.«

»Das ist sie doch auch, du warst nicht gerade nett zu ihr.«

»Vater hat mich beauftragt, hier für Ruhe zu sorgen. Er will keine Touristen und keine Hotelgäste und keine stinkenden Omnibusse in *Hardinghouse* haben.«

»Aber er hat es nicht zu bestimmen.«

»Dann sag du das mal unserem Vater.«

»Er wird sich an Veränderungen gewöhnen müssen.«

»Das genau will er nicht. Und ich soll dafür sorgen, dass alles so bleibt, wie es ist. Ich will aber zurück nach Glasgow, ich habe dort Aufträge und Verpflichtungen und schließlich will ich auch noch meine Verlobung unter Dach und Fach bringen. Und was mache ich? Ich streite mich mit einer Frau herum, die sich als Herrin aufspielt, obwohl sie unser *Hardinghouse* überhaupt nicht interessiert.«

»Na, so kannst du das aber nicht sehen. Die weiß doch sehr genau, was sie will.«

»Ja, erst einmal will sie in das Cottage ziehen und dann macht sie vermutlich aus dem Schloss eine Touristenattraktion mit Freizeitpark.«

»Ach, Colin, jetzt übertreibst du.«

»Verdammt noch mal, ich seh schon die Reisebusse und die Plakate an den Straßen und den Müll, den das alles mit sich bringt.«

»Das glaube ich nicht. So dumm ist doch diese Marie nicht.«

»Wetten?«

»Ach was, worauf soll man denn da wetten? Reitest du morgen zum Cottage?«

»Mir wird nichts anderes übrig bleiben.«

»Dann zanke nicht wieder mit ihr rum. Ich finde sie ganz nett.«

»Nur weil du mal mit ihr ausreiten willst?«

Benny grinste: »Abwarten, so Geländeritte können ganz amüsant werden.«

»Verrenn dich nicht in dumme Gedanken. Die Frau hat Haare auf den Zähnen.«

»Ihre Zähne zeigt sie nur, wenn man sie ärgert, ich seh sie lieber lachen.«

Die beiden Männer erreichten den Stall, sattelten die Pferde ab, kontrollierten die Hufe und stellten die Tiere in ihre Boxen.

»Wir sehen uns beim Abendessen«, erklärte Colin und wollte gehen.

»Was hast du vor? Ich dachte, wir können noch über meine Pläne für eine andere Studentenbude reden.«

»Ich muss Vater Bericht erstatten.«

»Na, dann viel Vergnügen!«

Als Colin das Haus betrat, sah er sofort, dass der Vater ihn bereits erwartete. Die Bürotür stand weit offen, und der Bauer saß an seinem Schreibtisch, den Blick fest auf die Eingangstür gerichtet.

»Du kommst verdammt spät.«

»Wir hatten eine lange Unterredung.«

»Was gibt's? Was will sie? Hat sie schon feste Pläne?«

»Sie will, genau wie du, ihre Ruhe.«

»Was soll das heißen?«

»Sie will mit Lizzy ins Cottage ziehen und das Schloss schließen. Es soll auch nicht mehr alle zwei Monate geputzt werden.«

»Aha! Und dann?«

»Dann will sie in Ruhe überlegen, was aus dem Schloss wird. Die Sache mit der Erbschaft kam für sie sehr überraschend.«

»Wird sie meine Wünsche nach Ruhe und keinerlei Veränderungen respektieren?«

»Nein. Sie ist die Herrin, das hat sie uns deutlich spüren lassen, und du wirst dich ihren Plänen beugen müssen.«

»Kommt gar nicht infrage.«

»Warte doch erst einmal, bis es so weit ist. Vielleicht gefällt es ihr hier gar nicht, und sie reist wieder ab.«

»Das wird sie nicht. Wem so ein Schloss in die Hände fällt, der wird es auch vermarkten, so dämlich, darauf zu verzichten, kann kein Mensch sein.«

»Vater, mit diesem Problem wirst du allein fertig werden müssen, und ich denke mal, dir wird nichts anderes übrig bleiben, als dich zu fügen.«

»Niemals! Du bleibst hier, bis das alles nach meinen Wünschen geregelt ist.«

»Ich werde morgen dafür sorgen, dass der Umbau am Cottage beginnt, und dann fahre ich nach Glasgow, ich habe schließlich dort meine Arbeit und meine Verpflichtungen.«

»Meine Antwort kennst du.«

»Ja, Vater, ich fahre trotzdem.« Wütend drehte sich Colin um und ging hinauf in sein Zimmer. Was denkt der sich eigentlich? Ich bin dreißig Jahre alt, ich bin doch nicht mehr sein Prügelknabe. Es wird höchste Zeit, dass er begreift, dass er mit mir nicht mehr machen kann, was er will.

Verärgert über diesen unnötigen Streit zog er die Stiefel, die Reithosen und die restliche Kleidung aus und stellte sich unter die Dusche. Mir tut nur Mutter leid, die mit diesem Grobian fertig werden muss. Aber sie kennt es nicht anders, sie gehört zu der Generation, in der es selbstverständlich war, dass die Frau sich dem Mann unterordnete.

Er lächelte und rieb sich trocken. Nur gut, dass meine Jane aus anderem Holz geschnitzt ist. Die weiß genau, was sie will und wie sie erreicht, was sie will. Und der Gedanke an seine hübsche Freundin, die sehr bald mehr sein würde als eine Freundin, versöhnte ihn mit dem Ärger des Nachmittags. Bevor er sich ankleidete, griff er zum Telefon und wählte ihre Nummer. Aber der Anruf wurde nicht entgegengenommen. Verdammt, schimpfte er, es wird wirklich höchste Zeit, in Glasgow nach dem Rechten zu sehen.

17

Thomas Bruckner war ein sensibler Typ. Er liebte innerlichen und äußerlichen Frieden über alles. Gewalt lehnte er ab. Er genoss die Reise nach Schottland über alle Maßen, auch wenn er den Flug fast gänzlich verschlief. Nachdem er in Edinburgh ein Hotelzimmer gebucht und sein Gepäck dort abgelegt hatte, begann er systematisch seine Arbeit vorzubereiten. Er studierte Telefonbücher, notierte sich Anschriften und Nummern, meldete sich beim Grundbuchamt, beim Archiv für alte Besitzungen, in der Forschungsstelle für Adelsgeschlechter und beim Secret Service an. Er war kein Mann der schnellen Entschlüsse und noch weniger ein Mann der schnellen Taten, aber bereits vierundzwanzig Stunden nach seiner Ankunft wusste er, wo *Hardinghouse* liegt, wie er am schnellsten dorthin kommen und wo er ein günstiges Auto mieten konnte. Er machte nur einen Fehler, er ließ sich die kürzeste Route in die Autokarte einzeichnen, und das war genau jene Strecke, die auch Marie Moorburg gefahren war, die Strecke, die zum Schluss über Feldwege und Heideflächen, durch Viehweiden und über Rindersperren führte. Aber das wusste er natürlich nicht.

Statt mit einem Geländewagen zu fahren, hatte er ein Sportcoupé gemietet und mehr als einmal blieb er stecken, musste wenden, musste mit dem Wagenheber das Auto aus dem feuchten Boden befreien und einmal vor einer aufgebrachten Rinderherde fliehen, die sich durch sein andauerndes Vor- und Rückwärtsfahren gestört fühlte.

Thomas Bruckner erreichte das alte Cottage gegen Mitternacht. Zum Umfallen müde und genervt von den vielen Bemühungen, mit seinem Wagen die richtigen Wege zu finden und die Wegweiser in der Dunkelheit zu lesen, schlief er in seinem Wagen ein. Es war wenig erholsamer Schlaf in dem engen Auto, und hungrig fühlte er sich auch.

Am Morgen dann wurde er ziemlich unsanft geweckt. Männer in Arbeitsanzügen mit Leitern und Seilen und Bottichen, mit Kisten und Schläuchen und Proviantkörben, mit Schippen und Forken sprangen von einem Anhänger herunter, der von einem Trecker gezogen wurde, und stießen an sein Auto, das direkt vor dem Garten von diesem Cottage parkte.

»Mann, können Sie nicht woanders schlafen.«

»He, machen Sie mal Platz da.«

»Mister, verschwinden Sie, hier wird gearbeitet«, hörte er von allen Seiten. Einer riss sogar die Autotür auf und fragte: »Mensch, wohin wollen Sie denn?«

»Nach *Hardinghouse.*«

»Dann sind Sie genau richtig.«

Beruhigt, sein Ziel gefunden zu haben, wollte er aussteigen, aber der Mann an der Autotür ließ ihn nicht aussteigen. »Erst mal müssen Sie woanders parken, hier wird gearbeitet, und Sie stehen ziemlich im Weg.«

»Verzeihung.« Thomas Bruckner stieg schnell wieder ein, startete seinen Wagen und stellte ihn etwas entfernt auf einer Grasfläche ab. Dann stieg er aus, sah sich um und dachte: »Ja, schön ist es hier schon. Ein feiner Ort, um sich zu erholen. Der wird dem Herrn Marienthal gefallen, wenn er hier Urlaub macht. Aber das Haus sieht schrecklich aus. Er beobachtete, wie zwei Männer vermodertes Schilf vom Dach rissen und in den Garten warfen, andere begannen die Tür und die Fenster auszubauen und wieder andere hämmerten innen an Mauern und Böden herum, dass man meinen konnte, das gesamte Haus fiele gleich zusammen. Einer der Männer schien der Chef zu sein, denn er kommandierte die anderen herum, hatte einen Bleistift hinter dem Ohr stecken und eine Skizze in der Hand. An ihn wollte sich Thomas Bruckner wenden, als ein Geländewagen über die Hügelkuppe fuhr und direkt auf das Haus zusteuerte. Eine junge Frau in Jeans und T-Shirt stieg aus, begleitet von einem riesigen Hund, der ihn anknurrte, als er näher herangehen wollte.

Thomas verbeugte sich höflich, blieb aber auf Abstand. »Entschuldigen Sie bitte, bin ich hier richtig in *Hardinghouse*?«

»Ja.« Die junge Dame schien sehr reserviert zu sein.

»Mein Name ist Thomas Bruckner, ich komme aus Hamburg im Auftrag von Herrn Doktor Marienthal.«

»Ja? Und was wollen Sie?«

»Ich möchte Frau Marie Moorburg sprechen, sie soll sich zur Zeit in *Hardinghouse* aufhalten.«

»Sie stehen vor ihr. Um was geht es?«

»Ach, Sie sind das, entschuldigen Sie, das habe ich nicht gewusst.«

»Ja, und was wollen Sie von mir?«

»Ich soll Ihnen ausrichten, dass Herr Doktor Marienthal Anspruch auf dieses Haus erhebt und dass sein Anwalt, mein Chef, Herr Doktor Harald Baumeister, berechtigt ist, Ihre Erbansprüche zu widerlegen, da Herr Doktor Marienthal bestimmt hat, dass Land und Immobilienbesitz nicht vererbt werden dürfen, sondern immer dem Hause Marienthal zugesprochen werden müssen.«

Marie stand sprachlos vor dem jungen Mann, der nicht einmal Luft geholt hatte, während er sprach. Dann lachte sie laut heraus. »Mein lieber Mann, reden können Sie ja schon wie ein Advokat, aber was Sie sagen, ist purer Unsinn.«

»Aber gnädige Frau, ich bin extra aus Hamburg hierher geflogen, um Ihnen zu sagen, dass Sie keinen Anspruch auf dieses Haus haben.«

»Sie sind bereits der zweite Mann, der im Auftrag der Marienthals hier erschienen ist, um mir das klarzumachen. Ich versichere Ihnen, dieses Haus gehört mir, ich habe das Cottage in den Highlands geerbt, und ich denke nicht daran, es wieder herzugeben. Und nun entschuldigen Sie mich, ich habe zu arbeiten.« Ohne ihn weiter zu beachten, ging sie zu dem Mann mit dem Bleistift hinter dem Ohr und beugte sich mit ihm zusammen über die Skizze, die er auf den Kotflügel des Traktors gelegt hatte. »Was wollte der junge Mann?«, fragte Marc Benneth belustigt.

»*Hardinghouse* natürlich. Auch er ist ein Bote aus Hamburg.«

»Himmel, nimmt das denn gar kein Ende?«

Marie lachte: »Ich weiß es nicht. Die Familie ist ziemlich groß, mit Verwandten in Afrika und Asien, es kann also noch eine Weile so weitergehen.«

»Dem werden wir einen Riegel vorschieben.« Marc drehte sich um und rief dem jungen Mann zu: »Verschwinden Sie, Sie stehen im Wege.«

Thomas, der sein Handy aus der Tasche geholt hatte, rief zurück: »Kann man hier irgendwo telefonieren?«

»Ja, da oben auf der Hügelspitze, und sagen Sie gleich ihrem Chef, dass Sie umsonst hierhergekommen sind. Hier ist nichts zu holen, und ein *Hardinghouse* schon mal gar nicht.«

Thomas Bruckner nickte eingeschüchtert und stieg den Hügel hinauf. Oben angekommen, wählte er die Nummer seines Büros in Hamburg. Als er schließlich zu Doktor Baumeister durchgestellt wurde, klagte er: »Ich habe *Hardinghouse* gefunden, aber die Leute hier sind sehr unfreundlich und jagen mich davon.«

»Verdammt, Bruckner, dann setzen Sie sich durch. Ihre Karriere steht auf dem Spiel. Wie sieht's denn aus, dieses *Hardinghouse*?«

»Es ist ein altes, völlig verwahrlostes Cottage, von dem man gerade das vermoderte Schilfdach abreißt.«

»Ein verwahrlostes Cottage? Und da soll ein Millionär drin gewohnt haben?«

»In den letzten Jahren hat da bestimmt niemand mehr gewohnt.«

»Hm, das stimmt, der alte Mann ist in letzter Zeit nicht mehr nach Schottland gereist. Und was gehört dazu? Ich meine Ländereien?«

»Ein eingezäunter Garten mit meterhohem Unkraut, Herr Doktor, und hinter dem Haus ein zerfallener Schuppen.«

»Und was ist mit der Frau, die das geerbt hat?«

»Sie arbeitet hier mit ein paar Handwerkern, um das Haus bewohnbar zu machen.«

»Haben Sie mit ihr gesprochen?«

»Selbstverständlich.«

»Und was hat sie gesagt? Kann man mit ihr verhandeln? Nun lassen Sie sich doch nicht jedes Wort aus der Nase herausziehen.«

»Sie hat mich ausgelacht«, erklärte Thomas leise und beschämt.

»Haben Sie sich unkorrekt verhalten?«

»Nein, natürlich nicht. Ich habe mich vorgestellt, habe sie nach ihrem Namen gefragt und ob sie die Erbin sei. Daraufhin hat sie mir ihren Namen genannt, und als ich erklärte, weshalb ich hier sei und welche Vollmachten ich habe, hat sie mich ausgelacht.«

»Also eine schwierige Person.«

»Ja, aber hier sind sie alle schwierig. Schwierig und unhöflich.«

»Wie äußert sich das?«

»Sie sagen, ich soll verschwinden.«

»Sind Sie der Meinung, dass wir da nicht weiterkommen?«

»Ja, Herr Doktor. Und außerdem, wenn ich ehrlich sein darf, es lohnt sich auch nicht. Vielleicht war die Hütte für vier Ferienwochen geeignet, aber jetzt ist sie nur noch eine Bruchbude und der Garten ein wildes Durcheinander. Und außerdem sind die Zufahrtswege eine Katastrophe.«

»Dennoch, mein Auftraggeber will dieses *Hardinghouse*. Sagen Sie der Dame, es wird einen Prozess um den Besitz geben, wenn sie ihn nicht friedlich räumt.«

»Doktor Baumeister, sie wird mich wieder auslachen, und mindestens zwanzig Männer werden drum herumstehen und das hören.«

»Ist das so schlimm? Mann, denken Sie an Ihre Karriere, da kann man doch mal ein Gelächter aushalten.«

»Das wäre sehr peinlich, und ich werde mich dem nicht aussetzen.«

»Sie sind ein Dummkopf. Kann ich mit der Frau sprechen?«

»Nein, hier gibt es nur einen Handyempfang, wenn man auf einen Hügel klettert, unten im Tal ist die Leitung tot. Und ich glaube kaum, dass die Lady bereit ist, hier heraufzukommen.«

»Haben Sie eine Kamera dabei?«

»Selbstverständlich.«

»Dann fotografieren Sie das Haus und den Garten und den Schuppen und die Zufahrtswege und kommen Sie so schnell wie möglich nach Hamburg. Ich brauche die Fotos.«

»Ja, natürlich.«

»Und lassen Sie sich beim Fotografieren nicht erwischen, vielleicht will man das nicht.«

»Ich werde vorsichtig sein. Und dann bin ich morgen wieder in Hamburg.«

»Bis dann.«

In der Ferne sah Thomas Bruckner zwei Reiter. Sie galoppierten und kamen rasch näher. Als sie ihn auf dem Hügel stehen sahen, kamen sie den Berg hinauf. »Hallo«, rief ihm der eine zu, »wer sind Sie und was machen Sie hier?«

»Ich telefoniere, und man hat mir gesagt, dass es nur hier oben eine Verbindung für das Handy gibt.«

»Wer hat Ihnen das gesagt?«

»Miss Moorburg, sie hat mich selbst hierher geschickt.«

»Was wollen Sie von Miss Moorburg?«

»Ich komme aus Hamburg und hatte den Auftrag, mit ihr zu sprechen.«

»Und, haben Sie mit ihr gesprochen?«

»Ja.«

»Dann ist Ihr Auftrag also erledigt?«

»Ja, das kann man so sagen.«

»Dann verlassen Sie bitte das Gelände. Unbekannte Leute sind hier unerwünscht.«

»Aber ich habe mich korrekt vorgestellt.«

»Wie nett von Ihnen, dann können Sie ja jetzt verschwinden.«

»Mein Wagen steht da unten.«

»Bitte, wir hindern Sie nicht daran, mit ihm davonzufahren.«

»Ja, ja, ich bin ja schon unterwegs. Und ich dachte immer, Schotten seien besonders höfliche Menschen.«

»Wir sind auch sehr höflich, wir bitten Sie zu verschwinden, wir verjagen Sie nicht von unserem privaten Land, auf dem Sie nichts zu suchen haben.«

Thomas Bruckner ging den Hügel hinab zu seinem Wagen und stieg ein. Die beiden Reiter folgten ihm und blieben neben dem Sportcoupé stehen, bis er den Motor anließ und abfuhr. An Fotoaufnahmen war nicht zu denken. Erst als er über einen entfernten Hügel fuhr, konnte er halten und die Kamera auspacken. Er zoomte das Cottage und die Arbeiter so nahe heran, wie es ging, und fotografierte das Anwesen und die Personen. Auch Miss Moorburg mit ihrem Hund war zu erkennen. Zufrieden packte er die Kamera wieder ein. Dass er rechts oben, so ganz am Rande, ein phänomenales Schloss mit auf dem Foto hatte, bemerkte er gar nicht.

Spätabends in Hamburg gelandet, ließ sich Thomas Bruckner mit einem Taxi extra noch zum Hauptbahnhof fahren, wo ein Fotoshop die ganze Nacht geöffnet war. Er ließ seine Bilder entwickeln und vergrößern und erfreute sich an der guten Qualität seiner Aufnahmen. Baumeister wird zufrieden sein, dachte er und betrachtete die Fotos, die weniger das alte Cottage im Mittelpunkt zeigten als vielmehr Marie Moorburg mit dem seltsamen Hund. Sie ist richtig schön und sehr gut getroffen, lobte er sich und dachte dann: Aber das Haus und der verwilderte Garten sind auch zu erkennen. Baumeister wird mich loben. Jedenfalls erhoffte er das, aber das Schloss oben rechts im Hintergrund fiel ihm immer noch nicht auf.

Doktor Harald Baumeister betrachtete die Aufnahmen etwas kritischer. »Und wer ist die Lady da im Mittelpunkt?«

»Das ist die Erbin von *Hardinghouse*, Miss Marie Moorburg.«

»Hm, nettes Mädchen, die hat es Ihnen wohl angetan?«

»Sie ist die Erbin, Doktor Baumeister«, erklärte Thomas Bruckner leicht empört. »Sie ist die wichtigste Person auf diesem Foto.«

»Und was für ein Schloss ist das im Hintergrund?«

»Welches Schloss?«

Baumeister reichte ihm die Fotos. »Dieses riesige Schloss da oben hinter den Hügeln neben dem See?«

»Ach, das Schloss! Wissen Sie, wenn man in Schottland übers Land fährt, sieht man ständig irgendwo irgendein Schloss. Da wimmelt es nur so von Schlössern.«

»Aha, aber den Namen von diesem Schloss wissen Sie?«

»Nein, natürlich nicht. Ich sollte ein Cottage in den Highlands suchen, und das habe ich gefunden und fotografiert.«

»Verdammt noch mal«, Doktor Baumeister schlug mit der Faust auf den Tisch, was sonst gar nicht seine Art war, »verdammt noch mal, fahren Sie hin und fragen Sie nach dem verdammten Namen, Sie Trottel.«

18

Colin und Benny sahen dem abfahrenden Thomas Bruckner in seinem Sportwagen nach. »Wie kann ein Mensch mit so einem Wagen hier in die Highlands kommen. Da ist ja kaum ein Zentimeter Platz zwischen der Karosserie und dem Heideboden«, grinste Benny.

»Großstadttypen«, nickte Colin und sah hinüber zum See. »Ich glaube, das Schloss hat er gar nicht gesehen«, meinte er laut.

»Diese Marienthals geben anscheinend nie auf, wer weiß, was da noch auf die Miss Marie zukommt. Aber die ist clever, die lässt sich nichts gefallen. Ich bewundere sie«, erklärte Benny selbstbewusst.

Colin sah seinen Bruder an. »Verrenn dich nicht in diese Fremde, Bruderherz, auch Schottland hat clevere Mädchen.«

»Sie ist aber etwas ganz Besonderes.«

»Blödsinn, ich finde, sie ist hochnäsig und herrschsüchtig, seitdem ihr *Hardinghouse* gehört.«

»Du kennst sie eben nicht.«

»Ach ja? Aber du kennst sie.«

»Klar, ich sehe sie eben nicht mit Vorbehalten und mit Vaters Augen, ich sehe sie als – na ja, eben als ein cleveres Mädchen.«

Colin grinste, und die beiden Männer stiegen ab und banden die Pferde an einen Baum. Vom Dach der Hütte wurden die letzten Schilfbündel heruntergeworfen. Starr und nackt ragten die Balken, Latten und Leisten in den grau verhangenen Himmel.

Colin ging hinüber zu Marc Benneth. »Wie geht's voran? Ist der Dachstuhl noch zu gebrauchen?«

»Ein paar Balken müssen erneuert werden.«

»Und drinnen im Haus?«

»Der Fußboden ist in Ordnung, die Bretter müssen nur abgeschliffen werden, aber die Küche und der Wirtschaftsraum müssen total erneuert werden. Die Miss will eine moderne Küche und erstklassige Maschinen für Wäsche und Vorräte. Und in dem rechten Anbau muss auch alles erneuert werden, das wird der Schlafraum von Miss Lizzy.«

»Wieso das denn?«

»Na ja, die Frauen ziehen zusammen hierher. Miss Moorburg will für sich das Dachgeschoss ausbauen lassen, und Lizzy schläft unten im Anbau.«

»Wie ist das möglich?«

»Miss Lizzy wohnt schon seit zwei Tagen im Wohnbereich vom Schloss.«

»Die beiden vertragen sich? Ich denke, Lizzy ist hier der Boss.«

»Diese Miss Moorburg ist eine sehr kluge und diplomatische Frau.

Miss Lizzy ist der Boss, und Miss Moorburg bestimmt, was gemacht wird.«

Colin lachte laut heraus. Typisch Weiber, dachte er, erst Feuer und Wasser und dann ein lauwarmes Süppchen. »Wo sind die beiden denn jetzt?«

»Hinter dem Haus im Garten.«

»Richtig, sie ist ja eine Gärtnerin, sie kann's wohl nicht erwarten, in der Erde zu wühlen.« Colin ging um das Haus herum und beobachtete die beiden Frauen. Marie bearbeitete mit Hacke und Spaten das meterhohe Unkraut, und Lizzy stand daneben, im Mund einen Zigarillo und in der Hand ein Gewehr. Seine Züge verrieten seine unterschwellige Aggressivität, und Lizzy hatte ein feines Gespür dafür.

»He, Colin, was willst du hier?«

»Nach dir schauen, Lizzy.«

»Hau ab, wir brauchen keine Zuschauer.«

»Sei nicht so frech, ich will nur sehen, ob es dir gut geht.«

»Verschwinde, dann geht's uns besser.«

Aha, dachte Colin, sie hat »uns« gesagt. Sie hat tatsächlich die

Fremde akzeptiert, und etwas interessierter betrachtete er Marie, die unbeirrt weiterarbeitete. »Brauchen Sie Hilfe?«

Marie richtete sich auf und sah den gut aussehenden Mann in seiner feschen Reiterkleidung kritisch an. »Da Sie selbst wohl kaum helfen werden, hätte ich gern einen handbetriebenen Pflug mit Motor.«

»Ich schicke heute Nachmittag einen herüber.«

»Sie haben tatsächlich so einen Apparat?«, fragte sie erstaunt und rieb sich mit einer Hand den müde gewordenen Rücken.

»Wir sind ein moderner Betrieb. Sonst noch etwas?«

»Ja, dieser alte Zaun muss weg. Ich möchte, dass Garten und Land unbegrenzt ineinander übergehen.«

»Gute Idee. Ich schicke einen Mann, der ihn wegnimmt.«

»Danke.«

»Was wollen Sie denn pflanzen? Es ist ein sehr trockener Boden.«

»Kräuter, die zum Land passen. Hier am Haus sollen die bekannten Küchenkräuter wachsen, die man schnell einmal begießen kann, dann, weiter weg vom Haus, werden sich wilde Kräuter dem Boden anpassen, und irgendwo da draußen wachsen die Kräuter und die Heide dann zusammen.«

»Hm, hört sich gut an.« Nette Idee, die ist wirklich clever, dachte Colin und winkte den beiden mit der Hand zu. »Ich muss weiter. An den Pflug denke ich und an den Mann, der den Zaun entfernt, auch.«

Marie rief ihm noch ein »Dankeschön« nach, aber das hörte er schon nicht mehr.

»Immer diese Störenfriede«, murrte Lizzy und streichelte Fiona, die sich auf ihre Füße gelegt hatte.

»Aber Lizzy, er war doch ganz nett.«

»Aufgeblasen wie die ganze Familie. Die haben's immer noch nicht verdaut, dass sie nicht mehr die Herren von *Hardinghouse* sind. Und das seit dreißig Jahren.«

»Sie sind halt hier zu Hause.«

»Na, und wir?«

»Lizzy, wir sind nur Zugereiste, Fremde, Unwillkommene.«

»Sie haben Cornelius alles zu verdanken, was sie jetzt besitzen.«

»Vielleicht sind sie gerade deshalb so unzufrieden mit uns.«

»Man muss ihnen einfach zeigen, wer hier der Herr im Haus ist.«

Sie sprang auf, griff nach ihrem Gewehr und wollte Colin folgen. »Halt, warten Sie, Lizzy, so geht das nicht. Gewalt ist der ganz falsche Weg.«

»Pah, und was ist deiner Meinung nach der richtige Weg?«

»Lizzy, man muss ihnen zeigen, wie sich höfliche Menschen benehmen. Man muss ihnen zuvorkommend begegnen, damit ihnen das eigene Benehmen peinlich wird.«

»Von der weichen Tour halte ich gar nichts.«

»Sie werden sich daran gewöhnen müssen.«

»Aber ich bin der Boss.«

»Ich weiß. Und nun setzen Sie sich wieder zu Fiona und rauchen Sie Ihren Zigarillo zu Ende.«

Gegen Mittag kam ein zweiter Trecker mit einem Anhänger. Belinda winkte den Frauen schon von Weitem zu. »Ich bringe das Essen und einen Pflug und einen Mann, der ihn bedienen kann und der später auch den Zaun wegnimmt.«

Der Treckerfahrer hupte, und alle Männer legten die Werkzeuge zur Seite, wuschen sich an der Pumpe, die einer von ihnen wieder funktionsfähig gemacht hatte, die Hände und stellten sich um den Anhänger, vom dem herunter Belinda die mit Fleisch, Bohnen und Kartoffeln gefüllten Teller reichte. Jeder suchte sich irgendwo einen Platz und begann zu essen. Vergeblich sah sich Marie nach den Browner-Brüdern um. Sie waren anscheinend längst zum Gut zurückgeritten. Schade, dachte sie, diesen Colin hätte ich gern besser kennengelernt, er muss dieser Architekt sein, von dem die alte Betty neulich so geschwärmt hat.

Nachdenklich ritt Colin neben seinem Bruder zurück zum Stall. Vater wird es nicht leicht haben, sich gegen diese Miss Marie durchzusetzen, überlegte er. Mit seiner brummigen Aggressivität beißt er bei dieser Frau auf Granit, das steht fest. Die weiß, was sie will, und sie will *Hardinghouse*, so wie es ist, mit Schloss und Cottage und mit der Farm, auf der unsere Familie seit über hundert Jahren zu Hause ist. Ich möchte nur wissen, was diesen Wandel bewirkt hat. Vorgestern wirkte sie schüchtern, geradezu erschrocken, vorgestern wusste sie nichts mit sich und ihrem Erbe anzufangen, und die Anwälte mussten ihr regelrecht zureden, *Hardinghouse* anzunehmen. Heute ist das alles anders. Nicht äußerlich, grübelte er. Sie kehrt zwar nicht die feine Dame heraus, im Gegenteil, sie arbeitet wie eine Magd, sie isst mit den Arbeitern, und sie hat sich sogar mit Lizzy arrangiert, ich möchte nur wissen, was zwischen vorgestern und heute passiert ist.

Colin beschloss, mit den Eltern zu reden. Ich muss zwar so schnell wie möglich nach Glasgow zurück, aber diese Frage muss geklärt werden.

Die Brüder brachten die Pferde in den Stall. Dampfwolken stiegen von dem glänzenden Fell auf. Sie nahmen ihnen die Sättel und die Trensen ab, legten ihnen die Stallhalfter an, kontrollierten die Hufe und versorgten die Tiere mit Heu.

Benny fragte: »Wann fährst du?«

»Ich fürchte, erst morgen.« Aus seiner Stimme war Wut herauszuhören.

»Da wird Jane aber begeistert sein, wenn sie einen um den anderen Tag warten muss«, murmelte Benny belustigt.

»Ich kann es nicht ändern. Ich muss heute Abend noch mal ein ernstes Wörtchen mit den Eltern reden.«

»Worüber? Du und Vater, ihr redet doch ständig ernste Wörtchen miteinander.«

»Ich fürchte, Miss Moorburg ist ein ernsteres Thema, als wir alle glauben.«

»Wie kommst du denn darauf?«

»Sie ist die neue Besitzerin.«

»Na, das ist sie nun doch schon seit zwei Tagen.«

»Seit heute spürt man es.«

»Weil sie da im Garten Unkraut jätet und mit den Arbeitern isst?«

»Ihre Stimmung hat sich geändert. Sie ist plötzlich sehr selbstsicher und energisch.«

»Klar, ist doch verständlich, nachdem nun schon der zweite Mensch aus Hamburg gekommen ist und ihr *Hardinghouse* wegnehmen will. Vielleicht begreift sie endlich, wie wertvoll ihr Erbe ist und dass man darum kämpfen muss.«

»Hm, ich glaube nicht, dass das der Grund ist. Selbstsicher wird man nicht, weil man um etwas kämpft, was man eigentlich gar nicht wollte, sondern weil man von irgendwoher oder von irgendjemandem bestätigt wird. Fragt sich nur, von wem?«

»Hatte sie denn nach eurer Verhandlung noch Kontakt zu den Anwälten?«

»Nein, eigentlich nicht. Sie hat noch kurz mit Doktor Manores gesprochen, aber wir waren mit im Salon und haben aufgeräumt. Da hat kein bedeutendes Gespräch mehr stattgefunden.«

»Und was gedenkst du zu unternehmen? Willst du sie fragen?«

»Quatsch. Ich will nur die Eltern warnen. Vater ist so aufbrausend und oft genug auch ungerecht, er wird sich an ihr die Zähne ausbeißen.«

»Dann lass es doch darauf ankommen. Wenn ich an euren Krach denke, dann kann es dir doch nur recht sein, wenn er mal einen Dämpfer erhält.«

»Und wer muss es dann ausbaden? Mutter natürlich.«

»Ach, Mutter, die wird schon mit ihm fertig. Sie ist übrigens mit dieser Miss befreundet.«

»Im Ernst?«

»Klar, sie hat doch den Hund von unserer Tante gekauft. Mutter würde doch keine unsymphatische Fremde mit zu ihrer Schwester nehmen.«

»Da hast du recht, aber Mutter muss trotzdem Vaters Launen ausbaden.«
»Sie ist's gewohnt.«
»Aber mir gefällt das nicht.«
»Und was willst du machen?«
»Die beiden davon überzeugen, dass sie es mit einer neuen Besitzerin zu tun haben und sich darauf einstellen müssen. Wenn Vater sich nicht mit ihr arrangiert, kann sie ihn hinausschmeißen.«
»Das glaube ich nicht.«
»Natürlich kann sie das, sie ist die Besitzerin mit allen Rechten und Pflichten.«
»Na schön. Wenn du deinen Kopf riskieren willst, dann rede mit den Eltern, aber mich lass draußen vor.«
»Drückeberger.«
»Du bist das Familienoberhaupt, wenn Vater mal nicht mehr da ist.«
»Ich habe mich nie darum gerissen. Ich will mit *Hardinghouse* nichts zu tun haben. Ist schon schlimm genug, dass mich diese ganze Übergabe aus meiner Arbeit gerissen hat. Und Jane ist auch nicht begeistert von der Idee, mich mit einer Domäne teilen zu müssen.«
»Ruf sie an, sie wird's schon verstehen.«

Jane Weaverough war nicht begeistert, im Gegenteil, sie war sehr verärgert, als Colin sie anrief.
»Hast du vergessen, dass ich Konzertkarten für heute bestellt habe? Wir sind mit Marc und Judith verabredet und wollten nach dem Konzert essen gehen.«
»Ich habe das nicht vergessen, aber ich komme hier noch nicht weg. Ich habe heute Abend ein sehr ernstes Gespräch mit meinen Eltern, dabei geht es um ihre Zukunft in *Hardinghouse*.«
»Na und? Dieses Gut hat dich doch noch nie interessiert, warum jetzt auf einmal?«

»Der Besitzer hat gewechselt und damit ändert sich alles.«

»Das kann dir doch egal sein. Unsere Zukunft heißt Glasgow und vielleicht sogar irgendwann einmal London, also streif endlich die Landluft ab.«

»Ich bin dabei, aber es geht nicht von heute auf morgen. Bis bald, Jane, aber heute müsst ihr ohne mich ins Konzert gehen. Bye, bye.« Er stellte das Telefon zurück. Sie begreift es nie, dachte er verärgert, ich habe Verpflichtungen, die sich nicht nur um sie drehen, aber das will sie einfach nicht verstehen.

Er ging hinauf in sein Zimmer und zog sich um. Er wollte, wenn er schon einmal hier war, den Nachmittag nutzen und am See angeln. Als Kinder waren wir beinahe täglich am Wasser, erinnerte er sich, und Steve war der beste Angler von uns dreien. Schade, das hat alles aufgehört, als wir ins Internat kamen, danach das Studium, und heute leben wir lieber in der Großstadt mit allem, was sie bietet. Benny ist der Einzige, der hin und wieder herkommt, aber dann hat er nur die Pferde im Kopf. Erst wenn Steve sein Examen hat, wird er öfter hier sein, schließlich soll er sich ja mal um die Wirtschaftlichkeit von *Hardinghouse* kümmern. Vorausgesetzt, uns Browners gibt es dann noch hier.

Colin packte die Anglerausrüstung in die Segeltuchtasche, klemmte die Gummistiefel unter den Arm und schlich in Strümpfen aus dem Haus. Er wollte ein paar Stunden einfach mal allein sein. Draußen packte er alles in seinen Wagen und fuhr davon, bevor ihn jemand aufhalten konnte. Er hatte da eine ganz bestimmte kleine Bucht in Erinnerung, zu der er noch nie jemanden mitgenommen hatte. Fröhlich pfeifend fuhr er einen schmalen Weg entlang und genoss die klare, saubere Luft und den schwachen Wind, der vom Loch Lomond kommend über die Hügel streifte. Der Regen hatte sich verzogen, hin und wieder blinkte ein Sonnenstrahl durch die Wolken und verzauberte das Land in ein Glitzermeer, denn Milliarden Regentropfen blinkten wie Diamanten auf Gräsern, Ginstersträuchern und Wacholderbüschen. Colin umrundete einen kleinen Hügel, dann hatte er den See und die Bergkette vom gegenüberliegenden Ufer vor sich. Mächtig stolz erhob sich der Ben Venue mit seinen mehr als siebenhundert Metern. Zweimal durfte ich Mister Marienthal zur Moorhuhnjagd dort hinauf begleiten, und als Kinder waren wir ein paar Mal zum Schlittenfahren dort, dachte er, aber inzwischen sind Jahre vergangen.

Colin hatte seine kleine Bucht erreicht und stellte den Wagen ab.

Schnell zog er die Anglerhose und die Gummistiefel an, setzte die Rute zusammen und steckte eine Fliege an den Haken. Dann setzte er sich auf einen Felsbrocken, der zur Hälfte aus dem Uferwasser ragte, und warf die Leine in weitem Bogen in den See.

Vielleicht ist es noch zu früh, vielleicht ist den Fischen das Wasser noch zu kalt, und ich fange nicht einen einzigen, aber es geht mir ja auch gar nicht um die Fische, das Alleinsein, die Stille ist es, die ich hier suche, und diesen ersten Hauch von einem Sommer.

In der Ferne sah er die Schlossruine und den großen Anbau. Seltsam, dass sie da nicht wohnen möchte, dachte er und sah Marie Moorburg vor sich, die unbedingt in diesem Cottage leben wollte. Aber was hat sie mit dem Schloss vor? Vater befürchtet Touristenströme, aber das kann ich mir nicht vorstellen. Das Schloss ist weder berühmt noch besonders alt, und sehenswerte Kunstschätze, von ein paar Gemälden abgesehen, hat es auch nicht. Da gibt es viel bedeutendere Häuser hier in der Gegend. Andererseits ist es verschleudertes Geld, dieses Haus zu unterhalten, im Winter muss es sogar beheizt werden, um Kälteschäden zu vermeiden. Immerhin müssen wir Browners mit unserer Arbeit dieses Geld aufbringen. Er schüttelte den Kopf. Na, ich zumindest arbeite nicht dafür. Aber Vater kann ich verstehen. Und außerdem geht die Zubringerstraße quer über das Gut.

Er warf die Leine erneut über das Wasser und beobachtete das Auf und Ab der Fliege. Ja, und dann die Lizzy. Seltsam, dass die zwei sich angefreundet haben. An die Lizzy kommt doch sonst keiner mehr heran. Ihre Demenz spielt sie verteufelt gut, denn indem sie verrückt spielt, nimmt sie keiner mehr ernst, und sie kann machen, was sie will. Aber ich habe nie an ihre Demenz geglaubt, ich habe sie durchschaut, von Anfang an. Mir kann sie nichts vormachen. Und jetzt verzichtet sie sogar auf ihr lebenslanges Wohnrecht im Schloss und zieht in diese Hütte? Seltsam, sehr seltsam!

Der Nachmittag neigte sich viel zu schnell dem Abend zu. Colin hatte nur einen Fisch gefangen, einen Barsch, aber weil der noch sehr klein war, hatte er ihn wieder zurückgeworfen. Zu Hause angekommen, kleidete er sich rasch um, stellte fest, dass auch die Mutter wieder im Hause war, und ging hinunter ins Büro.

»Vater, ich möchte mit dir und Mutter sprechen, ist das jetzt möglich?«

»Frag deine Mutter, ich bin ja hier, wie du siehst.«

»Gut, ich komme gleich zurück.« In der Käserei fand er schließlich Belinda. »Mutter, ich möchte gern mit dir und Vater sprechen. Hättest du jetzt Zeit?«

»Um was geht es denn?«

»Um *Hardinghouse*, und Vater möchte, dass ich hierbleibe und mich um alles kümmere.«

»Aber deine Arbeit in Glasgow.«

»Ja, eben, ich muss zurück, Jane ist auch schon verärgert.«

»Ich werde mit ihm reden.«

»Nein, Mutter, es kommt nicht infrage, dass du seinen Ärger zu spüren bekommst.«

»So schlimm wird es schon nicht werden.«

»Er hat gesagt, wenn ich jetzt gehe, brauche ich nicht mehr zurückzukommen.«

»So ein Blödsinn. Komm, gehen wir, ich bringe das schon in Ordnung.«

»Lass mich reden, Mutter, ich möchte nur, dass du dabei bist und weißt, um was es geht.«

»Dieser Besitzerwechsel macht ihn wütend. Er weiß nicht, wie es weitergeht, vielleicht hat er sogar Angst, Haus und Hof zu verlieren.«

»Du kennst sie doch, diese Miss Moorburg, du warst doch mit ihr bei deiner Schwester, wie ist sie denn so?«

»Energisch und selbstbewusst. Sie weiß, was sie will, und das setzt sie auch durch. Aber sie ist offen und ehrlich, und ich denke, man kann ihr vertrauen.«

»Und was wird sie wollen, ich meine, was das Schloss betrifft?«

»Keine Ahnung.«

»Wir müssen darüber reden, Mutter, wir sind betroffen, ganz gleich, wie und wofür sie sich entscheidet.«

»Du hast recht. Komm, gehen wir ins Büro.«

Belinda zog sich die Gummihandschuhe aus, wusch sich die Hände und legte den weißen Arbeitskittel über einen Stuhl.

Paul Browner hatte sich einen Whisky eingeschenkt und fragte: »Wollt ihr auch einen?«

Beide schüttelten den Kopf.

»Dann los, worüber willst du reden, Colin.«

»Über die Zukunft von *Hardinghouse* und dass ihr beide damit allein zurechtkommen müsst, weil ich ab morgen wieder in Glasgow bin.«

»Du hast gehört, was ich dazu zu sagen habe.«

»Ich weiß, ich brauche nicht mehr zurückkommen.«

»Genau das meine ich auch.«

»Mäßige dich, Vater. Ich bin hier genauso zu Hause wie du, und daran kannst du gar nichts ändern. Aber um eben dieses Zuhause geht es jetzt. Du musst dich mit der neuen Besitzerin arrangieren, wenn du bleiben willst.«

»Ich muss gar nichts.«

»Aber Paul«, mischte sich Belinda ein, »sie ist die Besitzerin, sie kann machen, was sie will.«

»Und das soll mein ältester Sohn verdammt noch mal verhindern. Er gehört hierher und muss mich unterstützen.«

»Sei nicht so stur, Vater, Miss Marie kann hier einen Freizeitpark eröffnen, und du kannst sie nicht daran hindern, oder sie kann Bootsrennen auf dem See veranstalten, und du kannst es nicht verbieten, denn der See gehört ihr schließlich auch.«

»Ich nicht, aber du! Kümmere dich um sie, mach ihr meinetwegen Avancen oder sonst etwas, aber hindere sie an irgendwelchen Dummheiten.«

»Du meinst das nicht im Ernst?«

»Würde ich es sonst sagen?«

»Du weißt, dass ich so gut wie verlobt bin. Ich denke gar nicht daran, meine eigene Zukunft aufs Spiel zu setzen, nur damit du hier in Ruhe deiner Pferdezucht nachgehen kannst.«

»Paul, Colin, regt euch nicht so auf. Sprecht doch erst einmal mit der Miss. Ihr wisst doch gar nicht, was sie wirklich will.«

»Mutter, es ist Vaters Sache, mit ihr zu reden. Ich bin morgen früh auf dem Weg nach Glasgow, zu meiner Arbeit, zu meinen Verpflichtungen und zu der Frau, die ich demnächst heiraten werde.«

Belinda nickte, aber die Blässe, die in ihrem Gesicht war, entging Colin nicht.

19

Kurz nach dem Mittagessen hörte Marie mit der Gartenarbeit auf. Der Mann mit dem Pflug kommt viel schneller und leichter durch die Unkrautwüste, und ich muss mich endlich intensiver um Lizzy kümmern. Es geht einfach nicht, dass Mutter sich vor den Arbeitern mit dem Gewehr lächerlich macht, und außerdem muss sie eingekleidet werden. Meine alten Jeans mit der Gardinenkordel als Gürtel sind wirklich nicht die passende Kleidung für eine ältere Frau. Kein Wunder, wenn man uns nicht ernst nimmt.

Marie hatte sehr wohl gespürt, dass die Browner-Brüder sie nicht respektierten und nur aus der eigenen Unsicherheit heraus versuchten, höflich zu sein.

Ich will gar nicht die Eigentümerin hervorkehren, aber ich habe nun einmal das Recht, hier zu leben, und daran müssen sich alle gewöhnen. Ich bin nicht mehr nur die Gärtnerin, ich bin die Tochter von Cornelius Marienthal.

»Lizzy, kommen Sie, wir machen Schluss für heute.«

»Warum? Ich muss die Männer in Schach halten.«

»Das macht jetzt Marc Benneth, wir gehen ins Schloss.«

»Was soll ich da, da ist es langweilig.«

»Ich habe eine Überraschung für Sie.«

Hellhörig geworden, strahlte sie Marie an. »Eine Überraschung? Was denn für eine Überraschung?«

Marie war fasziniert von der Freude, die in den Augen der Mutter plötzlich leuchtete. »Wenn ich es dir jetzt verrate, ist es ja keine Überraschung mehr.« Plötzlich war das »Du« ganz selbstverständlich. »Komm nur mit, es wird dir gefallen, Mutter«, fügte sie ganz bewusst hinzu.

Lizzy stand auf und sicherte das Gewehr, und Marie nahm sich vor: Es ist das letzte Mal, dass sie mit einem Gewehr alle erschreckt. Ich werde heute Nacht alle Waffen verstecken. Das Schloss ist so groß, da werde ich schon einen geeigneten Ort finden.

Fiona folgte den beiden Frauen, hetzte zwischendurch einen Hasen über den Hügel und kam schnell wieder zurück. Im Schloss angekommen, erklärte Marie: »Wir nehmen jetzt ein Bad, ziehen frische Wäsche an und fahren nach Glasgow zum Einkaufen.«

»Einkaufen? Was soll ich denn kaufen, ich habe doch alles.«

»Mutter, du trägst eine alte Jeans von mir und ein ausgewaschenes T-Shirt. Du bist der Boss, wie du immer sagst, da musst du dich entsprechend kleiden, sonst glaubt dir das keiner.«

Kopfschüttelnd sah Lizzy ihre Tochter an: »Ich habe das Gewehr, mir glaubt jeder, dass ich der Boss bin.«

»Man ist kein Boss, nur weil man andere mit einem Gewehr einschüchtert. Ein Boss muss in allem, was er tut und wie er aussieht, ein Vorbild sein, nur dann wird er respektiert.«

»Und darum soll ich neue Kleider kaufen?«

»So ist es.«

»Kann ich nicht etwas von dir anziehen?«

»Nein, ich bin selbst nur mit kleinem Gepäck angekommen, ich habe nicht genug Sachen bei mir. Wir müssen uns beide neu einkleiden. Und außerdem möchte ich, dass du dein Geld aus dem Geheimgang holst und bei meiner Bank einzahlst.«

»Aber es ist mein Geld.«

»Du bekommst dein eigenes Konto und damit kannst du machen, was du willst.«

»Aber im Geheimgang ist es sicher aufgehoben.«

»Irgendwann wird das Schloss von fremden Leuten bewohnt werden, und dann ist dein Geld dort nicht mehr sicher.«

»Welche anderen Leute? Es ist unser Schloss.«

»Es wird auch immer unser Schloss sein, aber es soll nicht unbenutzt herumstehen.«

»Was hast du vor?«

»Ich weiß es noch nicht genau, aber wenn ich es weiß, erfährst du es als Erste.«

»Ich bin der Boss.«

»Ich weiß, Mutter, und nun komm, das Badewasser wartet.«

»Mit dem Rosenöl?«

»Mit dem Rosenöl!«

Drei Stunden später waren Marie und Lizzy in Glasgow auf der Bank. Marie bat um ein Privatgespräch mit dem Direktor und stellte die Kiste mit den Pfundnoten der Mutter vor ihn auf den Tisch.

»Doktor Masters, dieses Geld gehört Elisabeth Moorburg, meiner Mutter. Ich möchte, dass es gezählt und auf ein Konto unter ihrem Namen eingezahlt wird.«

»Selbstverständlich, Miss Moorburg. Haben Sie eine ungefähre Ahnung, um wie viel Pfund es sich handelt?«

»Nein, um das zu zählen braucht man eine Maschine. Aber ich vertraue Ihnen, und ich garantiere Ihnen, dass mein Vater, Cornelius Marienthal, nicht kleinlich bei der finanziellen Versorgung meiner Mutter war.«

»Ihr Herr Vater? Ihre Frau Mutter?« Doktor Masters stand auf und verbeugte sich. »Ich wusste nicht, dass …«

»Ich wünsche, dass das unter uns bleibt, als Bankgeheimnis sozusagen.«

»Selbstverständlich, selbstverständlich, gnädige Frau«, und heimlich betrachtete er Marie in ihren einfachen Jeans und der weißen Bluse, die so gar nicht nach einer Millionenerbin aussah.

»Wir kommen in zwei Stunden zurück und holen die Unterlagen über die Kontoeröffnung ab. Meine Mutter kann dann auch die nötigen Unterschriften leisten.«

»Selbstverständlich, bis dahin habe ich alles in die Wege geleitet.«

Und als Marie die Bank verließ, überlegte sie lächelnd, ob dieser Bankdirektor auch noch etwas anderes sagen konnte als »selbstverständlich«.

In vollen Zügen genoss Lizzy die Fahrt durch die belebten Einkaufsstraßen.

»Da schau, bei Selverth habe ich früher meine Abendkleider gekauft. Und da drüben, im Groobties, hat Cornelius Schuhe für mich bestellt, handgefertigte natürlich.«

»Natürlich«, lächelte Marie. »Aber in diese Geschäfte gehen wir heute nicht. Wie brauchen Alltagskleidung, alle beide, und die kaufen wir am besten im Commercial House, da haben wir alles unter einem Dach. Belinda hat mir eins gezeigt, wir sind gleich da.«

Sie stellten den Wagen im Parkhaus vom St. Enoch Centre ab. Fiona musste im Auto warten. »Ich komme gleich wieder«, erklärte Marie dem Hund, denn das Wort ›gleich‹ stand auf dem Stichwortzettel der Züchterin, und der Hund wusste, dass dieses ›Gleich‹ ein Alleinbleiben bedeutete.

Die Frauen fuhren mit dem Lift bis zur Etage für Damenwäsche und Oberbekleidung. Als die Tür sich öffnete, prallte Lizzy erschrocken zurück.

»Was ist los?«

»Die vielen Menschen. So viele Menschen«, flüsterte Lizzy und klammerte sich an Maries Arm.

»Keine Angst, Mutter, in fünf Minuten hast du dich an sie gewöhnt.«

»Schrecklich, so viele Leute habe ich seit Jahren nicht mehr gesehen.«

»Du hast sehr einsam gelebt, aber du wirst dich schnell wieder daran gewöhnen. Sie sind alle mit sich selbst beschäftigt, sie sehen dich gar nicht.«

»Na, hoffentlich.« Zögernd verließ sie den Lift und folgte Marie. Die sah sich suchend nach einer Verkäuferin um. Als sie eine fand, fragte sie freundlich: »Wir möchten uns gern von Kopf bis Fuß neu einkleiden, wo ist das möglich?«

Die Verkäuferin, erfreut, ein großes Geschäft machen zu können, war sehr hilfsbereit. »Kommen Sie bitte mit. Ich führe Sie in eine Abteilung, in der es etwas ruhiger ist. Sie sagen mir Ihre Wünsche und Ihre Größen, und ich bringe Ihnen alles, was Sie in Ruhe anprobieren können. Möchten Sie etwas trinken? Ich bringe Ihnen auch Kaffee oder Tee, wenn Sie möchten.«

»Danke, danke«, winkte Marie lachend ab. »Erst einmal möchten wir uns neu einkleiden, danach suchen wir noch ein Restaurant auf.«

Nach gut zwei Stunden war der Einkauf beendet. Marie hatte darauf geachtet, dass sie Hosen, Blusen, Röcke, Jacken, Schuhe und Wäsche kauften, die für den Alltag auf dem Lande geeignet waren. Und nur ganz zum Schluss hatte sie für jede ein Kostüm für geschäftliche Besprechungen und je ein Kleid für elegante Anlässe mit den passenden Schuhen ausgesucht.

Bepackt mit Kartons, Schachteln und Tüten stiegen sie nach zwei Stunden wieder in ihr Auto, freudig begrüßt von Fiona, die mit einem Lederknochen für das Warten belohnt wurde.

Der anschließende Besuch auf der Bank war eine reine Formsache, und den Tag beendeten die beiden Frauen mit dem Abendessen in einem Restaurant bei Blanefield.

Vor dem Schloss angekommen, ließ Marie zuerst den Hund aussteigen. Er sollte das Haus und die Umgebung kontrollieren, denn eine gewisse Unsicherheit – oder war es etwa Angst? – beherrschte Marie immer noch. Aber Fiona tobte übermütig auf dem Vorplatz herum, es gab keinerlei Anzeichen von Gefahr.

Die Gefahr zeigte sich erst am nächsten Morgen, als Colin Browner vor dem Schloss hielt und sehr energisch an der Klingelschnur neben dem Portal zerrte. Fiona sprang sofort nach unten und stellte sich knurrend hinter die Tür. Marie folgte langsamer, und Lizzy wollte gar nicht kommen, denn sie fand ihr Gewehr nicht mehr.

Marie öffnete und grüßte höflich. »Bitte, kommen Sie herein, Mister Browner.«

»Danke.« Colin war in Eile und blieb mitten in der Halle stehen. Er musste endlich in sein Büro zurück, hatte aber dem Vater versprochen, mit Miss Marie ein ›Machtwort‹ wie der Vater es nannte, zu reden. »Miss Moorburg, ich habe es eilig, ich möchte aber, bevor ich nach Glasgow fahre, ganz genau wissen, was Sie in Zukunft mit dem Schloss vorhaben.«

»Warum interessiert Sie das, Sie leben doch gar nicht in *Hardinghouse*, Mister Browner?«

»Es geht um meine Eltern, ich möchte wissen, ob deren Zukunft hier gesichert ist.«

»Ich habe nicht vor, die Zukunft Ihrer Eltern infrage zu stellen. Ich habe Ihrem Vater gesagt, dass ich auf seinem Wirtschaftshof nichts ändern werde. Er ist allerdings nicht mehr der Herr von *Hardinghouse*, wie in den letzten Jahren, der Chef bin ich.«

Vom Treppenabsatz rief Lizzy laut und deutlich dazwischen: »Und ich bin der Boss.«

Colin sah verärgert von einer zur anderen. »Es geht mir nicht um den Gutshof, sondern um das Schloss. Alles, was das Schloss betrifft, wird den Hof treffen. Und alles, was den Hof trifft, trifft meine Eltern. Ich verlasse dieses Haus nicht, bevor hier nicht Klarheit herrscht.«

Marie warf den Kopf zurück und sah dem groß gewachsenen Mann direkt in die Augen. »Zwingen Sie mich nicht, eine andere, härtere Entscheidung zu treffen, Mister Browner, und was das Schloss betrifft, das geht Sie gar nichts an. Wenn ich einen Entschluss gefasst habe, werde ich ihn Ihrer Familie mitteilen, aber bedrängen lass ich mich nicht, nicht von dem Verwalter meiner Domäne und nicht von einem Glasgower Architekten. Sonst noch etwas?«

Seine Züge offenbarten Wut und Enttäuschung, und seine Stimme war voller Aggressivität, als er sagte: »Miss Moorburg, vergessen Sie nicht, dass Sie ein Gast in diesem Land sind. Ich rate

Ihnen, verständnisvoller mit den Menschen hier umzugehen. Bis jetzt haben wir uns bemüht, freundschaftlich mit Ihnen zu verkehren, wir können aber auch sehr unfreundlich werden.«

Marie sah in seinen Augen eine Kälte, die sie erschreckte. War sie zu weit gegangen? Aber sie war wütend, und das sollten diese Leute ruhig wissen. »Mister Browner, ich habe nicht vor, mit Ihnen meine Zukunft zu diskutieren, denn dieses Schloss ist meine Zukunft. Ich möchte in Ruhe und vor allem in Frieden hier leben.«

»Sie zerstören diesen Frieden selbst«, antwortete er kalt.

»Sie sind intolerant, Mister. Ich bin seit einer kurzen Woche hier und soll über den Rest meines Lebens entscheiden? Sagen Sie Ihren Eltern, ich habe nicht vor, einen Rummelplatz aus *Hardinghouse* zu machen, aber finanziell muss sich das Schloss mit allem, was dazugehört, in Zukunft selbst tragen.«

»*Hardinghouse* trägt sich selbst.«

»Weil Cornelius Marienthal ein Vermögen in das Anwesen investiert hat. Diese Investitionen fallen jetzt fort, denn ich besitze nicht das Vermögen eines Hamburger Imperiums.«

»Sie haben das Erbe angenommen, mit allen Pflichten und mit der gesamten Verantwortung. Also sorgen Sie auch für seinen Bestand.«

»Und genau das habe ich vor, Mister Browner.«

»Dann fangen Sie endlich damit an«, sagte er leise und mit schneidender Stimme.

»Dann hindern Sie mich nicht länger daran«, erwiderte sie kühl. »Sie stehen im Weg, Mister«, und mit diesen Worten ergriff sie die Tür, öffnete sie, lächelte ihn überaus höflich an und schloss sie hinter ihm. Sie wartete neben der Tür, bis er den Motor startete und davonfuhr. Dann setzte sie sich auf den am nächsten stehenden Stuhl und holte tief Luft. »Das war ein starkes Stück«, seufzte sie erschöpft.

»Wo ist mein Gewehr, ich hätte ihn schon längst nach draußen expediert«, rief Lizzy von der Galerie herunter.

»In diesem Haus gibt es keine Gewehre mehr, Lizzy. Wir schaffen das auch ohne.«

»Was?« Lizzy kam die Treppe herunter und lief in das Jagdzimmer, wo sich der Gewehrschrank befand. Aber den hatte Marie nachts ausgeräumt. Seine Türen standen weit offen, und das Gestell für die einzelnen Waffen war leer, genau wie die Schubladen, in denen die Munition aufbewahrt wurde.

»Marie, wo sind meine Gewehre?«

»Lizzy, ich habe sie fortgebracht. Wir brauchen keine Waffen, wir können uns sehr gut mit Worten wehren. Glaub mir, Gewalt macht alles nur schlimmer. Du hast doch gehört, wir sind hier nur Gäste, wir müssen höflich sein und rücksichtsvoll.«

»Na, du warst aber eben nicht gerade nett und rücksichtsvoll. Du hast den berühmtesten Architekten von Glasgow vor die Tür gesetzt.«

»Aber ich war dabei durchaus höflich, ich habe ihn nicht mit einem Schuss verjagt.«

Plötzlich musste Lizzy schallend lachen. »Wir zwei sind richtig gut«, erklärte sie überraschenderweise und reichte Marie die Hand. »Freunde?«

»Für immer, Lizzy, Freunde.«

20

Zwei Wochen später war das Cottage bezugsfertig. Marie hatte sich von der Baustelle zurückgezogen. Nachdem sie mit Marc Benneth alle Einzelheiten besprochen und die entsprechenden elektrischen Geräte für die Küche und den Wirtschaftsraum ausgesucht hatte, blieb sie mit Lizzy im Schloss. Sie prüfte jedes einzelne Zimmer, überlegte sich eine neue Nutzung und suchte sich, zusammen mit Lizzy, ein paar Möbel aus, die sie mit in das Cottage nehmen wollten. Sie verzichteten auf jede Art vom Pomp und Luxus und richteten das kleine Haus nur nach praktischen Überlegungen ein.

Hin und wieder kam Belinda Browner vorbei, brachte Lebensmittel und Getränke und fragte, ob sie helfen könne. Aber die überhebliche Art des Sohnes und das Drängen nach einer Auskunft über die Zukunft des Schlosses hatten die Freundschaft der beiden Frauen getrübt. Sie wollten diese Unstimmigkeit beide nicht, konnten sie aber auch nicht einfach beseitigen. Belinda teilte insgeheim die Sorgen ihres Mannes und ihres Sohnes, verstand aber auch das Verhalten Maries, die sich nach wie vor bedrängt und nicht respektiert fühlte.

Als das Cottage bezugsfertig war, bestand Belinda darauf, den Umzug zu organisieren. Sie suchte Arbeiter aus, von denen sie wusste, dass sie sorgfältig mit fremden Sachen umgingen und umsichtig, hilfsbereit und höflich waren. »Grobe Klötze können wir jetzt nicht gebrauchen«, erklärte sie ihrem Mann, der von dem ganzen Umzug nichts wissen wollte. Er grollte, nachdem Colin ohne einen brauchbaren Hinweis auf die Zukunft von *Hardinghouse* abgefahren war und Benny mitgenommen hatte.

Er fühlte sich verraten, alleingelassen und nicht genug geachtet. Er wollte so schnell wie möglich in die USA fliegen, um in

Kentucky endlich die neuen Zuchthengste zu kaufen, wagte aber nicht, Geld auszugeben, viel Geld, und den Gutshof zu verlassen, solange die Zukunft des Schlosses nicht geklärt war.

Marie und Lizzy ließen sich Zeit mit dem Umzug, sie fuhren nach Glasgow und kauften Gardinen und Lampen, sie fuhren nach Kinlochard und besorgten Pflanzen und Saatgut für den Garten, und sie kauften ein Boot aus Kunststoff, mit dem sie hin und wieder auf dem nahen Loch Ard rudern und angeln konnten, denn Lizzy behauptete, eine gute Fischerin zu sein. Und ein Kunststoffboot brauche keine besondere Pflege.

Der Sommer zog ins Land und offenbarte Marie die Schönheit ihrer neuen Heimat. Birkenhaine mit frischem Grün verzauberten wintergraue Hügel in grüne Oasen, Löwenzahn und Glockenblumen, Klee und Wiesenschaumkraut, Hahnenfuß und Margeriten verwandelten die Hügel in ein Blumenmeer. Die Schafherden hatten sich durch kleine Lämmer fast verdoppelt, und die Fohlen auf den Weiden wussten ihren Übermut kaum zu zügeln. Überall waren Arbeiter damit beschäftigt, Zäune zu reparieren und neue Flächen einzuzäunen, und die Hirten mit ihren Border-Collies hatten große Mühe, ihre Herden beisammen zu halten.

Als das Cottage fertig eingerichtet und der Garten neu bepflanzt war, luden Marie und Lizzy die Browners zu einem kleinen Einweihungsfest ein. Aber Paul Browner weigerte sich. »Ich setze mich nicht mit einer Lady an einen Tisch, die mir meine Heimat wegnehmen will.«

»Unsinn, kein Mensch denkt daran, dir etwas wegzunehmen. Sie will uns ihren guten Willen zeigen und Frieden schließen«, erwiderte Belinda und hoffte, den mürrischen Mann umstimmen zu können.

»Sie will die Herrin herauskehren und dich auf ihre Seite ziehen.«

»Niemand zieht mich irgendwohin. Ich nehme ihre Gastfreundschaft an, und du kommst mit.«

So energisch wie in der letzten Zeit hatte der alte Mann seine Frau lange nicht mehr erlebt. Er wusste aber auch, dass er, wollte er den häuslichen Frieden nicht vollständig aufs Spiel setzen, nachgeben musste. »Also gut, aber nur für eine Stunde.«

»Eine Stunde genügt vollkommen«, lächelte Belinda und sagte im Cottage Bescheid.

Als es aber so weit war, musste Marie den Termin absagen. Doktor Manores aus Edinburgh hatte angerufen und sie zu einem dringenden Gespräch in seine Kanzlei bestellt. »Leider kann ich diesmal nicht zu Ihnen kommen«, entschuldigte er sich, »aber ich habe mir gestern den Fuß gebrochen und kann so eine weite Autofahrt nicht riskieren.«

»Selbstverständlich, Doktor Manores, um was geht es denn?«

»Ich habe ein Schreiben von einer Hamburger Anwaltskanzlei bekommen, und darin wird angekündigt, dass die Familie Marienthal beabsichtigt, um den Besitz von *Hardinghouse* zu kämpfen. Ein gerichtliches Verfahren wurde eingeleitet.«

»Die lassen wohl nie locker?«

»Ja, es scheint sich um eine sehr hartnäckige und uneinsichtige Familie zu handeln.«

»So ist es. Ich komme und ich werde meine Mutter mitbringen.«

»Ihre Mutter?«

»Ja, aus dem Brief von Cornelius Marienthal, den Sie mir übergeben haben, habe ich erfahren, wer meine Eltern sind. Elisabeth Moorburg, die sie hier alle Miss Lizzy nennen, ist meine Mutter, und ich weiß nun endlich auch, wer mein Vater ist.«

»Das ist ja wunderbar. Darf ich erfahren …«

»Das würde ich gern mit Ihnen persönlich besprechen.«

»Ja, selbstverständlich.«

»Gut, dann sind wir morgen um die Mittagszeit bei Ihnen.«

Lizzy weigerte sich mitzufahren. »Ich habe keine Lust, ich muss das Cottage bewachen.«

»Unsinn, Lizzy, kein Mensch macht uns das Cottage streitig, und zu holen ist bei uns auch nichts.«

»Aber ich habe meinen ganzen Schmuck in der Schublage liegen.«

»Steck ihn in die Handtasche und nimm ihn mit. Du hättest ihn auf der Bank in einen Safe schließen sollen.«

»Nein, von dem trenne ich mich nie. Er ist alles, was ich habe, ich meine, das Einzige, was mich an Cornelius erinnert.«

»Abgesehen von mir, Mutter, deiner Tochter.«

»Das ist etwas anderes. Also, was ist mit meinem Schmuck?«

»Meinetwegen, nimm ihn mit. Aber aufpassen musst du selbst auf ihn.«

Marie wählte den gleichen Weg, auf dem sie nach *Hardinghouse* gekommen war. Er war schlecht, aber er war kurz, und sie wollte den Besuch so schnell wie möglich hinter sich bringen. Schlechte Nachrichten verarbeitet man am besten sofort, gute können etwas länger warten, dachte sie und quälte ihren neuen Range Rover über die Hügel und die Feldwege, über die Rollengatter und durch moorige Wiesen. Lizzy klammerte sich mit beiden Händen an ihren Sitz, und Fiona stand mit gespreizten Beinen auf der Rückbank, um die Unebenheiten ausgleichen zu können.

Kurz nach zwölf erreichten sie die Kanzlei von Doktor Manores. Die Sekretärin erwartete sie und führte sie in das Büro des Anwalts, der hinter seinem Schreibtisch saß und das verletzte Bein auf den daneben stehenden Stuhl gelegt hatte.

»Leider kann ich nicht aufstehen, um Sie zu begrüßen«, entschuldigte er sich und zeigte auf den Gipsverband an seinem rechten Fuß.

»Es tut mir sehr leid, dass Sie diesen Unfall hatten, ich hoffe, es ist kein komplizierter Bruch«, versuchte Marie ihn zu trösten und reichte ihm die Hand. »Meine Mutter ist mitgekommen«, erklärte sie die Anwesenheit von Lizzy. »Alles, was *Hardinghouse* betrifft, ist ja auch ihre Angelegenheit, und ich möchte, dass sie in Zukunft bei allen Unterredungen dabei ist.«

»Natürlich, das ist selbstverständlich. Dann hat das Schreiben, das ich Ihnen neulich übergeben habe, also auch Ihre Vergangenheit aufgeklärt.«

»So ist es, und ich bin unendlich dankbar, endlich zu wissen, wer meine Eltern sind.«

»Ihr Herr Vater ...?«

»Ist Cornelius Marienthal.«

»Das ist ja wunderbar, das erklärt auch die Fragen der Erbschaft.«

»Ja. Aber ich möchte, dass das nicht bekannt wird.«

»Aber warum nicht? Es ist doch eine große Ehre, die Tochter eines so bedeutenden Mannes zu sein.«

»Mein Vater wollte nicht, dass es amtlich wird, sonst hätte er sich zu dieser Vaterschaft bekannt, und ich möchte seinen Wunsch respektieren. Auch wenn er dieses Versäumnis in seinem Brief an mich bereut hat.«

»Aber die Vaterschaft, die alles erklärt, wäre wichtig für die Erbfragen, mit denen man Sie noch wer weiß wie lange bedrängen wird.«

»Ich denke, ich habe eine Lösung gefunden, diese Drängeleien endgültig aus der Welt zu schaffen.«

»Was hast du vor?«, unterbrach Lizzy das Gespräch.

»Aber woran denken Sie?«, fragte Manores irritiert.

»Ich überschreibe *Hardinghouse-Castle* der Stadt Glasgow.«

Manores schwieg überrascht, und Lizzy sah die Tochter entsetzt an und presste die Tasche mit ihrem Schmuck an sich. Dann räusperte sich der Anwalt und schüttelte den Kopf. »Ich fürchte, das wird nicht möglich sein.«

»Und weshalb nicht?«

»Wissen Sie, Miss Moorburg, wir haben hier in Schottland viele leer stehende Schlösser, die die Besitzer einfach nicht mehr halten können. Die städtischen Verwaltungen sind mit den Übernahmen solcher Objekte finanziell längst weit überfordert.«

»Ich will das Schloss nicht verkaufen, Doktor Manores, ich will es stiften, und zwar zu ganz bestimmten Bedingungen.«

Manores fühlte sich sichtlich unwohl auf seinem Stuhl. Er rückte hin und her, versuchte das Bein anders zu betten und klingelte schließlich nach der Sekretärin. »Bitte bringen Sie mir ein zweites Kissen und dann für uns alle eine Kanne Tee und etwas Gebäck.«

Dann wandte er sich wieder seinen Gästen zu. »Miss Moorburg, Sie könnten das Schloss kommerziellen Zwecken zur Verfügung stellen, Sie könnten Geld damit verdienen, wenn Sie es der Wirtschaft anbieten. Oder der Regierung. Als Konferenzraum meinetwegen.«

»Nein, Doktor Manores. Ich habe andere Träume.«

»Ha«, unterbrach sie Lizzy, »schottische Träume, die hatte ich auch einmal, und du siehst, was daraus geworden ist.«

Aber Marie ließ sich nicht beirren. »Doktor Manores, ich denke an eine soziale Nutzung.«

»An eine soziale Nutzung?«

»Ich möchte jungen Müttern mit kleinen Kindern und schwangeren Mädchen, die kein Daheim und keine Zukunftsorientierung haben, ein Zuhause bieten. Sie sollen in dem Schloss in Ruhe und Frieden leben, lernen und arbeiten dürfen. Und sagen Sie mir nicht, in schottischen Städten gibt es keine alleingelassenen, hilflosen jungen Mütter. Mädchen, die aus der Not heraus versuchen, ihr Baby abzugeben, und dann nicht wissen, wo sie es lassen können.«

Manores schüttelte irritiert und erstaunt den Kopf. »Mein Gott, Miss Moorburg, wie kommen Sie denn auf diese Idee.«

Aber bevor Marie antworten konnte, sprang Lizzy auf und rief mit lauter Stimme: »Nein, du sagst es nicht. Auf gar keinen Fall.« Sie versuchte, ihre Hand auf Maries Mund zu legen, aber Marie wehrte sie ab. »Setz dich, Mutter, hier geht es nicht um mich oder dich, hier geht es um Kinder, die einen Anspruch auf das Leben und die Liebe und die Zärtlichkeiten der eigenen Mutter haben, und um junge Frauen, die verzweifelt sind, wenn sie ihr Kind zum ersten Mal in den Armen halten.«

Verwirrt schaute Manores von einer zur anderen. Er spürte, dass es sich hier zwischen Mutter und Tochter um einen sehr alten Konflikt handelte, den man besser nicht ansprach.

Und dann dachte er, aber die Idee ist gut. Diese Marie hat Format.

»Miss Moorburg, die Idee, die Sie da entwickeln, ist sehr lobenswert. Aber wie stellen Sie sich die praktische Ausführung vor?«

»In dem Schloss können mindestens dreißig Mütter mit kleinen Kindern leben. Die Frauen haben ihre eigenen Zimmer und versorgen sich selbst. Sie halten das Schloss instand, kochen, waschen, putzen, sie machen eben alles, was eine Hausfrau zu tun hat. Nebenbei können sie einen Beruf erlernen. Einen praktischen Beruf in Haus und Garten, in der Kinderpflege, in der Landarbeit und in der Gutsmolkerei, oder sie können sich zur Sekretärin oder in einem kaufmännischen Beruf ausbilden lassen. Und das alles, ohne ihre Kinder zu vernachlässigen.«

»So ein Unsinn«, unterbrach Lizzy das Gespräch. »Wer soll denn dreißig Mütter unterrichten?«

»Das ist ganz einfach und geht fast von selbst, Mutter. Das Haus braucht eine fest angestellte Köchin, die Frauen können bei Ihr Kochkurse machen. Das Haus braucht eine fest angestellte Kinderbetreuerin, die Frauen können bei ihr Kinderpflege lernen. Für den Garten wäre ich zuständig, einschließlich der Lehre, mit Heilkräutern umzugehen.

Alles, was die Landwirtschaft, die Käserei und den Verkauf von Ernteerträgen angeht, können sie auf der Domäne lernen, und für die Büroarbeiten muss sowieso ein Buchhalter eingestellt werden, der die Finanzen für das Schloss betreut und Mitarbeiterinnen fördert.«

»Und wer kommt für den Unterhalt des Hauses auf?«

»Der Unterhalt ist testamentarisch durch Doktor Marienthal gesichert.«

»Und wer kommt für den Unterhalt der Bewohnerinnen auf?« Doktor Manores war von dem Plan begeistert, zeigte es aber nicht. Zu viele Unsicherheiten mussten da noch geklärt werden.

»Die Sozialbehörde und das Jugendamt sind dafür zuständig. Die Unterstützung, die für die Frauen jetzt gezahlt werden muss, kommt, bis auf ein Taschengeld, in die allgemeine Kasse des Hauses. Für die Lebensmittel wird der Gutshof gegen eine entsprechende Finanzierung sorgen.«

Doktor Manores schüttelte immer noch den Kopf. »Ich gestehe, ich bin beschämt. Ihre Idee ist gut, aber Sie werden keinerlei finanziellen Nutzen von dem Besitz haben, Miss Moorburg.«

»Ich würde einen gesellschaftlichen Nutzen davon haben, einen, der mir Freude macht. Ist das etwa nichts?«

»Ja, ja, das schon. Aber ich denke auch an Ihre finanzielle Zukunft. Doktor Marienthal wollte mit seinem Testament sicherlich bewirken, dass Sie selbst ein Leben lang finanziell abgesichert sind.«

»Aber das bin ich. *Hardinghouse-Castle* ist und bleibt mein Besitz, den ich ganz offiziell der Glasgower Sozialbehörde zur Verfügung stelle. Der Gutshof wirft genug ab, um meine Mutter und mich zu versorgen, und außerdem plane ich, weiterhin als Gartenarchitektin zu arbeiten. Ich kann doch mit sechsundzwanzig Jahren nicht einfach die Hände in den Schoß legen.«

»Und Sie wollen für immer in dem kleinen Cottage wohnen?«

»Vielleicht verbringen wir den Winter auch in Hamburg, das weiß ich noch nicht.«

»Und was mache ich nun mit diesem drohenden Prozess, Miss Moorburg?«

»Halten Sie die Marienthals hin. Offiziell hatten Sie einen Unfall und sind krank, und inoffiziell versuchen Sie so schnell wie möglich mit der Glasgower Behörde Kontakt aufzunehmen, dann können wir den Hamburgern mitteilen, *Hardinghouse* ist in den Besitz der Stadt Glasgow übergegangen.«

Diese Frau ist nicht nur klug, sie ist auch noch geschäftstüchtig und raffiniert, dachte der Anwalt und lächelte Marie an. »Sie möchte ich nicht zur Gegnerin haben, Miss Moorburg. Sie machen Ihrem Herrn Vater alle Ehre.«

Marie lächelte ebenfalls den etwas steifen, würdevollen Mann liebevoll an. »Mister Manores, mein Vater war nicht ohne Grund ein sehr bekannter und erfolgreicher Geschäftsmann, vielleicht habe ich ja eine kleine Handvoll seiner Gene geerbt und nicht nur das Cottage in den Highlands.«

21

Seine zweite Schottlandreise trat Thomas Bruckner nicht mehr so leichtgläubig und nichts ahnend an wie die erste. Harald Baumeister hatte ihm mit fristloser Entlassung gedroht, sollte er noch einmal ohne brauchbare Informationen zurückkommen.

Das Foto mit dem versteckten Schloss im Hintergrund hatte er bei sich, die Anschrift der Autovermietung ebenfalls, und wenn sich da ein Schloss am Loch Ard befand, dann musste es auch brauchbare Straßen dorthin geben. Diesmal fuhr er nach Glasgow, kaufte dort eine genaue Karte der Umgebung des Loch Ard und traf noch am ersten Reisetag in Kinlochard ein. In einem kleinen Haus mit dem für England typischen Bed&Breakfast-Angebot übernachtete er und fuhr am nächsten Morgen am nördlichen Ufer des Loch Ard entlang, bis er auf der gegenüberliegenden Seite das prachtvolle Gebäude vor sich hatte. Er zoomte das Schloss so nah wie möglich mit der Kamera heran und machte zahlreiche Aufnahmen.

Aber das wird dem Chef natürlich nicht genügen, überlegte er. Ich muss, auch auf die Gefahr hin, dass man mich wiedererkennt, das Schloss auch von innen sehen. Am besten wäre ein Boot. Ich paddle hinüber, verstecke den Kahn im Schilf und schleiche mich heran.

Da Thomas aber kein Sportsmann war und auch keinen Bootsvermieter entdecken konnte, entschloss er sich, bequem mit dem Auto um den See herum zum Schloss zu fahren.

Und er hatte Glück, er begegnete keinem einzigen Menschen.

Vor den alten, baufälligen Ruinen mit dem modernen Schlossanbau angekommen, parkte er seinen Wagen unter einer Trauerweide, deren Äste bis auf den Boden hingen und ein vortreffliches Versteck boten. Zunächst fotografierte er durch die Zweige hindurch, dann verließ er sein Versteck und ging langsam auf das große Eingangsportal zu. Ich werde ganz offiziell klingeln, versicherte er sich selbst. Und wenn dann jemand kommt, dann sage ich, ich bin ein Tourist auf der Durchreise und würde, gern das Schloss besichtigen.

Er versteckte die Kamera unter der Jacke, zog sich die Golfmütze tief ins Gesicht, damit er nicht sofort erkannt würde, und klingelte.

Nichts rührte sich. Er hörte zwar das scheppernde Läuten der mit der Hand gezogenen Glocke, aber er hörte weder Schritte noch Stimmen. Vorsichtig sah er sich um, dann drückte er gegen die Tür. Aber sie war verschlossen, und Gewalt durfte er nicht anwenden, er wollte schließlich nicht als Einbrecher in einem schottischen Gefängnis landen.

Langsam ging er ein paar Schritte an der Vorderfront entlang. Dann sah er, dass in einem der französischen Fenster das Glas im unteren Teil fehlte und nur durch eine Pappe ersetzt war. Unschlüssig ging er zu dem Fenster, drückte gegen die Pappe, und siehe da, sie gab nach – nicht viel, aber genug, um hindurchzufassen und den Fenstergriff zu erreichen. Vorsichtig drehte er an dem Knauf, und tatsächlich, die Fenstertür öffnete sich geräuschlos. Er sah sich noch einmal um, dann schlüpfte er hinein.

Thomas Bruckner war überwältigt von der Größe der Eingangshalle, von der Einrichtung mit alten, von Hand geschnitzten Truhen, Schränken und Tischen, von den Gobelins an den Wänden und den dicken Wollteppichen auf dem Steinboden. Um rücksichtsvoll zu sein, rief er noch einmal mit lauter Stimme: »Hallo?!«, dann war er sicher, dass sich niemand in dem Schloss aufhielt. Er begann sofort zu fotografieren: die Halle, die anschließenden Empfangszimmer und die Säle. Dann stieg er die Treppe hinauf zur ersten Etage, hier hatte er den Eindruck, dass vor kurzer Zeit jemand in zwei Zimmern gewohnt hatte. Als er auch ein paar der zahlreichen Zimmer in der dritten Etage fotografiert hatte, steckte er den Apparat ein und ging leise und vorsichtig nach unten. Dann schlich er die Kellertreppe hinab in die Wirtschaftsräume und stellte auch hier fest, dass die Küche noch vor kurzer Zeit benutzt worden war. Er fotografierte alles, was er zu sehen bekam. Vor allem die technischen Geräte und die modernen Einbauten. Nachdenklich stieg er wieder die Treppe zur Eingangshalle hinauf und stand plötzlich vor einem Hund, der ihm fast bis an die Brust reichte. Er bemerkte sein gesträubtes Felll. Ohne die kleinste Bewegung stand das Tier nur da und knurrte ihn an. Da dieser Hund, diese Mischung aus Windhund und Wolfshund, die oberste Stufe einnahm, gab es für Thomas Bruckner nicht die geringste Chance, an ihm vorbei und zum Ausgang zu gelangen.

»Na, du?«, versuchte er mit leiser Stimme mit ihm zu sprechen, »lässt du mich mal durch?«

Das Knurren wurde intensiver. Dann hörte Bruckner die energische Stimme einer Frau, die er aber nicht sehen konnte, weil der Hund den Ausgang der Treppe versperrte. »Zurück, Fiona.«

Der Hund ging zwei Schritte zurück und gab damit die oberste Stufe frei. Thomas stieg hinauf und stand in der Halle. Jetzt sah er auch die Frau, es war die gleiche, die er vor wenigen Tagen an diesem verwahrlosten Cottage beobachtet hatte und die ihm damals sagte, das Cottage sei *Hardinghouse*. Diese infame Lügnerin!

Die Frau hatte einen Telefonhörer in der Hand und sah den Fremden feindselig an. »Wer sind Sie und was machen Sie hier?«

»Ich bin ein Tourist und wollte das Haus besichtigen.«

»Sie sind in das Schloss eingebrochen, und das dulde ich nicht. Ich habe hier die Polizei am Apparat und werde diesen Einbruch melden.«

»Nein, bitte nicht, ich habe mich doch nur ein bisschen umgesehen, es ist so ein schönes Haus, und ich habe geklingelt und ich habe gerufen, aber niemand war da, und da wollte ich doch bloß mal sehen, wie so ein schönes Schloss von innen aussieht.«

Verblüfft von der langen Rede, erinnerte sich Marie an den

Mann, der ihr schon einmal so eine lange atemlose Rede gehalten hatte. »Sie waren schon einmal hier.«

»Ja, das war da draußen in der Heide bei einer alten Kate. Ich bin der …«

»Ich weiß, der Mann aus Hamburg, der *Hardinghouse* suchte.«

»Ja, und Sie haben gesagt, diese Kate sei *Hardinghouse.*«

»Sie ist es, allerdings nur ein Teil davon.«

Thomas versuchte den Ausgang zu erreichen. Aber sofort knurrte der Hund ihn wieder an. »Bitte, können Sie nicht den Hund zurückrufen?«

»Nein, ich denke nicht daran. Was haben Sie im Schloss gemacht?«

»Ich habe es nur angesehen. Es sieht so schön aus von außen, da wurde ich neugierig.« Er streckte ihr die leeren Hände entgegen. »Ich habe nichts genommen und ich habe nichts berührt, das müssen Sie mir glauben.«

»Ich muss gar nichts glauben. Was steckt da in Ihrer Jackentasche?«

»Das? Das ist nur, ich meine, ich wollte nur …«

»Raus damit, oder der Hund holt es raus.«

»Nein, nicht, bitte nicht, es ist doch nur meine Kamera. Ich bin um den See herumgefahren und habe Landschaften fotografiert.«

»Und dann haben Sie das Schloss gesehen und weiterfotografiert.«

»Ja, aber das ist doch nicht verboten.«

»Und dann sind Sie näher gekommen, haben es aus der Nähe fotografiert und dann sind Sie eingebrochen und haben es von innen fotografiert.«

»Nein – ja, es ist doch sehenswert, da darf man doch ein paar Aufnahmen machen.«

»Nein, Sie sind auf einem privaten Landbesitz in ein verschlossenes Haus eingedrungen, das ist Hausfriedensbruch und Einbruch und Spionage, wenn ich es genau nehme.

Geben Sie mir die Kamera.«

»Nein.«

»Dann muss ich den Hund bitten, Ihnen den Apparat abzunehmen. Er tut das ziemlich unsanft.«

»Bitte, nein. Von der Kamera hängt meine Zukunft ab.«

»Sind Sie Fotograf?«

»Nein, ich bin Referendar in einer Anwaltskanzlei in Hamburg. Und wenn ich nicht diese Bilder abliefere, wird mir fristlos gekündigt.«

»Eine geringe Strafe für einen Spion, finde ich. Fiona, hol die Kamera.«

Der Hund sah sich nach seiner Herrin um. So einen Befehl hatte er noch nie gehört. Da die Herrin aber nickte, richtete er sich auf, legte seine Vorderpfoten dem Fremden auf die Schulter und knurrte ihn an.

Thomas Bruckner stand wie gelähmt unter der Last und flüsterte schließlich: »Nehmen Sie ihn weg, ich gebe Ihnen die Kamera.«

»Fiona, Fuß.«

Der Hund löste sich und stellte sich neben Marie. »Und nun die Kamera.«

Den Tränen nahe holte Thomas den Apparat aus der Brusttasche und übergab ihn der Frau.

»Sie können gehen und lassen Sie sich hier nie wieder sehen.«

»Bitte, gnädige Frau, wenn ich die Fotos nicht in Hamburg abliefere, bin ich meine Stellung los. Ich habe jahrelang Jura studiert und monatelang auf diese Referendarstelle gewartet, und nun soll das alles umsonst gewesen sein? Nur wegen ein paar Bildern?«

»Für wen arbeiten Sie?«

»Meine Kanzlei wurde von der Familie Marienthal beauftragt, das habe ich Ihnen doch schon neulich vor der alten Kate erzählt, als Sie mich weggeschickt haben.«

»Und ich habe Ihnen damals gesagt, *Hardinghouse* gehört mir, und daran wird kein Mensch etwas ändern. Und dennoch sind Sie wiedergekommen.«

»Aber ich bin doch nur ein kleiner Angestellter, ich muss doch gehorchen, sonst bin ich meinen Job los.«

»Und dafür, dass Sie gehorchen, werden Sie kriminell?«

»Das wollte ich doch nicht. Ein paar Fotos, was ist daran so verbrecherisch?«

»Weil sie unerlaubt gemacht wurden, und weil Sie wegen der Fotos in ein fremdes Haus eingebrochen sind. Verschwinden Sie und lassen Sie sich hier nie wieder blicken, ich betone: nie wieder, sonst melde ich Sie der Polizei.«

»Ja, ich bin schon unterwegs. Ich komme nicht wieder her, weil man mich nie wieder irgendwohin schicken wird. Weil ich ein Versager bin.«

»Mann, nun verrennen Sie sich mal nicht in Ihr Selbstmitleid. Fiona, bring den Mann nach draußen.« Und der Hund lief mit gesträubtem Nackenfell neben dem Fremden her, bis er im Auto saß und davonfuhr.

Zwei Tage später saß Thomas Bruckner mit leeren Händen seinem Vorgesetzten gegenüber. »Ich habe das Schloss fotografiert, Doktor Baumeister, ich habe es von außen und von innen fotografiert, aber man hat mich erwischt und mir die Kamera abgenommen. Ich kann froh sein, dass ich nicht wegen Einbruch angezeigt wurde.«

Baumeister erkannte, dass er seinen Assistenten nicht bestrafen konnte. Er hatte getan, was er konnte, aber er hatte sich stümperhaft benommen, und daran war auch er, der Chef der Kanzlei, schuld. Er hätte nicht einen unfähigen Anfänger nach Schottland schicken dürfen. Um den Marienthals gegenüber wenigstens etwas Brauchbares vorweisen zu können, forderte er Thomas Bruckner auf, seine Eindrücke möglichst genau zu formulieren und zu Protokoll zu bringen, um dieses Protokoll Nicolas Marienthal vorlegen zu können.

Thomas Bruckner arbeitete zwei Tage an seinem Bericht, ja, er zeichnete sogar das Schloss, so wie er es in Erinnerung hatte, von allen Seiten und versäumte nicht, von der wertvollen Inneneinrichtung zu schwärmen. Zwei Tage später übergab Harald Baumeister seinem Freund Nicolas Marienthal die Unterlagen, und der beauftragte die Kanzlei Baumeister, sofort gerichtlich gegen die Erbin Marie Moorburg vorzugehen. »Ein so wertvolles, schönes Schloss kann man sich doch nicht entgehen lassen«, versicherte er dem Freund und ermächtigte ihn, umgehend einen entsprechenden Prozess anzustreben.

Und über diesen Beschluss informierte Doktor Manores Marie Moorburg, als sie und Lizzy ihn in Edinburgh aufsuchten.

Marie und Lizzy hatten sich in dem Cottage gemütlich eingerichtet. Sie fühlten sich in dem kleinen Haus geborgen. Jede hatte ihr persönliches kleines Reich, und beide genossen gleichzeitig die Gemeinsamkeit, an die sie sich langsam gewöhnten. Lizzy streifte ihre zornigen Ausbrüche und ihre dominanten Anmaßungen ab, und Marie versuchte mit Ruhe und Geduld ein freundschaftliches Verhältnis zu ihrer Mutter aufzubauen. Sie ließ die Vergangenheit ruhen, um der Mutter Zeit zu geben, sich an das Zusammenleben mit der Tochter zu gewöhnen, bezog sie aber in all ihre Überlegungen ein. Auch in die Überlegungen über die Zukunft.

»Du willst das Schloss tatsächlich in ein Heim für schwangere und alleinerziehende Mütter umbauen lassen?«

Die beiden Frauen saßen auf der Bank vor dem Cottage und beobachteten, wie die Sonne im Westen hinter dem Loch Ard Forrest unterging.

»Ich möchte es zu einem guten Zweck einsetzen. Die Browners haben Angst, dass hier ein Freizeitpark oder ein Nobelhotel entsteht, ich will die Leute nicht verlieren.«

»Was gehen uns die Ängste der Browners an?«

»Sie sind gute und verlässliche Verwalter.«

»Dieser alte Bärbeißer, immer müssen alle nach seiner Pfeife tanzen. Und jetzt tanzt du auch noch mit.«

Marie schüttelte den Kopf. »Mein Entschluss hat nichts mit den Launen des Paul Browner zu tun. Ich möchte ganz einfach jungen Frauen helfen und vor allem ihren kleinen Kindern, die nichts für die manchmal ausweglosen Situationen können, in denen ihre Mütter stecken.«

»Denkst du an deine eigene Kindheit? Willst du dich an mir rächen, weil ich dich nicht selbst betreut habe?«

»Mein Entschluss hat auch nichts mit dir oder mir zu tun. Ich weiß um die Gefahren, in denen sich schwangere Frauen und kleine Kinder befinden, wenn sie nicht mehr weiterwissen. In Hamburg sind die Zeitungen voll mit Berichten über tote Babys in Mülltonnen oder nicht funktionierende Babyklappen oder über erfrorene Findelkinder, die einfach irgendwo abgelegt werden. Glaubst du, hier ist es anders?«

»Aber dafür sind die Jugendämter zuständig. Die Frauen bekommen Kindergeld für jedes Baby.«

»Und die, die es nicht wagen, sich zu einem nichtehelichen Kind zu bekennen? Was machen die?«

Lizzy zuckte ratlos mit den Schultern. Dann sagte sie leise: »Ich hatte zum Glück meine Eltern, die mir die Sorge abgenommen haben.«

»Du hattest großes Glück. Wir beide hatten großes Glück, aber die Mutterliebe hat mir immer gefehlt.« Sie nahm die Hand der Mutter und strich leise darüber. »Aber jetzt habe ich dich ja gefunden. Dieses ›Immer‹ ist zum Glück nicht ewig, sondern endet im Heute.« Sie zog Lizzy zärtlich an sich. »Jetzt haben wir alle Zeit der Welt, um das Verpasste nachzuholen.«

Und beide ahnten nicht, dass sich das Ende dieser Zeit bereits ankündigte, denn Nicolas Marienthal, fasziniert von der Beschreibung und den Zeichnungen Thomas Bruckners, die ein herrliches

Schloss an einem idyllischen See zeigten, und getrieben von seiner Frau Renate, die ihn der Feigheit und der Schwäche bezichtigte, wollte einen Prozessausgang nicht abwarten, sondern sofort Besitz ergreifen und *Hardinghouse* persönlich erobern. Ohne irgendjemanden zu benachrichtigen, aber ausgestattet mit dem Wissen dieses unfähigen Referenten, machte er sich auf den Weg in die Highlands von Schottland.

22

Der späte Frühling war den ersten warmen Sommertagen gewichen, als Marie beschloss, die Browners über ihre Pläne zu informieren. Doktor Manores hatte ihr die Zustimmung, die Begeisterung und die Dankbarkeit der Glasgower Behörden signalisiert, und sie wollte die kommenden Sommerwochen für die nötigen Umbaumaßnahmen nutzen. Zuerst hatte sie beschlossen, Lizzy an dem Gespräch teilhaben zu lassen, befürchtete dann aber die emotionalen Bemerkungen der Mutter, die ein ruhiges Gespräch unnötig stören würden, und so fuhr sie allein zum Gutshof.

Sie hatte sich telefonisch angemeldet und wurde erwartet.

Belinda hatte darauf bestanden, Marie Moorburg in ihrem kleinen Salon, den sie persönlich auch als Büro nutzte, zu empfangen, und ihren Mann gebeten, sich in seinen Äußerungen zu mäßigen, wenn die Unterredung nicht seinen Vorstellungen entspräche. Sie kannte ihn seit fast vierzig Jahren und wusste, wie aufbrausend und oft auch ungerecht er sein konnte.

»Du musst ihr die Chance lassen, mit *Hardinghouse* zu machen, was sie für richtig hält«, bat Belinda ihren Mann, der in letzter Zeit nicht nur nervös, sondern oft ungerecht war. Er wurde mit der neuen Situation nicht fertig, und die Angst, Kentucky streichen zu müssen, saß ihm im Nacken, das wusste sie genau.

»Ich muss gar nichts«, polterte der Bauer. »Ich muss lediglich sehen, wie ich mit dem Gut über die Runden komme und dass ich endlich nach Kentucky fliege, damit ich die Hengste hole, sonst verliere ich ein ganzes Zuchtjahr, und das können wir uns nicht leisten.«

»Jetzt denke einmal nicht an deine Hengste, sondern an unsere Heimat, denn wenn du Miss Marie verärgerst, kannst du dir deine Zucht sowieso aus dem Kopf streichen, und sie holt sich einen Verwalter aus Deutschland. So sicher wie in den vergangenen Jahrzehnten ist unsere Position nämlich nicht mehr.«

»Blödsinn!«

Betty kam und erklärte, dass Miss Marie Moorburg eingetroffen sei.

Belinda ging in die Halle und begrüßte Marie. »Kommen Sie, heute lade ich Sie in mein kleines Büro ein. Da ist es gemütlich und riecht nicht nur nach Arbeit.«

»Hallo, Belinda, fein, ich freue mich, Sie zu sehen. Seit meinem Einzug ins Cottage und der verpassten Einweihungsparty haben wir uns nicht mehr getroffen, und das ist nun auch schon wieder drei Wochen her.«

»Ja, der Anruf von Ihrem Anwalt kam dazwischen. Ich hoffe, Ihr Gespräch in Edinburgh war ein angenehmes Gespräch?«

»Ja und nein, die Hamburger machen mir noch immer mein Erbe streitig, und ich musste so schnell wie möglich eine handfeste und nicht mehr zu ändernde Nutzung für das Schloss festlegen.«

»Und, haben Sie die gefunden?«

»Ja, deshalb bin ich hier.«

Belinda bat Marie, Platz zu nehmen, und rief nach nebenan. »Paul, wir warten auf dich.«

Betty servierte eine Kanne Tee und ein paar Sandwiches, und Paul Browner kam und sagte brummig: »Hi, Miss.«

Nach ein paar belanglosen Sätzen erklärte Marie: »Ich möchte Sie heute über die Zukunft von Schloss *Hardinghouse* informieren. Ich betone ausdrücklich, über das bisher ungenutzte Schloss, nicht über die Domäne, obwohl der Gutshof später davon profitieren wird.«

Paul Browner stieß nur ein verächtliches »Hä« aus, und Belinda sah ihn vorwurfsvoll an. Marie ließ sich nicht stören.

»Ich stifte das Schloss der Stadt Glasgow unter der Bedingung, das Haus als ein Heim für alleinstehende Mütter und schwangere alleinstehende junge Frauen oder Mädchen zu nutzen. Die

Frauen dürfen so lange in dem Schloss wohnen, bis sie nachweisbar ein zukunftsorientiertes, eigenständiges Leben mit ihrem Kind führen können.«

»Aber das ist ja eine wunderbare Idee«, pflichtete Belinda ihr bei, während Paul sich nur räusperte. Marie fuhr fort: »Damit ist die Zukunft des Schlosses unantastbar, die Ruhe dieser Gegend gesichert, und letztlich wird die Domäne davon profitieren.«

»Durch schreiende Kinder?«, raunzte der Bauer und kratzte sich an seinem Backenbart.

»Nein, sondern durch die Verpflichtung der Heimleitung, alle Lebensmittel, die hier angebaut und erzeugt werden, vom Gut zu beziehen. Außerdem sollen die jungen Frauen, wenn es ihre Gesundheit erlaubt und wenn sie Interesse daran haben, hier arbeiten und einen eventuellen Beruf erlernen können.« Marie sah den Mann sehr ernsthaft an. »Mister Browner, Sie haben Chancen, wenn Sie anderen eine Chance geben.«

»Pah, und wie?«

»Zeigen Sie den Frauen, wie man mit dem Computer und mit der Buchhaltung umgeht, dann haben Sie sehr schnell eine Sekretärin, denn das steht fest, Mister Browner, die Frauen, die hierherkommen werden, sind nicht dumm, sie sind nur in eine andere Lebenssituation geraten.«

»Bravo, Marie, ich finde die Idee fantastisch. Und ich könnte auch Hilfe gebrauchen. In der Küche, in der Käserei, in der Bäckerei und im Garten weiß ich oft nicht, wie ich's schaffen soll, vor allem nicht zur Erntezeit.«

»Und die schreienden Kinder, die dann überall im Weg sind?«

Marie winkte ab. »Mister Browner, soviel ich weiß, haben Sie selbst drei Söhne großgezogen, Sie sollten doch mit Kindern umgehen können«, lächelte sie, um den bärbeißigen Mann umzustimmen.

»Und außerdem sind es zunächst einmal sehr kleine Kinder, Neugeborene, die in der Obhut von Pflegerinnen bleiben, solange die Mütter arbeiten.«

»Du willst sogar eine Pflegerin einstellen?«, fragte Belinda überrascht.

Marie schüttelte den Kopf. »Das ist Sache der Stadt Glasgow, aber wir brauchen Kinderpflegerinnen, eine Hebamme, Lehrer für schwangere junge Mädchen, eine Köchin, die Heimleiterin, medizinische Betreuung und noch so diesen und jenen, das muss genau durchdacht werden, aber es gehört zu den Bedingungen, die ich mit der Schlossübergabe verbinde. Außerdem hoffe ich, dass die Frauen viele der Aufgaben selbst übernehmen können. Sie sollen hier keinen Urlaub verbringen, sondern ein behütetes Leben genießen dürfen, und zum Leben gehört nun einmal Arbeit.«

»Mein Güte, Marie, was Sie alles wissen und an was Sie alles denken.«

»Ich habe lange überlegt, aber jetzt sitzen mir die Marienthals aus Hamburg im Nacken, und ich musste zu einem Entschluss kommen, der sie grundsätzlich und unwiderruflich daran hindert, uns *Hardinghouse* wegzunehmen.«

»Na, wenigstens haben Sie sich keinen Freizeitpark ausgedacht und kein Schlosshotel mit Touristenattraktionen«, brummte Paul Browner irgendwie erleichtert.

»Mister Browner, ich habe mich auch bemüht, Ihre Wünsche zu respektieren.«

»Und wann soll das Ganze nun vor sich gehen?«

»Möglichst morgen«, lächelte Marie zuversichtlich. »Ich meine die Umbaumaßnahmen, nicht den Einzug der Mütter.«

»Was muss denn umgebaut werden?«, fragte Belinda besorgt.

»Wir haben zwanzig Gästezimmer mit Bad und Toilette, ich möchte aber mindestens dreißig Frauen unterbringen. Die vielen Säle und Salons sind unnötig, ein großer Speisesaal, ein Gemeinschaftssaal, ein Empfangsraum und ein paar Büros werden gebraucht. Mister Browner, können Sie mir mit Arbeitern oder Handwerkeradressen helfen? Ihr ältester Sohn ist doch Architekt, könnte er uns die Pläne machen?«

»Der will von *Hardinghouse* nichts wissen«, schimpfte Browner lautstark, »der kommt nicht …«

»Das ist nicht wahr«, unterbrach ihn Belinda schnell. »Colin liebt *Hardinghouse*, aber er hat seine Arbeit in Glasgow, er restauriert historische Gebäude.«

»Aber das ist doch wunderbar, *Hardinghouse-Castle* ist ein historisches Gebäude und demnächst gehört es Glasgow.«

Aber Belinda schüttelte traurig den Kopf. »Mein Mann und mein Sohn verstehen sich nicht besonders gut.«

»Und wenn ich ihn bitte?«

»Nein, der kommt mir nicht nach *Hardinghouse*, es gibt andere Architekten. Ein Sohn, der seinem Vater trotzt, hat hier nichts zu suchen.«

»Und was ist mit Handwerkern?«

»Ein paar für die groben Arbeiten kann ich abstellen, aber Fachleute wie Klempner, Glaser, Elektriker und Tischler für die feinen Arbeiten müssten aus Aberfoyle oder aus Port of Mentheit kommen.«

»Ich brauche auch einen Mann, der alles beaufsichtigt.«

»Genügt Ihnen Marc Benneth nicht?«

»Doch, aber können Sie ihn entbehren?«

»Wenn's sein muss, ja.«

»Dann würde ich Ihr Angebot dankbar annehmen. Noch etwas anderes, Mister Browner, wollten Sie nicht nach Kentucky fliegen, um Zuchthengste zu kaufen?«

»Ja«, brummte er, »sollte längst passiert sein.«

»Dann schlage ich vor, Sie fliegen morgen, damit Sie so schnell wie möglich wieder hier sind.«

»Morgen?« Browner war so überrascht, dass er nicht wusste, was er sagen sollte.

»Ja, sonst sind die Stuten nicht mehr rossig, wenn die Hengste eintreffen.«

»Donnerwetter«, starrte er die junge Frau an. »Was Sie alles wissen. Ich denke, Sie sind Gärtnerin.«

Marie lächelte, sie spürte, dass sie den alten Brummbär endlich auf ihrer Seite hatte. »Gartenbau und Viehzucht haben viele Gemeinsamkeiten. Ich habe mein Fach studiert, ich glaube, die hier typische Bezeichnung ist Diplom-Agraringenieurin, da lernt man viel über Biologie, und die beinhaltet den Ablauf des Lebens von Pflanzen, Tieren und Menschen – aber die Bezeichnung Gärtnerin ist mir lieber.« Sie stand auf. »Ich danke Ihnen für das Gespräch und Ihre Zustimmung zu meinen Plänen. Und nun würde ich mir gern zwei Reitpferde aussuchen, eins für Lizzy und eins für mich, der Stall im hinteren Garten ist fertig, und eine anschließende Weide hat gestern ihren Zaun bekommen.«

»So, so, zwei Pferde. Da komm ich selbst mit, sonst dreht man Ihnen ungeeignete an. Wollen Sie große, kleine, schnelle oder ruhige? Die Lizzy war mal eine flotte Reiterin, aber das ist zwanzig Jahre her.«

»Ich möchte zwei ruhige Stuten zum Wandern über die Highlands. Ich glaube, die sanften Hügel hier herum eignen sich dafür.«

»Ja, wenn Benny das nächste Mal kommt, soll er Ihnen die Gegend zeigen. Allein sollten Sie noch nicht zu weit reiten, wir haben gefährliche Moore im Forrest.«

»Danke, Mister Browner.«

Pflegen und füttern wollten die beiden Frauen die Pferde selbst, aber zum Stallausmisten schickte Browner jeden Morgen einen Arbeiter vorbei.

Lizzy war sehr kritisch, als sie sah, welche Stute Marie für sie ausgesucht hatte. »Sie ist so groß und so ruhig, mit so einem Pferd kann ich nichts anfangen. Ich brauch ein spritziges, ein flottes Pferd.«

»Lizzy, du hast viele Jahre nicht mehr auf einem Pferd gesessen, gewöhne dich langsam wieder ans Reiten, dann kannst du dir ein anderes Pferd holen. Und ich bin nur als Kind ein bisschen in einer Reithalle geritten, ich kann kaum auf einem Pferd sitzen, und wenn du mich begleitest, muss es ein ruhiger Ritt sein.«

»Na schön, aber nur, um dir einen Gefallen zu tun.«

Später fuhren die beiden nach Glasgow, um die nötige Kleidung zu kaufen. Marie wollte zwar nur in Jeans und Turnschuhen reiten, aber Lizzy erklärte empört: »Das kommt nicht infrage. Du scheuerst dir die Knochen wund, und was sollen die Leute denken, wenn sie dich in Turnschuhen auf einem Pferd sehen.«

Das mit den Leuten war Marie egal, doch das mit den wund gescheuerten Knochen akzeptierte sie. Sie erinnerte sich noch genau an die Schmerzen, die sie damals an Unterschenkeln, Waden und Oberschenkeln erlitten hatte, weil die Hosen nicht stramm und faltenfrei saßen und die Steigbügel die Knöchel wund gescheuert hatten.

Die Stuten, die beide schon mehrere Fohlen zur Welt gebracht hatten und aus der Zucht herausgenommen worden waren, hießen Luna und Lana. Lana war dunkelbraun ohne weiße Abzeichen, Luna war goldbraun mit einem weißen Stern auf der Stirn und weißen Socken an den Hinterbeinen. Sie waren wirklich sehr ruhig, und als Benny kam, um die Frauen auf den ersten Ausritten zu begleiten, hatte er Mühe, die Pferde in Bewegung zu versetzen. Schließlich wurden es dann aber doch vergnügliche Ritte, wenn auch viel zu langsam für den begeisterten Reiter.

»Na, Sie werden schon Ihre alte Sicherheit wiedergewinnen, und dann tauschen wir die Rösser gegen ein paar Vollblüter.«

Marie hörte das gar nicht gern, Lizzy hingegen war begeistert und konnte es kaum erwarten, endlich wieder wild über die Hügel zu jagen.

Die drei dehnten ihre Ritte immer weiter aus, bis Benny eines Tages auf eine Hügellandschaft deutete und erklärte: »Da hinauf dürfen Sie nicht allein reiten. Da oben sind die Hochmoore und die sind teuflisch gefährlich. Wenn sich da einer nicht auskennt, versinken Ross und Reiter auf Nimmerwiedersehen.«

Marie nickte. Sie hatte nicht vor, diese weiten Ritte noch länger auszudehnen, sie war mit dem Umbau im Schloss voll beschäftigt. Da Colin als Architekt nicht zur Verfügung stand, musste sie mit Marc Benneth und einem Bauunternehmer die

Umbauten selbst beaufsichtigen. Doktor Manores hatte die rechtlichen Maßnahmen geregelt, und die Glasgower Behörden warteten nur noch auf die Fertigstellung, um die ersten Frauen mit ihren Kleinkindern nach *Hardinghouse* zu bringen.

Aber einer, der nicht warten wollte und äußerst ungeduldig um *Hardinghouse* herumkreiste, war Doktor Nicolas Marienthal, der mit allen Mitteln versuchte, in den Besitz des Schlosses zu gelangen. Er war nach Edinburgh gereist, um rechtliche Schritte gegen die Vermarktung des Schlosses zu unternehmen, war weiter nach Glasgow gefahren, um bei den Behörden gegen eine sogenannte Fremdnutzung von *Hardinghouse* zu protestieren, und versuchte, als er auf rechtlichem Wege nicht weiterkam, mit Intrigen in den Besitz der Erbschaft zu kommen.

Er hatte sich großzügigen Urlaub genehmigt, als er erkannte, um welchen Besitz es sich bei dem Cottage in den Highlands handelte, und tauchte mit seinem nagelneuen Geländewagen immer wieder am Schloss, auf dem Gutshof und im Gelände bei Hirten und Landarbeitern auf, befragte sie nach den Besitzverhältnissen und wurde allen Beteiligten zu einer Last. Auch die Handwerker, die mit dem Umbau beschäftigt waren, beschwerten sich über die Belästigungen. Währenddessen schmiedete Lizzy einen Plan.

»Ich weiß, wie wir ihn loswerden«, flüsterte sie eines Tages Marie ins Ohr, als die beiden Frauen von einem Ritt zurückkehrten und seinen Geländewagen auf dem Hügel stehen sahen, von dem aus man so einen vortrefflichen Blick auf das Schloss und das Cottage hatte.

»Wie denn?«, wollte Marie wissen und hatte kein gutes Gefühl bei Lizzys Ankündigung.

»Ich werde mit ihm spazieren reiten.«

»Was? Du weißt doch gar nicht, ob der reiten kann.«

»Wird er schon. Bei Menschen aus diesen Gesellschaftsschichten ist das Reiten genauso ein Sport wie Tennisspielen oder Segeln. Man muss diese Sportarten einfach beherrschen, wenn man mitreden will. Was meinst du denn, wie viele Verbindungen auf Sportplätzen oder Pferderücken geknüpft werden?«

»Und wohin willst du reiten?«

»Das lass mal meine Sorge sein.«

»Kommt nicht infrage, Lizzy. Du hast Dummheiten vor, und die dulde ich nicht. Und außerdem, wie willst du ihn zum Reiten überreden? Und ein Pferd hat er auch nicht.«

»Ich habe doch gesagt, du sollst das mir überlassen.«

»Nein, Lizzy, ich erlaube nicht, dass du Unsinn machst.«

Lizzy nickte nur, und Marie war vollauf mit dem Einrichten und Umziehen im Schloss beschäftigt und vergaß Lizzys Äußerungen.

Eines Tages sah sie vom Schloss aus Benny, Colin und eine Frau über die Hügel reiten. Die beiden Brüder sind also wieder einmal zusammen auf dem Gutshof, dachte sie und überlegte, dass sie Colin gern um Rat gefragt hätte. Der Klempner hatte Probleme mit dem Wasserdruck und der Elektriker mit der Überlandleitung, die von jedem Sturm bedroht war. Früher gab es da keine Schwierigkeiten, hatte ihr Marc Benneth versichert, weil der Verbrauch von Strom und Wasser immer sehr gering war, wenn jetzt aber alle Räume genutzt wurden, würde es knapp mit den Zuleitungen. Da dieser Colin aber ganz bewusst einen großen Bogen um das Schloss herum machte, wagte sie es nicht, ihn selbst anzusprechen. So fragte sie Marc: »Könnte uns dieser Colin Browner wohl beraten? Würden Sie mit ihm sprechen?«

Aber Marc schüttelte den Kopf. »Der will mit *Hardinghouse* nichts zu tun haben. Seine Braut will, dass er sich von den Verpflichtungen hier trennt und später mit ihr nach London übersiedelt. Deshalb auch der Krach in der Familie Browner. Colin hat zwar durchgesetzt, dass er hier wohnen bleiben kann, aber der Bauer spricht kein Wort mit ihm und seiner Braut.«

»Wie ärgerlich, es würde ihm doch nicht schaden, wenn er seinen Eltern etwas entgegenkäme und sich wenigstens hin und wieder um sein Zuhause kümmerte.«

»Er hat *Hardinghouse* nie als sein Zuhause gesehen, für ihn waren immer die Großstädte mit ihren interessanten historischen Gebäuden wichtiger. Und seine Braut unterstützt ihn dabei. Sie kommt aus einer der bekannten Industriellenfamilien und hat nicht das geringste Interesse am Landleben.«

Na ja, dachte Marie, dann eben nicht. Aber schade ist es schon, es hätte mir gefallen, wenn er etwas freundlicher zu mir gewesen wäre.

Zwei Tage danach sah sie wieder diese drei Reiter. Seltsam, dachte sie, diesmal ist sogar Lizzy dabei und neben ihr ein fremder Reiter. Aber schön, dass sie endlich einmal Anschluss an eine Reitergruppe gefunden hat. Ich habe jetzt überhaupt keine Zeit mehr, um sie zu begleiten. Und immer allein unterwegs zu sein, macht auch keinen Spaß. Marie sah der Gruppe mit leichtem Bedauern nach. Die fünf reiten über die Hügel in Richtung Ard Forrest, das wird ein ziemlich langer Ritt, aber bis zum Abend haben sie ja genug Zeit für eine so weite Tour, überlegte sie und wandte sich wieder den vier Männern zu, die mit dem Umstellen der vielen Möbel beschäftigt waren und denen sie genaue Anweisungen geben musste.

Drei Stunden später, es war Feierabend und die Arbeiter verließen das Schloss, sah Marie, wie drei Reiter in gestrecktem Galopp auf das Haus zukamen. Benny winkte von Weitem und schrie: »Nicht wegfahren! Hallo, wir brauchen Hilfe.«

Marc Benneth rief den Handwerkern zu. »Wartet mal, da scheint etwas passiert zu sein.« Mürrisch drehten sich die Männer um und schauten den Reitern entgegen. Und Marie sah mit Bestürzung, dass Lizzy und der fremde Reiter fehlten.

23

Lizzy hatte sich genau überlegt, wie sie vorgehen würde. Lizzy war nicht dumm – und demenzkrank schon gar nicht. Sie hatte aber die Erfahrung gemacht, ernst genommen zu werden, wenn sie sich dumm stellte. Mit einer Verrückten hatten alle Mitleid, und alle hatten Geduld mit ihr, bei einer klugen Frau aber, so wie es bei Marie der Fall war, legten alle Menschen jedes Wort auf die Goldwaage und benahmen sich distanziert und kritisch. Also spielte Lizzy die verrückte Frau, der kein Mensch etwas übel nahm und die ihren Willen überall durchsetzte.

Dummerweise war nun Marie gekommen und hatte sie durchschaut. Außerdem war es auch ganz angenehm, wieder normal zu sein, sich nett zu kleiden, sich hübsch zu frisieren und sich wieder satt zu essen. Dumm war nur, dass Marie die Gewehre so gut versteckt hatte, dass Lizzy sie trotz intensiver Suche nicht fand. Mit einem Gewehr wäre alles viel einfacher zu erledigen, dachte sie und betrachtete den elegant gekleideten Mann, der auf Maries Pferd neben ihr ritt.

Lizzy lächelte und freute sich, dass ihre Bemühungen, ihn unauffällig kennenzulernen, gelungen waren. Tagelang war sie allein ausgeritten und hatte diesen Fremden aus Hamburg beobachtet. Dass er Ärger bedeutete, wusste sie, denn sie hatte Maries Telefonate mit dem Rechtsanwalt in Edinburgh belauscht und die Sorgenfalten im Gesicht ihrer Tochter beobachtet. Da Marie aber nicht mit ihr über ihre Probleme mit diesem unverhofft aufgetauchten Fremden redete, musste sie sich selbst darum kümmern, und sie machte das mit Feinsinn und großer Sorgfalt. Sie ritt mit ihrer Lana über die Hügel und tauchte immer dort auf, wo dieser

Fremde mit seinem Auto stand und *Hardinghouse* beobachtete. Man grüßte sich höflich, lächelte sich zu, winkte auch schon mal und kam eines Tages ins Gespräch.

»Sie sind fremd hier?«

»Ja, es ist eine wunderschöne Landschaft, und ich würde hier gern einmal Ferien machen.«

»Es ist wunderschön, zu jeder Jahreszeit. Bald blüht die Heide wieder, dann sind alle Hügel von einem violetten Glanz überzogen.«

»Sie wohnen hier?«

»Ja, in einer kleinen Hütte.«

»Wie beneidenswert. Und dann wandern Sie mit Ihrem Pferd über die Berge.«

»Nun, von Bergen kann man hier noch nicht reden, aber die Hügel und das Hochland sind sehenswert mit ihren Blumen und Düften.«

»Schön muss das sein, so mit dem Pferd durch die Heide zu reiten.«

»Es ist unbeschreiblich. Können Sie reiten?«

»Selbstverständlich.«

»Dann könnten wir doch einmal zusammen reiten.«

»Aber ich habe kein Pferd und ich wüsste nicht, wo ich eins leihen könnte.«

»Oh, das ist kein Problem. Ich habe ein zweites Pferd, ich würde es Ihnen zur Verfügung stellen.«

»Das wäre ja wunderbar, dann könnten wir zusammen über die Hügel reiten«, sagte der Fremde glücklich, und Lizzy hatte erreicht, was sie wollte.

Und dann war es so weit, Elisabeth Moorburg, die alle Lizzy nannten, ritt mit Maries ärgstem Feind, Doktor Nicolas Marienthal, über die Highlands. Ärgerlich war nur, dass ihnen Colin, Benny und eine fremde Frau über den Weg ritten.

»He, Lizzy, wohin des Weges?«, begrüßte Colin gut gelaunt die beiden Reiter.

»Ein bisschen über die Hügel.« Lizzy, die Colin und Benny seit ihrer Kindheit kannte, zeigte auf ihren Begleiter. »Ein Mann auf der Durchreise, dem es hier gefällt.«

Colin nickte. »Ja, es ist schön bei uns. Ich bin Colin Browner, das ist mein Bruder Benedict, und das ist meine Braut Jane.«

»Sie können mich Nicolas nennen«, erklärte der Fremde und nickte Lizzy zu. »Meine Begleiterin war so freundlich, mir ein Pferd zur Verfügung zu stellen.«

Benny sah Lizzy prüfend an. »Das ist doch Maries Stute?«

»Ja, Marie hat keine Zeit zum Reiten, und das Tier kann Bewegung gebrauchen.«

»Und wohin wollt ihr reiten?«

»Ein Stück zum Ard Forrest hinauf.«

»Na, das passt doch sehr gut, da hinauf wollen wir auch, von der Hochebene hat man heute einen klaren Blick über ganz *Hardinghouse*«, versicherte Colin, »reiten wir doch gemeinsam.«

Dieser Vorschlag passte Lizzy überhaupt nicht in ihren Plan. Da sie aber keinen Grund wusste, den Vorschlag abzulehnen, schließlich hatte sie selbst gesagt, dass sie dort hinauf wollten, nickte sie nur, und die beiden Reiter schlossen sich den anderen an.

Jetzt muss ich versuchen, mit diesem Nicolas zurückzubleiben. Vielleicht können wir dann irgendwo unbemerkt abzweigen, überlegte sie und sah schon die wenigen Wege vor sich, die sie gleich passieren würden.

Colin hingegen war mehr als verblüfft, Lizzy in einem eleganten Reitdress, gut frisiert und dezent geschminkt zu sehen. An ihrer Demenz hatte er schon lange gezweifelt, aber dass sie sich so verändern würde, überraschte ihn jetzt doch. Er wusste nichts von der verwandtschaftlichen Verbindung zwischen Lizzy und Marie, stellte aber fest, dass diese Marie einen erstaunlichen Einfluss auf die Frau hatte, die sie alle in den letzten Jahren nicht mehr ernst genommen hatten.

Lizzy versuchte, ihre Stute zurückzuhalten, was schwierig war, denn das Tier wollte bei den anderen Pferden bleiben. Aber wenn sie ihren Plan durchführen wollte, und dazu war sie fest entschlossen, mussten sie und dieser Nicolas sich von den anderen Reitern trennen.

»Ich würde gern etwas langsamer reiten«, flüsterte sie dem Fremden zu. »Meine Kondition lässt zu wünschen übrig, und bei dem Tempo haben wir gar keine Chance, die Schönheit der Gegend zu genießen.«

Nicolas, der Gentleman, nickte verständnisvoll. Auch er wäre lieber mit seiner charmanten Begleiterin allein gewesen. Also zügelte er seine Stute ebenfalls, und die beiden ließen sich mehr und mehr zurückfallen. Als der Abstand groß genug war und der Weg, den Lizzy in Gedanken als günstig ausgewählt hatte, abzweigte, deutete sie auf den schmalen Pfad und bat: »Hier entlang bitte. Das Hochmoor, das ich Ihnen zeigen wollte, liegt gleich dort drüben, es steht in vollster Blüte und ist wirklich sehenswert.«

Gehorsam und froh, endlich mit seiner reizenden Begleiterin allein zu sein, bog Nicolas nach rechts ab, und bevor die anderen etwas merkten, waren die beiden durch ein Kiefernwäldchen geritten und ihren Blicken entkommen. Der Weg führte weiter durch ein Wacholderdickicht ziemlich steil nach oben und endete auf einer Hochebene, die von einem Blütenmeer überzogen wurde. Nicolas Marienthal war sprachlos. Einen so zauberhaften Blütenteppich hatte er noch nie gesehen. Dunkelviolette und weiße Taubnesseln verströmten einen süßen Duft, Disteln, die schottischen Nationalblüten, überragten mit ihren langen Stielen die weißen Moosblumen, die wie kleine Polster die Erde bedeckten. Zartrosa Wiesenschaumkraut lag wie ein Schleier über allem, und goldgelbe Sumpfdotterblumen vervollständigten die Farbenpracht. Besonders angetan war Nicolas von dem großblütigen violetten Enzian. »Ich dachte, Enzian wächst nur in den Alpen«, stellte er verwundert fest.

Aber Lizzy schüttelte den Kopf. »Diese Sorte ist in ganz Mitteleuropa verbreitet, und einige Arten haben es bis hierher geschafft. Ein bisschen bergig ist es hier ja auch.« Sie zeigte auf eine Gruppe von Wacholderbüschen und kleinwüchsigen Birken. »Wenn wir da hindurchgehen, finden wir sogar Schnee-Enzian und den gelben Bitter-Enzian.«

»Wie wunderschön. Was Sie alles wissen.«

»Ich bin hier zu Hause«, lächelte Lizzy ihn vertrauensvoll an. »Wollen wir hinübergehen? Ich würde Ihnen die Pracht gern aus der Nähe zeigen.«

»Ja, gern.«

»Gut, dann binden wir die Pferde hier im Schatten fest. Da drüben beginnt ein Trampelpfad, den können wir benutzen.«

Schwungvoll sprang Nicolas von Lunas Rücken, während Lizzy sich langsam aus Lanas Sattel hinuntergleiten ließ, von den Armen des Mannes liebevoll aufgefangen. Für einen Augenblick spürte Lizzy ein angenehmes Kribbeln im Körper, dann dachte sie wieder an *Hardinghouse* und das Gefühl war sofort verschwunden.

Sie banden die Pferde an eine verkrüppelte Kiefer und verließen den kleinen Hain. Lizzy ging voraus, Nicolas folgte ihr. Obwohl die Hochebene sich wie ein fester Teppich rechts und links von ihnen ausbreitete, schimmerte doch überall dunkles Wasser zwischen den Pflanzen hindurch. Aber das bemerkte Nicolas Marienthal nicht, er war fasziniert von der Blütenfülle und von der zarten Frau, die vor ihm herging.

»Wollen wir durch die kleine Wacholderwildnis hindurchgehen und das Blütenmeer dahinter ansehen?«, fragte Lizzy höflich, ging aber weiter, ohne sich nach ihrem Begleiter umzudrehen.

»Gerne, ich bin begeistert«, kam die etwas angespannte Antwort, denn Nicolas hatte festgestellt, dass seine Schuhe völlig durchnässt waren. Aber als jemand, den das störte, wollte er sich nicht zeigen und so folgte er seiner Führerin durch das Wacholderdickicht und war tatsächlich fasziniert von dem Anblick, der sich ihm danach bot. Der Farbenteppich war noch intensiver, noch bunter, noch duftender, und er konnte nicht widerstehen, hineinzugehen in die blühende Fülle. Erst als das Wasser ihm oben in die Reitstiefel schwappte, merkte er, dass er bis zu den Knien im moorigen Wasser stand. Er wollte umdrehen, spürte aber, dass sich die Sohlen im Boden festgesogen hatten und er keinen Fuß mehr bewegen konnte. Er wandte den Kopf und sah Lizzy am Rand des Gebüsches stehen. »Ich sitze fest«, versuchte er zu scherzen. Aber Lizzy schüttelte nur den Kopf. »So weit würde ich nicht hineingehen, Mister Nicolas, das kann gefährlich werden.«

Als er sie um Hilfe bitten wollte, war sie verschwunden.

Die beiden Stuten, von ihren Reitern zurückgelassen und von Bremsen und Sumpffliegen umschwärmt, wedelten mit Schweif und Mähne, schlugen mit den Köpfen und den Hufen, und dem hielt die morsche Kiefer nicht stand. Sie zerbrach unter der Last der zerrenden Lederriemen, und plötzlich waren die Pferde frei. Sie liefen zurück zum Weg, und dann im gestreckten Galopp in ihre alten Ställe auf dem Gutshof.

Colin, Benny und Jane hatten zwar gemerkt, dass sich Lizzy und Nicolas von ihnen getrennt hatten, dachten aber, dass die beiden allein sein wollten, und ritten weiter, bis Colins Handy klingelte und ein Stallarbeiter ihm mitteilte, dass Lana und Luna in rasendem Galopp in ihrem Stall eingetroffen waren.

»Die Zügel hingen lose herunter, es sieht aus, als seien sie irgendwo angebunden gewesen«, erklärte der Arbeiter, »und unterm Sattel waren Kiefernadeln festgeklemmt.«

»Danke, Bob, wir machen uns gleich auf die Suche. Die Stuten waren zuerst bei uns, dann sind die Reiter abgebogen, wir finden sie schon.«

Aber sie fanden sie nicht. Zahlreiche, kaum benutzte Wege durchzogen die Hochebene, Hunderte von Möglichkeiten führten ins Nirgendwo, und wer sich nicht genau auskannte, konnte durchaus verloren gehen.

»Aber Lizzy weiß doch Bescheid«, stöhnte Benny, genauso

schweißnass wie sein Pferd, denn die Sonne schien, und Schatten gab es nur in den kleinen Wäldchen, die sie durchstreiften, und da war es dann vor Fliegen und Mücken nicht auszuhalten.

Schließlich erkannte Colin: »Die Sonne steht schon tief, in einer Stunde wird es dunkel, wir schaffen das nicht allein, wir brauchen Hilfe.«

Sie galoppierten zurück und kamen zuerst zum Schloss, denn der Gutshof lag abseits und der Weg wäre länger gewesen. »Hallo, nicht wegfahren, wir brauchen Hilfe.«

»Was ist passiert?«

»Miss Lizzy und ein fremder Reiter sind im Hochmoor, wir finden sie nicht. Die Pferde sind ohne Reiter in die alten Ställe auf dem Gut zurückgekehrt.«

Marc begriff sofort, dass da alle Männer gebraucht wurden. »Los«, kommandierte er, »alle auf den Anhänger, Bretter und Leitern und Seile mitnehmen, wir müssen ins Moor.« Und nach Rücksprache mit Colin befahl er: »Einer muss Miss Jane und die beiden Pferde von Mister Colin und Mister Benny zum Gut bringen. Los, schnell, schnell.«

Marie, die noch im Schloss arbeitete, hörte die Rufe und lief nach draußen. »Was ist los, Marc?«

»Miss Lizzy und ein fremder Reiter haben sich auf der Hochebene verirrt. Die Pferde sind allein zurückgekommen.«

»Wartet, ich komme mit.« Und schon kletterte sie zu Marc Benneth auf den Trecker, der den Anhänger zog. Aber Colin protestierte: »Klettern Sie auf den Anhänger, ich muss Marc den Weg zeigen«, erklärte er ungehalten und half ihr nicht einmal beim Absteigen. Kaum war Marie auf dem Hänger, gab er das Zeichen zur Abfahrt.

Sie erreichten die Hochebene in der Dämmerung. Gott sei Dank, dachte Marie, hier im Norden wird es nicht so schnell dunkel, wir haben fast Mittsommernacht, da bleibt es länger hell.

Zwanzig Männer hockten auf dem Anhänger und diskutierten. Jeder hatte einen anderen Ratschlag, wo man suchen sollte, aber

Benny unterbrach das Hin und Her. »Wir fangen mit der Suche dort an, wo sie sich von uns getrennt haben.«

»Aber da habt ihr doch schon gesucht, denke ich«, rief einer dazwischen.

»Ja, aber vielleicht nicht gründlich genug. Da kreuzen sich mehrere Wege.«

»Habt ihr denn keine Spuren von den Pferden gefunden?«

»Auf dem mit Heidekraut bewachsenen Boden? Da ist kein Abdruck zu finden.«

»Vielleicht sind sie auch quer über die Heide geritten.«

»Unsinn, Lizzy kennt sich doch da oben aus, die weiß, wie gefährlich es ist, die Wege zu verlassen.«

Sie kamen an den Rand der Hochebene, und der Trecker hatte Mühe, den voll besetzten Anhänger bergauf zu ziehen.

»Na, um den Mann, mit dem sie unterwegs ist, wäre es nicht schade, wenn der ersoffen wäre, der hat uns oft genug belästigt mit seinen neugierigen Fragen«, versicherte einer der Arbeiter.

»Welchen Mann meint ihr?«, fragte Marie, denn sie hatte aus der Entfernung am Mittag nicht erkennen können, mit wem Lizzy sich der Gruppe von Colin angeschlossen hatte.

»Na, den Neugierigen, der uns dauernd über *Hardinghouse* ausfragt.«

»Ständig ist er mit seinem Wagen hier herumgekurvt«, fügte ein anderer hinzu.

Marie war blass geworden. Hatte Lizzy nicht gesagt, sie würde dafür sorgen, dass er uns in Ruhe lässt, dachte sie erschrocken. Was hat sie vor? Was hat sie gemacht? Ist sie vielleicht doch verrückt? Die Gewehre habe ich zum Glück Marc Benneth mitgegeben, will sie ihn nun im Moor ertränken? Aber nein, Marie schüttelte ganz unbewusst den Kopf, dazu ist sie viel zu schwach. Sie ist so zierlich, und er ist so ein großer, korpulenter Mann, der lässt sich doch nicht einfach in ein Moor stoßen. Trotzdem ließ der Gedanke sie nicht mehr los, und die Angst um die Mutter überfiel sie mit Gewalt. Vielleicht war es zu einem Kampf gekommen, und der Mann hat sie mit ins Moor gezogen, dachte sie entsetzt, oder er hat sie gestoßen und findet nun den Heimweg nicht? Hilfe suchend sah sie Benny an, aber der starrte, wie alle Männer, die am Rand des Hängers saßen, auf den Heideboden und suchte nach Spuren von den Pferden.

Endlich hatten sie die Stelle gefunden, an der Colin bemerkt hatte, dass Lizzy und dieser Nicolas ihre Gruppe verlassen hatten.

»Hier ungefähr haben sie sich von uns getrennt. Wir müssen hier mit der Suche anfangen«, rief Colin vom Trecker herüber. Marc hupte ein paar Mal, um den beiden Vermissten eventuell ein Signal zu geben, und stellte dann den Motor ab.

Die Männer sprangen vom Hänger, packten sich Bretter und Leitern auf die Schultern, und Marc verteilte ein paar Taschenlampen, die im Werkzeugkasten des Treckers aufbewahrt wurden, weil sie bei Ernteeinsätzen oft bis in die Nacht auf den Feldern unterwegs waren.

»Am besten ist es, wir fangen sternförmig mit der Suche an. Ihr geht immer zu zweit etwa einen Kilometer in die Heide oder in die Dickichte hinein. Verständigt euch mit Rufen oder, wenn es dunkel ist, mit Lichtsignalen. Wenn ihr etwas gefunden habt, kommt einer zurück und ruft die anderen zusammen«, bestimmte Colin.

Die Männer machten sich auf den Weg. Marie blieb bei Marc und Colin am Trecker. Sie war froh, dass Colin die Führung der Suchaktion übernommen hatte. »Ich verstehe Lizzy nicht«, schimpfte er und sah Marc an. »Sie kennt sich doch hier oben aus, sie weiß doch, wie gefährlich es hier sein kann.«

»Vielleicht wollte sie mit dem Fremden flirten und allein sein«, überlegte Marc.

»Das glaube ich nicht, sie mochte ihn nicht, das hat sie mir gesagt«, mischte sich Marie ein.

»Dann verstehe ich nicht, warum sie mit dem Kerl spazieren reitet«, blaffte Colin Marie an, als sei sie schuld an der Situation.

»Lizzy tut immer, was sie will«, versuchte Marc zu besänftigen,

»das war schon immer so. Sie sei der Boss, das hat sie oft genug gesagt.«

»Quatsch, das kann man doch nicht ernst nehmen. Ich hatte gedacht, Sie hätten sie unter Kontrolle«, wandte er sich wieder wütend an Marie, »aber nicht einmal das bringen Sie fertig.«

Marie spürte, dass er jemanden brauchte, an dem er seine Wut auslassen konnte, eine Wut, die ihn selbst betraf, denn er war schließlich mit Lizzy und dem Fremden hier heraufgeritten.

»Mister Browner, ich habe nichts mit diesem Ritt zu tun«, erklärte sie betont ruhig.

»Und jetzt suchen Sie einen Schuldigen?«

»Nein, denn Lizzy ist eine eigenwillige Person, sie würde immer das tun, was sie will, und nicht auf andere hören.«

»Sie sollten sie besser unter Kontrolle halten, Sie wohnen schließlich mit ihr zusammen.«

»Colin, du weißt selbst, wie unberechenbar sie ist. Zum Glück hat Miss Marie inzwischen die ganzen Schusswaffen bei mir deponiert, sonst würde sie immer noch schießend durch die Heide laufen oder unter der Trauerweide auf vermeintliche Feinde warten.«

»Aber wenn sie jetzt ein Gewehr bei sich hätte, könnte sie wenigstens durch einen Schuss auf sich aufmerksam machen.«

Verärgert sah Colin Marie an. »Alles, was Sie hier machen, ist falsch, warum sind Sie nicht in Ihrem Hamburg geblieben und stochern dort in fremden Gärten herum? Sie stören, Sie bringen Unruhe her und Sie schädigen *Hardinghouse*. Dieses schöne, unberührte Schloss, jetzt wird es zu einem Obdachlosenheim umfunktioniert, so ein Blödsinn.«

Marie war sprachlos. Was hatte diesen Colin bloß so gegen sie aufgebracht? Er kannte sie doch gar nicht, und seine Eltern waren mit der Lösung für das Schloss einverstanden und zufrieden. Was ging diesen großmäuligen Architekten aus Glasgow, der nichts von seiner Heimat wissen wollte, dieses Heim für Mütter und Kinder an?

Wütend starrte sie ihn an. »Sie sind ein …«

Aber bevor sie weiterreden konnte, rief Marc: »Seid mal still, ich habe was gehört.« Und tatsächlich, von Westen her, wo die letzten Streifen der untergegangenen Sonne noch ein paar Wolken beleuchteten, kam ein Mann über die Heide gelaufen.

»Wir haben sie gefunden, aber wir brauchen Hilfe. Der Mann steckt bis zum Kinn im Dreck, und Miss Lizzy sitzt am Rand von einem kleinen Kiefernwäldchen, schreit ihn an und will, dass wir verschwinden.«

»Ist sie verrückt, was soll das denn heißen.«

»Sie hätte mit ihm einen Deal, und keiner dürfe sie stören, hat sie gerufen.«

»Du warst mit Tim unterwegs, ist er noch bei ihr?«

»Ja, wir haben erst versucht, den Mann mit den ausgelegten Leitern zu erreichen, aber die reichten nicht, dann haben wir versucht, ihm das Seil zuzuwerfen, aber er kann die Arme nicht bewegen, er steckt doch bis zum Kinn im Morast.«

Marc hupte dreimal, um den anderen ein Signal zu gehen, dann liefen die Männer den Weg entlang, den der Arbeiter heruntergekommen war. »Miss Marie, Sie bleiben hier und benachrichtigen die anderen, wenn die zurückkommen«, rief Colin ihr zu, und obwohl Marie alles andere wollte, als diesem Grobian zu gehorchen, wusste sie, dass es am besten sei, hierzubleiben und die anderen hinterherzuschicken. Lizzy, dachte sie, Himmel, Lizzy, was hast du dir nur bei dieser Aktion gedacht. Willst du zu einer Mörderin werden, willst du dich selbst in Gefahr bringen, nur um diesen Marienthal auszuschalten? Mein Gott, dachte sie erschrocken, er ist ja ein Halbbruder von mir.

Von allen Seiten kamen die Männer zurück, und Marie schickte sie mit ihren Leitern und Balken den Weg entlang, den Marc und die anderen beiden eingeschlagen hatten. Anscheinend wurden mehr Bretter und Leitern gebraucht, um diesen Nicolas zu retten. Sie wünschte dieser ganzen eingebildeten Hamburger Sippe den Teufel auf den Hals, aber den Tod wünschte sie keinem.

24

Für die Männer, mit mehreren Leitern, Brettern und Seilen bepackt, war es dann ein Leichtes, Nicolas Marienthal aus dem Moor zu holen. Sie schoben die Geräte vorsichtig über den Morast, robbten sich darauf immer näher an den Mann heran und konnten ihn schließlich aus dem Schlamm befreien, auf ein Brett legen und auf den festen Heideboden ziehen.

Nicolas konnte nicht sprechen. Ein Erstickungsanfall, Hustenattacken und der Schock, dem Tode so nahe gewesen zu sein, versetzten ihn immer wieder an den Rand einer Panik. Während ein paar Männer unter Colins Anleitung aus Brettern eine provisorische Trage bauten, kümmerte sich Marc um die verstörte, aber nach wie vor aufsässige Lizzy, die mit unflätigen Worten die Männer beschimpfte. Als Marc ihr beim Aufstehen helfen wollte, sträubte sie sich und schrie ihn an. »Ich hatte einen Deal mit ihm. Ich hatte ihn fast so weit. Warum mischt ihr euch in alles ein. Ihr seid schuld, dass ihr *Hardinghouse* jetzt verliert, ihr seid schuld, wenn alles den Bach runtergeht. Ihr habt euch eingemischt, verdammt noch mal, warum?«

»Lizzy, du hättest ihn getötet, wären wir nicht gekommen.«

»Na und? Ist es vielleicht schade um diesen Gauner, der uns alles wegnehmen will. Er war ganz kurz davor aufzugeben, er hätte auf *Hardinghouse* verzichtet, wenn ihr nicht gekommen wäret. Ich hatte ihn doch schon so weit.«

»Und was hättest du dann gemacht? Du hättest ihn nicht allein aus dem Moor herausholen können.«

»Dann hätte ich schon einen Ausweg gefunden.«

»Unsinn, dazu war es viel zu spät. Du wärst lebenslang im Gefängnis geblieben und hättest von *Hardinghouse* nie wieder etwas gesehen.«

»Quatsch. Ich kenn mich hier genau aus. Ein paar Kiefernzweige, eine Matte aus Tannengrün, zwei, drei Äste, und ich wäre zu ihm gekrochen und hätte ihn herausgeholt.«

Colin kam vorbei und rief: »Los, zurück zum Trecker und auf den Anhänger, wir müssen ihn zum Arzt bringen.«

»Blödsinn«, rief Lizzy ihm hinterher, »wegen ein bisschen Moorwasser stirbt keiner. Drückt ihm auf die Brust, und er spuckt alles wieder aus.« Und da die Männer keinen besseren Ausweg wussten, machten sie, was ihnen Miss Lizzy sagte, und siehe da, der Mann hustete, spuckte und würgte die braune Brühe aus sich heraus. Dann legten die Männer ihn auf den Bauch, damit er unterwegs nicht beim Würgen erstickte. Sie deckten ihn mit ihren eigenen Jacken zu, nahmen die Trage wieder auf, beleuchteten den Weg mit den Taschenlampen und liefen zurück zum Trecker.

Marie lief den Ankommenden entgegen, aber sie achtete nicht auf die Männer, sondern lief zu Lizzy, die ganz zum Schluss mit Marc hinterherkam, und nahm sie in die Arme. »Mutter, was hast du gemacht, du hättest ihn umbringen können. Warum hast du ihn ins Moor geschickt.«

»Er ist von selbst gegangen.«

»Du hättest ihn warnen müssen.«

»Hab ich! Ich hab gesagt, ›Mister, das ist gefährlich‹. Aber da hatte er den Enzian entdeckt und das orangerote Korallenmoos und weg war er.«

»Lizzy, du wolltest, dass er umkommt.«

»Nein, ich hatte ein Deal mit ihm. Er sollte versprechen, *Hardinghouse* zu verlassen, für immer und ewig, und ich hätte ihn rausgeholt. Aber da kam dieser Colin dazwischen und hat alles zunichte gemacht. Das nächste Mal erschieße ich diesen Marienthal, das ist sicherer.«

»Und du kommst als Mörderin ins Gefängnis.«

»Blödsinn, meinst du, ich bin so dumm und lasse mich erwischen?«

Colin bestimmte, dass alle auf den Anhänger kletterten und mit zum Gutshof fuhren. Aber Lizzy weigerte sich.

»Ich geh nach Hause.«

»Das ist zu weit. Es ist Nacht und man kann keinen Weg mehr erkennen«, wollte Marc sie überzeugen.

»Trotzdem.«

»Lizzy, wir verlaufen uns. Komm, wir fahren bis zum Gutshof mit und dann laufen wir das restliche Stück«, versuchte Marie die Mutter zu überzeugen.

Colin rief drohend: »Ich habe gesagt alle, los, rauf mit ihr.« Und bevor Lizzy sich wehren konnte, hatten zwei Männer sie gepackt und auf den Wagen gehoben, wo zwei andere sie festhielten. Und bevor Marie nachklettern konnte, zog der Trecker an und verschwand mit dem Hänger in der Dunkelheit.

Verdutzt blieb sie allein zurück. Hat man mich vergessen oder übersehen, oder ist dieser Colin absichtlich ohne mich abgefahren? Ich kenne nicht einmal den Rückweg, überlegte sie. Ich bin mit diesem Treckergespann hierher ins Hochmoor gefahren, ich habe doch unterwegs nicht auf den Weg geachtet. Hm, dachte sie verärgert, da muss ich jetzt bis zum Morgen warten, um bei Tageslicht zurückzulaufen. »So ein Idiot«, schimpfte sie leise vor sich hin und suchte sich einen Platz am Wegrand, an dem sie einigermaßen bequem sitzen und warten konnte. Und was wird inzwischen mit meiner Mutter gemacht? Wird man sie wegen versuchten Totschlages anzeigen, wird man noch in dieser Nacht die Polizei verständigen? Und bringt man diesen Nicolas heute noch in ein Krankenhaus? Komisch, überlegte sie, als ich noch bei ihm in dem Hamburger Park gearbeitet habe, mochte ich ihn eigentlich. Er war immer höflich, wenn auch reserviert, vielleicht sogar eifersüchtig, weil Cornelius Marienthal so gern mit mir plauderte. Aber er war nie unfreundlich. Manchmal hatte ich sogar den Eindruck, er sei der Netteste von dieser ganzen Marienthal-

Clique und habe viele Probleme mit seiner dominanten Frau, die sehr resolut und unangenehm sein konnte. Und jetzt stelle ich fest, dass er eigentlich mein Halbbruder ist, denn sein Vater ist auch mein Vater. Komisch, was es so alles gibt. Und nun will er mir mein Erbe streitig machen, ich denke, ich muss mal ein klares Wort mit ihm reden. Na ja, seufzte Marie, wenn es dazu überhaupt noch kommt. Wenn er seine Erstickungsfälle übersteht und wenn er von einer Strafanzeige absieht, werde ich mit ihm reden, als gleichberechtigtes Familienmitglied, und das wird ihm ganz bestimmt nicht gefallen.

Marie rieb sich die müden Augen und kauerte sich enger zusammen. Es war kalt, und sie fror, schließlich war sie bei den Arbeiten im Schloss nur mit einem leichten Sommerkleid bekleidet gewesen und hatte keine Zeit gehabt, irgendeine Jacke zu suchen und anzuziehen.

Dann sah sie, dass in einiger Entfernung ein Licht auftauchte. Sie rief nicht, weil sie nicht wusste, wer da unterwegs war, und wartete. Irgendjemand kam mit einer Taschenlampe in der Hand näher.

Als der schwache Strahl sie erfasste, hörte sie an der Stimme, dass es Colin Browner war, der zurückgekommen war.

»Was machen Sie hier, warum sind Sie nicht mitgefahren?«, fragte er verärgert.

»Und warum sind Sie abgefahren, ohne darauf zu warten, bis ich aufgestiegen war?« Wenn der so unwirsch ist, kann ich genauso verärgert reden, dachte sie und starrte seinen Schatten an. »Beleuchten Sie mal Ihr Gesicht, damit ich sehe, mit wem ich spreche.«

Colin beleuchtete sein Gesicht nicht, sondern hielt den Strahl der kleinen Lampe nach wie vor auf sie gerichtet. »Ich bin's, und sagen Sie nicht, dass Sie meine Stimme nicht erkannt haben.«

»Na ja«, seufzte Marie, »es ist ja auch egal, mit wem ich rede, hier ist einer so unhöflich wie der andere. Marc und Benny natürlich ausgenommen.«

Wütend fragte Colin: »Also, was ist los, kommen Sie jetzt mit zum Gutshof oder nicht?«

»Ja«, erklärte Marie, »ich möchte gern zum Gutshof, aber auf Ihre Begleitung kann ich verzichten. Würden Sie mir Ihre Lampe geben?«

»Nein.«

»Ein richtiger schottischer Gentleman.«

»Halten Sie Ihren Mund. Ihretwegen vergeude ich hier meine Zeit. Ihretwegen kriegen wir die Polizei auf den Hof. Ihretwegen sind meine Männer bei Nacht und Nebel auf den Beinen, anstatt sich für den nächsten, arbeitsreichen Tag auszuruhen. Und nur Ihretwegen bekommt unser geruhsames *Hardinghouse* einen schlechten Ruf. Und fragen Sie jetzt bloß nicht, warum.«

Marie, voller Wut, sagte gar nichts. Sie hatte Mühe, mit diesem langbeinigen Mann Schritt zu halten, um wenigstens etwas von dem holperigen Weg zu sehen, den er mit seiner Lampe beleuchtete, und außerdem hatte sie Mühe, Luft zum Atmen zu bekommen. Der Höhenunterschied zwischen der Hochebene und dem flachen Land am See war beträchtlich, und atemloses Stammeln wollte sie sich nicht zumuten. Bloß keine Schwäche zeigen, dachte sie, der Grobian nützt das sofort aus.

Sie brauchten fast eine Stunde bis zum Guthof. Marie war völlig erschöpft, und auch Colin sprach unterwegs nicht mehr und konzentrierte sich auf den Weg. Auf dem Hof war es ziemlich still, nur wenige Lampen brannten, und die Arbeiter hatten sich längst zurückgezogen, um den Rest der Nacht zu schlafen. Nur das Verwalterhaus war hell erleuchtet. Belinda empfing Marie und Colin an der Haustür und als Erstes zog sie ihre Strickjacke aus und hängte sie Marie um die Schultern. »Kommt rein und wärmt euch. Ich habe Tee gekocht, und die Rumflasche steht auch bereit.«

Dann sah sie ihren Sohn strafend an. »Du hättest Miss Marie ruhig deine Jacke zum Überziehen geben können. Hast du nicht gesehen, was für ein dünnes Kleid sie trägt?«

Mürrisch antwortete der Sohn: »Draußen ist es dunkel, ich musste auf den Weg achten und nicht auf Damenbekleidung.« Dann ging er durch die Halle und rief zurück: »Wo ist Jane?«

»Miss Weaverough ist oben und schläft ihre schlechte Laune aus.«

»Warum schlechte Laune?«

»Weil du ihr mal wieder andere Verpflichtungen vorgezogen hast.«

»Blödsinn. Sie hat doch gehört, was passiert ist.«

»Du weißt, wie sie deinen Verpflichtungen hier gegenübersteht.«

»Sie wird sich daran gewöhnen müssen.«

»Viel Glück bei deinen Bemühungen.« Belinda wandte sich Marie zu. »Kommen Sie, Miss Lizzy sitzt in meinem Salon und weint sich die Augen aus.«

»Lizzy weint?«

»Mein Mann hat ihr seine Meinung gesagt, und Sie wissen ja, wie sich so eine Diskussion anhört.«

»Wo ist Mister Marienthal, und wie geht es ihm?«

»Wir haben ihn in Steves Zimmer gelegt, Betty ist bei ihm, und ein Arzt ist auf dem Weg hierher.«

»Wird er durchkommen?«

»Natürlich. Das Moorwasser ist er wieder los. Betty und ein Arbeiter haben ihn gewaschen und in Decken gehüllt und mit Wärmflaschen versorgt ins Bett gelegt. Er ist unterkühlt, aber das gibt sich schon wieder.«

»Und? Wird man die Polizei rufen?«

»Nein, natürlich nicht. Marc hat erzählt, dass Mister Marienthal leichtsinnig war, nicht auf Miss Lizzys Warnungen gehört hat und eingesunken ist. Die Pferde, die allein zurückgekommen sind, haben dann den Alarm ausgelöst.«

»Und weshalb dann die Diskussion zwischen Ihrem Mann und Lizzy?«

»Weil Lizzy darauf bestanden hat, dass es anders sei und dass sie diesen Mister erpressen wollte, dass er *Hardinghouse* für immer verlässt.«

»Mein Gott, wie dumm.«

»Ja, das dachten wir auch. Und da hat mein Mann sich dann nicht mehr beherrschen können und Miss Lizzy laut und grob zurechtgewiesen.«

»Belinda, sie ist meine Mutter, ich muss mich um sie kümmern.«

»Ja, ich weiß, sie hat es mir vorhin gesagt. Ich hole uns jetzt den heißen Tee und danach bringe ich euch im Dogcart nach Hause.«

»Danke.« Marie ging in den Salon. Lizzy saß vor dem Kamin und starrte in die Flammen. Als sie Marie sah, brauste sie auf. »Sie haben alles zerschlagen. Ich wollte dir doch bloß helfen.«

»Lizzy, mit Gewalt und mit Intrigen kann man keine Geschäfte machen. Die rufen nur Hass und Streit hervor.«

»Und wie willst du mit diesen ständigen Drohungen, uns *Hardinghouse* wegzunehmen, fertig werden?«

»Ich werde mit Mister Marienthal reden.«

»Du und dein Reden. Alles willst du mit Reden und Verstehen und Geduld schaffen. Du siehst ja, wohin das führt. Sie kommen immer wieder, und sie kommen mit Gewalt und mit Hinterlist und dummen Fragen. Und dann schaffen sie's, und dann sind wir *Hardinghouse* los.«

Belinda kam und brachte den Tee und eine Schale voller Gebäck.

»Kommen Sie und wärmen Sie sich, reden können Sie später.«

Marie nickte und trank von dem süßen, heißen Tee mit dem kleinen Schluck Rum darin. Dann sagte sie sehr ernst: »Ich möchte etwas klarstellen, was mir heute Nacht ganz plötzlich deutlich geworden ist.«

»Ja?«

»Mister Nicolas Marienthal ist mein Halbbruder. Er ist der Sohn von Cornelius Marienthal, und ich bin die Tochter von Cornelius.«

»Das gibt es nicht«, Belinda hielt sich die Hand vor den Mund, als müsse sie eine vorlaute Äußerung unterdrücken.

»*Hardinghouse* ist und bleibt also im Familienbesitz, und die Marienthals haben keinen Grund mehr, mir das Anwesen streitig zu machen. Sie wissen es nur noch nicht.«

»Und was wollen Sie jetzt machen?«

»Ich warte, bis Mister Marienthal wieder ansprechbar ist, dann werde ich ihm alles erklären.«

»Und was wird dann wirklich aus *Hardinghouse*, es war doch nun alles so schön geregelt.«

»Daran wird sich nichts ändern. Das Schloss wird ein Heim für junge Mütter, der Gutshof beliefert die Menschen im Schloss, die Frauen müssen sich ihren Aufenthalt verdienen und gleichzeitig einen Beruf erlernen, und ich bleibe mit Lizzy im Cottage.«

»Und wem gehört dann *Hardinghouse*?«

»Mir! Wie es mein Vater bestimmt hat.«

»Und ich bin der Boss«, mischte sich Lizzy ganz ruhig ein. Und für einen Augenblick zweifelte Marie wieder an der Normalität ihrer Mutter. »Lizzy, du bist der Boss, aber ich bestimme, was gemacht wird.«

»Ja, natürlich.«

In der Halle hörte man Stimmen. Der Arzt war gekommen. Paul Browner führte ihn die Treppe hinauf in Steves Zimmer, dort ließ er den Arzt mit seinem Patienten allein. Es dauerte fast eine halbe Stunde, bis der Doktor herauskam.

»Und, wie geht es ihm«, fragte Browner besorgt.

»Er hat einen Schock, aber seine Lunge ist frei, es ist kein Wasser eingedrungen. Das, was im Magen war, hat er erbrochen, aber irgendeine Angst ist noch immer in ihm. Dadurch hat er Herzrhythmusstörungen, er braucht ein paar Tage Ruhe. Ich möchte ihn mitnehmen, in einer Klinik kann man ihn besser beobachten.«

»Hat er irgendetwas gesagt? Ich meine, wie es zu dem Unfall gekommen ist?«

»Er hat von Enzian und Korallenbeeren gesprochen, die er pflücken wollte.«

»Ja, genau, dabei ist er in den Sumpf geraten«, Belinda und Marie spürten eine Erleichterung, als Browner diese Worte bestätigte.

»Was ich nicht verstehe«, fuhr der Arzt fort, »ist die Tatsache, dass er so lange im Sumpf steckte. Hat denn niemand den Unfall beobachtet?«

»Doch, er war mit einer Reiterin unterwegs, aber die musste einen weiten Weg von der Hochebene bis zum Schloss, wo sie endlich Arbeiter um Hilfe rufen konnte, zurücklegen. Und genauso lange dauerte der Rückweg zu der Unfallstelle.«

»Könnte ich die Reiterin kurz sprechen?«

Paul Browner schüttelte den Kopf. »Sie war sehr erschöpft, sie hat sich hingelegt, und wir sollten sie nicht stören. Immerhin hat sie dem Mann das Leben gerettet, indem sie Hilfe holte.«

»Ja, das hat sie.« Der Arzt sah auf die Uhr. Draußen wurde es bereits hell. »Ich rufe jetzt den Krankenwagen, er kann in einer Stunde hier sein. Halten Sie den Mann warm und lassen Sie ihn nicht allein, es könnte sein, dass er verwirrt ist und aufzustehen versucht. Ich habe ihm eine leichte Beruhigungsspritze gegeben.«

»Wie lange wird er im Krankenhaus bleiben? Wir müssten eventuell die Familie benachrichtigen.«

»Kennen Sie ihn? Ist er hier aus der Gegend?«

»Nein, er ist Deutscher, und wir kennen ihn nur flüchtig, weil er sich bei uns ein Pferd geliehen hat und um die Begleitung bat. Einer der vielen Touristen, die sich gern die Hochmoore ansehen.«

»Hatte er Papiere bei sich? Sie müssen verstehen, aber bei so einem Unfall muss ich mich genau informieren, sonst bekomme ich Ärger mit der Polizei.«

»Ja, er hatte Papiere in seiner Jackentasche. Wir versuchen sie zu trocknen, aber sie sind völlig durchnässt und eigentlich nicht zu entziffern.« Browner ging in sein Büro und kam gleich darauf mit einer Handvoll brauner Papier, die voller Schlamm waren, zurück. »Bitte sehr.«

»Danke. Ich werde die Papiere an mich nehmen, vielleicht muss ich Angehörige verständigen. Aber offen gesagt, ich denke, es gibt keine Komplikationen, er erholt sich schnell und kann bald zurückreisen.« Er nahm seinen Mantel und seinen Hut, verabschiedete sich mit Handschlag von Paul Browner, nickte den beiden Frauen kurz zu und ging zu seinem Wagen.

Marie ging zu Paul Browner und reichte ihm die Hand. »Danke, dass Sie meine Mutter geschützt haben. Sie ist unberechenbar und launenhaft, aber sie ist kein schlechter Mensch. Ich werde dafür sorgen, dass so etwas nicht wieder vorkommt.«

»Das können Sie gar nicht«, grinste der Bauer sie an. »Ich kenne Miss Lizzy schon etwas länger, sie bricht alle Rekorde mit ihrer Unberechenbarkeit, das kann ich Ihnen versichern.«

25

Als der Arzt fort war und das Tageslicht ausreichte, um den Weg zu erkennen, fuhren Belinda, Marie und Lizzy mit dem Dogcart in ihr Cottage. Marie brachte die immer noch ziemlich verstört wirkende Mutter zu Bett, und Belinda wollte so schnell wie möglich zurück.

»Ich will Herrn Marienthal noch versorgen. Er soll keinen schlechten oder ungepflegten Eindruck im Krankenhaus machen, es würde auf uns zurückfallen, wenn wir ihn nicht gut versorgt hätten.«

»Selbstverständlich«, nickte Marie, »tu alles, was nötig ist, und sag ihm, wenn er ansprechbar ist, dass ich bereit sei, mit ihm über *Hardinghouse* zu reden. Er soll nicht einfach abreisen, dann müssten wir mit weiteren Zusammenstößen rechnen.«

»Ich werde mit ihm reden«, versprach Belinda, knallte mit der Peitsche und war wenige Minuten später hinter dem ersten Hügel verschwunden.

Marie fütterte Fiona, die keinen Schritt von ihrer Seite wich, und ging mit ihr nach draußen, als sie ihr Futter gefressen hatte. »Wir beide machen jetzt einen Morgenspaziergang«, erklärte sie der Hündin und strich ihr liebevoll über den Kopf. »Tut mir leid, dass ich dich so lange allein gelassen habe.«

Fiona streifte vergnügt und zufrieden durch die Heide, scheuchte eine Fasanenhenne und später ein Wildkaninchen auf und bellte, als sie in einiger Entfernung einen Reiter sah. Marie rief sie zurück, und gehorsam lief der Hund neben ihr her. Erst als der Reiter näher kam, griff Marie in das Halsband, um den Hund festzuhalten. Es gab immer wieder Pferde, die vor dem großen Hund scheuten, und Marie wollte neue Komplikationen an diesem problemreichen Tag vermeiden. Erst als sie einen kleinen

Kiefernwald durchquert hatten, sah Marie, dass Colin mit seinem Pferd unterwegs war.

»Morgen«, grüßte er einsilbig im Vorbeireiten.

»Guten Morgen, Mister Browner«, rief Marie betont freundlich. »Ich möchte mich noch einmal für Ihre Hilfe heute Nacht bedanken.« »Ist schon erledigt«, rief er unhöflich. »Halten Sie Miss Lizzy besser unter Kontrolle.«

»Ich bemühe mich, Mister Browner.«

Er hielt sein Pferd an und kam zurück. »Sie ist unberechenbar, und das kann gefährlich werden.«

»Ich weiß, Mister Browner.«

»Sagen Sie doch nicht immer Mister Browner zu mir. Ich heiße Colin, und das reicht.«

»Gern, Colin,« Marie reichte ihm die Hand, »und ich bin Marie.«

Zögernd beugte er sich vom Sattel herab und erwiderte den Händedruck. »Wo ist Lizzy jetzt?«

»Ich hoffe, sie schläft. Sie war ziemlich fertig.«

»Und Sie sind nicht müde?«

»Der Hund brauchte Auslauf.«

»Sie können ihn ruhig laufen lassen, mein Pferd ist Hunde gewohnt.«

»Wollten Sie nicht so schnell wie möglich nach Glasgow zurück?«

»Wollte ich, aber wenn solche Dinge passieren wie letzte Nacht, kann ich ja wohl kaum abreisen«, erklärte er noch immer verärgert.

»Es tut mir wirklich leid. Aber die Sache ist doch jetzt erledigt.«

Er stieg ab, klopfte dem Pferd den Hals und zog die Steigbügel hoch. »Es wird mir guttun, ein paar Schritte zu laufen. Wohin gehen Sie?«

»Ich werde zurück zum Cottage gehen, Frühstück machen, Lizzy wecken, und dann wartet die Arbeit im Schloss auf mich.«

Er räusperte sich, dann fragte er. »Ich würde mir gern mal den Umbau ansehen, kann ich mitkommen?«

»Selbstverständlich, wir sind fast fertig.«

Er räusperte sich noch einmal. »Ich finde Ihre Idee mit dem Mütterheim ganz gut.«

»Aber?«

»Kein Aber, eher meinen Glückwunsch.«

Verblüfft sah Marie den Mann an. Er kann tatsächlich auch nett sein, dachte sie und rief Fiona zurück, die eine Schafherde gesichtet hatte und mit den Hunden raufen wollte.

»Ihr Hund ist sehr gehorsam.«

»Das muss er sein, sonst könnte ich ihn nicht frei herumlaufen lassen. Er ist sehr groß und kräftig.«

»Er passt zu Ihnen.«

Marie lächelte. »Wieso denn das?«

»Nun ja, korrekt, konsequent, gut dressiert eben.«

»Sie halten mich für gut dressiert, na hören Sie mal.«

Zum ersten Mal lachte Colin, und plötzlich sah Marie, wie gut er aussah, wenn er seinen mürrischen Gesichtsausdruck ablegte.

»Nein, so meine ich das doch nicht. Ich meine, dass Sie sehr beherrscht sein können und sehr selbstbewusst.«

»Fiona ist also selbstbewusst«, lachte Marie nun auch, »das wollen wir lieber nicht laut sagen, sonst war sie die längste Zeit gehorsam.«

»Ich mag die Irischen Wolfshunde, sie sind zwar gehorsam, aber nicht unterwürfig.«

»Ich kannte die Rasse nicht, aber jetzt bin ich begeistert. In meinem kleinen Haus in Hamburg hätte so ein großer Hund gar keinen Platz.«

»Werden Sie für immer hierbleiben?«

Plötzlich war er wieder da, der Verdruss und der plumpe, unbegründete Zorn. Marie spürte ihn sofort. »Sie mögen nicht, dass ich hier bin.«

Colin schwieg einen Augenblick, dann fragte er: »Soll ich ehrlich sein?«

»Haben Sie es nötig zu lügen?«

»Nein! Ich stelle nur fest: Bevor Sie hier auftauchten, war es friedlich, unproblematisch, ruhig und beschaulich.«

»So beschaulich und friedlich, dass Sie die Flucht ergriffen haben, ich weiß.«

»Ich habe andere Interessen.«

»Dann lassen Sie uns hier doch in Ruhe.«

»Hier gibt es keine Ruhe mehr, das ist es, was mich stört.«

»Wie kann Sie etwas stören, von dem Sie in Glasgow gar nichts spüren.«

»Es ist mein Zuhause, und es trifft mich sehr, wenn hier etwas drunter und drüber geht.«

»Ach, Blödsinn, was geht denn hier drunter und drüber. Colin, Sie sehen Gespenster.«

»Ja, natürlich, mit Moorleichen und Einbrüchen und Überfällen. Schön beschaulich haben Sie es hier, das muss man schon sagen.«

»Die Zeiten sind vorüber. Jetzt geht alles seinen geregelten Gang.«

»Na ja, vor fünf Stunden sah das etwas anders aus, und Herr Marienthal wird, wenn er im Krankenhaus wieder so richtig zur Besinnung kommt, die Polizei einschalten. Tja, richtig behaglich ist das hier geworden«, schimpfte er verächtlich.

Sie hatten das Cottage erreicht. Marie war wütend, wollte sich das aber nicht anmerken lassen. Je törichter so ein Mann ist, umso netter muss man sein, damit er sich vor der eigenen Dummheit schämt. »Ich mache Frühstück, wollen Sie mitessen?«

Verblüfft sah Colin Marie an. Dann lachte er schallend. »Sie geben wohl nie auf?«

»Weil ich Sie einlade?«

»Weil Sie so raffiniert sind.«

»Ich wüsste nicht, was an einer Tasse Kaffee raffiniert sein soll. Also, kommen Sie mit herein oder reisen Sie so schnell wie möglich nach Glasgow. Ihre Verlobte wird schon ungeduldig auf die Heimfahrt warten.«

»Jane ist bereits abgefahren, sie mag die Landluft nicht.«

»Wie schade für Sie, wo dieses Land doch Ihr Zuhause ist.«

Colin schwieg, und Marie befürchtete, zu weit gegangen zu sein, aber dann sah er sich um und fragte: »Wo kann ich mein Pferd anbinden, hier sieht jetzt alles so kultiviert aus.«

»Hinten im Stall ist Platz, unsere Stuten stehen ja noch auf dem Gutshof.« Und mit leichtem Triumph im Herzen sah sie ihm nach, wie er, sein Pferd am Zügel, um den Garten herum zum Stall ging.

Im Haus war es still. Lizzy schlief noch, und Marie ließ die Haustür offen, damit Colin nicht läutete und Lizzy weckte. Ich will den Burschen mal ein bisschen für mich haben, dachte sie. Lizzy kann so unsensibel sein, ich will ihn lieber auf meine Art für uns und sein verändertes Zuhause gewinnen.

Sie gab Fiona frisches Wasser, setzte Wasser auf, deckte den Tisch in der Küche, schlug ein paar Eier in die Pfanne und schnitt Scheiben von dem Bauernbrot auf, mit dem Belinda sie jeden Tag verwöhnte. Dann holte sie Sahne aus dem Kühlschrank, Butter, Schinken und Honig und stellte den Margeritenstrauß aus dem Wohnzimmer auf den Küchentisch. Als sie hörte, dass Colin sich auf dem Abtreter die Stiefel reinigte, brühte sie den Kaffee auf. Sogleich zog ein aromatischer Duft durch das kleine Haus.

»Richtig gemütlich haben Sie es hier. Mein Kompliment, ich hätte nicht gedacht, dass man dieses heruntergekommene Cottage in ein richtiges Zuhause verwandeln kann. Und der Garten gefällt mir auch.«

»Ich bin Gärtnerin.«

»Ich weiß. Darf ich mich setzen?«

»Bitte.« Marie verhielt sich nach wie vor distanziert, sie hatte mehr als einmal erlebt, wie schnell sich seine Laune ändern konnte. »Wie trinken Sie den Kaffee? Schwarz, mit Milch und Zucker oder ohne alles?«

Verblüfft sah er sie an. »Wissen Sie, das ist das erste Mal, das mich jemand danach fragt.«

»Das glaube ich nicht.«

»Doch, wenn ich so zurückdenke, dann hat mich noch nie ein Mensch gefragt, wie ich meinen Kaffee trinken möchte.«

»Und, wie trinken Sie ihn?«

»Schwarz, ohne alles. Ich habe es morgens immer sehr eilig, da reichen zwei, drei Schlucke, so wie er aus der Maschine kommt.«

»Eine Maschine habe ich noch nie benutzt, ich mag den Geruch, wenn der Kaffee langsam durch den Filter läuft.«

»Das ganze Haus duftet danach.«

»Ja«, lächelte Marie, »und gleich wird auch Lizzy wach sein, und dann ist es mit der Ruhe hier vorbei.«

Aber bevor Lizzy kam, fuhr ein anderer Gast vor das Haus. Eine Autotür schlug zu, und gleich darauf läutete es an der Haustür. Fiona sprang auf und lief knurrend zum Eingang. »Entschuldigen Sie bitte«, Marie stand auf und ging zur Tür.

Einen Augenblick war es still, dann hörte Colin den überraschten Ausruf: »Tobias? Ja, Tobias, was machst du denn hier?« Fiona knurrte leise. »Ist schon gut, Fiona«, beruhigte sie die Hündin, die sich daraufhin mit leicht gesträubtem Fell wieder in ihren Korb legte.

»He, Marie, da du verschollen und nie per Handy zu erreichen bist, habe ich mich auf die Suche gemacht. Wie geht's dir, warum lässt du nichts von dir hören?«

»Tobias, du warst in Spanien, wo sollte ich dich da erreichen? Und mein Handy funktioniert nur, wenn ich oben auf einem bestimmten Hügel stehe.«

»Das gibt's doch nicht.«

»Doch, das gibt es, wir leben hier sehr abgeschieden, wie du vielleicht während der Fahrt bemerkt hast, und eine normale Telefonleitung wurde erst vor wenigen Tagen hier eingerichtet.«

»Und da verkriechst du dich hier in der Einöde und lässt einfach nichts mehr von dir hören.«

»Und woher hast du jetzt meine Adresse?«

»Na, von Anne Rose natürlich. Erst druckste sie ja mächtig herum, aber als ich sagte, ich fände dich sowieso, wenn nötig mithilfe der Polizei, da rückte sie mit der Anschrift heraus.«

Er sah sich um. »Hier riecht es aber gut.«

»Ja«, nickte Marie, »wir frühstücken gerade, komm herein, der Kaffee reicht für alle.«

»Wir?«

»Komm schon.« Marie ging voraus in die Küche und stellte die beiden Männer einander vor. »Colin, das ist Tobias Amman aus Potsdam, ein Kollege von mir. Tobias, das ist Colin Browner, er kümmert sich um *Hardinghouse*.«

Colin ließ sich nicht stören, er nickte dem Fremden nur zu und bestrich eine Scheibe Brot mit Butter und Honig. Tobias hingegen dachte: So ist das also, sie stellt mich nur als Kollegen vor, nicht als festen Freund. Obwohl er am liebsten gleich wieder abgefahren wäre, setzte er sich. Nichts überstürzen, überlegte er, der Marie scheint es ja hier richtig gut zu gehen, da lohnt es sich vielleicht, um sie zu kämpfen.

Marie hingegen amüsierte sich. Sie legte ein drittes Gedeck auf, goss Tobias Kaffee ein und setzte sich. Sie hatte nicht vergessen, dass er ihr völlig gefühllos gesagt hatte, dass er nun in netter Begleitung nach Spanien reise, um dort seine Ferien zu verbringen. Damals, als sie ihn und seinen Rat so sehr gebraucht hatte.

Tobias beugte sich zu ihr und legte seine Hand auf ihren Arm. »Freust du dich denn, dass ich da bin?«

Marie entzog ihm den Arm, indem sie zum Korb griff und ihm Brot anbot. »Du bist immer für Überraschungen gut, Tobias, vor ein paar Wochen, als ich dich gebraucht habe, hätte ich mich gefreut, aber du bist einfach nach Spanien gereist, heute, wo ich meine Probleme selbst gelöst habe, kommst du als ein Überraschungsgast, den ich hier nicht einmal unterbringen kann.«

»Aber ich habe Zeit, ich will bleiben, dir helfen, dich unterstützen, vor allem viel Zeit mit dir verbringen. Es ist so schön hier.«

»Musst du nicht arbeiten?«

»Nein, ich habe Urlaub, die Saison fängt für mich erst im Herbst wieder an.«

»Nun, im Unterschied zu dir muss ich hier kräftig arbeiten, ich kann mir Urlaub nicht leisten.«

»Aber das ist ja großartig, dann kann ich dir doch helfen.«

»Meine Arbeit hat nichts mit Gartenarchitektur zu tun. Und, wo willst du wohnen? Hotels sind ziemlich weit entfernt.«

»Aber Marie, so eine kleine Kuschelecke hast du bestimmt für mich. Wir waren doch nie wählerisch.«

Colin sah von einem zum anderen, dann sagte er sehr höflich: »Ich bedanke mich für das Frühstück. Und Marie, wenn Sie Probleme haben, ich helfe Ihnen gern. Und bei der Suche nach Kuschelecken bin ich sehr professionell.«

Er nickte den beiden zu und ging. Wenig später hörte Marie, wie er sein Pferd aus dem Stall holte und davonritt.

»Was für ein Trottel«, argumentierte Tobias, »von liebevollen Nächten hat der wohl keine Ahnung. Oder ist er etwa eifersüchtig? Meine liebste Marie, dann bin ich ja gerade noch zur rechten Zeit gekommen.«

»Wer ist er und was will er hier?«, zischte hinter ihm eine verärgerte Stimme. Lizzy war unbemerkt in die Küche gekommen. Erschrocken drehte Tobias sich um und fragte bestürzt: »Wer ist sie denn und was will sie?«

Marie hatte Mühe, ein lautes Gelächter zu unterdrücken. »Sie heißt Lizzy und sie ist hier der Boss.«

»Jawohl, ich bin der Boss.« Lizzy ging zum Tisch, nahm die Tasse von Colin, spülte sie am Waschbecken aus, stellte sie wieder auf die Untertasse, setzte sich auf seinen Platz und nahm sich Brot aus dem Korb. »Also, was will er?«

»Tobias Amman ist ein Studienkollege von mir aus Deutschland. Mit seinem Besuch wollte er mich überraschen.«

»Will er bleiben?«

Marie schüttelte – nur für Lizzy sichtbar – den Kopf. »Ich weiß es nicht.«

»Natürlich«, griff Tobias ein, »natürlich will ich bleiben. Ich habe doch die weite Reise nicht für einen Tag gemacht. Ich will bleiben und helfen, ganz egal, was es für Arbeiten sind.«

»Wir brauchen keinen Überraschungsgast. Wir haben zwar ein Schloss mit hundert Zimmern, aber kein Bett für einen Fremden.«

Überrascht starrte Tobias die beiden Frauen an. »Ein Schloss mit hundert Zimmern? Marie, du hast ein Schloss mit hundert Zimmern, habe ich das richtig gehört?«

»Ich habe kein Schloss mit hundert Zimmern. Es gibt ein Schloss, aber es gehört einer Stiftung in Glasgow und wird demnächst von alleinstehenden Müttern mit ihren Kindern bewohnt.«

Tobias starrte von einer Frau zur anderen. »Ich habe auf dem Weg hierher ein Schloss gesehen, ein fantastisches Schloss an einem See, warum sagt sie, es gehört euch?«

»Es gehörte uns, und jetzt gehört es uns nicht mehr.«

»Was soll das denn heißen?«

»Ich brauche kein Schloss, aber sehr viele Frauen mit kleinen Kindern, die nicht wissen, wo sie wohnen sollen, brauchen dringend eine Unterkunft. Ihnen habe ich das Schloss geschenkt.«

»Bist du wahnsinnig?«

»Junger Mann«, erklärte Lizzy, » wir lassen uns nicht beleidigen. Das Frühstück ist beendet, Ihr Besuch auch, dort ist die Tür.« Fiona, die ein sehr feines Gespür für emotionale Veränderungen hatte, stand auf und knurrte wieder.

Verdutzt starrte Tobias die fremde Frau an. »Ist sie wahnsinnig?«, fragte er erschrocken.

»Nein, Lizzy ist nicht wahnsinnig. Aber wir müssen jetzt das Frühstück beenden und zur Arbeit gehen. Tut mir leid, aber du bist in einem ungünstigen Augenblick gekommen.« Marie räumte den Tisch ab.

»Dann komme ich mit, ich kann doch helfen.«

»Danke, aber das ist nicht nötig. Wir haben zwanzig Männer, die uns helfen. Und die sind ein eingespieltes Team.«

»Aber Marie, ich dachte, wir beide, wir sind doch ein Paar.«

»Tobias, das war einmal. Sagen wir, das war bis zu deiner Reise nach Spanien so, und auch davor waren wir kein wirkliches Paar. Nur an den Wochenenden haben wir uns gesehen.«

»Bist du mit diesem Colin zusammen?«

»Dieser Colin ist in Glasgow ein bekannter Architekt und er ist zudem verlobt.«

»Das hat nichts zu bedeuten.«

»Für mich schon.«

26

Es regnete seit einer Woche. Nicolas Marienthal hatte das Krankenhaus in Stirling verlassen und war ohne Rücksprache mit den Browners oder mit Marie zurück nach Hamburg geflogen. Tobias hatte sich in einer Pension in Kinlochard einquartiert, langweilte sich und stand im Schloss den Handwerkern im Wege. Die Straßen waren aufgeweicht und zum Teil unpassierbar, die Wolken hingen schwer über dem Land, und weder die Highlands noch Loch Ard waren zu sehen. Die Luft war stickig und feucht, und im Schloss wurde geheizt, um die Umbauten und Einbauten trocken zu halten.

Der Einzug der Mitarbeiterinnen stand unmittelbar bevor, und sobald sie sich eingerichtet hatten, sollten die dreißig Frauen mit ihren Kindern, die das Sozialamt ausgewählt hatte, folgen. Die großen Säle im Erdgeschoss waren zu gemütlichen Aufenthaltsräumen und behaglichen Speisezimmern umgebaut worden, ein Teil der ebenerdigen Räume wurde zu einem Kindergarten mit Ausgang zu einem Spielplatz umfunktioniert. Neben der Halle befanden sich die Büros der Mitarbeiter und der Heimleiterin, und die Wirtschaftsräume im Souterrain waren um einen Kühlraum, um Vorratsräume und eine moderne Waschküche vergrößert worden.

Marie war zufrieden. Ein paar Facharbeiter aus Stirling hatten die Männer vom Gut unterstützt, und alle zusammen wurden dreimal am Tag von der Gutsküche mit Essen und Trinken versorgt. Belinda war in ihrem Element, sie hatte sich Mägde zur Unterstützung geholt und kochte einfache, aber gute Speisen aus dem, was die Landwirtschaft hergab, zumal sie bereits für alle Ausgaben honoriert wurde.

Marie bereitete ein großes Abschlussfest für die Handwerker

vor. »Wir brauchen keine Einweihungsfeier, wir brauchen ein Fest für die Arbeiter«, erklärte sie dem Verwalter. »Die Männer haben gut und pünktlich gearbeitet, sie haben ein Dankeschön verdient.«

Zusätzlich aber lud sie die zuständigen Mitarbeiter der Finanzbehörde, des Jugendamtes und der Sozialbehörde sowie Doktor Manores ein, denn ohne sie alle wäre das Schloss niemals eine Zufluchtsstätte für alleinstehende oder obdachlose Mütter geworden.

Am Morgen vor dem Fest hörte der Regen auf. Gott sei Dank, dachte Marie, jetzt können die Gäste wenigstens trockenen Fußes die Eingangshalle erreichen. Ein letztes Mal ging sie, von Fiona begleitet, durch das Schloss, das ihr nun nicht mehr gehörte.

Sie kontrollierte die Einzelzimmer in der zweiten und dritten Etage, die nun zusätzlich mit Kindermöbeln ausgestattet waren. Sie freute sich über die kleinen Zwei-Zimmer-Wohnungen für die fest angestellten Mitarbeiterinnen, die neu gestalteten Räume im Erdgeschoss und die modernisierten Wirtschaftsräume. Zum Schluss ging sie durch den Geheimgang bis zu Lizzys alter Wohnung, die nun entrümpelt war. Marie hatte den geheimen Eingang zu diesen Gewölberäumen mit einem besonderen Schloss in dem Wandregal versehen lassen, das sie jetzt, nach ihrem Kontrollgang, verschloss. Den Schlüssel würde sie Doktor Manores übergeben, der die Verhandlungen mit Glasgow geführt und auf Wunsch der Stadt die Aufsicht über die Stiftung übernommen hatte. Ich muss mit diesem traurigen Teil aus Mutters Leben endgültig abschließen, dachte Marie und kontrollierte auch den äußeren Eingang zu den alten Wirtschaftsräumen, den die Maurer auf ihren Wunsch hin mit den gleichen Steinen, mit denen das Schloss einst errichtet worden war, zugemauert hatten.

Auf dem Rückweg zum Cottage traf sie Tobias, der auf dem Weg zum Schloss war, um an dem Abschlussfest teilzunehmen.

Immerhin hatte er die Arbeiten in den letzten Tagen begleitet, also würde ihm auch, so spekulierte er, die Teilnahme an dem Fest zustehen. Er war sehr enttäuscht von dem Verhalten Maries, die ihn in keiner Weise zu irgendwelchen Änderungen ermuntert hatte und die nun, wie er feststellte, eine finanziell attraktive Partnerin geworden war. Wenn ich mit ihr liiert bin, kann ich hier in der Umgebung mit den vielen alten Herrensitzen die tollsten Aufträge für die Gestaltung von Gärten und Parks bekommen, überlegte er und gab seinen Plan, mit allen Mitteln um Marie zu kämpfen, nicht auf.

»Hallo, meine Liebe, so früh unterwegs?«

»Und was machst du schon hier?« Marie war keinesfalls erfreut, den früheren Vertrauten, der jetzt mit seiner Zudringlichkeit fast lästig wurde, zu sehen.

»Wann beginnt denn euer Schlossfest?«

»Am Nachmittag, die Herrschaften aus Glasgow und Edinburgh haben schließlich eine weite Anreise.«

»Erst am Nachmittag? Dann könnten wir doch noch etwas unternehmen. Endlich haben sich die Wolken verzogen.«

»Tobias, ich habe Vorbereitungen zu treffen.«

»Ach was, du hast doch genug Frauen auf dem Gutshof, die sich darum kümmern können.«

»Nein, Tobias, es ist mein Fest, ich erledige das selbst.«

»Warum bist du so abweisend, Marie? Wir haben uns doch sonst immer so gut verstanden.« Er versuchte, seinen Arm um ihre Schultern zu legen, aber Marie trat einen Schritt zur Seite, und Fiona knurrte leise.

»Ich bin nicht abweisend, ich bin höflich und beschäftigt.«

»Nein, du bist sehr abweisend, das spüre ich, seitdem ich hier bin. Ist dir der Reichtum zu Kopf gestiegen?«

»Welcher Reichtum?«

»Na, du bist Schlossbesitzerin geworden, ist so ein Castle etwa kein Vermögen wert?«

»Ich habe es abgegeben, ist dir das eventuell entgangen?«

»Die kleine Gärtnerin von früher bist du jedenfalls nicht mehr.«

»Ich war nie eine ›kleine Gärtnerin‹, Tobias. Vielleicht hast du mich so gesehen, weil es am bequemsten für dich war, aber ich habe immer ganz genau gewusst, was ich will und was nicht.«

»Ja, ja, ist schon gut, aber du warst immer so umgänglich, so einfühlsam, so liebevoll, warum hat sich das geändert?«

»Als ich dich gebraucht habe, bist du lieber nach Spanien gereist.«

»Aber wann hast du mich denn gebraucht?«

»Als ich ein Erbe angetreten habe, von dem ich nicht wusste, was ich damit machen soll und wie es mit uns beiden weitergeht.«

»Aber warum hast du mir das denn nicht gesagt?«

»Ich wollte mit dir sprechen, aber du hast den Abschluss deiner Potsdamer Arbeiten gefeiert und deine Reise vorbereitet, da war keine Zeit für Probleme.«

»Ja, ich weiß, da hast du mich mal angerufen, aber …«

»Aber da hattest du keine Zeit, und ich musste selbst mit meinen Problemen fertig werden. Jetzt bin ich damit fertig geworden, jetzt brauche ich deine Hilfe nicht mehr.«

»Aber ging es bei uns beiden denn nur um gegenseitige Hilfe?«

»Wenn man sie braucht, schon.« Sie waren vor dem Cottage angekommen, und Tobias wollte die Gartentür für sie öffnen, aber Marie schüttelte den Kopf. »Ich muss in den Stall und die Pferde füttern.«

»Was?«

»Ich muss die Pferde füttern.«

»Welche Pferde? Ich wusste gar nicht, dass du hier Pferde stehen hast.«

»Sie waren bis gestern auf dem Gutshof, jetzt sind sie wieder hier.«

»Was sind das für Pferde?«

»Zwei Reitpferde für Lizzy und für mich.«

»Seit wann kannst du denn reiten?«

»Ich habe es als Kind gelernt, aber während des Studiums und der praktischen Ausbildung hatte ich keine Zeit und kein Geld dafür. Aber man verlernt es nicht, und hier bewegt man sich am besten mit einem Pferd durch diese wunderschöne Gegend.«

»Ja, das kann ich verstehen. Ich könnte es auch ganz schnell lernen.«

»Hast du in Potsdam Zeit dafür?«

»Ach, Marie, ich dachte eher an Schottland, an schöne gemeinsame Ritte mit dir.«

»Ich wüsste nicht, weshalb ich hier mit dir ausreiten sollte.«

»Nun, wenn wir beide endlich ...«

»Vergiss es, Tobias, dieses ›Wir‹ in Schottland gibt es nicht. Ich kann dich nicht hindern, irgendwo Ferien zu machen, aber gemeinsam mit mir nicht.«

»Marie, nun komm mal herunter von deiner Überheblichkeit. Wir haben uns doch immer verstanden, wir haben uns auch die Meinung gesagt, wenn es nötig war, aber jetzt ist das doch etwas anderes. Ich entschuldige mich, dass ich deinen Anruf damals missverstanden habe, und gelobe Besserung. Wir fangen einfach noch einmal von vorne an. Zusammen sind wir doch ein gutes Team.« Er spürte, dass er verloren hatte, aber er wollte den Kampf nicht aufgeben. Marie, hier in Schottland mit einem *Hardinghouse* als Erbe, da musste er sich mit einbringen, so ein Erbe fällt einem doch nicht jeden Tag in den Schoß, dachte er und wollte weiterreden.

Aber Marie unterbrach ihn. »Willst du mich nicht verstehen oder kannst du es nicht? Tobias, unsere Zeit ist vorbei, und einen Neuanfang gibt es nicht.«

»Das kann doch nicht dein Ernst sein.«

»Doch, Tobias, es ist mein Ernst, und ich denke, es ist am besten, wenn du jetzt zurück nach Deutschland fährst.«

»Und das Fest am Nachmittag?«

»Es ist nur für die Arbeiter und die Behördenangestellten gedacht.«

»Aber du kannst mich doch einladen, als deinen Lebenspartner sozusagen.«

»Der du nicht bist, der du nie gewesen bist.«

»Du hast einen anderen Mann, du betrügst mich.«

»Blödsinn, wie kann man jemanden betrügen, der gar nicht existiert!«

»Ich existiere nicht für dich?«

»Nicht mehr, Tobias.«

Er wusste, dass er endgültig verloren hatte. »Schade, du wirst es eines Tages bereuen.«

»Willst du mir drohen?«

»Ich will dich warnen, denn irgendwann wächst dir dieses ganze *Hardinghouse* über den Kopf, und dann wärst du dankbar, einen so treuen Freund wie mich an deiner Seite zu haben.«

»Ja, einen so treuen Freund wie dich, der mit lachenden Frauen an seiner Seite eine Reise nach Spanien antritt. Danke, Tobias, ich brauche dich nicht mehr.« Sie wandte sich um und ging um den Garten herum zum Stall. Tobias, der ihr folgen wollte, blieb stehen. Fiona hatte sich vor ihm postiert und knurrte ihn an.

»Ruf endlich diesen Köter zurück.«

Aber Marie reagierte nicht mehr. Sie verschwand im Stall, wo sie die beiden Stuten tätschelte, Hafer und Häcksel mischte und die Pferde fütterte. Als sie eine halbe Stunde später den Stall verließ, war von Tobias nichts mehr zu sehen, und Fiona lag mitten auf dem Weg und sonnte sich.

Jedenfalls dachte Marie das.

Als sie näher kam und Fiona sich immer noch nicht rührte, rief sie leise: »He, Fiona, komm mit in die Küche, es gibt etwas zu fressen.«

Aber der Hund lag unbeweglich auf dem sonnigen Weg. Plötzlich packte Marie die Angst. »Fiona, was ist?«, rief sie und lief zu ihr. Und als sie neben ihr stand, sah sie, dass sich eine große

Blutlache unter dem Hund im Sand ausgebreitet hatte. »Oh, mein Gott«, rief sie entsetzt und sah, das der Griff eines Taschenmessers aus dem Brustkorb der Hündin ragte. Sie kniete sich neben Fiona, die sie mit großen Augen anstarrte, und stellte fest, dass sie noch atmete. Dann versuchte sie, das Messer zu entfernen, aber sobald sie den Griff berührte, floss wieder Blut aus der Wunde. Entsetzt sah sie sich nach Hilfe um, aber weit und breit war kein Mensch zu sehen. »Warte, meine Kleine, ich bin gleich wieder da.«

Marie rannte zum Cottage und rief nach Lizzy. Als die schließlich aus ihrem Zimmer kam, hatte Marie bereits die Nummer des Verwalters gewählt.

»Browner«, knurrte Paul in den Apparat.

»Herr Browner, wo ist der nächste Tierarzt, man hat meinem Hund ein Messer in die Brust gestoßen.«

»Was? Das gibt's doch nicht. Ja, einen Tierarzt gibt es nur in Stirling, und der macht keine Hausbesuche. Deshalb studiert Benny ja Tiermedizin, damit wir hier Hilfe haben, wenn es nötig ist.«

»Und wo in Stirling?«

»Ich schick einen Arbeiter, der kennt sich aus und kann mitfahren.«

»Danke.« Marie legte auf und wandte sich an Lizzy. »Du musst mir helfen, wir müssen Fiona auf ein Brett legen und in meinen Wagen packen. Komm schnell und bring ein paar Decken und saubere Handtücher mit.« Marie rannte in den Garten, wo im Schuppen noch Gerümpel und Utensilien vom Umbau lagerten. Sie fand ein Brett, das groß genug für den Hund und klein genug war, um in ihren Landrover zu passen. Dann rannte sie hinter Lizzy her, die weinend vor Fiona kniete. »Lebt sie denn noch?«

»Ja, sie atmet noch.«

»Schau doch bloß in diese traurigen Augen.«

»Sie hat bestimmt große Schmerzen. Komm, leg die Decken und die Tücher auf das Brett, dann müssen wir versuchen, den

Hund darauf zu heben. Aber vorsichtig, damit wir nicht an das Messer stoßen.«

»Kann man es nicht herausziehen?«

»Dann blutet es zu sehr. Ich will es lieber nicht berühren. Komm, nimm du den hinteren Teil, ich hebe vorn an. Und mit den Füßen schieben wir das Brett unter den Körper.«

Der Hund wimmerte leise, als die Frauen ihn anhoben und behutsam auf das Brett legten. Dann packten sie diese provisorische Trage und gingen vorsichtig damit zum Range Rover. Im gleichen Augenblick kam Belinda mit einem Arbeiter.

»Welches Schwein macht denn so etwas«, schimpfte sie laut und stieg aus. »Los, komm, Marie, ich fahre mit dir.«

»Nein, Belinda, bitte bleib hier und kümmere dich um das Fest.«

»Wie kann ich denn jetzt ein Fest feiern, wenn dieser wunderbare Hund im Sterben liegt.«

»Bitte, Belinda. Du musst mich doch vertreten. Und ich hoffe, dass Fiona noch zu retten ist. Weiß der Mann, wo der Tierarzt ist?« Sie zeigte auf Belindas Begleiter.

»Ja, Robin war schon ein paar Mal dort.«

»Dann lass uns fahren.«

»Ich komme mit«, erklärte Lizzy und zwängte sich neben das Brett mit dem Hund auf den Rücksitz. Marie stieg ein, Robin setzte sich neben sie und zeigte ihr den kürzesten Weg über asphaltierte Straßen, denn über die holprigen Feldwege zu fahren, wollte Marie vermeiden, um dem Hund unnötige Erschütterungen zu ersparen. Trotzdem brauchten sie mehr als eine Stunde, um den Arzt zu erreichen. Lizzy streichelte während der ganzen Fahrt Fionas Kopf und redete leise mit ihr.

Browner hatte inzwischen dem Tierarzt den Besuch angekündigt, und der hatte seinen kleinen Operationssaal vorbereitet. Vorsichtig trugen Marie und Robin den Hund in das Haus, und eine Gehilfin zeigte ihnen den Weg.

Nach einer guten Stunde kam der Arzt in den Warteraum. »Ich

denke, wir haben es geschafft. Das Messer hat das Herz nicht getroffen, die Klinge war Gott sei Dank zu kurz, aber es ist tief in die Lunge eingedrungen und hat einige Adern verletzt. Ich behalte den Hund ein paar Tage zur Beobachtung hier, ein Transport wäre jetzt zu gefährlich.«

Können wir sie sehen?«, fragte Lizzy leise.

»Ja, natürlich, aber sie schläft noch, und ich hoffe, die Narkose hält noch eine Weile an, damit sie still liegt.«

»Danke Doktor, ich danke Ihnen sehr.«

Der Arzt sah sie an. »Haben Sie eine Ahnung, wer das gemacht hat?«

Marie nickte. »Ja, leider.«

»Hier ist das Messer, es ist ein ziemlich großes Taschenmesser, Landarbeiter oder Gärtner haben es meist bei sich, um kleinere Äste abzuschneiden oder Sträucher zu trimmen.« Er reichte Marie einen Plastikbeutel mit dem blutigen Messer. »Bitte, falls Sie es als Beweis brauchen. Wir hier haben es nur mit Gummihandschuhen berührt wegen der Fingerabdrücke, falls Sie Anzeige erstatten wollen. Diese Hunderasse ist sehr wertvoll.«

»Ja, ich weiß«, sagte Marie traurig und dachte an Tobias, dem sie sich in so mancher Nacht anvertraut hatte und der immer dieses Messer bei sich trug.

27

Zurück am Loch Ard, brachte Marie zuerst Robin zum Gutshof und dann Lizzy zum Cottage. Dann fuhr sie selbst zum Schloss, um sich wenigstens kurz bei den Gästen sehen zu lassen und ihre kleine Rede zu halten. Sie wollte sich für die problemlose Zusammenarbeit mit den Behörden und für die Durchführung der notwendigen Umbaumaßnahmen bei den Handwerkern bedanken.

Im Schloss herrschte fröhliche Festtagsstimmung. Vier Dudelsackpfeifer und ein Akkordeonspieler aus Aberfoyle, die sonst bei Erntedankfesten auftraten, spielten schottische Volksmusik, dem großen Büfett vom Gutshof mit kalten und warmen Speisen wurde kräftig zugesprochen, und überall standen kleine Gruppen von Gästen und diskutierten diese neue, in der ganzen Gegend einmalige Einrichtung.

Marie hielt sich nicht lange im Schloss auf. Sie berichtete den Browners von der Operation, sprach mit einigen Gästen, bedankte sich noch einmal für die schnelle und gute Zusammenarbeit und verabschiedete sich von Doktor Manores, der von dem Tötungsversuch an ihrem Hund gehört hatte.

»Diese unseligen Bindungen zwischen Hamburg und *Hardinghouse* reißen wohl nie ab?«, fragte er besorgt.

»Ich weiß es nicht und ich habe ganz bestimmt nicht mit so vielen Problemen gerechnet. Dass die Marienthals um einen, wie sie glauben, Familienbesitz kämpfen, kann ich ja beinahe verstehen, aber dass nun auch alte Freunde hier auftauchen und Ansprüche anmelden, hätte ich nie gedacht.«

»Ach, Miss Marie«, lächelte der betagte Mann, »Sie sind nicht nur eine attraktive Frau, Sie sind jetzt auch eine wohlhabende Lady, das spricht sich schnell herum.«

»Aber nein, Doktor Manores. Ich habe das Schloss abgegeben,

die Finanzen spielen sich jetzt zwischen Glasgow, dem Gutshof und Ihnen als Aufsichtsrat ab. Ich brauche nicht zu hungern und ich habe ein repariertes Dach über dem Kopf, beides ist wunderbar, aber Geld habe ich ganz bestimmt nicht.«

Jetzt lachte Manores laut und herzlich. »Aber meine liebe Miss Marie, die Domäne mit dem riesigen Landbesitz, mit dem wertvollen Vieh und der anerkannten Pferdezucht ist Ihr Eigentum.«

»Ja, das stimmt, aber was dort erwirtschaftet wird, wird auch wieder hineingesteckt. So war es früher und so soll es bleiben, das habe ich dem Verwalter versprochen.«

»Es ehrt Sie, meine liebe Miss Marie, dennoch, so dies und das Sümmchen wird immer auf Ihrem Konto vorhanden sein. Dafür sorgen die Verträge.«

»Die ich Ihnen zu verdanken habe.«

»Oh nein, Miss Marie, Sie haben mit Geduld und Verstand die Verträge mit mir ausgehandelt. Ihre Bescheidenheit ehrt Sie, aber es ist Ihr Verdienst, dass Sie heute die Herrin von *Hardinghouse* sind. Und zwar mit allem, was dazugehört.«

Marie nickte. »Na gut, vielleicht haben Sie recht. Doktor Manores, darf ich noch eine Bitte äußern?«

»Selbstverständlich.«

»Dann möchte ich Sie damit beauftragen, der Familie Marienthal in Hamburg mitzuteilen, dass ich eine rechtmäßige Erbin von Cornelius Marienthal bin, weil ich seine anerkannte Tochter bin, und dass ich auf anderweitige Erbansprüche, zum Beispiel in Hamburg, verzichte. Vielleicht geben sie dann Ruhe.«

»Ja, das werde ich machen. Dazu brauche ich aber diesen Brief, den Cornelius Marienthal Ihnen geschrieben hat und den ich Ihnen übergeben habe.«

»Ich habe ihn im Banksafe in Glasgow deponiert. Ich werde eine Kopie für Sie anfertigen und beglaubigen lassen, ich bitte Sie aber, nur die Absätze zu benutzen, in denen er sich zu mir als seiner Tochter bekennt. Die anderen Teile gehen niemanden etwas an.«

»Selbstverständlich, aber wenn es nötig ist, müsste der Brief amtlich beurkundet werden, damit man ihn in Hamburg anerkennt.«

»Ja, natürlich, bitte unternehmen Sie alles, was notwendig ist, damit hier endlich Ruhe einkehrt. Ich wollte mit Nicolas Marienthal sprechen, als er hier war, aber er ist nach diesem Unfall im Moor stillschweigend abgereist.«

»Ja, ich weiß. Also: Sie besorgen den Brief, ich werde alles in die Wege leiten, lege Ihnen dann die Unterlagen zur Begutachtung vor und schicke sie nach Hamburg, wenn Sie damit einverstanden sind.«

»Danke, Doktor Manores, vielen Dank für alles.« Marie sah sich um, die ersten Gäste kamen, um sich zu verabschieden. Draußen wurde es bereits dunkel, und die Glasgower hatten noch einen weiten Weg vor sich. Auch Doktor Manores verabschiedete sich. Belinda und ein paar Frauen räumten das Büfett ab, und ein Arbeiter löschte das Feuer im Kamin. Unschlüssig sah Marie sich um. Sie war müde, sie war traurig und sie fühlte sich nun in ihrem ehemaligen Eigentum fremd. Belinda kam zu ihr herüber.

»Gehen Sie heim, Miss Marie, es war ein schrecklicher Tag für Sie, ich schließe hier ab und morgen früh komme ich noch einmal mit meiner Putzkolonne, dann bringen wir hier alles in Ordnung, bevor die ersten Damen morgen Mittag einziehen.«

»Danke, Belinda. Ich bin wirklich müde. Ich will auch noch einmal den Tierarzt anrufen und mich nach Fiona erkundigen und dann verschwinde ich in meinem Bett und zieh mir die Decke bis über beide Ohren.«

»Ja, machen Sie das und schließen Sie das Haus gut ab, schließlich haben Sie heute Nacht keine wachsame Fiona neben Ihrem Bett liegen.«

»Ja, Sie haben recht. Bis morgen dann, und danke für Ihre ganze Arbeit. Es ist, wie immer, alles wunderbar gelungen.«

Langsam ging Marie zum Cottage hinüber. Die Erde roch nach frischem Regen, der Himmel war sternenklar, und eine schmale

Mondsichel schob sich über den Horizont. Der Wind hatte sich gedreht und kam in kühlen Wellen von den Highlands im Norden herunter. Das bedeutet gutes Wetter, dachte Marie, die in den vergangenen Wochen gelernt hatte, Wind und Wetter in den Highlands zu beurteilen.

Fiona fehlte ihr. Der große Hund rieb immer seinen Kopf an ihrer Taille, wenn er ruhig neben ihr herlief. Und ganz selbstverständlich lag dann ihre Hand auf seinem Rücken. Eine unbewusste Nähe, die aber so selbstverständlich geworden war, dass Marie jetzt Mühe hatte, Tränen der Trauer zu unterdrücken.

Ich muss den Arzt noch anrufen, überlegte sie, ich muss wissen, wie es Fiona geht. Hoffentlich wird sie wieder gesund, und hoffentlich kann ich sie bald zurückholen. Irgendwie komme ich mir verloren und hilflos ohne sie vor. Ich habe mich so sehr an sie und ihre ständige Nähe gewöhnt. Und nun wischte sie doch zwei Tränen von den Wangen.

An einem der Zaunpfosten vor dem Haus war ein Pferd angebunden. In der Dunkelheit sah sie es erst im letzten Augenblick, konnte aber nicht erkennen, welches Pferd es war und ob es vom Gutshof kam. Leise ging sie näher und fragte vorsichtig, um das Tier nicht zu erschrecken: »He, wer bist du denn?« Das Pferd schnaubte leise, und vom Cottage her kam die Stimme von Colin: »Ich dachte, ich schau mal nach, wie es Ihnen geht.«

»Danke, ich war bis eben im Schloss.«

Colin saß auf der Bank vor dem Haus. »Alles okay? Ich meine im Schloss?«

»Ja, es war ein schönes Fest, Ihre Mutter hatte alles gut im Griff.«

»Und bei Ihnen? Alles okay?«

»Ja, das muss es wohl, wie sollte es sonst weitergehen?«

Colin stand auf. »Ich dachte, ich schau mal nach. Ist er weg, dieser Typ?«

»Ich hoffe, sein Auto ist jedenfalls verschwunden.«

»Das hat nichts zu sagen. Wie geht es Ihrem Hund?«

»Ich wollte gleich noch einmal den Arzt anrufen und nach Fiona fragen.«

»Darf ich so lange warten?«

»Selbstverständlich, kommen Sie herein.« Marie öffnete die Haustür und machte Licht. »Ich schau mal nach, ob Lizzy schon schläft. Setzen Sie sich doch.«

Aber Lizzys Zimmer war dunkel, und ihr Bett war leer. Auch in ihrem Bad war sie nicht. Etwas besorgt kam Marie wieder in das Wohnzimmer. Die Sorge war ihr anzusehen.

»Alles in Ordnung?«

Marie zuckte mit den Schultern. »Sie ist nicht da. Manchmal läuft sie abends noch hinunter zum See, aber dann brauche ich nur Fiona zu sagen ›Such Lizzy‹, und schon ist der Hund fort und kommt wenig später mit ihr zurück. Aber jetzt …?«

»Soll ich zum See reiten und sie suchen?«

Marie schüttelte den Kopf. »Danke, das ist sehr nett, aber Lizzy hat da ganz bestimmte kleine Pfade quer durch die Heide, da würden Sie sie kaum finden. Ich werde selbst gehen, ich weiß ungefähr, welchen Weg sie immer geht.«

»Sie haben Angst um sie?«

»Lizzy ist meine Mutter.«

»Was? Das wusste ich nicht. Seit wann …?«

»Cornelius Marienthal hat es mir geschrieben, ich weiß es auch erst seit ein paar Wochen, aber ich wollte es nicht allgemein bekannt machen. Sie hatte mich als kleines Kind bei den Großeltern zurückgelassen. Ein Kind zu haben, war mit ihrem Beruf nicht zu vereinbaren.«

»Meine Güte, was es so alles gibt. Kümmern Sie sich deshalb jetzt um Mütter mit Kindern, die nicht wissen, wie es im Leben weitergehen soll?«

»Ja, es war der Anstoß. Ich habe meine Eltern sehr vermisst und, was am schlimmsten war, ich habe bis vor wenigen Tagen nicht gewusst, wer mein Vater war und wo meine Mutter geblieben ist.

Eine sehr schwierige, komplizierte Mutter, wie Sie sehen, denn jetzt muss ich sie schon wieder suchen.«

»Ich suche mit Ihnen. Leider bin ich mit dem Pferd hier, und die Taschenlampen sind in meinem Wagen auf dem Gutshof.«

»Ach, ein bisschen Mondschein haben wir ja«, versicherte Marie dankbar, denn die Dunkelheit ohne Fiona und mit diesen unliebsamen Hamburger Besuchen ängstigte sie.

Sie ließ das Licht im Haus an, verschloss aber sehr sorgfältig die Haustür. »Ich will zuerst im Stall nachsehen, vielleicht ist sie ja bei den Pferden.« Aber im Stall war alles ruhig. Die Pferde standen in ihren Boxen und fraßen Heu.

Marie ging zurück zum Weg. »Im Stall ist sie nicht, aber hier biegt gleich ein kleiner Pfad zum See hin ab, den Lizzy oft benutzt.« Vorsichtig, um in der Dunkelheit nicht zu straucheln, ging sie langsam über den grasbewachsenen Weg. Plötzlich schob sich eine Hand in ihre Hand und hielt sie ganz fest, und ein noch nie erlebtes Gefühl der Geborgenheit durchströmte Maries Körper.

Colin versuchte seine großen Schritte ihren kleineren anzugleichen. »Ich bewundere Sie«, sagte er leise und sehr dicht an ihrem Ohr. »Ich kenne keine Frau, die sich in dieser finsteren Einsamkeit auf den Weg machen würde, um eine verwirrte Mutter zu suchen.«

»Lizzy ist es wert, dass man sich um sie kümmert. Sie ist ein liebenswerter Mensch, der in jungen Jahren jeden Halt verloren hat. Ich glaube, dass sie bis heute nach einer festen Hand sucht. Cornelius Marienthal hat sie ihr gereicht, aber immer nur für eine viel zu kurze Zeit in jedem Jahr, und als es ihn nicht mehr gab, als er aus gesundheitlichen Gründen nicht mehr kommen und sich um sie kümmern konnte, hat sie diesen winzigen Halt wieder verloren.«

»So habe ich das noch gar nicht gesehen«, sagte Colin leise. »Aber ich glaube, Sie haben recht. Mit ihrem verrückten Auftreten hat sie die Haltlosigkeit kaschiert.«

Marie stolperte, und sogleich packte Colin ihre Hand fester, um sie zu halten. Und wenig später legte er seinen Arm um ihre Taille und fragte leise: »Ich darf doch?«

Marie nickte nur, ein Kloß hatte sich in ihrem Hals festgesetzt und machte ihr das Atmen schwer. Schließlich flüsterte sie: »Ich bin sehr froh, dass Sie mich begleiten. Eigentlich habe ich Angst vor dieser Einsamkeit.«

»Ich liebe diese Einsamkeit. In der Stille kann man so viel Kraft für die täglichen Probleme tanken.«

»Ich fürchte mich davor. Mit Fiona an meiner Seite könnte ich mich langsam daran gewöhnen, aber allein …«

Er hörte ein leises Beben in ihrer Stimme. »Sie sind nicht allein.«

Marie lächelte, was Colin in der Dunkelheit nicht sehen konnte, aber irgendwie spürte. »Im Augenblick nicht, aber morgen mit Sicherheit wieder.«

»Ich könnte etwas länger hierbleiben.«

»Wirklich? Und die Arbeit in Glasgow? Und Ihre Verlobte?«

»Es gibt Dinge, die wichtiger sind.«

»Ja?«

»Ja!« Er zog sie etwas näher an seine Seite. »Zum Beispiel ist es wichtig, ängstliche Damen durch eine dunkle Einsamkeit zu begleiten.«

»Ich bin sehr froh, dass Sie da sind, Colin.«

»Könnten wir nicht auf das ›Sie‹ verzichten, Marie?«

»Gern.«

»Dann muss das aber auch besiegelt werden.« Er zog sie zu sich, streifte ihre Wange mit einem Atemhauch, hielt mit beiden Händen ihr Gesicht umspannt und legte seine Lippen behutsam auf ihren Mund. Als er keinen Widerstand spürte, küsste er sie zärtlich, dann leidenschaftlicher. Marie und Colin genossen diese erste Berührung. Dann strich Colin behutsam mit dem Finger über Maries Mund. »Du bist wundervoll, Marie, aber jetzt müssen wir Lizzy suchen.«

Langsam und eng umschlungen gingen sie weiter. Vor ihnen tauchte der See auf. Sterne spiegelten sich in seinem stillen Wasser. Sie erreichten den Bootsanleger und gingen auf den Brettern bis zu seinem Ende. Hier fand Marie ein Kleiderbündel, das sie trotz der Dunkelheit als Lizzys Bluse, ihre Jeans und ihre Unterwäsche erkannte.

»Lizzy ist im Wasser«, flüsterte sie, als drohe eine laute Stimme die geruhsame Atmosphäre zu zerstören.

»Kann sie schwimmen?«

»Sehr gut. Sie war Stewardess auf einem Kreuzfahrtschiff, da gehört das Schwimmen zur Grundvoraussetzung für eine solche Stellung.«

»Dann sollten wir sie zurückrufen.«

Aber dazu kam es nicht, denn Lizzy tauchte unmittelbar vor den beiden aus dem Wasser. »Was macht ihr hier?«

»Wir haben dich gesucht.«

»Blödsinn, du weißt doch, dass ich oft am Abend zum Schwimmen gehe.«

»Aber es ist schon spät, und ich habe mir Sorgen gemacht.«

»Unsinn, du und deine Sorgen. Ich gehe, wann es mir passt und wenn ich sicher bin, allein zu sein. Gib mir mal mein Handtuch.«

Sie legte sich das Handtuch um die Schultern, knurrte Colin an: »Dreh dich endlich um«, und kam aus dem Wasser.

»Wir haben uns wirklich Sorgen gemacht. Es ist schon sehr spät.«

»Wir? Seit wann gehört dieser eingebildete Architekt zu unserem ›Wir‹?«

»Seitdem wir dich suchen. Komm, ich helfe dir beim Ankleiden, und dann gehst du ins Bett.«

»Ich bin der Boss.«

»Natürlich, und ich sage dir: Du gehst ins Bett.«

Colin hatte den Bootssteg bereits verlassen und wartete am Ufer auf die beiden Frauen.

»Ich werde euch bis zum Haus begleiten.«

»Wir finden allein zurück.«

»Miss Lizzy, mein Pferd steht am Haus, soll ich etwa zu Fuß nach Hause gehen?«

»Mir egal.«

Lizzy ging als Erste zurück auf den Weg, Marie und Colin folgten Hand in Hand. Später legte er ihr den Arm um die Schulter und zog sie enger an sich. Ihre Schenkel berührten sich, und ein flüchtiger Kuss streifte Maries Haar.

Vor dem Cottage angekommen, schloss Marie die Tür auf, ließ Lizzy eintreten und begleitete Colin zu seinem Pferd. Er ergriff ihre beiden Hände und sah sie lange an. Trotz der Dunkelheit spürte sie seine Blicke und sein Begehren. Ihre Sinne waren hellwach, und plötzlich vernahm sie die Geräusche der Nacht viel stärker als vorher. Sie hörte, wie sich das Gras im Wind bewegte, hörte den Ruf eines einsamen Vogels und den Atem des Pferdes. Und sie hatte das Gefühl, dass eine wundersame Ewigkeit verging, voller Verlangen und voller Freude, bevor er sie in die Arme nahm. Dieses Mal war seine Berührung nicht im Geringsten vorsichtig und scheu. Mit seinen Händen strich er ihr das Haar aus dem Gesicht, und mit seinen Lippen eroberte er schnell und verlangend ihren Mund. Dann ließ er sie los, sah sie an und fragte heiser: »Marie, was tust du mir an?«

Bevor sie antworten konnte, drehte er sich um, bestieg sein Pferd und ritt davon.

28

Colin kehrte mit sehr unterschiedlichen Gefühlen nach Glasgow zurück. Einerseits wäre er ganz gern in *Hardinghouse* geblieben, denn diese kleinen Intimitäten mit Marie Moorburg hatten ihn tiefer berührt, als er sich zugestehen wollte, andererseits musste er arbeitsmäßig nach dem Rechten sehen. Da er ohne einen Partner arbeitete, weil er seine Freiheit behalten wollte, musste er dringend im Büro die nächsten Aufträge kontrollieren und die anstehenden Arbeiten überprüfen. Seine Zeichner, Assistenten und das Büropersonal, sie konnten zwar ein, zwei Tage ohne ihn zurechtkommen, dann aber musste er sich persönlich um die Vermittlungen, Anweisungen und vor allem um die Wünsche seiner Kunden kümmern.

Da er sich auf die Restaurierung und auf den Wiederaufbau historischer Gebäude spezialisiert hatte und damit eine einzigartige Arbeit in Glasgow und in der Umgebung leistete, musste er auch ständig zur Verfügung stehen.

Er liebte seine Arbeit über alles. Angefangen hatte diese historische Ausrichtung kurz nach seinem Studium, als er mit Freunden zu einer Fuchsjagd in der Nähe von Rannoch Moore eingeladen war und dort das verwitterte Castle des Duke of Messegs gesehen hatte. Ein wundervolles altes Gebäude, aber nur noch zu einem Viertel bewohnbar. Er hatte den Hausherrn darum gebeten, das von der Architektur her einmalige Schloss besichtigen zu dürfen, und da der Duke seinen Landsitz liebte und unter dem Verfall persönlich litt, gestattete er die Besichtigung und begleitete den jungen Architekten aus Glasgow persönlich. Die beiden kamen ins Gespräch, und Colin machte Vorschläge über eventuelle Restaurierungen.

Als das Wochenende der Jagd zu Ende war und die Gäste abreisten, bat der Duke seinen jungen Gast, noch etwas zu bleiben und mit ihm die alten Zeichnungen, die Pläne und die längst vergilbten Grundrisse des Gebäudes anzusehen. Colin stellte sehr schnell fest, dass das Schloss zu retten war. Da der Duke aber nicht über die notwendigen finanziellen Mittel verfügte, bot Colin ihm an, neben seiner Arbeit in Glasgow und ohne zeitlichen Druck das einst so schöne und für die Familientradition so wichtige Gebäude zu restaurieren.

Er kam an freien Wochenenden mit befreundeten Handwerkern und arbeitete kostenlos, nur die Materialien musste der Duke bezahlen. Außerdem musste er sich verpflichten, in den schottischen Adelskreisen Werbung für den unbekannten Architekten Colin Browner und sein eben erst eingerichtetes kleines Büro zu machen.

Die gewissenhafte und verlässliche Arbeit des jungen Baumeisters sprach sich schnell herum, und nach wenigen Jahren konnte Colin der wachsenden Arbeit kaum noch nachkommen. Seine Handwerker, die ihm am Anfang treu zur Seite standen, profitierten jetzt von den zahlreichen Aufträgen, und Colins kleines Architekturbüro wuchs zu einem großen, anerkannten Betrieb mit dreißig Angestellten heran.

Einem Betrieb, den er mit eiserner Disziplin und freundlicher Strenge führte und nicht gern lange allein ließ. Er war der Chef und er hatte die Fäden in der Hand. Das war manchmal lästig, vor allem, wenn er dienstlich verreisen musste oder, was seltener vorkam, einmal für ein paar Tage Urlaub machen wollte. Seine Anwesenheit war einfach notwendig, um sein, wie er es nannte, Monopol zu behalten. Colin Browner und die Sanierung historischer Gebäude waren in Schottland zu einem festen Begriff geworden.

Er war, wie üblich, auch heute der Erste, der die Türen zu den Büroräumen aufschloss, die Computer einschaltete und die zahlreichen elektrischen Geräte, mit denen in den modernen Büros gearbeitet wurde, anstellte. Dann kontrollierte er die Ablage auf seinem Schreibtisch. Caroline, seine Sekretärin, hatte alles wohlgeordnet nach Eingängen, Daten und Dringlichkeiten auf dem Tisch abgelegt. Da er morgens immer der Erste war, wusste sie, dass er informiert sein wollte, bevor die offiziellen Bürostunden begannen. Ganz oben auf dem Stapel für private Angelegenheiten lag eine E-Mail von Jane, die ihn an das Golfturnier am Nachmittag erinnerte. »Erwarte dringend deine Anwesenheit, da wir als Partner spielen, J. W.« stand da kurz und bündig, und Colin ärgerte sich über die Entschiedenheit, mit der sie über ihn und seine Zeit verfügte.

Gut, wir haben vor vier Wochen zugesagt, dachte er, aber ich kann mich einfach nicht so lange im Voraus binden. *Hardinghouse* hat mich aufgehalten, das passiert eben manchmal, und hier sind viele Arbeiten liegen geblieben, um die ich mich heute kümmern muss, ich kann nicht einfach zum Golfspielen fahren und meiner Arbeit den Rücken kehren. Wenn Jane das doch ein einziges Mal verstehen würde.

Und nicht zum ersten Mal sah er seine Jane mit kritischen Augen. Sie wurde einfach so erzogen, überlegte er nachdenklich, bei ihr stand Rücksichtnahme nie auf dem Stundenplan. Und plötzlich verglich er Jane mit Marie. Zwei selbstbewusste Frauen, mit denen ich es zu tun habe. Aber während Jane ihr Selbstbewusstsein aus dem Reichtum der Eltern und aus dem Ansehen der alten Familie schöpft, hat Marie sich ihre Selbstsicherheit erarbeitet, überlegte er. Sie hat gelernt, sich durchzusetzen und gleichzeitig Rücksicht zu nehmen, was man von Jane nicht behaupten kann.

Er griff zum Telefon und wählte Janes Nummer, die noch immer in der Villa ihrer Eltern wohnte. Als der Hörer aufgenommen wurde, meldete sich die Hausdame, und als er seinen Wunsch, Miss Jane zu sprechen, äußerte, wurde ihm mitgeteilt: »Das gnädige Fräulein schläft noch.«

»Bitte teilen Sie Miss Jane mit, dass ich an dem heutigen Golfturnier nicht teilnehmen kann. Vielen Dank, auf Wiederhören.«

So, überlegte er, sie muss auch einmal spüren, dass nicht alles nach ihren Wünschen geht.

In den Büroräumen wurde es lebhaft. Sein Team, wie er seine Angestellten gern und stolz nannte, kam zur Arbeit. Er sah auf die Uhr. Pünktlich wie immer, dachte er, obwohl sie nie wissen, ob ich schon hier bin oder nicht. Er hatte den Arbeitsbeginn auf neun Uhr festgelegt, im Vergleich zu anderen Büros war das verhältnismäßig spät, denn viele fingen schon um acht Uhr, manche sogar schon um sieben Uhr an. Aber er wusste, dass da Väter und Mütter unter seinen Angestellten waren, die morgens ihre Kinder versorgen und in die Schulen bringen mussten. Dafür wurde dann bis um sechs Uhr durchgearbeitet, und wenn Überstunden notwendig waren, wurden auch sie ohne Murren hingenommen und man arrangierte sich untereinander.

Er schaute durch die Glaswände und lächelte. Eine gute Truppe, freute er sich, und eine zufriedene.

Gegen Mittag wurde es plötzlich unruhig in den Büros. Zeichner richteten sich von ihren Zeichenbrettern auf, Sekretärinnen nahmen die Kopfhörer ab, und der Bürobote räumte schnell einen mit Skizzen bedeckten Rolltisch zur Seite, denn mit großen Schritten und wehendem langen Blondhaar schritt Jane Weaverough durch die Räume und steuerte das Büro des Chefs an. Sie war eine ziemlich bekannte junge Dame in Glasgow, und die meisten Angestellten kannten sie aus Zeitungsberichten, und auch im Fernsehen war sie oft präsent, und Colins Team wusste, dass da etwas zwischen ihrem Chef und der blonden Schönheit »lief«.

Türen, die sie öffnete, ließ Jane einfach offen, was bei den vielen losen Papierseiten und einem leichten Durchzug eine riskante Sache war, und das Grüßen ersparte sie sich auch. Als Caroline sie im Vorzimmer aufhalten wollte, ging sie einfach mit einer kurzen Handbewegung an ihr vorbei und betrat Colins Büro – auch hier ohne einen Gruß. »Was fällt dir ein, wie kannst du unser

Turnier absagen. Ich will die Trophäe, und du hast versprochen, an meiner Seite zu kämpfen.«

»Hallo, Jane, guten Tag, und mach bitte die Tür hinter dir zu.«

Aber das hatte Caroline bereits getan.

»Ich habe eine Reise nach London abgesagt, weil ich heute mit dir gewinnen will, wie kannst du mich jetzt im Stich lassen?«

»Wärst du nicht voreilig aus *Hardinghouse* abgefahren, hätte ich dir das dort schon sagen können. Es gab Probleme, und die musste ich lösen, dadurch habe ich hier viel Zeit verloren«, versuchte er die aufgebrachte Freundin zu beruhigen.

»Du und dieses *Hardinghouse*. Kannst du nicht endlich einen Schlussstrich darunter ziehen?«

»Es ist mein Zuhause, das weißt du ganz genau.«

»Aber ich mag es nicht, und wenn du deine freie Zeit dort zu verbringen gedenkst, dann – in Zukunft – bitte ohne mich.«

»Jane, du weißt, dass ich als ältester Sohn Verpflichtungen meinen Eltern gegenüber habe.«

»Ach was, sie sind rüstig, sie kommen allein zurecht und außerdem haben sie eine neue Chefin, was kann denn da schiefgehen?«

»Eben, weil sich da im Augenblick viel verändert, muss ich mich um sie kümmern. Mein Vater ist ein alter Dickschädel, der immer mit dem Kopf durch die Wand will, da muss ich vermitteln und Missverständnisse klären, sonst sucht sich diese Miss neue Verwalter, und das kann ich meinen Eltern nicht zumuten.«

»Irgendwann müssen sie aus Altersgründen die Verwaltung der Domäne aufgeben, dann steht sowieso ein Wechsel an.«

»Dann springt Steve ein.«

»Dann soll er doch jetzt einspringen, damit du dich auf deine Arbeit und auf mich und auf unser gemeinsames Leben konzentrieren kannst.«

»Jane, Steve ist noch nicht so weit. In zwei Jahren kann er sich mit Vater die Arbeit teilen, aber jetzt muss ich mich noch darum kümmern.« Colin wurde wütend, weil Jane so wenig Verständnis zeigte.

»Und wegen dieser verzwickten Familienverhältnisse soll ich heute auf meinen Pokal verzichten? Komm, Colin, sei nicht so kompliziert. Pack deine Arbeit beiseite, hol die Golfschläger aus dem Schrank und komm endlich, wir sind schon spät dran.«

»Nichts zu machen, Jane, heute kann ich hier nicht weg.«

»Dann werde ich mir einen anderen Partner suchen. Und mit dem bleibt es dann vielleicht nicht nur beim Golfspielen.«

»Ach, mein Mädchen, willst du mir drohen?«

»Du sagst es.« Sie drehte sich um, verließ Colins Büro mit erhobenem Kopf, fliegenden Haaren und offenen Türen und ohne einen Gruß.

Jane Weaverough war in höchstem Grade verärgert. Sie war es nicht gewohnt, abgewiesen zu werden. Sie machte die Pläne, und alle hatten sich danach zu richten. Verdammt, dachte sie, warum klappt es in letzter Zeit nicht mehr mit Colin, ich brauche ihn doch. Wie soll ich jemals in die alten Familienclans hineinkommen, wenn nicht durch ihn? Er hat die Verbindungen zu den Schlossherren, er kann, auch wenn er das nicht weiß, die Fäden für mich knüpfen, die ich brauche, um in diese Kreise aufgenommen zu werden. Er wird eingeladen, und ich begleite ihn, er wird gelobt und anerkannt, und ich stehe an seiner Seite. Und eines Tages werde ich dastehen, ohne ihn, und werde anerkannt, und dann gehöre ich dazu. Verflixt, Colin, du bist mein Sprungbrett, auch wenn du keine Ahnung davon hast. Und mitten im Sprung gibst du mir nun eine Absage. Heute kommen die Söhne der Mackebies und der Sinclouds und der Frazerbies zum Turnier, heute wollte ich sie besiegen, und sie hätten mich kennengelernt und beachtet, weil wir nebeneinander gekämpft hätten und sie dich kennen. Weil sie mehr oder weniger deine Freunde sind, und ausgerechnet heute lässt du mich allein. Das ist nicht fair, Colin, und das vergesse ich dir nie.

Wütend stieg sie in ihren Wagen, ließ den Motor an und startete mit quietschenden Reifen. Sie fuhr nach Hause, um sich umzuziehen und die Golfschläger zu holen. Dann muss ich es eben allein schaffen, dachte sie und wartete vor der Einfahrt, bis das elektronisch gesicherte Tor sich öffnete. Sie fuhr die Allee entlang und bog dann vor der Villa in die Auffahrt. Ein schönes Haus, dachte sie, aber ohne Stil und eigentlich nur protzig. Typisch Papa, der seinen Reichtum um jeden Preis zeigen muss. Da merkt man eben den Unterschied zwischen nobler Aristokratie und reich gewordenem Bürgertum. Und genau da will ich von der einen Seite auf die andere wechseln. Aber ohne die Hilfe dieses attraktiven Sohnes eines einfachen Bauern ist das verdammt schwer.

Colin, zum ersten Mal in dieser Beziehung energisch und konsequent, blieb nachdenklich zurück. Er liebte dieses Mädchen, er hatte um ihre Gunst gekämpft, denn Jane trat nie ohne eine männliche Begleitung auf, und es war nicht einfach gewesen, sie zu erobern. Aber dann hatten sie schöne, romantische Stunden verlebt, hatten Pläne geschmiedet und von der gemeinsamen Zukunft geträumt. Er hatte sich wohlgefühlt in ihrer Nähe und er war bereit, um sie zu kämpfen, denn ihre Eltern hatten andere Pläne mit ihr. Ihnen war ein zwar bekannter, aber mittelloser Baumeister nicht gut genug für die verwöhnte Tochter.

Aber seit ein paar Tagen hat sich ein Keil zwischen uns geschoben, dachte er. Das fing damit an, dass Jane mich am Wochenende, als ich so dringend nach *Hardinghouse* fahren musste, nicht begleiten wollte. Sie ist dann zwar im eigenen Wagen hinter mir hergefahren, weigerte sich aber, am Familientisch zu essen und an Gesprächen mit den Eltern teilzunehmen, was Mutter ihr sehr übel nahm. Ja, und dann ist sie ohne mich einfach zurück nach Glasgow gefahren. Ohne eine Begründung und auch ohne einen Gruß.

Na ja, überlegte er, einfach ist es nicht mit ihr, aber gerade das reizt mich, wenn ich auch im Augenblick etwas Ruhe für die Arbeit gut gebrauchen könnte. Seltsam ist nur, dass sie mich immer und zu jeder Zeit gern begleitet, wenn ich an den alten Schlössern die Restaurierungen inspizieren muss. Da ist ihr kein Weg zu weit und keine Zeit unpassend. Sie unterhält sich gern mit den Herrschaften, bewundert die Antiquitäten und kennt sich in den Familiengeschichten erstaunlich gut aus. Als hätte sie diese Geschichten intensiv studiert. Oder hat sie die sogar bewusst studiert, dachte er plötzlich. Steckt hinter diesen Besuchen mehr als nur die fröhliche Begleitung, wie sie immer betont?

Colin wurde nachdenklich. Sie sagt, sie hasst das Landleben, aber sie ist begeistert, wenn ich sie frage, ob sie mich aufs Land begleiten möchte, wenn es um einen alten Herrensitz geht. Was spielt sich im Gefühlsleben meiner kleinen Jane eigentlich ab? Was spielt sich in ihrem Leben überhaupt ab? Spielte Jane ein falsches Spiel? Colin starrte aus dem Fenster, aber er sah nicht, was draußen vor sich ging. Er sah Jane vor sich, diese schöne, anschmiegsame Jane mit dem makellosen Körper, die sich ihm so wunderbar hingab, wenn der Augenblick gekommen war, an dem sie beide die Lust verspürten, einander glücklich zu machen. Diese Hingabe konnte doch nicht gespielt sein? Andererseits konnte sie so konsequent, so wenig verständnisvoll sein, wenn es um seine Belange ging. Das hatte er doch soeben wieder erfahren. Wenn etwas nicht nach ihren Wünschen lief, schob sie einen Riegel vor und war beleidigt.

Frauen zu verstehen ist wirklich eine Lebensaufgabe, und ob sie tatsächlich glückt, ist eine große Frage.

Colin seufzte. Er dachte an seine Mutter, die sich seit Jahrzehnten mit dem Vater arrangierte, die sich mit Freundlichkeit seinen schlechten Launen widersetzte und verhältnismäßig glücklich an der Seite dieses Starrkopfes war. Er lächelte in Gedanken an seine Mutter, sie ist eben ein ganz besonderer Mensch, freute er sich und wandte sich wieder seinem Schreibtisch zu.

Caroline, die ihren Chef seit Jahren kannte, hatte ihn durch die Glasscheiben hindurch ganz genau beobachtet. Als er jetzt dem Fenster den Rücken zudrehte und sich wieder an den Schreibtisch setzte, kam sie mit einem Tablett in sein Büro. »Mister Colin, ich habe Tee für Sie zubereitet, hier sind ein paar Sandwiches mit einem sehr delikaten Honig. Imker haben verschiedene Sorten mit Curry, Ingwer oder Chili zubereitet, ein Genuss, den Sie probieren sollten.«

»Danke, Caroline, was steht für den Nachmittag an?«

»Sie wollten nach Kimsyth, es gibt Schwierigkeiten beim Glockenturm, und die Handwerker drängen auf einen schnellen Bescheid.«

»Richtig, die warten schon seit gestern auf mich. Sagen Sie ihnen, dass ich unterwegs bin. Und danke für den Tee, ich esse ein paar Häppchen und dann bin ich für heute nicht mehr zu erreichen.«

»Sind Sie morgen im Büro?«

»Ich denke schon. Warum?«

»Wir müssen einen Termin mit dem Verwalter vom Mainhouse in Campesie vereinbaren. Die Frontseite zeigt Wasserschäden.«

»Ja, richtig. Legen Sie den Termin auf den Nachmittag. Und am Vormittag will ich hier eine Besprechung haben. Es geht um die Planungen für den nächsten Monat.«

»Ja, ich sage allen Bescheid.«

Colin trank seinen Tee aus. »Die Honighäppchen waren sehr gut. Die Süße und die Schärfe, eine delikate Verbindung, danke, Caroline.«

Er verließ das Büro, holte seinen Wagen aus der Tiefgarage und fuhr in Richtung Falkirk auf die Schnellstraße. Gut gelaunt und zufrieden mit sich und diesem Tag, stellte er das Radio an und lauschte den Arien von Paul Potts, die er teilweise mitsummen konnte. Alten Gebäuden zu helfen, Schäden zu beseitigen, die Schönheit zu erhalten, das waren seine liebsten Aufgaben.

In Kimsyth waren bei der Reparatur des Glockenstuhls am

Schlossturm Schäden am Gemäuer entstanden, die beseitigt werden mussten, damit der Sturm, der oft vom Firth of Forth hereinwehte, die Steine nicht lockerte und porös werden ließ.

Wenn ich früh genug fertig bin, fahre ich auf dem Rückweg in *Hardinghouse* vorbei, überlegte er und lächelte. Seit Langem hat mich nichts mehr so oft nach Hause gelockt wie im Augenblick.

Es ist ja schließlich auch interessant zu sehen, was aus dem alten Schloss geworden ist. Und Mutter wird sich freuen, wenn ich spontan vorbeischaue. Na, und Vater kann nicht meckern. So oft wie in den letzten Wochen war ich im ganzen vergangenen Jahr nicht in *Hardinghouse*. Und nach dieser Marie müsste ich auch einmal sehen, schließlich hat sie ständig Schwierigkeiten mit fremden Besuchern. Benny ist ja öfter zu Hause und will sich um sie kümmern, aber der Bursche kann auch ganz schön lästig werden.

Und so lenkte Colin nach der Arbeit in Kimsyth seinen Wagen nicht in Richtung Süden zurück nach Glasgow, sondern nach Norden in Richtung Loch Ard.

Es war eine schöne Fahrt. Die Heide begann zu blühen, und ein violetter Schleier legte sich über die Hügel. An den Wegrändern blühte blaue Wegwarte in meterhohen Stauden, und die Goldraute mit ihren gelben Blütenkörbchen setzte goldene Punkte an die Weideflächen. Diesmal wählte Colin keine Umwege über bequeme Schnellstraßen, sondern genoss die Fahrt durch die Hügel der Campsie Fells und der Fintri Hills. Und am liebsten hätte er unterwegs laut gesungen. Der Ärger über den Besuch von Jane war vergessen. Die tief stehende Sonne warf ihre Strahlen auf die Berge, ließ sie höher und die kleinen Täler tiefer erscheinen und weckte in Colin eine Sehnsucht nach seinem Zuhause, die er lange nicht mehr verspürte hatte. Dass er *Hardinghouse* über die Feldwege und die Rindersperren erreichte und dass er zahlreiche Gatter öffnen und wieder schließen musste, störte ihn nicht. Er wusste, dass er als erstes Gebäude von *Hardinghouse* das Cottage von Marie erreichte, und genau das wollte er.

29

Marie und Lizzy nahmen ihren Tee an diesem schönen Tag vor dem Haus ein. Marie hatte einen kleinen Tisch vor die Gartenbank gestellt und das Teegeschirr zusammen mit den Schokoladen-Cakes, die Belinda herübergeschickt hatte, darauf gestellt.

Am Nachmittag waren sie zusammen zum Schwimmen am See gewesen, hatten auf dem Rückweg für ein paar Augenblicke den Kindern auf dem neuen Spielplatz zugeschaut und beobachteten jetzt eine Schafherde, die im Süden über die Hügel zog. Während Marie den Tee und die Cakes genoss, saß Lizzy unzufrieden neben ihr und zerbröselte das leckere Gebäck auf ihrem Teller.

Marie sah sie an. »Was ist los, Lizzy, schmecken dir die Kekse nicht?«

Lizzy zuckte mit den Schultern, dann murrte sie: »Ich mag nicht.«

»Was magst du nicht?«

»Alles.«

»Was heißt denn das? Alles?«

»Na, genau das, was ich sage, alles.«

»Ich verstehe dich nicht.«

»Es ist langweilig, es ist öde, alles ist uninteressant. Alles ist eintönig, schal – langweilig eben.«

»Du meinst das ganze Leben hier?«

»Früher war immer etwas los. Wenn Cornelius da war, gab's die Feste, und wenn er nicht da war, wurde ich eingeladen.«

»Aber er ist doch schon seit Jahren nicht mehr hierhergekommen.«

»Da habe ich mich in meine Höhle zurückgezogen, und wenn

ich Lust hatte, habe ich ein Gewehr genommen und bin auf die Jagd gegangen oder ich habe die Leute erschreckt, das hat wenigstens Spaß gemacht. Aber jetzt? Jetzt habe ich nicht einmal mehr ein Gewehr.«

»Lizzy, wie kann es Spaß machen, Leute zu erschrecken?«

»Hast du eine Ahnung, es war toll, und alle hatten großen Respekt vor mir.«

»Wir können natürlich auch einmal auf die Jagd gehen, aber nur in Begleitung von einem Mann, der sich mit dem Wild auskennt. Und im Augenblick ist sowieso noch Schonzeit.«

»Aber ich halte dieses Leben nicht aus. Dieser strikte Tagesablauf, dem wir folgen, mit Frühstück und Mittagessen und Teatime und Abendbrot, das ist doch nur monoton und schal und langweilig, Marie, das ist doch kein Leben.«

»Und was verstehst du unter Leben?«

»Feste feiern, ausgehen, zum Einkaufen fahren, Theater besuchen. Hier erfährt man ja nicht einmal, wann und wo diese Highlandspiele stattfinden. Da gab's wenigstens noch Männer zu sehen, richtige Kerle, die unter ihren Kilts nichts anhatten.«

»Also, Lizzy, das stimmt ja gar nicht.«

»Doch, hab ich selbst gesehen. Und dann die Waden und die Dudelsackmusik. Das waren noch Feste, da kam das Blut so richtig in Wallung.«

Marie war einerseits belustigt, andererseits erschrocken. Wenn die Mutter sich hier nicht mehr wohlfühlt, was soll dann aus uns werden?, fragte sie sich, nachdenklich geworden. Der Sommer bringt wenigstens noch Abwechslung, wir können schwimmen und rudern und reiten. Was aber passierte im Winter? Und wenn ich ehrlich zu mir selbst bin, finde ich dieses Leben auch langweilig. Mutter hat gar nicht so unrecht. Das bisschen Hausarbeit und der kleine Garten, damit bin ich in zwei Stunden fertig. Und für die Stallarbeit schickt uns Paul täglich einen Arbeiter herüber. Wahrscheinlich hat er Angst, dass wir seine Pferde nicht ordentlich versorgen. Am liebsten würde ich wieder arbeiten. So richtig arbeiten mit allem Drum und Dran und mit gut verdientem Geld. Aber wo? Und wie? Im Heim möchte ich nicht dazwischenreden, ich verstehe nichts von Erziehung und Kinderpflege und wahrscheinlich würden sich die Mitarbeiterinnen kontrolliert fühlen. Nicht anders wäre es, wenn ich auf dem Gutshof nach Arbeit fragen würde. Zuerst würden sie mich auslachen und dann mich fortschicken. Unbewusst schüttelte Marie den Kopf.

Lizzy, die sie beobachtet hatte, lächelte. »Dir geht's genauso, stimmt's?«

»Wenn ich ehrlich bin, ja. Ich finde es hier auch langweilig.«

»Ich hätte da eine Idee.«

»Ja?«

»Wir gehen zurück nach Hamburg. Da ist was los, da pulsiert das Leben, da geht's Tag und Nacht hoch her.«

»Lizzy, du verwechselst unser kleines Häuschen in Övelgönne mit der Reeperbahn.«

»Ist doch gar nicht weit entfernt.«

»Zu weit, Mutter, kommt nicht infrage.« Immer wenn sie energisch werden musste, sagte Marie »Mutter« zu Lizzy, und die wusste dann, dass die Tochter es ernst meinte.

»Trotzdem. In Hamburg gibt es Theater und Kinos und Konzerte, da ist Leben, und dann die Elbe vor der Tür, da starrt man nicht auf eine Schafherde wie hier, sondern da träumt man von der weiten Welt.«

»Dich lockt dein alter Beruf?«

»Das ist endgültig vorbei, schon lange. Aber träumen darf man doch.«

»Natürlich, aber ich träumte von Schottland, Lizzy, und es waren schöne Träume.«

»Und nun?«

»Eigentlich habe ich sie noch nicht zu Ende geträumt, nur im Augenblick bin ich ein bisschen ratlos.«

»Und wie willst du das ändern?«

»Ich möchte arbeiten, eigenes Geld verdienen, etwas Nützliches mit meiner Zeit anfangen.«

»Na, um's Geld brauchst du dir keine Gedanken zu machen, davon haben wir doch genug. Und was den Zeitvertreib angeht, du kannst ja die Heide umgraben.«

»Mutter!«

»Na ja, ich meine nur. Hier ist doch Land genug für gärtnerische Inspirationen.«

»Du weißt genau, was ich meine.«

»Und woher? Du hast mir noch nie etwas von deiner Arbeit erzählt.«

»Ich möchte große Gärten arrangieren, Landschaften gestalten, Parks verschönern, große gartenbauliche Aufträge in die Tat umsetzen.«

»Dir genügen also die Beete hier nicht? Die sind doch sehr schön, du hast tagelang daran gearbeitet. Du bist eine Gärtnerin, hast du gesagt.«

»Das stimmt auch, es ist aber nur eine bescheidene Bezeichnung. Gelernt und studiert habe ich Gartenbauarchitektur, Landschaftsgestaltung, so etwas, wie ich im Park vom Cornelius Marienthal gemacht habe. Das hat Spaß gemacht, und ich habe gutes Geld verdient. Selbst verdient, verstehst du? Nicht Geld, das von irgendwoher ständig auf mein Konto fließt, ohne dass ich mir die Hände schmutzig mache.«

»Für mich ist es einerlei, woher das Geld kommt. Hauptsache ist doch, dass es kommt.«

»Es gab Zeiten, da hast du schwer gearbeitet, um Geld zu verdienen.«

»Das war früher, und früher ist jetzt vorbei.«

»Natürlich, und ich bin froh, dass du jetzt ein sorgenfreies Leben hast.«

»Ein langweiliges Leben.«

»Gibt es denn nichts, was du gern tun würdest?«

»Hier, in dieser Einöde?«

»Mutter, sei nicht so undankbar.«

»Ich will nach Hamburg zurück. Ja, ich werde nach Hamburg ziehen. Das Haus ist doch in Ordnung?«

»Ja, natürlich, aber da bist du ganz allein.«

»Bin ich hier etwa nicht allein?«

»Also wirklich, Mutter. Sitzt du hier allein am Tisch, schläfst du nachts allein im Haus?«

»Im Bett schon.«

»Also hör mal.« Marie überlegte einen Augenblick. »Weißt du was? Ich muss morgen nach Glasgow zur Bank fahren und einen Brief abholen. Wir könnten zusammen fahren, und von Glasgow aus geht's weiter nach Edinburgh zu Doktor Manores, dem ich das Schreiben bringen muss. Das ist doch eine schöne Rundreise, und unterwegs könnten wir ein bisschen shoppen. Was hältst du davon?«

»Was ist das für ein Brief, dass du ihn im Banktresor aufbewahrst?«

»Der Brief von Cornelius Marienthal, in dem er mir schreibt, dass er mein Vater ist. Das muss gerichtlich bestätigt und den Marienthals in Hamburg zugeleitet werden. Dann können sie mir *Hardinghouse* nicht mehr streitig machen. Dann gehöre ich zur Familie und bin genauso erbberechtigt wie alle anderen Marienthals. Doktor Manores will sich darum kümmern.«

»Dann hören die Belästigungen hier auf?«

»Ja, dann haben wir hier unsere Ruhe.«

Lizzy lachte. »Schade, mir hat es Spaß gemacht, sie in Angst und Schrecken zu versetzen.«

»Sei friedlich, Mutter, du hättest einen von ihnen beinahe umgebracht.«

»Papperlapapp. Aber so eine Rundfahrt wäre schön, das wäre einmal etwas anderes. Wann soll's losgehen?«

»Gleich nach dem Frühstück. Und auf dem Rückweg holen wir Fiona ab. Der Arzt hat gesagt, sie kann jetzt wieder nach Hause.«

»Das ist eine gute Idee.«

Nach einer Weile, die Schafherde war nicht mehr zu sehen und die Sonne versank hinter den Hügeln, stand Lizzy auf. »Ich bin müde, ich gehe schlafen.«

»Aber wir haben noch nicht gegessen.«

»Ich habe keinen Hunger, und wenn wir morgen in die Stadt fahren, hebe ich mir meinen Appetit für die Leckereien im Seasons-House auf.«

Marie lächelte und nickte. Sie war schon einmal mit Lizzy in diesem Café gewesen, und die Mutter hatte fast einen halben Tag darin zugebracht. Es gab ja nicht nur süße Sachen, sondern in dem Haus konnte man quer durch die Jahreszeiten schlemmen.

Marie schloss die Augen und sah die Köstlichkeiten vor sich: die Abteilung mit den Fischdelikatessen, die Platten mit den Käsespezialitäten, die Eis-Bar mit den farbenfrohen Leckereien aus Italien und die Tortenkreationen, die einem die Auswahl wirklich schwer machten. Da läuft mir das Wasser im Mund zusammen, wenn ich nur daran denke.

Leicht irritiert machte sie die Augen wieder auf, denn ganz und gar nicht in ihre Gedankenwelt passte das Motorengeräusch, das über die Hügel im Osten näher kam. Wieder so ein Besuch aus Hamburg, dachte sie verärgert und stand auf, um schnell im Haus zu verschwinden und den Schlüssel umzudrehen, wenn es ein fremder Wagen sein sollte.

Es war ein fremder Wagen, und sie war gerade im Begriff, die Haustür zu schließen, als sie Colins Stimme hörte. »Nicht weglaufen, warte einen Augenblick.«

Marie blieb stehen und schaute das Auto an, dann fiel ihr ein, dass sie Colin immer nur zu Pferde gesehen hatte. Sie winkte ihm zu. »Schon gut, aber dein Wagen ist mir fremd, entschuldige.«

»Ich verstehe, Vorsicht ist besser als Nachsicht, ich weiß.« Colin stellte den Wagen ab und kam zu ihr in den Garten. Vorsichtig sah er sie an. War sie noch bereit für einen Kuss oder hatte sie die kleinen Intimitäten von neulich vergessen? Aber Marie sah ihm geradewegs in die Augen und lächelte. Da nahm er ihr Gesicht in seine Hände und gab ihr einen leichten Begrüßungskuss. »Ich darf doch?«, fragte er leise, und als sie nickte, umarmte er sie, und nun war das kein leichter Begrüßungskuss mehr, sondern ein Kuss, der sein Verlangen, seine Erleichterung, seinen Dank und sehr viel Herzlichkeit ausdrückte. Und der erwidert wurde.

Nach einer kleinen Weile ließ Colin Marie los und sah sie glücklich an. »Darauf habe ich heute gewartet«, erklärte er strahlend und wollte sie noch einmal in die Arme nehmen, aber Marie trat einen Schritt zurück. »Lass es langsam angehen, Colin, ich bin nicht darauf vorbereitet.«

»Muss man auf das Glück vorbereitet sein?«, fragte er.

»Ich denke schon. Und außerdem hat dieses Glück seine Grenzen.«

»Um Himmels willen, Marie, was denn für Grenzen?«

»Du bist verlobt, Colin. Und ein kleiner Flirt ist nicht das, was ich unter Glück verstehe.«

Es sah sie nachdenklich an. »Du hast recht, Marie, Glück bedeutet auch für mich mehr als eine Affäre. Ich mache eine ziemlich schwierige Zeit durch. Ich bin nachdenklich geworden, nichts erscheint mehr so, wie es war oder wie es sein sollte«, sagte er ernüchtert und enttäuscht.

»Und woran liegt das?«

»Wenn ich das wüsste, würde ich es ändern. Ich denke nach, und die Fragezeichen werden immer größer.«

»Du hast eine wunderschöne Braut. Ich habe sie zwar nur von Weitem gesehen, aber ich könnte mir denken, dass du sehr beneidet wirst.«

»Ein gutes Aussehen und das Gefühl, beneidet zu werden, reichen aber nicht für das richtige Glück.«

»Und was, meinst du, reicht dafür aus?«

»Das Gefühl, nach Hause zu kommen, das Gefühl, verstanden zu werden, das Gefühl, ausruhen zu dürfen, das Gefühl, geliebt zu werden und nicht nur gebraucht.«

Marie sah ihn erschrocken an. Aus seinen Worten sprach so viel Sehnsucht nach Geborgenheit, dass sie versucht war, ihn in die Arme zu nehmen. Aber sie wehrte sich gegen diesen Wunsch und sagte sehr ruhig: »Vielleicht muss man um so viel Glück kämpfen?«

»Und wenn man erkennt, dass es sich gar nicht lohnt?«

»Dann sollte man anderswo suchen.«

»Deshalb bin ich hier.«

»Ach, Colin …«

»Marie, ich habe nachgedacht, und mir ist klar geworden, was ich in der Beziehung mit Jane übersehen habe oder einfach übersehen wollte.«

»Du brauchst dich nicht zu rechtfertigen.«

»Aber es ist wichtig für mich, darüber zu sprechen, um mich selbst zu verstehen.«

»Nein, Colin, bitte, ich möchte nicht in deine Zweifel und Fragen hineingezogen werden. Ich freue mich, dich zu sehen, mit dir zu plaudern«, sie machte ein Pause und lächelte, »und auch so ein Kuss ab und zu ist schön. Aber für mich bist du gebunden, und so eine Verbindung werde ich nicht stören.«

»Und wenn es diese Verbindung nicht mehr gibt? Wenn sie an Egoismus und Selbstherrlichkeit zerbrochen ist?«

»Wenn diese Verbindung das große Glück war, verdient sie eine zweite Chance.«

»Es ist einfach, das zu sagen, Marie, die Tatsachen sehen oft anders aus.«

»Ja, vielleicht, aber es lohnt sich, auch einmal zu kämpfen, Colin.«

»Oh ja, da hast du recht, ich werde kämpfen, aber bestimmt nicht um eine verfahrene Situation.«

»Ich wünsche dir viel Erfolg.«

»Den werde ich haben. Wo ist Lizzy?«

»Sie schläft schon. Sie ist im Augenblick ziemlich unglücklich.«

»Wie kommt das denn?«

»Sie langweilt sich. Sie vermisst ein aufregendes Leben und ihre Gewehre, mit denen sie fremde Leute erschrecken kann.«

»Du meine Güte, sie ist doch verrückt.«

»Oh nein, sie langweilt sich wirklich, und ich kann sie sogar verstehen. Sie möchte, dass wir zurück nach Hamburg gehen.«

»Nein, das ist doch nicht dein Ernst.«

»Ich langweile mich auch, ich möchte wieder arbeiten. Ich bin es nicht gewohnt, den ganzen Tag die Hände in den Schoß zu legen und angestrengt zu überlegen, was ich denn um Himmels willen irgendwo machen könnte.«

Colin lachte leicht gequält. »Mein Gott, das sollte mir einmal passieren.«

»Ich brauche eine wirkliche Beschäftigung, Colin, das meine ich ernst.«

»Aber dem kann ich sofort abhelfen.«

»Wie meinst du das?«

»Marie, ich bin ständig unterwegs, um alte Häuser zu renovieren, was glaubst du wohl, wie die Gartenanlagen rings herum oft aussehen. Da sind Parks, die seit Jahren nicht mehr gepflegt wurden, und Parkbesitzer, die so jemand brauchen wie dich, um die Gärten wieder neu anzulegen.«

»Ist das wahr?«

»Aber ja. In zwei Wochen muss ich auf die Isle of Bute, die wird als Touristenattraktion immer beliebter. Da gibt es ein wunderschönes, total desolates Kloster, eine einmalige Sehenswürdigkeit, die der Staat übernommen hat und die wieder aufgebaut werden soll. Was glaubst du denn, wie dort die Gärten und die Innenhöfe aussehen. Marie, das wäre eine riesige Aufgabe für dich, wenn du mitmachen würdest.«

»Aber ja, sofort, von solchen Aufgaben träume ich.«

»Dann ist das abgemacht?«

»Ja, Colin.«

»Dann fahren wir beide in vierzehn Tagen nach Bute. Und Lizzy? Was wird aus Lizzy? Kannst du sie hier allein lassen? Wir werden über Wochen und Monate immer wieder hinfahren müssen und schauen, ob die Handwerker und Arbeiter ihre Aufgaben richtig machen.«

»Ich werde morgen mit Lizzy sprechen. Wenn sie wirklich nach Hamburg will, werde ich sie zurückbringen. Ich muss meine restlichen Sachen holen und vor allem meine Papiere und Berufsunterlagen, damit ich sie vorlegen kann, wenn man mich nach meiner Ausbildung fragt.«

»Das wäre gut.« Colin stand auf. »Ich muss los, ich muss nach meinen Eltern sehen und morgen sehr zeitig zurück nach Glasgow.«

»Dein Vater ist nach Kentucky geflogen, um Hengste zu kaufen.«

»Ach ja, stimmt. Umso besser, da habe ich die Mutter mal für mich allein.«

»Ich bin sehr froh, dass ich zu deinen Eltern jetzt ein so gutes Verhältnis habe.«

»Natürlich – und zu mir, nicht zu vergessen.«

»Du warst zuerst sehr distanziert.«

»Ich kannte dich nicht und ich habe befürchtet, so eine neue Besitzerin krempelt nun alles um.«

»Habe ich aber nicht. Ich habe in allen Fragen den Rat deiner Eltern eingeholt, auch wenn dein Vater nicht gerade nett zu mir war.«

»Zu wem ist der schon mal nett. Mich wollte er sogar vom Hof verjagen, wenn ich mich nicht um die Landwirtschaft kümmere.«

»Und, hast du es getan?«

»Natürlich nicht, ich habe ihm seine Grenzen gezeigt, und letztlich hat er eingesehen, dass meine Aufgaben woanders sind.«

Marie stand ebenfalls auf. Sie sahen sich an, und Colin fragte sehr liebevoll: »Darf ich dich zum Abschied küssen?«

Marie lächelte. »Wirst du mich jetzt immer erst fragen?«

»Ja, natürlich.«

»Aber warum denn?«

»Weil du eine Frau mit Prinzipien bist. Darauf muss ich doch Rücksicht nehmen.« Und dann umarmte er sie ganz fest, küsste sie leidenschaftlich und ließ sie schnell wieder los. »Bis zum nächsten Mal, mein Liebes, und vergiss nicht, ich bin ein Mann, der das Kämpfen versteht.«

Ja, dachte Marie, das bist du wirklich. Und ich habe mich schon immer nach starken Männern gesehnt, die zu kämpfen verstehen.

Aber das brauchst du ja nicht zu wissen.

30

Am nächsten Morgen starteten Marie und Lizzy sehr früh zu ihrer Fahrt nach Glasgow. Das Wetter war wechselhaft, immer wieder zogen Regenschauer über das Land, dann wieder brach die Sonne sich für einen Augenblick ihre Bahn durch die Wolken, um gleich darauf einem neuen Regenguss Platz zu machen. In Glasgow stellte Marie den Range Rover in einer Tiefgarage ab, von der aus sie die wichtigsten Besorgungen zu Fuß machen konnten.

Auf der Bank bat Lizzy, das vorhandene Konto aufzulösen und ihre Gelder auf ein neues Konto in Hamburg zu transferieren.

»Du bist also fest entschlossen, nach Hamburg zu ziehen?«, fragte Marie sie bei einer Tasse Kaffee im Seasons-House.

»Ja, ich will noch etwas vom Leben haben. *Hardinghouse* ist schön, aber zu still, das wirst du auch noch spüren.«

»Ich werde *Hardinghouse* als Wohnort benutzen, aber ich werde viel unterwegs sein, da ist es gut, ein stilles Zuhause zu haben.«

»Was hast du vor?«

»Ich will wieder arbeiten«, und dann erzählte sie der Mutter von dem Gespräch mit Colin Browner am Vorabend und von den Plänen auf Island of Bute.

»Dann kommt es dir wohl sehr gelegen, dass ich fortziehe?«

»Nein, Lizzy, das hat mit dir nichts zu tun. Ich würde mich freuen, dich in meiner Nähe zu haben und nach so einem Arbeitsausflug zu dir nach Hause kommen zu können.«

»Hast du etwas mit Colin? Ich meine einen Flirt oder mehr? Früher kam er so gut wie nie in die Nähe des Schlosses, jetzt ist er alle paar Tage hier.«

»Lizzy, Colin ist verlobt.«

»Na und? Was bedeutet das schon? Die Jugend von heute überspringt doch alle Hürden.«

»Erstens bin ich nicht die Jugend von heute«, versicherte Marie leicht gekränkt, »ich bin sechsundzwanzig Jahre alt, falls du das vergessen haben solltest, und zweitens dränge ich mich nicht in die Bindungen anderer Menschen.«

»Wo die Liebe hinfällt, gibt's kein Halten mehr, das weiß ich aus eigener Erfahrung, Marie. Schließlich bist du das Ergebnis einer solchen Liebe.«

Marie schüttelte den Kopf. »Mutter, darüber spricht man nicht so.«

»Also bahnt sich da etwas Ernstes an?«

»Du verdrehst mir das Wort im Munde. Komm, trink deinen Kaffee aus, wir müssen weiter.«

Die beiden Frauen kauften noch ein paar typische schottische Souvenirs, die Lizzy als Erinnerungen mit nach Hamburg nehmen wollte, und fuhren mittags weiter nach Edinburgh.

Doktor Manores hatte die Unterlagen für das Schreiben an die Marienthals bis auf den Brief, den Marie ihm jetzt übergab, fertig.

»Ich werde ein paar Kopien anfertigen lassen, denn den Brief im Original geben wir natürlich nicht aus den Händen.«

Marie nickte und las aufmerksam den Text, in dem der Anwalt ihre berechtigten Ansprüche auf *Hardinghouse* noch einmal erwähnte.

»Könnten die Marienthals auf einem Vaterschaftstest oder einer DNA-Analyse bestehen?«

»Wenn sie sehr hartnäckig sind, ja. Aber ich könnte mir vorstellen, dass sie das Aufsehen in der Öffentlichkeit vermeiden wollen. Eine Exhumierung des sehr bekannten Verstorbenen erregt immer die Neugier der Medien, und damit würde auch der – verzeihen Sie die profane Bezeichnung – Seitensprung des ehrenwerten Bürgers bekannt werden. Und das wollen die Marienthals bestimmt nicht. Zumal Herr Nicolas Marienthal hier erfahren hat, dass das Schloss nicht mehr zum Erbe gehört.«

»Müsste ich dann zu einem Vaterschaftstest nach Hamburg fliegen?«

»Nein, so etwas kann hier durch gerichtsmedizinische Experten erledigt werden.«

»Ich bin in der kommenden Woche in Deutschland. Halten Sie es für richtig, mich bei den Marienthals zu melden?«

»Nein, davon würde ich Ihnen abraten. Die Verhandlungen sind jetzt Anwaltssache. Nachdem diese Leute versucht haben, mit Tricks und Intrigen hier Fuß zu fassen, sollten wir ihnen nicht nachlaufen. Und Sie wollen in den nächsten Tagen nach Deutschland reisen?«

»Ja, meine Mutter möchte nach Hamburg umziehen, und ich begleite sie.«

Überrascht sah der Anwalt Lizzy an. »Sie wollen uns verlassen? Gefällt es Ihnen nicht mehr bei uns?«

»Doch, schon, aber mich zieht es zu den Wurzeln zurück. Ich möchte in dem Haus meiner Eltern leben und wieder hanseatische Atmosphäre genießen.«

Fragend sah der Mann Marie an. »Meiner Mutter ist es zu still in *Hardinghouse* geworden.«

»Trotz des jetzt bewohnten Schlosses?«

»Wir halten uns den neuen Bewohnern gegenüber etwas zurück«, erklärte Marie, »wir wollen nicht das Gefühl vermitteln, die neuen Bewohner zu beobachten.«

»Hm, das kann ich verstehen.«

»Ich will noch was vom Leben haben«, unterbrach Lizzy die beiden. »Ich bin gerade einmal fünfzig, da kann man doch noch mal neu anfangen.«

»Selbstverständlich«, versicherte der Anwalt, der sichtlich überrascht war und der selbst so gar nicht daran dachte, noch einmal ein neues Leben anzufangen, obwohl er vor nicht langer Zeit auch erst die Mitte seiner Fünfzigerjahre überschritten hatte. Im Verhältnis zu Lizzy fühlte er sich plötzlich uralt.

Marie unterschrieb die ihr vorgelegten Papiere, und die Damen verabschiedeten sich. Sie wollten unbedingt noch bei Tageslicht Fiona bei dem Arzt in Stirling abholen.

Der Hündin ging es gut. Sie war außer sich vor Freude, als sie Marie und Lizzy erkannte, und beruhigte sich erst, als sie auf der Rückbank des Range Rovers lag. Sie trug noch immer einen dicken Verband um den Brustkorb, und der Arzt erklärte: »Die Wunde ist gut verheilt, es gab keine Komplikationen. Der Verband soll nur verhindern, dass sie die Wunde aufkratzt. Sie können ihn einmal am Tag wechseln, die Narbe ist trocken, und Sie werden keine Probleme mehr damit haben.«

»Und wann kann ich ihn weglassen?«

»Nun«, lächelte der Arzt, »wenn Fiona nicht mehr daran kratzt. Das sehen Sie oder hören es dann schon.«

»Ja, natürlich. Danke.« Marie schüttelte lächelnd den Kopf. »Ich habe eben keine Erfahrung mit Hunden, verzeihen Sie.«

»Ist schon in Ordnung.«

Als sie endlich das Cottage erreichten und Marie die Haustür aufschloss, spürte sie, dass sie sich endlich hundertprozentig sicher fühlen konnte. Fiona war wieder bei ihr!

Die nächsten Tage waren mit Lizzys Reisevorbereitungen gefüllt.

Marie stellte fest, dass sich die Mutter in den Wochen des Zusammenlebens gut erholt hatte. Ihre sonst so schmale Figur zeigte wieder leichte Formen, und auch das blasse Gesicht hatte Farbe bekommen, was auch daran lag, dass Lizzy sich wieder hübsch machte und Lippenstift auftrug. Zudem hatte sie sich zu einer modernen Kurzhaarfrisur entschlossen.

Als sie sich von Belinda verabschiedete, erklärte diese: »Lizzy, du bist nicht wiederzuerkennen. Pass auf dich auf, nicht dass wir hier in kürzester Zeit eine Heiratsannonce in der Post finden.«

Lizzy antwortete, schlagfertig wie immer: »Wir werden sehen, wenn ja, dann kannst du sicher sein, dass es sich lohnt. Was anderes kommt nicht infrage.« Unter fröhlichem Gelächter verabschiedeten sich die drei Frauen, denn Marie wollte die Mutter am nächsten Tag nach Hamburg begleiten. Nur Fiona war traurig, sie musste bei Belinda zurückbleiben.

Abends rief Marie Anne Rose in Övelgönne an. Die beiden telefonierten öfter miteinander, jetzt aber wollte Marie die Ankunft bestätigen. »Hallo, meine Liebe, morgen sehen wir uns wieder. Ich freue mich.«

»Ich auch, soll ich im Haus irgendetwas vorbereiten?«

»Es wäre schön, wenn du ein bisschen lüften könntest.« »Selbstverständlich, ich besorge auch ein paar Lebensmittel und frisches Obst, und im Garten werde ich jedes Unkraut beseitigen.«

»Das musst du nicht, ich kann mich doch selbst darum kümmern.«

»Nein, du sollst den besten Garten vorfinden von ganz Övelgönne, das bin ich einer Gärtnerin schuldig.«

Marie lachte fröhlich. »Ich freue mich, dich zu sehen. Dann bis morgen.«

»Übrigens, dein Freund Tobias Amman war vor zwei Tagen hier. Er wollte wissen, ob ich die Schlüssel zu deinem Haus hätte. Er habe dort noch Sachen, die er dringend brauche.«

»Ach, du meine Güte! Und? Hast du ihn hineingelassen.«

»Nein, natürlich nicht. Ich habe ihm gesagt, dass ich keinen Schlüssel hätte und auch nicht wüsste, wann du zurückkämst. Er war ganz schön sauer, und zum Schluss hat er auf dich geschimpft, weil du einen Hund auf ihn gehetzt hättest.«

»Ja, er war sehr zudringlich, aber ich habe keinen Hund auf ihn gehetzt, sondern stattdessen hat er meinen Hund fast umgebracht. Er hat Fiona sein Gärtnermesser in die Brust gestochen und nur um Millimeter ihr Herz verpasst.«

»Wie furchtbar!«

»Ich hoffe, ich sehe ihn nie wieder. Wenn da tatsächlich noch Sachen von ihm sind, was ich aber nicht glaube, schicke ich sie ihm per Post zu. Erst hat er mich sehr enttäuscht und dann ist er sehr impertinent und zudringlich geworden. Er hatte wohl gehofft, mit mir als Erbin das ganz große Geschäft zu machen.«

»Na, ich hoffe, du bist nicht zu enttäuscht von ihm. Etwas oberflächlich kam er mir schon immer vor.«

»Ich bin nicht enttäuscht, ich bin froh, den wahren Menschen kennengelernt zu haben.«

»Ich freue mich auf unser Wiedersehen. Du musst mir alles ganz genau erzählen. Tschüss bis morgen.«

»Wer ist diese Frau Rose?«, wollte Lizzy wissen, die das Gespräch mitgehört hatte.

»Anne und Jens sind unsere nächsten Nachbarn, und wir achten gegenseitig auf unsere Häuser, wenn einer abwesend ist.«

»Das ist gut zu wissen. Wer weiß, vielleicht packt mich eines Tages die Reiselust und ich bin auf und davon.«

»Also, Mutter, nun komm doch erst einmal in Hamburg an.«

Der Flug am nächsten Tag verlief reibungslos. In London mussten die beiden Frauen umsteigen, aber da sie das Gepäck durchgecheckt hatten, gab es keinerlei Probleme, und sie erreichten mühelos die Maschine nach Hamburg, wo sie am frühen Nachmittag landeten.

»Bitte fahren Sie langsam und eine schöne Strecke, ich möchte einen ersten Eindruck von Hamburg haben, ich war fast dreißig Jahre lang nicht mehr hier«, bat Lizzy den Fahrer und lehnte sich bequem in die Polster zurück.

Der Chauffeur schmunzelte. Endlich einmal Gäste, die nicht auf dem kürzesten Weg gefahren werden wollen, dachte er zufrieden und fuhr die Alsterkrugchaussee hinunter, dann bog er nach links ab, kreuzte die City Nord und den Stadtpark, erreichte die Außenalster, die er einmal komplett umrundete, und fuhr dann quer durch die Innenstadt, am Rathaus vorbei bis hinunter zum Hafen. Einen kurzen Abstecher zur Speicherstadt und zur neuen Hafen-City gönnte er sich noch und fuhr schließlich über die

Große Elbstraße bis vor das kleine Haus der Moorburgs. Lizzy war zufrieden, und Marie gönnte der Mutter die üppige Stadtrundfahrt.

Als Dankeschön trug der Fahrer den Damen die Koffer bis in den Hausflur, dann wendete er den großen Wagen auf dem schmalen Weg und fuhr davon. Das Geschäft des Tages hatte er hinter sich.

Anne Rose hatte einen Kaffeetisch gedeckt und als sie hörte, dass es im Haus nebenan laut wurde, kam sie mit einer Kanne Kaffee herüber. »Hallo, ich freue mich, dass ihr da seid. Hier ist Kaffee, der Kuchen ist auch noch warm, und ich wünsche euch eine fröhliche Heimkehr.« Eine kleine Umarmung, ein kurzes Winken und schon war sie wieder fort.

»Die ist ja richtig nett«, war Lizzys Kommentar, und dann ließ sie sich mit Kaffee und Kuchen verwöhnen.

»Morgen früh fahre ich mit dir in die Innenstadt und zeige dir die wichtigsten Geschäfte und die Bank, auf der dein neues Konto eröffnet wurde. Anschließend lassen wir uns einen großen Vorrat an Lebensmitteln schicken. Damit schleppen wir uns nicht selbst ab«, erklärte Marie.

»Habe ich eigentlich genug Geld?«, fragte Lizzy plötzlich kleinlaut.

»Ja, Mutter, du hast genug Geld. Du bist eine reiche Frau.«

»Aber wieso denn?«

»Cornelius Marienthal hat dir sehr viel Geld gegeben. Wir haben es eingezahlt, und jetzt wurde es auf dieses Hamburger Konto überwiesen.«

»Irgendwann möchte ich einmal eine Schiffsreise machen, nicht als Stewardess, sondern als Passagier. Reicht es dafür?«

»Aber ja, Mutter. Wir legen es gut an, und allein von den Zinsen, die du bekommst, kannst du Schiffsreisen machen, so oft du willst.«

»Ach«, seufzte Lizzy, »einmal verwöhnt werden auf so einem Schiff, davon habe ich immer geträumt. Einmal nicht fremde Leute bedienen, nicht nach deren Wünschen tanzen, nicht auf diese Trinkgelder angewiesen zu sein, du kannst dir nicht vorstellen, wie ernüchternd das oft war.«

»Doch, Mutter, auch ich habe diese Erfahrungen gemacht. Als Gärtnerin ist man auch nicht gerade wohlhabend, und wenn die Leute dann kommen und denken, sie müssten mir noch ein Geldstück in die Hand drücken, dann wäre ich am liebsten in den Erdboden versunken. Aber diese Zeiten sind jetzt ein für alle Mal vorbei.«

»Glaubst du wirklich?«

»Ja, Mutter, es ist so. Du kannst ganz beruhigt sein.«

»Gott sei Dank. Dann will ich morgen ein großes Reisebüro in der Stadt aufsuchen.«

31

Als Marie eine Woche später wieder in Edinburgh landete und ihren Wagen aus dem Parkhaus holte, war sie ziemlich deprimiert. Was tue ich hier eigentlich, dachte sie ernüchtert und reihte sich in den Linksverkehr ein. Was habe ich hier verloren, warum bin ich nicht in Hamburg geblieben und habe mir dort eine neue Arbeit gesucht? Diese ganze verzwickte Angelegenheit mit der Erbschaft hat sich erledigt, und letzten Endes bin ich hier absolut fremd. Mit der Sprache, das geht ja gerade noch, aber ich kenne keinen Menschen hier – außer den Browners natürlich und Doktor Manores, aber ich habe keine Arbeit, ich habe keine Verbindungen zu Arbeitsämtern oder Vermittlern, und Freunde habe ich schon gar nicht. Wer weiß, ob Colin das mit dem Klostergarten und mit den Parkanlagen auf Bute wirklich ernst gemeint hat. Vielleicht wollte er sich ja auch nur einschmeicheln, vielleicht ist er längst mit seiner Jane auf und davon.

Sie sah ihn vor sich, diesen großen, charmanten Mann mit den dunklen Augen, die so eindringlich und auch liebevoll blicken konnten, und sie sehnte sich nach seiner Umarmung. Ja, ja, überlegte sie ernüchtert, es hilft alles nichts, ich habe mich verliebt, aber das werde ich so schnell wie möglich ändern. Und was ist dann? Dann bleiben mir nicht einmal mehr meine Träume. Dabei ist es so schön hier, so rau und so einsam. Wenn die Wolken auf den Bergen liegen, wenn der Sturm über die Hügel fegt, wenn die Sonne die Seen in blankes Silber verwandelt und der Mond das Land zur Ruhe kommen lässt, ist es hier wie in einem Märchen. Es ist so schön, aber was habe ich hier zu suchen? Träume sind sehr angenehm, das Erwachen aber nicht unbedingt.

Marie hatte die Stadt und die Schnellstraßen hinter sich gelassen. In Stirling hatte sie sich eine Tüte Fish and Chips geholt und einen Becher Kaffee, und vor ihr lag der letzte Teil der Reise, der Weg durch das Weideland. Die weißen Schafe mit ihren schwarzen Köpfen waren einmalig, genau wie die großen Herden der samtbraunen Hochlandrinder, die so freundliche Augen hatten.

Geduldig fuhr Marie über die Wege, über die Rollgitter der Weidesperren, öffnete und verschloss die Zaungatter sorgfältig und sah die Hügel, die nun schon bekannt waren und ein Gefühl des Heimkommens vermittelten. Meine Güte, es ist fast ein halbes Jahr her, dass ich das erste Mal hier durchgefahren bin, die Wege gesucht und verflucht habe. Und jetzt sagen sie mir, dass ich nach Hause komme.

Marie seufzte. Komme ich wirklich nach Hause? Wer erwartet mich? Wenn man nach Hause kommt, muss doch jemand da sein, zu dem man heimkommt? Na ja, sie lächelte, Fiona wird sich freuen und Belinda auch. Ein bisschen wenig, oder? Ob Paul Browner schon aus Kentucky zurück ist, und ob Steve endlich sein Examen bestanden hat, und ob Benny unsere Stuten bewegt hat? Traurig schüttelte sie den Kopf. Zu wenig, dachte sie, einfach zu wenig für einen Empfang unter Freunden. An Colin Browner dachte sie ganz bewusst nicht.

Und dann kam doch alles anders, als sie den Wagen vor dem Cottage abstellte. Die Kinder aus dem Schloss hatten eine Girlande aus grünen Ginsterzweigen und Mohnblumen geflochten, die Mütter hatten sie über der Haustür angebracht und ein buntes Schild rief ihr zu: »Herzlich willkommen zu Hause«. Und dann ging die Haustür auf, und Fiona kam herausgestürmt, und Belinda stand in der Tür und winkte lachend. »Kommen Sie nur, der Kaffee wird sonst kalt.«

»Aber woher wussten Sie, dass ich heute komme?«

»Lizzy hat angerufen und gesagt, dass wir Ihnen einen supernetten Empfang bereiten müssten, denn den hätten Sie verdient.«

Marie lachte. »Na, wenn Lizzy das sagt?« Und als sie in die

Wohnstube kam, saß Colin am Tisch, lächelte und erklärte: »Ich bin verrückt nach Mutters Apple-Pie, und als sie mir nichts abgeben wollte, bin ich hinter ihr und diesem köstlichen Duft einfach hergelaufen, und so bin ich an diesem Tisch gelandet.«

Drei Tage später, nachdem Colin wieder nach Glasgow gefahren war und Marie sich im Schloss bei den Kindern und Müttern für den netten Empfang bedankt hatte, verbrachte sie gerade die meiste Zeit mit ihrem Pferd und Fiona, die endlich wieder ohne Verband laufen konnte, als ein Anruf von Doktor Manores kam.

»Ja«, räusperte er sich. »Ich weiß jetzt nicht, ob ich eine gute oder eine schlechte Nachricht für Sie habe, Miss Moorburg. Aber Frau Renate Marienthal, die Ehefrau von Nicolas Marienthal, will Sie besuchen. Die Dame ist sehr resolut und hat darauf bestanden, ihren Besuch bei Ihnen für den morgigen Tag anzumelden.«

»Hm, was soll ich dazu sagen. Ich könnte natürlich verreist sein, andererseits, Doktor Manores, will ich dieses Hin und Her beenden. Von mir aus kann sie kommen.«

»Soll ich dabei sein? Wenn Sie es wünschen, würde ich kommen, andererseits ist es in diesen Tagen sehr schwierig für mich, Edinburgh zu verlassen, ich habe wichtige Termine, die ich eigentlich nicht vertagen kann. Und mein Fuß streikt immer noch.«

»Danke, Doktor Manores, ich werde schon allein zurechtkommen.«

»Die Dame ist sehr energisch.«

»Dann werde ich auch energisch sein. Ich habe keine Angst.«

»Das weiß ich und das schätze ich an Ihnen. Aber machen Sie in keiner Weise Zugeständnisse in irgendeiner Form, darum bitte ich Sie ganz ausdrücklich. Und im Übrigen ist sie eine angeheiratete Marienthal und hat eigentlich in der Erbschaftsfrage nichts zu sagen.«

»Ich werde keine Zugeständnisse machen, das verspreche ich.«

»Gut, dann hoffe ich, Sie haben trotz allem einen angenehmen Tag, und wenn ich bitten dürfte, würde ich mich über einen Rückruf nach dem Besuch der Dame freuen.«

»Selbstverständlich und danke, dass Sie mich benachrichtigt haben.«

Nachdenklich stellte Marie den Hörer auf die Station. Jetzt kommt also die Frau von Nicolas. Eine sehr eingebildete Wichtigtuerin, so habe ich sie damals an der Elbchaussee kennengelernt. Nicolas hatte neben ihr überhaupt nichts zu sagen, und Cornelius ging ihr aus dem Weg, wenn er konnte. »Sie ist sehr wohlhabend und sie denkt, mit Geld kann man sich alles leisten«, hatte er einmal zu ihr gesagt und sich schweigend abgewandt, als sie ihm etwas zurief. Dass wir uns gut verstanden und oft miteinander geredet haben, hat sie überhaupt nicht gemocht, erinnerte sich Marie und zuckte mit den Schultern, ich lass mir jedenfalls nichts gefallen.

Trotzdem achtete sie am nächsten Morgen darauf, dass Haus und Garten einen guten Eindruck machten und sie selbst passend, aber nicht auffällig gekleidet war. Sie zog einfach ihre Reithosen mit den schwarzen Schaftstiefeln an, dazu eine karierte Bluse und, zu den Stiefeln passend, eine schwarze Weste. Wenn die Dame kommt, kann ich so tun, als sei ich auf dem Weg zum Stall und fühle mich von ihr gestört.

In Wirklichkeit aber war Marie gar nicht so selbstbewusst, wie sie aussehen wollte. Sie war ein Mensch, der Harmonie und Frieden liebte, der gern mit anderen zusammen war und Freundschaften schätzte. Sie zwang sich, in der Frau nicht von vornherein eine Feindin zu sehen. Und für einen Augenblick bedauerte sie es, Lizzy nicht in der Nähe zu haben. Lizzy und das Gewehr und die herunterfallende tote Krähe vor den Füßen dieses Abgesandten der Marienthals, das Erlebnis könnte ich jetzt gebrauchen, schmunzelte sie.

Am späten Vormittag fuhr ein Taxi mit Glasgower Werbung an den Autotüren vor. Aha, dachte Marie, die Dame ist also in ihrem Privatjet bis Glasgow gedüst und hat dann die asphaltierten Straßen bis *Hardinghouse* gewählt. Dann hat sie den Gutshof und das Schloss bereits gesehen.

Das Auto hielt vor dem Garten, aber niemand stieg aus. Stattdessen hupte der Chauffeur zweimal. Marie rührte sich nicht. Wenn jemand etwas von mir will, soll er kommen und klingeln, dachte sie und schaute heimlich aus dem Fenster. Nachdem der Fahrer noch einmal erfolglos gehupt hatte, stieg er aus und klingelte an der Haustür. Marie, Fiona am Halsband, öffnete und fragte höflich: »Ja bitte?«

»Ich habe eine Dame im Wagen, die mit Ihnen reden will.«

»Dann soll sie herkommen.«

»Sie will aber nicht aussteigen.«

»Tut mir leid, dann bin ich nicht zu sprechen.« Marie schloss die Tür wieder.

Der Chauffeur ging zum Wagen zurück, öffnete die Autotür und sprach mit seinem Fahrgast. Nachdem er sich kopfschüttelnd geweigert hatte, noch einmal zum Haus zu laufen, öffnete er die Fondtür und half Renate Marienthal beim Aussteigen. Auch diesmal musste der Chauffeur vorausgehen und klingeln, trat aber dann zur Seite und ging zu seinem Taxi zurück, als Marie öffnete. »Ja bitte?«

»Was bilden Sie sich eigentlich ein, Fräulein Moorburg?«

»Guten Tag. Ich verstehe Sie nicht?«

»Sie verstehen mich sehr gut. Ich will mit Ihnen sprechen.«

»Bitte kommen Sie herein.«

»Räumen Sie erst einmal diesen Hund beiseite, er sieht zum Fürchten aus.«

Marie lächelte heimlich, Fiona hatte sich wieder einmal Respekt verschafft. »Dieser Hund ist zum Fürchten, aber er muss nicht zur Seite geräumt werden, er kann durchaus selbst gehen. Komm, Fiona, setz dich.«

Fiona setzte sich ein paar Meter entfernt auf ihren Platz, behielt aber die Fremde fest im Auge, während Marie höflich fragte: »Was kann ich für Sie tun, Madame?«

»Was machen Sie hier?«

»Ich lebe hier.«

»Auf unserem Grund und Boden? Das ist eine Unverschämtheit.«

»Sie irren sich, Madame, diesen Grund und Boden hat mir mein Vater vererbt.«

»Ein demenzkranker alter Mann hat seine Kompetenzen überschritten.«

»Madame, ich bin nicht bereit, in diesem Ton mit Ihnen zu sprechen. Bitte verlassen Sie mein Haus.« Im gleichen Augenblick stellte Fiona sich knurrend neben Marie.

»Ich denke nicht daran und ich sage Ihnen noch einmal, schaffen Sie den Hund weg.«

Marie ging zur Haustür und öffnete sie weit. »Bitte verlassen Sie mein Haus.«

»Wie ich schon sagte: Ich denke nicht daran.« Missbilligend sah Renate Marienthal die junge Frau an. »Der Reitdress gefällt Ihnen wohl? Sie haben sich ja schnell an die Gepflogenheiten der besseren Gesellschaft gewöhnt.«

»Ich habe zwei Pferde, die man mir überlassen hat und die regelmäßig bewegt werden müssen.«

»Und dann reiten Sie über unsere Ländereien und erwarten von unseren Arbeitern, dass man Sie wie eine Herrin begrüßt und sich unterwürfig verbeugt?«

»Ich reite über mein Land, um es zu genießen und seine Grenzen kennenzulernen.«

»Ich bin gekommen, um Ihnen Ihre angeblichen Rechte abzukaufen. Vaterschaftstests und DNA-Analysen, auf die pfeife ich. Wie viel wollen Sie?«

»Hier gibt es nichts zu verkaufen.«

»Wir haben ein Recht auf diesen Besitz.«

»Sie irren sich. Ihr Gatte, mein sogenannter Stiefbruder, wird auf diese Rechte verzichten müssen, während ich freiwillig auf die Ansprüche, die ich an das Erbe meines Vaters in Hamburg habe, verzichte.«

Renate Marienthal brach in schallendes Gelächter aus, und Fiona verstärkte ihr Knurren. »Sie und Erbansprüche in Hamburg?«

»Wenn es zu einem wirklichen Erbstreit kommt, werde ich meine Rechte in Anspruch nehmen, Madame.«

»Das ist nicht Ihr Ernst.«

»Oh doch. Ich bin bereit, darauf zu verzichten, aber ich werde darum kämpfen, wenn Sie mich dazu zwingen. Und ich werde gewinnen, denn die Rechte sind auf meiner Seite.«

»Blödsinn«, die Stimme war etwas leiser geworden. »Kämpfen kann ich auch. Sie sollten es nicht darauf ankommen lassen.«

»Ja, ich weiß, wie Sie kämpfen, Sie schicken eine Söldnertruppe, die Sie von Hamburg aus dirigieren. Madame, die Zeiten sind vorbei, und die Polizei ist eingeweiht. Versuchen Sie es nicht noch einmal, die Blamage in der internationalen Presse könnte Sie vernichten.«

»In der Presse?«

»Ich kämpfe nicht mit maskierten Männern, ich kämpfe mit Würde und mit Worten, aber ich kämpfe hart, das sollten Sie nie vergessen.«

Renate Marienthal sah sich unschlüssig um. »Sie haben mir nicht einmal einen Stuhl angeboten.«

Da wusste Marie, dass sie gewonnen hatte. »Bitte nehmen Sie doch Platz, kann ich Ihnen etwas anbieten?«

»Nein, danke. Aber mich würden die Pferde von *Hardinghouse* interessieren. Ich bin Reiterin, und der Gutsverwalter verkauft Rennpferde an die Queen, wurde mir gesagt.«

»Das stimmt.«

»Könnte ich die Stallungen einmal besichtigen?«

»Der Gutsverwalter ist derzeit nicht in Schottland. Er würde fremde Besucher nicht dulden, wenn er nicht dabei ist.«

»Na, ich will seine Pferde ja nicht stehlen.«

»Trotzdem, da ist Mister Brown sehr eigen. Sie müssten schon einen Termin mit ihm persönlich ausmachen.« Marie nahm sich vor, der leicht veränderten Atmosphäre entsprechend etwas höflicher zu werden.

»So ein Umstand.«

»Daran kann ich nichts ändern.«

»Ich denke, es ist Ihr Gutshof.«

»Der Verwalter arbeitet selbstständig und zu meiner Zufriedenheit. Ich habe keinen Grund, mich da einzumischen.«

»Stehen denn Pferde zum Verkauf? Ich weiß, dass er Rennpferde züchtet, aber ich brauche ein Turnierpferd zum Springreiten.«

»Sie müssten sich selbst erkundigen, wenn Mister Browner zurück ist. Aber ich weiß, dass bei der Zucht immer wieder Pferde darunter sind, die sich nicht für den Rennsport eignen, aber als Springpferde sehr gute Erfolge erzielen.«

»Und wann kommt er zurück?«

»Ich denke, in den nächsten Tagen.«

»Mir scheint, Sie leben auf einem Gut, von dem Sie behaupten, es gehöre Ihnen, aber Sie haben von nichts eine Ahnung.«

»Ich mische mich nicht in Angelegenheiten, die mich nichts angehen.«

»Ich habe das Schloss gesehen. Warum leben Sie nicht im Schloss, das Ihnen angeblich gehört, sondern in dieser alten Kate?«

»Ich liebe dieses Cottage, es entspricht in allen Dingen meinen Wünschen. Das Schloss gehört mir nicht mehr.«

»Was soll das heißen, das Schloss gehört Ihnen nicht mehr?«

»Es ist Eigentum der Cornelius-Marienthal-Stiftung, die in Glasgow ihren Sitz hat.«

»Sind Sie verrückt, wie kann man denn ein Schloss verschenken.«

»Das Haus stand seit Jahren leer, und ein Haus, das nicht genutzt wird, stirbt.«

»Das Haus stirbt, jetzt werden Sie mal nicht theatralisch. Ich werde es schon zum Leben erwecken, darauf können Sie sich verlassen.«

»Es lebt bereits wieder. Dreißig alleinstehende Mütter mit ihren Kindern haben es zum Leben erweckt, und es ist eine riesige Freude, dieses Leben zu beobachten.«

Renate Marienthal starrte Marie einen Augenblick sprachlos an. Dann lachte sie laut auf. »Und das soll ich Ihnen glauben?«

»Gehen Sie hin und schauen Sie nach, Madame.«

»Sie meinen das tatsächlich im Ernst?«

Als Marie nickte, wurde sie nachdenklich. Dann sagte sie leise: »Mit dem Gedanken könnte ich mich sogar anfreunden.«

Da wusste Marie, dass sie endgültig gewonnen hatte.

»Wenn Sie wollen, begleite ich Sie.«

»Danke, das ist nicht nötig.«

»Das Haus ist nicht für Besucher geöffnet.«

»Eine großzügige Spende öffnet noch immer Türen und Tore.«

»Das stimmt. Dem Spielplatz fehlen Schaukeln, Rutschbahnen, Wippen und ein kleines Karussell, und ein Planschbecken wäre auch sehr wünschenswert.«

Jetzt lachte Renate Marienthal laut und herzlich. »Eine bessere Erbnutzerin konnte Cornelius nicht finden. Wie und wo kann man spenden?«

Marie überreichte ihr eine Karte der Stiftung mit Namen, Adresse und Kontonummern.

»Ich werde mich als Mäzen eintragen lassen, die Sache fängt an, mir Spaß zu machen. Als Mäzenin kann ich das Schloss dann hoffentlich besichtigen?«

»Wann immer Sie wollen.«

Renate verabschiedete sich, und Marie begleitete sie bis zum Wagen. Als sie einstieg, sagte sie dem Chauffeur: »Und jetzt fahren Sie mich am Schloss vorbei, ganz, ganz langsam, damit ich den Anblick eines Objektes, das ich in Zukunft sponsern werde, genießen kann.«

Fünf Tage später rief der Stiftungsrat bei Marie an und bedankte sich für die Vermittlung zweier großzügiger Mäzene, die bereit seien, Schloss *Hardinghouse* in Zukunft zu unterstützen. Als Mäzene wurden die Namen Renate und Nicolas Marienthal genannt.

32

Es war ein sehr stürmischer Tag, an dem Colin vor dem Cottage in den Highlands hielt, um Marie abzuholen. Mehr als drei Wochen waren seit ihrem letzten Treffen vergangen. Drei Wochen, in denen dringende Arbeiten in Glasgow den Architekten immer wieder aufgehalten hatten, sodass er seine Fahrt auf die Insel Bute verschieben musste. Drei Wochen, in denen bei Marie immer wieder Zweifel aufkamen und sie sich fragte, ob Colin ein zuverlässiger Mann war, ob ihre gerade begonnene Beziehung wirklich ausreichte, um eine gemeinsame Arbeit zu garantieren. Jedes Mal, wenn er sie anrief, um eine Verzögerung zu melden, wurden Maries Zweifel größer. Und dann, gestern Abend, kam der Anruf von Belinda, die ihr mitteilte, dass Colin eingetroffen war und, total übermüdet, ihr ausrichten ließ, dass er am nächsten Tag sehr früh vor der Haustür halten würde, um sie abzuholen.

Marie war erleichtert und besorgt zugleich. War Colin so überarbeitet, dass er nicht selbst anrufen konnte? Sollte sie diese Reise mit ihm antreten, wenn er unter Umständen krank wurde? Oder tat es ihm leid, sie zu der gemeinsamen Arbeit überredet zu haben, und er versuchte bereits, persönliche Kontakte zu reduzieren, indem er die Mutter um den Anruf bat? Fühlte er sich nur noch durch sein Versprechen der gemeinsamen Arbeit an sie gebunden und hatte bewusst in den vergangenen Wochen die persönlichen Kontakte auf Telefonanrufe begrenzt?

Ich kenne ihn wirklich noch nicht, dachte Marie, als sie morgens im Dunklen aufgestanden war, um fertig zu sein, wenn er kam, denn Belinda hatte keine Uhrzeit genannt und sehr früh war eine lange Spanne.

Der Wind fegte um das Haus und Marie war froh, dass das Cottage so geschützt in einem Tal zwischen den Hügeln stand. Sie hatte in dem kleinen Haus schon mehrere Unwetter überstanden, aber jetzt schien der erste Herbststurm das Ende des Sommers anzukündigen.

Marie hatte bereits am Abend alle Fensterläden geschlossen, das Feuer im Kamin gelöscht und die Hintertüren verriegelt.

Am Morgen war sie dann noch in der Dunkelheit mit Fiona gelaufen, hatte die Pferde gefüttert – »Sie werden später zurück zum Gutshof geholt«, hatte ihr Belinda gesagt – und im Schein der Haustürlampe ein paar losgelöste Rosenzweige am Wandspalier festgebunden. Die Rosen würden bis in den November hinein blühen, aber wenn sie ohne Halt dem Sturm ausgesetzt waren, würden sie nicht so lange durchhalten.

Sie hatte Fiona gefüttert, sich eine Tasse Tee gekocht und die letzte Scheibe Brot gegessen. Als es draußen hell wurde, schaltete sie die elektrische Hauptleitung aus, drehte die Wasserleitung ab und stellte das Telefon auf Anrufbeantworter um. In der schwachen Dämmerung kontrollierte sie noch einmal das Haus, stellte die Reisetasche auf den Flur und setzte sich, Fiona neben sich, in ihren Sessel, um zu warten.

Und wie immer hörte Fiona als Erste das näher kommende Auto. Sie sprang auf und lief freudig mit der Rute wedelnd zur Haustür. Seltsam, dachte Marie, durch Hauswände und Autostahl hindurch spürt dieser Hund, ob ein Freund oder ein Feind kommt. Aber, kommt jetzt wirklich ein Freund?

Sie öffnete die Haustür, und Colin kam auf sie zu. »Hi, Fiona«, begrüßte er die aufgeregte Hündin und mit »Hi, Marie« kam auch der Gruß für sie. »Entschuldige, dass ich so früh komme, aber ich möchte die erste Fähre in Wemyss Bay erreichen, sie haben für mittags Sturm mit Orkanstärke angesagt und es könnte sein, dass die Fähren dann den Betrieb einstellen.«

»Ist schon in Ordnung, Colin, wir sind fertig.« Sie griff nach ihrem Rucksack, in dem sie Fotoapparate, Zeichenutensilien und

Messgeräte verstaut hatte, nahm ihre Handtasche und verschloss die Haustür, während Colin die Reisetasche und die Hundedecke im Wagen verstaute, Fiona ihren Platz auf der Rückbank zeigte und Marie die Tür aufhielt. »Danke.«

Keiner sprach. Colin musste sich auf die schmalen Straßen konzentrieren, denn er wollte auf dem schnellsten Wege die Hafenstadt erreichen, und auch Marie kämpfte mit der Müdigkeit, denn sie hatte nachts kaum geschlafen, weil ihr zu viele Gedanken durch den Kopf gingen, vor allem Gedanken, die sich mit Colin und ihrer Zukunft beschäftigten. Er sieht wirklich schlecht aus, dachte sie, blass und schmal im Gesicht, als hätte er Tag und Nacht gearbeitet. Als es richtig hell war und die Sicht einigermaßen, legte sie ihre Hand auf die seine. »Alles in Ordnung, Colin«?, fragte sie leise.

Er lächelte, sah sie aber nicht an. »Jetzt ja«, erklärte er und konzentrierte sich auf die Straße, denn langsam wuchs der Verkehr. Dann erreichten sie die Vororte von Glasgow, wo der Berufsverkehr einsetzte. Als sie den River Clyde überquert hatten und über die A 8 nach Greenock fuhren, löste sich die Verspannung bei Colin. Er nahm ihre Hand und küsste sie. »Danke, dass du so eine verständnisvolle Mitfahrerin bist.«

Kurz vor acht Uhr erreichten sie den Fährhafen und reihten sich in die Schlange der wartenden Autos ein, die langsam auf die verschiedenen Fährschiffe zurollten. Colin streckte sich und atmete tief durch. »Himmel, bin ich froh, dass es endlich so weit ist.«

»Ich weiß, du hattest viel zu tun«, versicherte Marie, um ihn zu beruhigen.

»Es kam wieder alles auf einmal. Neue Aufträge, die immer sehr willkommen und sehr zeitaufwendig sind, Reklamationen, die nicht willkommen, aber noch zeitaufwendiger sind, und personelle Probleme, weil ich zwei neue Zeichner einstellen musste, die sich als wenig talentiert erwiesen.« Er gähnte herzhaft. »Verzeih.«

Marie nickte. Sie war froh, dass er sich so natürlich zeigte und nicht reserviert. »Schade, dass ich dir so gar nicht helfen konnte. Ich hatte so viel freie Zeit.«

»Ach, lass nur, wenn wir erst zusammen arbeiten, wird so einiges auf dich zukommen, davon bin ich überzeugt. Aber mich hat nicht nur die Arbeit strapaziert, ich musste auch privat so einiges in die richtigen Bahnen lenken.«

»Wieder Ärger mit deinem Vater?«

»Nein, diesmal nicht. Ich habe meine Verbindung zu Jane gelöst.«

Marie sagte nichts. In eine solche Diskussion wollte sie sich nicht einmischen. Aber Colin fuhr fort: »Ich habe feststellen müssen, dass mich meine Freundin nur als Sprungbrett benutzen wollte, um in andere Gesellschaftsschichten aufzusteigen, dafür konnte ich mich nicht hergeben.«

Marie sagte nichts, sie wunderte sich nur über diese Begründung, denn sie wusste, dass Jane aus einem sehr reichen Elternhaus kam. In welche Gesellschaftsschichten wollte sie denn dann noch? Colin spürte die stumme Frage und erklärte: »Hier in Schottland und auch in England sind die Grenzen sehr genau gezogen. Reichtum garantiert noch lange nicht eine bestimmte Dazugehörigkeit.«

»Wozu?«

»In die Kreise des Adels, der Clans, der altehrwürdigen Familien.«

Er lachte: »Selbst wenn diese verarmt sind. Und mit diesen Kreisen hoffte Jane Verbindung aufzunehmen, indem sie mich zu den Schlössern und Herrensitzen begleitete.«

Marie schüttelte den Kopf. »Wie kommt man denn auf diese Idee?«

»Indem man eitel, dominant und egoistisch ist, denke ich mal.«

»Ach, Colin, ich merke schon, von den Gedankengängen und Intrigen mancher Menschen habe ich keine blasse Ahnung.« »Gott sei Dank, Marie.« Er drehte sich zu ihr um, nahm ihr

Gesicht in seine Hände und küsste sie. »Guten Morgen, meine Liebe.«

Fiona richtete sich auf und leckte die Köpfe, die sich da vor ihr aneinanderschmiegten. Dann setzte sich die Autoreihe in Bewegung, und Colin musste sich auf das Einordnen der Wagen auf dem Schiffsdeck konzentrieren.

Im Hafenbecken war das Wasser verhältnismäßig ruhig, aber als sie auf den größeren Sund herausfuhren, zeigten die Wellen weiße Schaumkronen, die bis zum Deck hinaufschlugen. Den Autofahrern war es freigestellt, ob sie in ihren Wagen bleiben oder lieber in den Aufenthaltsraum gehen wollten. Marie und Colin entschlossen sich für das Auto, schon um Fiona nicht allein lassen zu müssen. Je weiter das Schiff auf den Sund hinausfuhr, umso heftiger schaukelte es. Aber weder Marie noch Colin hatten Probleme mit den Schwankungen, sie saßen Hand in Hand in ihrem Wagen und unterhielten sich. Marie erzählte von ihrer Arbeit, von dem guten Verhältnis zu Cornelius Marienthal und ihrer ungeheuren Überraschung, als sie erfuhr, wer ihre Eltern waren. Und von Tobias Amman erzählte sie auch.

Colin fragte nicht, er hörte zu und er wusste, dass es keine Geheimnisse zwischen ihnen geben würde, weil sie sich beide bemühten, offen und ehrlich zu sein. Außerdem freute er sich auf die Arbeit mit Marie an seiner Seite.

Der Sturm hatte an Stärke zugenommen, und der Wind fegte Regenschauer und Wellen über das Deck. Einem Cabrio, das neben Colins Wagen parkte und dessen Besitzer im Aufenthaltsraum wartete, wurde vom Sturm das Verdeck weggerissen. Zum Glück flog es auf die andere Seite, sonst hätte es Colins Wagen getroffen. Einer der Fährschiffer kämpfte sich gegen den Sturm bis zu Colin und Marie durch und fragte, ob sie nicht lieber den Wagen verlassen wollten, aber Colin winkte ab. »Wir bleiben hier.«

»Aber wir können für nichts garantieren, Mister«, versuchte der Mann ihn umzustimmen. »Der Sturm nimmt zu, und wenn das so weitergeht, kriegen wir Probleme.« Die Männer mussten schreien, um sich zu verständigen.

»Was für Probleme?«

»Wenn die Ladung verrutscht, könnte das Schiff kentern. Oder im Hafen können wir nicht anlegen bei diesem Wellengang. Und die Steilküste, die wir passieren müssen, steckt auch voller Gefahren.«

»Reizend«, brüllte Colin zurück. »Dann bringen Sie uns mal schnellstens drei Schwimmwesten.«

»Die sind schon alle verteilt, wir wussten nicht, dass hier draußen noch Leute sind.« Er drehte sich um und stemmte sich gegen den Sturm, um zurück auf die Brücke zu kommen.

Marie suchte Colins Blick. »Wie gefährlich ist es wirklich?«

»Die Schiffe sind sehr sicher. Sie kämpfen sich alle paar Tage durch solche Stürme. Er will nur, dass wir in den Aufenthaltsraum gehen und am Büfett kräftig zulangen. Das bringt Geld in die Kasse, an Leuten, die hier draußen sitzen, verdienen die Schiffer nichts.« Dann sah er sie ernsthaft an. »Hast du Angst, möchtest du lieber hineingehen?«

»Ich habe keine Angst, du bist bei mir, was soll mir denn passieren?«

Da nahm er sie in die Arme, presste sie ganz fest an sich und flüsterte: »Marie, ich liebe dich, ich liebe dich so sehr, und wenn das meine letzten Worte sein sollten, dann hat sich mein Leben schon gelohnt.« Er küsste sie verlangend und zärtlich zugleich, und als er sie losließ, krachte das Schiff an die Hafenmole von Rothesay.

33

Der Aufprall war so stark, dass einige der unbesetzten Wagen quer über das Verladedeck rutschten und aufeinanderprallten. Colins schwerer Geländewagen hielt dem Druck stand und wurde zum Glück auch von den anderen Fahrzeugen nicht gerammt. Trotzdem dauerte es fast zwei Stunden, bis die Wagen soweit fahrbereit waren, dass sie von der Fähre rollen konnten. Als Colin und Marie schließlich hinunter auf den festen Boden fuhren, hielt Colin erst einmal in einer Seitenstraße an. Fiona zitterte am ganzen Leib, und Marie bat: »Lass uns für einen Augenblick halten. Ich muss mit der Hündin auf festen Boden, damit sie merkt, dass wir das Schiff verlassen haben.« Colin nickte und hielt sofort an.

Marie nahm Fiona am Halsband und stieg mit ihr aus. »Komm, meine Kleine, wir haben alles überstanden.« Fiona zitterte noch immer, aber langsam beruhigte sie sich und begann den Bürgersteig zu beschnüffeln. Da wusste Marie, dass der Hund den Schrecken überwunden hatte. Aber als sie wieder einsteigen wollte, weigerte sich der Hund, seinen Platz im Auto einzunehmen. Marie lockte mit Hundekuchen und beruhigenden Worten, aber Fiona wollte trotz guten Zuredens noch nicht einmal eine Pfote in den Wagen setzen.

Schließlich stieg auch Colin aus, und gemeinsam hoben sie den großen Hund auf die hintere Bank. Doch Fiona war immernoch nicht zu bewegen, dort wieder Platz zu nehmen, total verängstigt kauerte sich der Hund schließlich zwischen Vordersitze und Rückbank auf den Boden.

»Es tut mir leid, aber ich muss weiterfahren, wenn wir vor Einbruch der Dunkelheit die Klosteranlagen erreichen wollen. Ich habe in Glecknabae Zimmer für uns reservieren lassen, aber von Kildavanan aus gibt es nur noch Schotterwege, hat man mir gesagt, und da möchte ich nicht unbedingt in der Dunkelheit fahren.«

»Selbstverständlich. Colin, ich setze mich auf die Rückbank, und nach einiger Zeit wird Fiona sich schon wieder beruhigen.«

Colin nickte, Marie wechselte ihren Platz und legte die eigenen Beine auf die Bank, denn der Platz für ihre Füße war nun besetzt. Sie streichelte Fiona, sprach leise mit ihr und erreichte schließlich, dass der Hund den Kopf hob und neben sie auf die Rückbank legte. Selbst Platz nahm sie aber darauf nicht, und so konnte Marie auch nicht helfen, als Colin auf der Karte nach den richtigen Wegen suchte. »Das nächste, was ich mir anschaffe, ist ein Navigationsgerät«, erklärte er nach zwei falschen Abbiegungen. «Auf dem Festland bin ich bisher ohne ausgekommen, aber wenn es uns in diese fernen Gegenden verschlägt, dann muss ich in Zukunft so ein Gerät haben.«

Als sie gegen zehn Uhr Glecknabae erreichten, war die Pension bereits geschlossen. Zum Glück öffnete die Besitzerin aber auf das längere Klingeln und sagte verwundert: »So spät habe ich Sie gar nicht mehr erwartet. Im Wetterbericht wurde von schweren Stürmen im ›Sound of Bute‹ gesprochen und dass der Schiffsverkehr eingestellt werden musste. Da wusste ich nun gar nicht, ob Sie überhaupt auf der Insel gelandet sind. Aber fein, jetzt sind Sie da, und ich mache ihnen noch schnell ein paar Sandwiches.«

Sie zeigte Colin und Marie die Zimmer, zuckte etwas erschrocken zurück, als sie den großen Wolfshund sah und versicherte: Wenn Sie mit dem Auspacken fertig sind, habe ich alles vorbereitet. Was möchten Sie trinken? Ich kann Tee kochen, ich habe aber auch Bier im Kühlschrank.«

»Wunderbar, Bier wäre herrlich«, versicherte Colin und brachte Maries Gepäck auf ihr Zimmer, bevor er seine eigenen Sachen aus dem Auto holte. Marie lief noch ein Stück mit Fiona die Straße entlang, das er noch ein bisschen Bewegung bekam. Als Marie die Decken für Fiona hinaufgebracht hatte und ihr das Futter hingestellt hatte, konnte sie endlich zusammen mit Colin zum Abendessen gehen.

Seltsam, dachte sie, so lange und so nah waren wir noch nie zusammen. Wie wird sich der Mann an meiner Seite verhalten?

Wird er versuchen, irgendwelche Vorteile aus dieser Nähe zu ziehen? Wird er der Gentleman sein, für den ich ihn halte, oder wird er ein dankbares Entgegenkommen für die zukünftige Zusammenarbeit von mir erwarten? Sie dachte an die liebevolle Umarmung im Auto und an den zärtlichen Kuss bei dem stürmischen Seegang.

Aber Marie machte sich unnötige Sorgen. Als sie ihre Zimmer erreicht hatten, bat Colin: »Bitte, komm noch einen Augenblick zu mir herein. Ich möchte auf unsere Zusammenarbeit anstoßen.« Auf dem Tisch standen ein Sektkühler mit einer Flasche und zwei Gläser. Colin schenkte den Champagner ein und reichte Marie ein Glas. »Auf unsere Zusammenarbeit, auf unser Zusammensein und auf unsere gemeinsamen Ziele.«

Marie stieß mit ihm an. »Welche Ziele meinst du?«, und ein Lächeln lag auf ihrem Gesicht.

Colin schwieg einen Augenblick und sah sie ernst an, dann nahm er ihre Hand, küsste sie und gestand: »Ich hoffe, dies hier ist nur der Anfang einer langen gemeinsamen Zeit, Marie, ich wünsche mir so sehr eine Zukunft an deiner Seite, und nicht nur Stunden mit gemeinsamer Arbeit, sondern auch Stunden der Ruhe und Stunden die Liebe.«

Er umarmte sie, küsste sie zärtlich und dann begleitete er sie bis vor ihre Tür, wünschte ihr eine gute Nacht und ging in sein Zimmer zurück.

Am nächsten Morgen brachen sie zeitig auf, um die Klosteranlage zu besichtigen und mit dem staatlichen Verwalter ein erstes Gespräch zu führen. Marie war begeistert von den alten Gemäuern, von den Kreuzgängen und Arkaden und von dem großen Innenhof mit einem alten Springbrunnen, der aber schon lange versiegt sei, wie ihr Mister Martinek versicherte. »Man könnte ihn eventuell wieder instandsetzen, aber wir sind nicht sicher, ob der Wasservorrat, der ihn früher betrieben hat, überhaupt noch ausreicht.«

Nach der ersten Besichtigung begann Marie die Außenanlagen, die ohne eine ersichtliche Grenze in die Wildnis der dünenähnlichen Hügel übergingen, die Innenhöfe und, von einem Hügel aus, die gesamte Anlage zu fotografieren. Sie nahm Bodenproben, prüfte die Möglichkeiten einer Bewässerung, kontrollierte die Windrichtungen und berechnete die Schäden schwerer Stürme, die möglicherweise vom ›Sound of Bute‹ her drohten, während Colin alte Grundrisse, Zeichnungen und Tabellen studierte, um einen allgemeinen Eindruck von der Raumeinteilung und vom Zustand des Klosters zu bekommen.

»Wir möchten in zwei Flügeln der Anlage Fremdenzimmer einbauen, einfache Zimmer mit Dusche und WC, in dem dritten Teil sollen Gemeinschaftsräume entstehen, und der vierte Flügel soll die Wirtschaftsbereiche, ein Geschäft mit Souvenirs und ein Restaurant für Tagesgäste enthalten«, erklärte ihm Mister Martinek.

Colin machte sich Notizen und begann mit der Besichtigung der einzelnen Flügel, die, von weitem besehen, ein großes geschlossenes Viereck bildeten.

Eine Woche später fuhren Colin und Marie nach Rothesay, um mit verschiedenen Handwerksbetrieben und mit einer Gärtnerei, deren Adressen sich Colin bereits in Glasgow besorgt und mit denen er telefonisch erste Kontakte geknüpft hatte, zu verhandeln.

Die Gespräche waren nicht immer ganz einfach, denn die einen Handwerker waren begeistert von der Idee, die Insel attraktiver und touristenfreundlicher zu gestalten, und erhofften sich finanzielle Vorteile, die anderen wollten ihre Ruhe auf der Insel und keine Fremden in der Nähe haben. Aber Colin zögerte nicht, die Vorteile zu betonen und die Nachteile zwar zu akzeptieren, um sie dann mit behutsamen Argumenten in Vorteile zu verwandeln. Marie bewunderte ihn, denn so redegewandt und überzeugend hatte sie ihn noch nicht erlebt.

Als sie die Rückfahrt nach Glecknabae antraten, hatten sie einen Maurerbetrieb, eine Klempnerei, einen Steinmetz und eine Gärtnerei vertraglich verpflichtet, in einer Woche mit den Arbeiten in der Klosteranlage zu beginnen. Bis dahin mussten Marie und Colin die notwendigen Entwürfe und die ersten Zeichnungen erstellt sowie die Vorbereitungen für den Arbeitsanfang abgeschlossen haben. Das bedeutete für beide, dass sie vom frühen Morgen bis zum späten Abend beschäftigt waren.

Für Colin, der seit Jahren seinen Beruf ausübte, waren die Stunden am Zeichenbrett und im Gemäuer nichts Ungewöhnliches, für Marie hingegen waren sie ein beglückendes Abenteuer. Sie war ständig mit ihrem Fotoapparat, mit dem Skizzenblock und mit Fiona im Gelände unterwegs. »Ich will die Natur belassen, wie sie ist, ich will sie nur zugänglich und abwechslungsreich gestalten«, erklärte sie Colin am letzten Abend, bevor die Gärtnerei am nächsten Tag kam, um ihre Pläne während der kommenden Wochen in die Tat umzusetzen.

Colin, der sich über Maries Begeisterung freute und schon eine ganze Reihe neuer Ideen für die weitere Zusammenarbeit hatte, beschloss, diesen letzten Abend auf der Insel besonders romantisch zu gestalten. Er hatte die Wirtin überredet, ein Candlelight-Dinner in einem kleinen Cottage direkt am Meer vorzubereiten, und als Marie sich wie gewohnt zum Abendessen fertig machte, nahm er sie lachend in die Arme: »Heute wird gefeiert, meine liebe Marie. Es ist unser letzter Abend auf der Insel, und wir haben eine Feier redlich verdient.«

»Unser letzter Abend? So sehe ich das aber nicht, wir werden noch oft herkommen, und außerdem: Morgen wird noch gearbeitet, Colin, da darf die Feier nicht zu lange dauern.«

»Wir werden sehen.« Er ließ sie ins Auto einsteigen, half Fiona auf die Rückbank, die der Hund inzwischen wieder akzeptierte, und startete auf einem Sandweg mitten hinein in die Dünenlandschaft.

Schon zweimal hatte er an diesem Nachmittag den Weg zurückgelegt, denn zuerst hatte er die Wirtin mit allem, was sie vorbereitet hatte, in das Cottage gefahren und zwei Stunden später wieder abgeholt. Jetzt im Licht des aufgehenden Mondes war die Fahrt besonders schön und geheimnisvoll. Marie war überwältigt und kuschelte sich genießerisch in ihren Sitz. »Willst du mir nicht endlich verraten, wohin wir fahren?«

Colin lächelte. »Wir fahren ganz einfach ins ›Dankeschön‹.«

»Ins ›Dankeschön‹? Wo ist das, wie sieht es aus? Ist das so etwas wie ein Schlaraffenland?«

»Lass dich überraschen, Marie.«

Nach einer guten Viertelstunde tauchte das kleine Cottage in einer Mulde auf. Warmes Licht leuchtete aus den Fenstern. Eine einsame Petroleumlaterne beleuchtete den Hauseingang unter dem tief heruntergezogenen Strohdach, und aus dem Schornstein kräuselte sich eine leichte Rauchfahne in den sternenklaren Himmel. Marie war sprachlos. Was hatte Colin vor? Was hatte er sich da ausgedacht? So kannte sie den energischen, sachlich denkenden Mann gar nicht. Hatte er etwa eine verborgene Liebe zur Romantik entdeckt?

Der Wagen hielt. Colin stieg aus, half Marie aus dem Fahrzeug und ließ Fiona frei, die mit wilden Sprüngen und ausgelassenem Gebell durch die Dünen tobte. »So, liebe Marie, wir sind im ›Dankeschön‹ angekommen.«

»Aber Colin, wofür ein Extradankeschön? Wir hatten beide arbeitsreiche Tage, interessante, schöne, erfolgreiche Wochen, und wenn das morgen früh mit den Arbeitern klappt, dann hatten wir sogar vielversprechende Wochen hier auf der Insel, ist das nicht Grund genug, zufrieden zu sein?«

»Zufrieden zu sein ist nach guter Arbeit selbstverständlich, dankbar zu sein ist ein Geschenk. Und ich möchte mich auf meine Weise bei dir für dieses Geschenk bedanken.«

Colin holte einen Schlüssel aus der Tasche und schloss die Haustür auf. Drinnen gab es nur einen großen Raum, und sie standen sofort mittendrin. Ein dicker Wollteppich bedeckte den gefliesten Boden, zwei Sessel standen vor dem Kamin, und eine große Schlafcouch befand sich in einer Nische. Ein festlich gedeckter Tisch erwartete sie, im Kamin brannte ein wärmendes Feuer, und unzählige Kerzen verbreiteten ein festliches Licht.

»Mein Gott, wie schön«, Marie sah sich mit Tränen in den Augen um. »So etwas Schönes habe ich noch nie erlebt«, flüsterte sie.

Colin legte den Arm um ihre Schultern. »Genau das ist es, was ich dir als Dankeschön schenken wollte. Du hast mir so wunderbar geholfen, danke, Marie.«

»Aber Colin, wir haben beide unsere Arbeit gemacht.«

»Was glaubst du, wie mein Kloster aussehen würde, wenn deine Gärten es nicht eines Tages umgeben würden. Eine alte Anlage in einer wilden Dünenlandschaft, wen hätte das schon interessiert? Nein, deine Gärten werden die alten Mauern schmücken, und der Verwalter hat sich heute schon mit großen Worten und einem ansehnlichen Betrag für die erledigten Arbeiten bei mir bedankt.« Er holte einen leicht zerknitterten Brief aus der Jackentasche. »Hier, Marie, das ist mein Dankeschön für dich.«

Leicht ratlos nahm Marie den Umschlag in die Hand.

»Na, komm schon, mach ihn auf!«

Marie schüttelte den Kopf. »Für mich?« Vorsichtig, um den verknüllten Umschlag nicht zu zerreißen, öffnete sie ihn und nahm eine amtlich beglaubigte Urkunde heraus. Darauf stand:

Ein Cottage am Meer in Glecknabae
für Marie Moorburg

Sprachlos sah Marie die Urkunde und dann den Mann an ihrer Seite an. »Aber Colin, du kannst mir doch kein Haus schenken.«

»Liebe Marie, ohne dich hätte ich das alles nie geschafft. Ich habe es von unserem ersten Honorar bezahlt, und ich hoffe, du lädst mich öfter einmal ein, hier mit dir einen Abend zu verbringen. Und, um ganz ehrlich zu sein, ich wünsche mir, dass dann aus einem Abend vielleicht einmal eine ganze wundervolle Nacht werden könnte.«

Marie sah ihn mit großen Augen an und sagte leise: »Danke«, und dann ließ sie Urkunde und Umschlag einfach fallen, schlang die Arme um seinen Nacken, küsste ihn innig und sagte leicht atemlos: »Und das ist nicht nur ein Dankeschönkuss, sondern einer, der den Anfang macht für alle kommenden Nächte, die ich kaum erwarten kann.«

Colin war ein Mann, der sich nicht zweimal bitten ließ. Seine Stimme bebte, als er leise sagte: »Ich habe es kaum zu hoffen gewagt.« Ihre Lippen vereinigten sich zu einem langen, sehr liebevollen und auch sehr leidenschaftlichen Kuss, der nicht enden wollte. Dann lösten sich ihre Lippen, und sie sahen sich an, ohne zu reden. »Marie«, Colins Stimme bebte vor Erregung. »Du bist die Liebe meines Lebens. Ich habe so lange auf dich gewartet, immer wusste ich, eines Tages kommt die Frau, die ich ein Leben lang festhalten werde, und dann warst du da, fremd und unerreichbar und doch vom ersten Augenblick an so vertraut, dass ich mich vor der Wirklichkeit fürchtete. Deshalb war ich so abweisend. Du warst so nah und doch so fern.«

Marie wurde ernst. »Du warst gebunden, und ich war enttäuscht worden, wie konnten da Gefühle entstehen, die uns einander näher gebracht hätten?«

»Vielleicht waren es diese Enttäuschungen, die uns die Augen geöffnet haben?« Er streichelte ihr Haar, ihre Wangen, er küsste behutsam ihre Schläfen und strich zärtlich über ihren Hals, bevor seine Hände in den Ausschnitt ihres Kleides glitten. Marie stöhnte auf, denn dieser Mann kannte genau die Stellen, die sie schwindlig machten.

Sie löste sich von ihm und sah ihn lange an. Seine Augen zeigten seine Gefühle, eine Mischung aus Begehren und Selbstbeherrschung, und es gefiel ihr sehr, was sie da sah. Ein leichtes Lächeln huschte über ihr Gesicht, als sie leise sagte: »Worauf wartest du?« Sie küsste ihn und zeigte damit, dass sie bereit war, und sein Körper antwortete sofort und sehr leidenschaftlich. Sie verlangten beide nach der Vollendung und als sie endlich auf dem flauschigen Teppich lagen, gaben sie sich ihrem Verlangen hin, glücklich, atemlos und voll tiefster Freude.

Zwei Tage später erreichten sie wieder *Hardinghouse*. Der Wirtschaftshof war menschenleer und das Verwalterhaus abgeschlossen. »Seltsam«, bemerkte Colin, »nicht einmal die alte Betty ist da, um uns zu begrüßen.«

»Dann fahren wir weiter zu mir, irgendwo werden wir schon jemanden finden.«

Aber als sie am Schloss vorbeikamen, sahen sie zahlreiche Autos, festlich geschmückte Pferdewagen und eine Blaskapelle, die vor dem Schloss musizierte.

»Was ist das denn?«, wunderte sich Marie, und Colin lachte laut heraus. »Himmel, ich habe total vergessen, dass heute Erntedanksonntag ist. Die feiern allesamt im Schloss.«

»Aber das ist ja eine wunderbare Idee von deinem Vater«, freute sich Marie. »Er feiert mit allen gemeinsam, das bedeutet, Hardinghouse ist eine Einheit geworden.«

Sie hielten an und stiegen aus. Drinnen im großen Festsaal saßen alle an großen Tischen zusammen: die Landarbeiter und die jungen Mütter, der gesamte Stiftungsrat, die Angestellten aus dem Heim und die Verwalterfamilie. Und hinter den Tischen standen die Kinderwagen mit den lachenden oder schlafenden jüngsten Bewohnern von *Hardinghouse*. Paul Browner war von seinem Platz aufgestanden und hielt eine Rede, in der es vor allem um den Dank für eine gute Ernte und für das gesunde Vieh ging, wie es sich an einem Erntedanktag gehörte. Dann versicherte er, dass er stolz sei, das Schloss mit seinen Erträgen beliefern zu dürfen und dass er und seine Familie den neuen Nachbarn ein langes, gemeinsames, gutes Beisammensein auf *Hardinghouse* wünschten. Zum Schluss erklärte er dann: »Ich habe noch ein Geschenk für unsere jüngsten Bewohner. Auch sie werden einmal größer, und wenn es dann so weit ist, dann sollen sie alle reiten lernen. Ich werde eine Ponyzucht aufbauen, und dann werden wir mal sehen, wer schneller wächst, meine Ponys oder eure Kleinen.« Unter großem Gelächter und fröhlichen Zurufen klatschten alle Beifall.

Als er sich setzen wollte, sah er Colin und Marie am Eingang stehen und winkte sie zu sich heran. Colin begrüßte die Mutter, die Brüder und dann auch, etwas zurückhaltender, den Vater, zog Marie an seine Seite und fragte: »Darf ich mich an deiner Rede mit ein paar Worten beteiligen?«, und als der Vater nickte, sagte Colin: »Da Sie alle hier so fröhlich beisammensitzen, möchte ich die Gelegenheit nutzen und Ihnen allen sagen, dass wir beide, Marie Moorburg und ich, Colin Browner, uns hier und heute verloben werden.« Und als alle begeistert applaudierten, nahm er Marie in die Arme, küsste sie und erklärte seiner Familie: »Wir werden im Cottage wohnen, und ich hoffe, ihr seid alle einverstanden.«

Nun waren Colin und Marie angekommen.

Leseprobe aus dem Roman von Brigitta D'Orazio *Die Tränen des Meeres*

Die Strahlen der Morgensonne wanderten über ihre geschlossenen Augenlider und hinterließen eine Spur aus Licht und Wärme. Marlene lächelte im Halbschlaf. Mit ihrer linken Hand tastete sie nach Luca. Er war fort.

Merkwürdig, dachte sie.

Es passierte nur selten, dass ihr Mann vor ihr wach wurde. Marlene stand auf und überlegte, was er für diesen Tag geplant hatte. Es wollte ihr nicht einfallen. Mit wenigen Schritten war sie an der Fensterfront, zog die schwere Schiebetür auf und trat hinaus auf die Dachterrasse. Für einen Moment vergaß sie ihre Grübelei und genoss die Aussicht. Unter ihr lag der Strand von Cattolica, weit und weiß, ohne die unzähligen Sonnenschirme und Liegen, die ihn im Sommer bedeckten. Dahinter erstreckte sich die Adria, scheinbar regungslos, glitzernd in der Morgensonne.

Der Oktober war ihr Lieblingsmonat. Die Sommersaison war zu Ende, die letzten Gäste waren abgereist, und das Hotel Bellavista versank in eine Art Dornröschenschlaf. Die fünf Stockwerke blieben bis zum Frühjahr unbewohnt, und nur hier und da wurde die Stille von Handwerkern gestört, die ein neues Badezimmer einbauten oder die veralteten Elektrokabel ersetzten. Ganz oben aber, im Penthouse, ging das Leben weiter. Hier wohnte die junge Familie Pasini und genoss es, endlich wieder ein Privatleben zu haben, nachdem der Hotelbetrieb sie einen ganzen Sommer lang vollkommen vereinnahmt hatte. Jedes Jahr aufs Neue freute sich Marlene auf den Herbst und den Winter. Es war die Zeit, in der sie wieder zur Ruhe kam und sich an ihrem wunderbaren Leben freuen konnte.

Tief sog sie die frische salzhaltige Luft ein, hob die Arme, wollte die ganze Welt umfangen, ließ sie aber schnell wieder sinken, kam sich ein bisschen albern vor.

Sie nahm eine Bewegung hinter sich war, rührte sich nicht, schloss nur kurz die Augen und wartete auf den Moment der Liebe.

Die Schritte, das Schweigen – ihr Herz schien stillzustehen. Aber nur für ein, zwei Sekunden. Dann legte Luca ihr seine Hände auf die Schultern, vergrub sein Gesicht in ihrer Halsbeuge und flüsterte. »Buongiorno, Amore mio.«

Wärme durchströmte sie, und schon begriff sie nicht mehr, warum sie sich eben so erschreckt hatte. Es liegt am Glück, dachte sie dann. Wenn es so groß ist wie meins, dann zeigt es manchmal sein Schattengesicht, wie zur Warnung: Ich bin nicht selbstverständlich.

»Tutto a posto?« Lucas Atem streichelte ihren Hals, seine Haut war noch feucht von der Dusche.

»Ja«, erwiderte sie schnell. »Alles in Ordnung.«

Er drehte sie zu sich herum, musterte sie aufmerksam. »Und woher kommt dann diese kleine Falte?« Sanft strich er mit den Fingerspitzen die Linie zwischen ihren Augenbrauen nach.

»Es ist nichts.« Marlene lächelte, die Falte verschwand.

Luca küsste sie leicht auf die Nasenspitze und schaute dann aufs Meer hinaus. Marlene musterte sein Profil. Mit fünfunddreißig sah er sogar noch besser aus als mit zwanzig. Die hohen Wangenknochen verrieten seine kroatische Mutter, das breite energische Kinn war ein Erbe seines Vaters Tonio. Beim Gedanken an ihren Schwiegervater zuckte Marlene zusammen. Tonio Pasini hatte sie von Anfang an abgelehnt, und daran hatte sich bis heute nichts geändert. Als sie vor fünfzehn Jahren zum ersten Mal an Lucas Seite das Hotel betreten hatte, da war sein Vater auf sie zugegangen: »Ein Modepüppchen aus Deutschland können wir hier nicht gebrauchen!«, hatte er sie angefahren. »Geh und lass uns hier in Ruhe.«

Luca hatte sie vorgewarnt. »Mein Vater trauert noch um Mamma. Sie ist viel zu jung gestorben, und das hat ihn verbittert. Also mach dich darauf gefasst, dass sein Empfang nicht sehr herzlich sein wird.«

Was eine glatte Untertreibung war, fand Marlene. Sie versteckte sich hinter Lucas breitem Rücken, aber nach einem kurzen Moment tauchte sie wieder auf und sagte zu seinem Vater: »Ich liebe Luca und ich lasse mich nicht vertreiben.« Dabei zitterte sie zwar am ganzen Körper, aber Tonio Pasini war für den Moment geschlagen.

Damals hatte Marlene gehofft, ihr Verhältnis würde sich mit der Zeit bessern, aber der Alte blieb stur. Nicht einmal, als sein Enkel Matteo auf die Welt kam, ließ er sich erweichen, seiner Schwiegertochter ein freundliches Wort zu sagen. Dann eben nicht, hatte sie gedacht und war ihm weiterhin aus dem Weg gegangen, wo sie nur konnte. Was nicht einfach war, denn das Bellavista war wie alle Hotels der Gegend ein Familienbetrieb, und Tonio Pasini war noch immer der Chef.

Aber er hat es nie geschafft, uns auseinanderzubringen, dachte Marlene jetzt voller Genugtuung und löste den Blick von ihrem Mann. Wir sind glücklich, alles andere ist unwichtig.

Luca fuhr mit der Hand durch ihre Locken. Ihm zuliebe hatte sie ihr Haar wachsen lassen, obwohl sie in jedem heißen Sommer darunter litt und ankündigte, sie werde es jetzt endlich abschneiden.

»Machst du einen Strandlauf?«

Marlene schmiegte sich eng an seine Brust. »Sobald ich Matteo zur Schule geschickt habe. Kommst du mit?«

Er schüttelte den Kopf. »Du weißt doch, dass ich heute meine Tour habe.«

Jetzt fiel es ihr wieder ein. Seit Tagen sprach Luca von nichts anderem. Er wollte seine Maschine aus der Garage holen und Richtung Norden fahren, bis nach Venedig, wo Verwandte seiner Mutter lebten. Im Sommer hatte er nur selten Zeit für sein

Hobby, aber ein sonniger Oktobertag musste ausgenutzt werden.

Später dachte Marlene, sie hätte in diesem Moment etwas spüren müssen. Eine Ahnung oder ihren Puls, der plötzlich schneller wurde. Aber da war nichts. Nur der schöne Morgen und ihr Mann, der zu einer Motorradtour aufbrach. Sie hatte sich längst mit seinem Hobby arrangiert und zwang sich, keine Angst um ihn zu haben. Luca war ein umsichtiger Fahrer, der lieber einmal mehr vom Gas ging als etwas zu riskieren. So küsste sie ihn jetzt auf die Lippen, lächelte ihn an und sagte: »Deshalb bist du so früh aufgestanden. Ich habe mich schon gewundert.«

Er lachte. »Erwischt, Bella mia.« Dann löste er sich von ihr, warf ihr noch eine Kusshand zu und verschwand nach drinnen. Sie drehte sich nicht um, hörte nur, wie er seine schwere Lederkluft aus dem Schrank holte und anzog. Die Stiefel quietschten auf dem Parkett, als Luca kurz darauf das Schlafzimmer verließ. Es war das letzte Geräusch, das sie von ihm hörte. Das Quietschen seiner Motorradstiefel.

Nach einer Weile kehrte auch Marlene in die Wohnung zurück und ging ins Zimmer ihres Sohnes. Einen Moment lang beobachtete sie ihn schweigend. Der zwölfjährige Matteo hatte von seinen Eltern zu gleichen Teilen Aussehen und Charakter geerbt. Die braunen Haare und das fröhliche Temperament waren von seinem Vater, die hellblauen Augen und eine gewisse Ernsthaftigkeit von ihr. Dazu aber kam sein ganz eigener Hang zum Perfektionismus, der ihm das Leben viel zu oft schwer machte. Matteo wollte immer alles richtig machen und hatte noch nicht gelernt, dass so etwas nicht möglich war.

In der Schule gehörte er zu den Besten, aber er war niemals der Beste, weil er hin und wieder eine Arbeit schlechter schrieb als andere in seiner Klasse. So wie neulich in Erdkunde. Die ersten von fünf Fragen zu den italienischen Regionen hatte er in aller Ausführlichkeit beantwortet – mit dem Ergebnis, dass ihm keine Zeit mehr für die letzten beiden Fragen blieb. Zwei Tage lang hatte er sich darüber geärgert, und weder Marlene noch Luca war es gelungen, ihm ein wenig von der Last abzunehmen, die er sich selbst auferlegte. Erst als Luca ihn am Sonntag mit zu einer Bootstour nahm, vergaß Matteo seine Enttäuschung, und als sie abends heimkamen, hungrig wie die Wölfe und voller Geschichten über ihren Tag auf dem Meer, da war er wieder der fröhliche Junge, den sie so liebte.

Sanft strich sie ihm jetzt über den Kopf. »Aufwachen, Großer, Zeit für die Schule.«

Matteo war sofort wach. Auch das hatte er von seiner Mutter geerbt. »Guten Morgen«, sagte er. »Heute schreiben wir die Mathearbeit.«

»Ich weiß«, erwiderte Marlene. »Du schaffst das schon.« Sie wusste, wie viele Sorgen er sich machte, denn er war der Meinung, dass er den neuen Stoff, die Bruchrechnung, noch nicht ganz beherrschte.

Matteo antwortete nicht. Er war in einem Alter, in dem die Meinung der Mutter nicht mehr allzu viel zählte. Wenig später beim Frühstück brütete er schweigend vor sich hin, und Marlene beobachtete ihn voller Kummer. Ihr lagen noch einige Ermunterungen auf der Zunge, aber sie schluckte sie hinunter. Erst als er mit seinem Ranzen schon in der Tür stand, strich sie ihm leicht über die Wange. »Viel Glück, Großer.«

Matteo knurrte eine unverständliche Antwort und lief dann zur Bushaltestelle.

Marlene beschloss, sich nicht zu viele Gedanken zu machen. Sie schlüpfte in ihre Sportsachen und joggte kurz darauf am noch menschenleeren Strand entlang.

Vier Stunden später erhielt sie einen Anruf, bei dem sich in ihr alles schmerzhaft zusammenzog.

Bezaubernde Schwestern: Erster Band der Rougeville-Saga

Zu Beginn der französischen Revolution wird die Familie Rougeville von ihrem herrlichen Schloss und den Ländereien vertrieben. Die schöne und tapfere Clémentine kämpft nach Napoleons Sturz um ihr Erbe und findet dabei die Liebe ihres Lebens.

Colette Davenat
CLÉMENTINE
Erbin auf Schloss Rougeville
460 Seiten
ISBN 978-3-7844-3180-2

Zum Weinen schön – ein Liebesroman mit italienischem Flair

Die junge Witwe Marlene muss wieder ins Leben zurückfinden und ihr Hotel an der Adria weiterführen. Ausgerechnet in der Frau, die den Tod ihres Mannes verursacht hat, findet sie eine Freundin. Dann tritt ein neuer Mann in Marlenes Leben – kann er alles zum Guten wenden?

Brigitta D'Orazio
DIE TRÄNEN DES MEERES
320 Seiten
ISBN 978-3-7844-3181-9

Maries wildromantischer Weg zum Glück

Die Hamburger Angestellte Marie erbt zu ihrer Überraschung in Schottland ein Cottage. Dort angekommen, stellt sich die Erbschaft als großes Anwesen heraus. Marie, eine leidenschaftliche Gärtnerin, nimmt die Herausforderung an und findet dort ihre Bestimmung und ihre Liebe.

Christa Canetta
EIN HAUS IN SCHOTTLAND
336 Seiten
ISBN 978-3-7844-3182-6

edition Tosca